AF413801

# CAMBIAR EL JUEGO

## GAME CHANGER

# CAMBIAR EL JUEGO

## GAME CHANGER

Traducción de Anaís Badilla y Ana Mata Buil

# RACHEL REID

MONTENA

Primera edición: junio de 2026

# Capítulo 1

El martes 14 de enero fue el día en que Kip Grady aprendió que las licuadoras ruidosas y las resacas no eran una buena combinación.

La noche anterior no había tenido la intención de beber tanto, pero Chuck y Jimmy estaban en la ciudad y hacía meses que no los veía. Tampoco es que se cogiera un gran pedo. Era consciente de que a las seis de la mañana tenía que ir a trabajar, pero aun así había bebido lo suficiente como para convertir las potentes licuadoras en su enemigo mortal.

Pero tenía un trabajo que hacer. Y ese trabajo consistía en preparar el mejor *smoothie* posible para la mujer que esperaba en la barra con aire de tener muchas cosas que hacer.

—Aquí lo tiene. —Trató de no hacer una mueca de dolor mientras le entregaba el pedido a la clienta—. Un *smoothie* «Guerrero verde» con un *shot* de hierba de trigo.

Miró el reloj. Las seis y media. Madre de dios.

No le sobraba tiempo para descansar la cabeza sobre la tentadora pila de naranjas que había en el mostrador. Las mañanas de los días laborables en el Straw+Berry solían ser ajetreadas hasta las nueve. Maria compartía turno con él esa mañana, y eso era genial. Estaban bien juntos porque, aunque no fuera el trabajo de los sueños de ninguno, se lo tomaban en serio y hacían todo lo que se les pedía. Además, era divertida.

—¿Cuál de estos malditos *smoothies* cura la resaca? —se quejó Kip en un momento en que la tienda se quedó vacía.

—Eeeh, ninguno. Pero en teoría el de sandía.

—Vale. Pues voy a prepararme uno gigante de sandía con unas cinco aspirinas.

—Imagino que lo que quieres decir es cinco «potenciadores de bienestar».

Kip se preparó un *smoothie* inmenso de sandía y se encontró algo mejor después de bebérselo. Al final se tomó dos aspirinas.

—¿Y qué hiciste anoche? —preguntó Maria.

—Ah, solo estuve con unos amigos de la universidad.

—¿Ah, sí? ¿Son monos?

—No. No sé. No son mi tipo.

Chuck era grande, corpulento y barbudo. Y Jimmy era todo lo contrario: bajito, delgado y aparentaba siete años menos de los que en realidad tenía.

—¿Y también tienen la suerte de ser baristas de locales de zumos?

—Ellos sí trabajan de lo suyo. En Boston. ¿Negocios? ¿Seguros? ¿Algo de finanzas? No lo sé. Pero tienen que llevar traje.

—Tú llevas delantal. Eso tampoco está mal.

—Claro, y estoy superorgulloso.

—Y una gorra con una fresita bordada. ¡Toma ya!

Kip le tiró un trozo de piña congelada.

—Para que veas, Kipper. Voy a ser buena y voy a montar yo todas las preparaciones para que puedas descansar esa cabecita cuando pase todo el ajetreo.

—Ay, ¿sí?

—¡Sip!

—Eres la mejor y te quiero un montón. —Suspiró feliz.

—Ya lo sé. ¡Ahora espabila! ¡Vienen mujeres de negocios y querrán kale licuado!

Pasó otra hora de trabajo intenso hasta que Kip finalmente pudo disfrutar de la tranquilidad que Maria le había prometido. Ella se fue a la trastienda a cortar frutas y verduras, y él se dejó caer en una silla que había arrastrado detrás del mostrador y apoyó la cara contra la pared, que estaba fresquita.

No fue consciente de que había cerrado los ojos hasta que alguien carraspeó y se sobresaltó. No de forma agresiva, solo lo justo como para hacerle saber que había alguien allí.

Abrió los ojos y se puso de pie a toda prisa.

—Disculpe —balbuceó—. ¿En qué puedo…?

Es posible que la boca de Kip se abriera como la de un personaje de dibujos animados. Puede que la mandíbula se le cayera al suelo y la lengua se desenrollara como una alfombra. Y es que el hombre más atractivo que había visto jamás estaba frente a él.

—Eh, ¿en qué puedo ayudarle? —consiguió decir Kip.

El hombre era alto, rubio y, bueno, musculoso. Y Kip sabía que era musculoso porque llevaba una chaqueta con cremallera Under Armour ridículamente apretada y pantalones de entreno. Por cómo le caía por la frente el pelo mojado y cómo le brillaba la piel, probablemente volvía de correr.

—Buenos días —dijo el hombre sudado alegremente—. Siento haberte despertado.

Kip se sonrojó. Bajó un poco la cabeza para que la visera de la estúpida gorra lo ocultara. «Dios, el tío más bueno del mundo está frente a mí y yo con un delantal y una gorra con una fresa plantada en el medio».

—No me has… No estaba… —Kip respiró hondo. «¡Contrólate!»—. Disculpa. Anoche me pasé de divertido.

El chico levantó la ceja.

—¿Un lunes por la noche?

—Sí, bueno, la vida de un preparador de *smoothies* es así… Hay que vivir a tope, que son dos días y esas cosas, ¿no?

El chico se rio. Kip casi se cayó de la silla.

—¿Y qué tenéis por aquí que esté rico? —preguntó el chico mientras echaba un vistazo a la carta.

—Pues tenemos un *smoothie* con arándanos, piña y kale… en que apenas se nota el kale, ¡te lo aseguro! Está rico. A mí me gusta.

—¿Ese es el… «Luna azul sobre Brooklyn»?

—Sí. Todos los nombres aquí son un poco absurdos.

El chico señaló con el dedo la chapa con el nombre de Kip.

—Me gusta tu nombre.

Kip miró hacia la chapa como si no supiera lo que ponía en ella. Como un tonto.

—Es, tipo, un mote —le dijo como si el tío bueno le hubiera pedido más información. Cosa que no había hecho. Pero Kip siguió hablando porque él era así—. O sea, todo el mundo me llama Kip. Así que es mi nombre. Pero no tipo mi nombre de verdad. Es, eeeh… Da igual. ¿Entonces quieres uno de arándanos?

—Me encantaría —le respondió el cliente ignorando por completo lo idiota que podía parecer Kip.

Kip se puso manos a la obra y cargó la licuadora con diferentes frutas congeladas y kale fresco. Por suerte, requería de concentración, y además la máquina hacía tanto ruido que no le permitía hablar por encima. Echó un vistazo al chico, que esperaba de pie con las manos en las caderas, estudiando las fotos poco atractivas de frutas que decoraban el pequeño local. Kip no sabía hacia dónde mirar, pasaba la vista rápido desde los anchos hombros a los brazos ridículamente grandes, a la espalda musculosa que se estrechaba hasta una cintura esbelta y a un culo que, la verdad, pues era…

Kip sacudió la cabeza y apagó la licuadora. Rebuscó hasta encontrar un vaso de plástico y lo llenó con el *smoothie* azul.

—Aquí tienes.

El chico se volvió, asintió y le dio a Kip un billete de veinte dólares doblado y algo húmedo que sacó del bolsillo de su pantalón de chándal.

—Quédate el cambio.

—¿En serio? —preguntó Kip mientras miraba cómo el chico daba el primer sorbo y cómo sus labios rosados se amoldaban a la pajita.

—Sí. —El chico sonrió—. Es el suplemento por haber acertado. Está riquísimo.

Kip le devolvió la sonrisa.

—Me alegra que te haya gustado. Que tengas un buen día.

El cliente brindó con el vaso del *smoothie*.

—Y tú también, Kip.

Kip se sintió un poco mareado al oír su nombre salir de la boca de aquel chico. Cuando el chico de sus sueños se fue, entró otro que no era tan atractivo.

—¡Joder! —dijo el cliente mientras señalaba con el pulgar hacia la puerta—. ¡Ese era Scott Hunter!

—¿Qué?

El hombre miró a Kip como si fuera idiota.

—Scott Hunter.

—¿Se refiere a, tipo, el jugador de hockey? —dijo Kip.

—¿Qué? —apareció una voz detrás de él. Maria se asomó a la puerta de la trastienda—. ¿Me he perdido a Scott Hunter?

—No creo que… ¿De verdad cree que era él? —preguntó Kip.

El cliente asintió.

—Uy, sí. Sin duda. Me sorprende que se deje ver por la ciudad, con lo mal que está jugando últimamente.

—¿No está jugando bien?

Kip sabía más o menos quién era Scott Hunter, claro. Todo el mundo lo sabía, no hacía falta ser aficionado al hockey para saberlo. Era el centro estrella y capitán de los New York Admirals. Hacía tres años había llevado al equipo estadounidense a conseguir el oro olímpico. Pero Kip sobre todo lo conocía por los anuncios de Hugo Boss en los que aparecía. Era muy fan de esos anuncios.

A Kip le gustaba el hockey, pero no había seguido muy de cerca la NHL. Por lo que él sabía, Scott Hunter siempre había sido famoso y querido en esta ciudad. Como el rey de Nueva York. Pero, al parecer, Kip se había perdido algo.

—Sí, lo está haciendo fatal esta temporada —siguió el cliente—. ¡No ha marcado ni un gol desde noviembre! No sé por qué le pagan tanto dinero. Deberían traspasarlo por vago.

—Bueno… —dijo Kip, sin saber muy bien cómo continuar. No tenía sentido, pero se había tomado como algo personal las críticas de ese tipo y se vio obligado a defender a Scott Hunter—. Quizá está pasando por una mala racha.

El cliente resopló.

—Pues podría pasarla en verano. Si sigue con esa mierda, este año no llegaremos a los *play-offs*.

Kip sintió una ira inexplicable, pero se encogió de hombros y le dio al chico su *smoothie* para que se fuera.

Cuando Maria y él se volvieron a quedar solos, Maria dijo:

—¿De verdad ha venido Scott Hunter?

—No lo sé. Quizá. O sea, ahora que el chico lo ha dicho, creo que sí. Me había distraído por lo bueno que estaba, pero sí, se parecía a Hunter. Y, eeeh, me ha dejado una muy buena propina.

—¿Cómo de buena? Eso se divide, ya lo sabes.

—Sí, sí, claro. ¡Ha dejado como trece dólares de propina!

—¿¡Cuánto!?

—Bueno, si de verdad era Hunter, probablemente para él no sea casi nada, ¿no? Lo más seguro es que no le preocupe nada el dinero.

—Pues qué majo.

—Sí.

—Así queeeeee… —dijo Maria mientras invadía el espacio personal de Kip—. ¿Estaba bueno?

—Ay, dios mío. —Kip sonrió—. Dios del Olimpo. No parecía de este mundo.

—¿Y qué llevaba puesto?

—Ropa de entreno. Creo que venía de salir a correr. Llevaba ropa deportiva muy apretada.

—Ay, dios mío.

—Ya te digo.

—No me puedo creer que no lo haya visto. Si vuelve, avísame. Aunque esté en el baño, ¡tú avísame!

—Claro, lo más normal del mundo.

Maria empezó a meter la fruta y verdura frescas recién cortadas en la nevera. Kip la ayudó. Estuvieron trabajando un rato en silencio.

—Oye —dijo Kip—, que ha dicho mi nombre.

—¿Quién? ¿Hunter? ¿Ha dicho la palabra «Kip»?

—Sí —le respondió ensimismado.

—Dios, me apuesto algo a que cuando él lo pronuncia no suena tan absurdo.

Kip le tiró una fresa.


Kip vio el titular a la mañana siguiente cuando iba en el tren: «¡Hunter sale de caza!». Se inclinó un poco hacia delante para leer la portada del periódico del pasajero sentado frente a él. Al parecer, Hunter había logrado hacer un triplete la noche anterior y había hecho dos asistencias en la goleada contra Washington de 7 a 1. Kip sonrió. De algún modo se sintió orgulloso de él.

«Ay, sí, superbién que la superestrella millonaria haya tenido una buena noche. Será posible…».

En el periódico ponía que los Admirals jugaban esa noche en Nueva Jersey. Mientras Kip caminaba las dos manzanas que separaban la estación del Straw+Berry, pensó en la última vez que fue a ver un partido de los Admirals. Habían pasado como unos ocho años. No, más, porque a Hunter solo lo había visto jugar en la televisión.

«Dios, ¿es que ahora voy a estar pensando todo el rato en Scott Hunter?».

Bostezó mientras sacaba la llave y abría la puerta del local. Tenía que buscar algún trabajo que no le hiciera madrugar tanto. Levantarse antes de las cinco para entrar antes de las seis era ridículo. Sobre todo, si era por el salario mínimo.

La mañana transcurrió como la mayoría de los días laborables: ajetreo constante desde las siete hasta las nueve, y luego un poco de tranquilidad antes de que empezaran a llegar lo que Maria había bautizado como «las mamis yoguis».

—Tu novio jugó un buen partido anoche —dijo Maria mientras rellenaba el cuenco de naranjas.

—¿De qué narices me estás hablando?

—De Scott Hunter. Marcó como un millón de goles o así.

—Tres —le corrigió Kip—, e hizo dos asistencias.

—Ay, disculpa. No era consciente de que fueras tan fanático.

—¡Y no lo soy! Lo he visto en un periódico de camino aquí. Es, tipo, como la gran noticia.

—¡No me lo puedo creer! ¡Estás pilladísimo de él! Anoche cuando fuiste a casa buscaste imágenes en Google de Scott Hunter, ¿verdad?

—¡No!

«En realidad, sí».

—Ya, claro. Eres miembro de su club de fans. Qué mono.

—Te odio.

—No es verdad.

Maria apilaba las naranjas y Kip fregaba el suelo detrás del mostrador, aunque no estuviera tan sucio. Era solo que se ponía nervioso si se quedaba de pie sin hacer nada.

A las diez y poco, se abrió la puerta y, de nuevo, Kip se topó una vez más con Scott Hunter con ropa de entreno sudada.

Esta vez Maria estaba allí para presenciarlo.

—Hostia puta.

Kip le dio un codazo de la forma más sutil que pudo.

—Buenos días de nuevo, Kip —dijo el chico que definitivamente era Scott Hunter.

—Buenos días, eeeh… Jesús. Tú eres Scott Hunter, ¿verdad?

Parecía que la pregunta le resultó divertida.

—Sí, lo soy.

—Qué pasada —susurró Maria.

—Es, eeeh —dijo Kip y luego rectificó—. Buen partido anoche.

—¡Gracias! He pensado que querría tomarme otro *smoothie* de esos de arándanos. Cuando algo me va bien en un partido, trato de repetir lo que he hecho ese mismo día.

—Entiendo —dijo Kip. Los ojos de Scott eran azules. Muy azules.

—Así que… Ponme otro *smoothie* de arándanos, por favor.

—¡Claro! —Kip salió del estado de trance y se puso a prepararlo.

Scott Hunter llevaba, una vez más, una chaqueta y unos pantalones de chándal ridículamente ajustados de Under Armour. Tenía el pelo mojado y revuelto, y la piel ligeramente enrojecida de haber hecho ejercicio. Kip Grady llevaba, una vez más, un puto delantal absurdo y una gorra con una puñetera fresa bordada. Pero por lo menos esta vez no tenía resaca.

Le entregó el *smoothie* al famoso deportista y trató de no fijarse demasiado en cómo sus labios se amoldaban a la pajita. Le resultó difícil porque Scott lo estaba mirando mientras daba el primer sorbo. Sus labios se curvaron un poco cuando se dio cuenta de que Kip también lo miraba.

—Gracias de nuevo, Kip —dijo—. Espero verte el próximo día de partido.

Levantó el vaso del *smoothie* en señal de despedida y se marchó.

Cuando Kip se volvió hacia Maria, vio que estaba boquiabierta.

—«¿Espero verte el próximo día de partido?» —dijo ella—. ¿Me estás vacilando?

—¿Qué?

—¡Está pilladísimo de ti, Grady!

Kip se puso tan rojo como la fresa de la gorra.

—Anda ya. No es eso lo que quería decir.

—Seguro que no.

—¡Que no! Es que es supersticioso. ¡Lo que quería decir es que ojalá funcione y tenga un buen partido para que pueda volver otro día que tenga que jugar! ¡Y ya!

—Ya sé qué quería decir, idiota, pero no solo está diciendo eso.

—Ni siquiera es… Ay, dios mío. No me puedo creer que esté hablando de esto. A Scott Hunter no le gustan los hombres. Y desde luego no le gustan los tipos que trabajan en locales donde se preparan *smoothies*.

—Si tú lo dices.

—Voy a volver allí detrás para cortar la piña —refunfuñó Kip.

—Es mejor que compruebes que nos quedan suficientes arándanos —le dijo Maria con tono burlón mientras él se iba.

Kip se quedó admirando las vistas del río Hudson en el salón de su mejor amiga, que se situaba en el barrio de Tribeca. No podía imaginarse cuánto podía costar un lugar así.

Vivir en Nueva York era caro, pero Kip tenía una estrategia impresionante que le permitía trabajar por el salario mínimo y pagar cada mes las cuotas de su préstamo universitario: seguía viviendo con sus padres.

Sí, tenía veinticinco años. Sí, se había graduado en la universidad a los veintidós. Pero la cuestión era que los graduados en Historia no estaban precisamente muy cotizados en el mercado laboral.

Kip tenía sueños. Aspiraciones. Quería trabajar en algún museo. Quizá algún día trabajar en uno en Europa. Quizá escribir un libro o dos. Quizá presentar un programa de televisión en el que se dedicara a viajar por el mundo y presentar diferentes lugares históricos a la audiencia. Quizá trabajar como asesor en películas históricas en Hollywood…

O quizá convertir frutas y verduras en purés bebibles para gente ocupada que se dirigía a trabajos que eran importantes de verdad.

La propietaria del apartamento en el que ahora se encontraba, Elena, tenía un trabajo de verdad y una vida que parecía muy adulta en comparación con la de Kip. Era ingeniera de ciberseguridad en Equinox Tech, una de las empresas de IT con más crecimiento del país. Kip no sabía exactamente qué era un ingeniero de ciberseguridad, pero sonaba a bien pagado y rimbombante.

Elena era, sin duda, la persona más inteligente que Kip conocía. Además de ser listísima y divertida, también era muy guapa, con una combinación especial con la altura y estructura ósea de su padre noruego, y el pelo oscuro y piel morena de su madre libanesa.

La amistad de Kip con ella en el instituto le había ayudado a darse cuenta de que no le interesaban sexualmente las mujeres. Porque si no le interesaba ella, pues…

De todos modos, lo más probable era que Elena supiera desde antes que él que era gay. Ella siempre lo sabía todo antes.

—¿Necesitas compañero de piso? —preguntó Kip mientras se alejaba de la ventana.

—No —respondió ella—. Ni loca.

Se acomodaron en el sofá para tomar comida china estilo Sichuan (Elena no era de las que cocinaban). Kip apenas había dado un bocado cuando Elena dijo con naturalidad:

—Bueno, ¿y quién es él?

A Kip se le escaparon los fideos de los palillos y volvieron a caer en la caja de donde los había sacado.

—¿Qué? ¿Quién? ¿De qué hablas?

—Llevas toda la noche embobado. ¿En quién estás pensando?

Kip se sonrojó. Pinchó los fideos con los palillos.

—En nadie.

—Christopher.

A Elena le gustaba usar su nombre real cuando él se ponía pesado.

—Te vas a reír.

—Eso no sería propio de mí.

Kip sonrió al oír su respuesta.

—Es solo que… ¿Conoces a Scott Hunter?

—¿Que si conozco a Scott Hunter? En persona no.

—Pero has oído hablar de él.

—Sí.

—Vale. Pues ha estado viniendo al local.

—¿Al local de *smoothies*?

—Sí. Estos últimos dos días. Para tener suerte, según dice él, porque jugó muy bien después de tomarse un *smoothie* ayer por la mañana. Así que hoy ha vuelto y se ha pedido otro porque tenían partido esta noche.

—Vale.

—Está… Es que está muy bueno, y ya está.

A Elena se le movieron un poco los labios, pero no se rio.

—Qué guay.

—Sí.

Continuaron comiendo en silencio. Y Kip, que al parecer no podía mantener la calma, aguantó un minuto antes de soltar:

—Y sabe cómo me llamo.

Elena levantó una ceja.

—Me ha dicho: «Buenos días, Kip» cuando ha venido hoy.

Kip intentó, sin éxito, borrar la sonrisa de tonto de su cara.

—Debe de haber sido emocionante.

—Sí, y, eeeh, también dijo que esperaba volver a verme. Ya sabes, tipo, si el *smoothie* funciona y eso.

—¿El *smoothie* mágico del hockey?

—Deja de reírte de mí.

—¡No me río! Y te diré algo más: esta noche vamos a ver ese partido de hockey.


Kip sentía vergüenza por los nervios que notaba viendo el partido de hockey. Cada vez que Scott recibía un golpe, Kip se estremecía. Cada vez que Scott lanzaba un tiro a la portería, Kip contenía la respiración. Quería que ese partido le fuera bien a Hunter, y no tenía sentido engañarse a sí mismo sobre el motivo.

Al final de la primera parte, iban empatados a uno. Scott se detuvo de camino al vestuario para conceder una breve entrevista. Se quitó el casco y el pelo húmedo se le rizó hacia todas partes. El corazón de Kip se aceleró. Scott estaba empapado de sudor, incluso más que cuando entraba al Straw+Berry después de sus carreras. Kip podía ver cómo le brillaba la nuca bajo el cuello rojo de su camiseta.

Scott hablaba de una defensa fuerte y del trabajo en equipo. Su preciosa boca se cernía sobre el micrófono, sus ojos azules miraban a la cámara y no al hombre que le estaba entrevistando. Era como si apenas estuviera presente en la entrevista, como si ya estuviera donde preferiría estar en ese momento.

—Desde luego, es atractivo —dijo Elena.

—Sí… —suspiró Kip.

El partido siguió igualado durante el segundo tiempo. No fue hasta el tercero, en el que Scott marcó dos goles y asistió otro, cuando los Admirals acallaron a los fans en el estadio de Newark. Kip estaba eufórico.

—Dios, es una pasada. En ese último gol, puede que haya disparado el *puck* a unos ciento sesenta kilómetros por hora, pero parecía a cámara lenta.

—Es hábil con las manos —coincidió Elena, con una sonrisa en los labios.

Cogió el móvil y se puso a buscar algo.

—El siguiente partido lo juegan aquí el sábado por la noche contra Tampa Bay —dijo ella—. ¿Trabajas el sábado?

Kip gimió.

—¡Joder! ¡Tengo que… cambiar el turno! ¿Quién trabaja el sábado?

Cogió el móvil y le envió un mensaje a Maria:

Kip: ¿Trabajas el sábado?

La respuesta llegó un minuto más tarde:

Maria: Sí, ¿por?

Kip: ¿Me cambias el turno?

Maria: ¿Por qué?

Kip: A mí me toca el viernes. Cámbiamelo, por favor…

Maria: ¿¡Es por Scott Hunter!?

Kip se sintió tonto, pero aun así respondió:

Kip: Puede.

Maria: Dios, Kip.

Kip: ¿¡POR FAVOR!?

Maria: Vale.

Hubo una pausa, y luego ella añadió:

Maria: Te toca turno con Jeff.

Puaj. Jeff era lo peor. Era un vago y básicamente siempre iba colocado. Kip no acababa de entender cómo podía seguir trabajando ahí.

Pero merecería la pena, porque cuando acabó el partido el marcador iba 6-2 a favor de los Admirals. Lo que significaba que Scott iba a ir el sábado con toda seguridad.

Probablemente con toda seguridad.

Casi con toda seguridad.

# Capítulo 2

Es posible que Kip se hubiera levantado muy temprano el sábado para cuidar más su aspecto.

No podía hacer nada con el uniforme, pero por lo menos se había asegurado de que sus mejores vaqueros estuvieran limpios y había decidido ponerse las zapatillas nuevas que había comprado hacía un par de semanas y que en realidad no podía permitirse, pero a las que no pudo resistirse.

Incluso se había tomado la molestia de arreglarse un poco el pelo, a sabiendas de que tendría que ponerse la estúpida gorra. Había utilizado hilo dental. Y se había guardado pastillas de menta en el bolsillo para disimular el posible olor a café en el aliento.

Llegó al local diez minutos antes de lo previsto después de ir a un ritmo muy relajado, y no le sorprendió en absoluto ser el primero en llegar. Se puso a trabajar en las preparaciones, poniendo especial cuidado en que los ingredientes para el *smoothie* «Luna azul sobre Brooklyn» de Scott estuvieran listos.

Veinte minutos antes de que el Straw+Berry abriera a las seis, Kip seguía estando solo. Y, otra vez, no le resultó nada nuevo, ya que ese día le tocaba trabajar con Jeff, pero aun así le era irritante.

A las seis y media sonó el teléfono: era Jeff diciendo que estaba enfermo. Kip ni siquiera pudo reunir la energía para enfadarse, sobre todo porque eso significaba que estaría solo en el local cuando Scott…

«Estás demasiado emocionado por la posibilidad de tener una interacción de dos minutos con un chico al que no le interesas, Kip».

Los sábados siempre eran más tranquilos que los días entre semana. La mañana transcurría despacio, con algún que otro cliente que iba rompiendo la monotonía. Kip acabó sacando el móvil y, cómo no, leyendo artículos antiguos sobre Scott Hunter.

Había un montón de noticias. Casi todas contenían la misma información: que Scott había nacido y se había criado en Rochester y que desde su adolescencia siempre había sido el mejor jugador en todos los equipos en los que había estado. Los artículos a menudo destacaban su generosa dedicación a organizaciones benéficas, sobre todo a aquellas que ayudaban a niños enfermos, y lo describían como un modelo que seguir tanto dentro como fuera de la pista.

Otra cosa que siempre se mencionaba era que Scott Hunter era uno de los solteros más codiciados de Nueva York. Nunca había tenido una relación sentimental duradera con ninguna mujer (interesante) y solía esquivar cualquier pregunta sobre su vida privada (aún más interesante).

Kip estaba ocupado guardando las fotos del artículo de Scott para la revista *GQ* en el móvil cuando se abrió la puerta. Se dio prisa en guardar el móvil en el bolsillo al ver entrar a Scott Hunter.

Sería ridículo decir que la cara de Scott se iluminó cuando vio a Kip, pero… fue realmente lo que pareció.

—¡Kip! —dijo con una sonrisa de alegría que se extendía por todo el rostro—. Estaba preocupado por que no fueras a trabajar hoy.

—¿Ah, sí? —preguntó Kip, demasiado sorprendido como para preguntar algo más inteligente.

—Quiero decir… —¿Acaso Scott Hunter parecía avergonzado?—. Me gusta que mi rutina sea lo más estable posible, y, como tú preparaste los otros *smoothies*, pues…

—Será por la forma en que los preparo —dijo Kip mientras intentaba sacar valor para esbozar una sonrisa.

—Será…

Kip empezó a coger los ingredientes y los fue echando a la licuadora.

—Vi el partido anoche —dijo—. El último gol fue increíble.

—Gracias. —Scott sonaba genuinamente agradecido—. Ese me hizo sentir bien.

Sonrió a Kip, que se quedó con la boca seca. Encendió la licuadora antes de poder decir algo estúpido como: «¿A qué saben tus abdominales?».

—¿Estás solo hoy? —le preguntó Scott mientras Kip le servía lo de siempre.

—Sí, eeeh, en teoría tendría que estar trabajando con alguien, pero ha avisado diciendo que estaba enfermo. No creo que sea verdad. Es un inútil.

Kip se encogió por dentro al decir eso.

«Como si a Scott Hunter le importaran una mierda tus compañeros de trabajo».

—Pues lo siento —dijo Scott—. Yo también tengo compañeros de equipo así.

Kip se rio porque ¿de verdad Scott Hunter estaba comparando los trabajos de los dos?

—¿Te… importa si lo tomo aquí? —preguntó Scott como si no hubiera mesas y sillas detrás de él—. Es que… Tengo un par de correos pendientes de responder —dijo mientras sacaba el móvil del bolsillo y lo mostraba al aire.

—Claro, sin problema —dijo Kip sin acabar de creerse la suerte que tenía.

Scott se sentó en una de las mesitas altas, de espaldas a la puerta (y de cara a Kip). Kip intentaba con todas sus fuerzas no quedarse mirándolo mientras Scott revisaba los correos electrónicos en el teléfono y, de vez en cuando, daba sorbos a su *smoothie* azul. Al parecer, lo estaba bebiendo muy despacio.

Después de quince minutos, Kip salió de su puesto detrás del mostrador y se puso a limpiar mesas que no necesitaban en absoluto una limpieza.

Cuando estaba junto a la mesa de Scott, aprovechó para romper el silencio.

—¿Y estás seguro de que esto no va a afectar a tu partido? ¿Tipo, al romper la rutina así?

—¿Qué? Ah, no. No tengo que hacer todo exactamente igual. Quiero decir, no soy tan obsesivo.

—Ya —dijo Kip con una sonrisa burlona.

Scott primero sonrió y luego se rio.

—Probablemente parezco raro, ¿no? Como si el *smoothie* fuera una poción mágica o algo.

Kip se encogió de hombros.

—He leído sobre los deportistas. Estáis un poco como una cabra, ¿no? Os ponéis los uniformes de un modo en concreto, no os cambiáis los calcetines, dejáis de afeitaros…

Scott lo señaló con el dedo.

—¡Oye, eso es solo en los *play-offs*, y es una tradición consagrada!

—Ah, claro, normalísimo.

Kip no podía creer lo que estaba a punto de hacer, pero tenía que tantear el terreno. Solo un poco.

—Tranquilo, si no me molesta —dijo con la mayor naturalidad que pudo—. Siempre os veis muy rudos cuando levantáis la copa. Como si fuerais un grupo de leñadores buenorros.

Toma. Ahí lo dejaba.

Scott lo miró y Kip habría jurado haber visto cómo se le dibujaba una leve sonrisa en los labios.

Pero entonces la sonrisa de Scott se esfumó de golpe.

—Bueno, tengo que irme.

Kip se quería morir. Acababa de coquetear con el puto Scott Hunter y ahora él se iría y no volvería nunca más porque ¿qué cojones te pasa, Grady?

—Gracias de nuevo, Kip —dijo Scott. Fue más majo de lo que Kip se merecía.

Pero, cuando llegó a la puerta, Scott se detuvo y se dio la vuelta.

—¿Te gustaría ir al partido de esta noche?

—¿Qué?

—Nadie va a usar mis invitaciones. Podría darte dos, así puedes llevar a alguien… si… te apetece.

—¿Me lo estás diciendo en serio?

—¿Por qué no iba a hacerlo?

Kip se quedó boquiabierto ante la estrella increíblemente guapa que tenía plantada en la puerta y le estaba ofreciendo un regalo sin motivo aparente.

—¡Si te parece bien, me encantaría!

—Claro que me parece bien, y me encanta oír eso. Al ir, da tu nombre en taquilla y ya.

—De acuerdo. Entonces, nos vemos esta noche —dijo Kip, como un idiota.

Scott solo sonrió y se fue.


A Kip no debería haberle sorprendido en absoluto que los asientos personales fueran una fantasía. En la sexta fila desde la pista, en la línea azul frente al banquillo local. Simplemente increíble.

—Joder —dijo Elena—. Me consta que Equinox tiene un palco aquí, pero estos asientos son mucho mejores.

—No me puedo creer que estemos aquí. ¡No me puedo creer que estemos usando las entradas de Scott Hunter!

—Aunque es una cita un poco rara. Tú aquí con una chica y él trabajando.

—No es una cita.

—Ya. Seguro que le da entradas a todas las personas que le venden *smoothies*.

Kip había intentado no pensar mucho en por qué Scott le había dado las entradas.

—Tan solo está siendo agradecido porque cree que de alguna manera soy responsable de su racha de buena suerte. Como ya te comenté, está loco.

—Loco por ti, quizá.

—No seas idiota.

—Kip —dijo ella mientras dejaba la cerveza en el portavasos—. ¿Tú sabes cómo te ves, verdad?

—¿A qué te…?

—A que estás muy bueno, Grady. Muy muy bueno.

—Estoy… normal.

—No, escúchame. Eres muy atractivo. ¿Te crees que me parece justo que seas gay? Pues no.

Kip puso los ojos en blanco.

—Venga ya. Además… —Bajó el volumen hasta llegar a susurrar y se inclinó hacia ella—. No sabemos si… está en mi equipo.

—Ah, ¿no?

—¡No! O sea… Tengo indicios de que quizá…

—¿Como que estamos en sus asientos personales porque te ha dado las entradas en persona después de que te visitara en el trabajo por tercera vez esta semana?

Kip se sonrojó.

—Es que es supersticioso… —murmuró—. Es por eso.

Los jugadores salieron a la pista para calentar. Kip los vio patinar, tumbarse en el hielo para estirar y turnarse para lanzar tiros fáciles a los porteros. Intentó, sin éxito, no hacer mucho caso al número 21, Scott Hunter. Estaba haciendo un estiramiento de isquiotibiales en zancada profunda que demostraba lo flexible que era. Kip imaginó cómo sería esa postura sin los pantalones tan acolchados de hockey.

Su cerebro falto de sexo lo llevó a un maravilloso viaje durante unos minutos, y estaba tan distraído que casi no se dio cuenta de cuando Hunter patinó frente al cristal que tenía delante, con su impecable uniforme rojo, blanco y azul, como si hubiera salido de un póster publicitario, y le saludó con la cabeza.

«No. No es a mí. Habrá alguien sentado detrás de mí».

Kip volvió la cabeza. Todavía no había nadie sentado detrás de él. Tampoco había nadie delante.

Uy.

Una vez finalizado el calentamiento, salieron las máquinas Zamboni para pulir el hielo y entonces comenzó el espectáculo previo al partido. Se apagaron las luces y se proyectaron vídeos de los Admirals en acción sobre la pista mientras sonaba rock de fondo a todo volumen. Había hielo seco y pirotecnia, y, cuando los jugadores salieron al campo, el lugar alcanzó su punto álgido.

A Kip le llamaron la atención dos cosas: Scott Hunter era una gran estrella. Tipo, una estrella alucinante. Era un atleta superestrella gigantesco y esta ciudad lo amaba. Parecía que la mitad de la gente del público llevaba su camiseta. Y, cuando anunciaron el nombre de Scott como centro titular del partido, los gritos del público se volvieron ensordecedores. No era un simple tío al que le gustaran los *smoothies* de arándanos y fuera amable con los dependientes que se los preparaban. Este tío era Nueva York.

Y Kip estaba ahí como su invitado.

Hostia puta.

Otra cosa que le llamó la atención fue que Scott se había ganado el respeto de sus compañeros de equipo. Kip podía ver la manera en que se les iluminaba la cara a los jugadores más jóvenes cuando les daba una palmada en el hombro y los felicitaba por una buena jugada. Parecía que incluso los árbitros lo apreciaban, pues le daban golpecitos en el codo después de explicarle una decisión de penalización.

El partido fue impresionante. Scott estuvo impresionante. No solo marcó un gol en cada tiempo y asistió en otro, sino que también hizo rugir al público cuando derribó a un extremo de Tampa cerca del centro de la pista con un enorme golpe de cadera. A Kip le impresionó sobre todo cuando Scott evitó una pelea antes de que sucediera, calmando a su compañero de equipo con un firme agarre en el brazo y algunas palabras que Kip hubiera deseado poder oír.

Era innegablemente sexy ver a Scott mostrando tanta habilidad y autoridad durante todo el partido. Estuvo increíble.

—¡Ha sido la hostia! —dijo Kip, en voz demasiado alta, mientras se dirigían al metro después del partido—. ¡Quiero ir a otro! ¡Quiero ir a todos!

—Pues tendrás que esperar, superfán —dijo Elena—. Los Admirals estarán de viaje durante las próximas dos semanas.

Kip no debería haberse sentido tan devastado por esa noticia. De golpe, la idea de trabajar un turno entero sin ver a Scott le parecía insoportable.

Esa noche, ya en casa y en la cama, no pudo evitar preguntarse si Scott estaría triste por tener que salir de gira, lejos de su rutina segura.

Estaba siendo estúpido. Scott era un jugador de hockey profesional que no iba a echar de menos sus estúpidos *smoothies* mientras estuviera de viaje. Kip suspiró y se resignó a pasar al menos dos semanas sin ver a Scott Hunter en el trabajo.

# Capítulo 3

Scott vio desaparecer la isla de Manhattan mientras el avión atravesaba las densas nubes que habían cubierto la ciudad durante días.

Se sentía raro, pero no sabía por qué. No tenía nada que ver con su manera de jugar, porque lo estaba haciendo mucho mejor que en toda la temporada. El equipo llevaba una racha ganadora y no había lesiones importantes. Además, el avión privado del equipo los llevaba a Phoenix, lo que les daría un agradable respiro del frío glacial de enero en Nueva York.

Por lo menos, su agente volvía a estar contento. Hacía un par de semanas, Scott había recibido una llamada muy alarmada de Todd Wheeler, el hombre que lo había representado desde que era jugador de hockey en la universidad.

—Tenemos un problema gordo —le había dicho Todd—. A los patrocinadores no les gusta lo que están viendo de ti. Gillette dice que a este paso no renovará el año que viene. Incluso Under Armour se está poniendo nerviosa. ¡La puta Under Armour, Scott! ¡No podemos perderlos!

Si la conversación tenía como objetivo motivar a Scott, no había funcionado. No era que él no supiera que estaba jugando fatal ni que estuviera contento con ello.

—Créeme, Todd —le había dicho Scott—. Nadie está más decepcionado que yo.

Pero, ayer, Scott había recibido una llamada muy diferente.

—¡Lo que sea que hayas hecho para recuperar tu juego sigue haciéndolo! —le había dicho Todd con tono de alivio.

Excepto que Scott no podía seguir haciéndolo. Estaría de viaje jugando sobre todo contra equipos de la Conferencia Oeste. Los Admirals tenían programados siete partidos, el último de ellos en Toronto, antes de volver a casa. A Scott nunca le había importado salir a jugar fuera. Le gustaban sus compañeros de equipo y, a diferencia de alguno de ellos, no le daba miedo volar. Además, al contrario que la mayoría del equipo, no tenía mujer ni hijos a los que dejar atrás.

Pero, por primera vez en su carrera, Scott, de forma absurda, sintió que estaba dejando a alguien atrás.

El compañero de asiento de Scott y uno de sus capitanes suplentes, Carter Vaughan, estaba más emocionado que el resto por su próxima parada en Los Ángeles. Llevaba unos meses saliendo con Gloria Grey, una actriz de televisión muy famosa y extremadamente atractiva. La última vez que Scott le había preguntado al respecto, Carter había insistido en que «no era nada serio». «Solo somos dos personas guapas y tranquilas que disfrutan de la compañía del otro cuando estamos en la misma ciudad».

Scott pensaba que podría ser algo más, pero no dijo nada. Era el menos indicado para meterse en la vida amorosa de los demás.

Carter ya se había puesto los auriculares. Como no había nada que ver fuera de la ventana, Scott sacó su libro. Era una novela de espías aburrida, pero era algo con lo que pasar el rato.

Scott intentó leer, pero no paraba de divagar. No dejaba de evocar la imagen de un encantador dependiente de una tienda de *smoothies* con unos impresionantes ojos color avellana y la sonrisa más bonita que había visto…

Volvió la cabeza para que Carter no se diera cuenta de la tonta sonrisa que se le había puesto.

Había ido al partido la noche anterior. Kip. Scott le había saludado con la cabeza, pero Kip no le había respondido. Quizá no lo había visto. Quizá pensaba que Scott era raro.

En cualquier caso, a Scott le había hecho absurdamente feliz verlo sentado en el estadio. Y aún más feliz ver que había traído a una amiga, porque Kip había dado a entender que le atraían los hombres. Al menos, Scott estaba bastante seguro de que eso era lo que había sucedido. No tenía ni idea de cómo ligar.

Frunció el ceño. Kip podría ser bisexual. Quizá esa chica con la que estaba era su novia. Sin duda, era bastante guapa.

Scott no era bisexual. Lo que el mundo no sabía era que tampoco era heterosexual. Sabía que era gay desde hacía mucho tiempo. En realidad, desde que jugaba en la liga juvenil. En aquella época estaba locamente enamorado de un compañero de equipo, y estaba seguro de que su amor no era correspondido. Y, aunque lo hubiera sido, sabía que Jacob nunca habría hecho nada al respecto. Nunca lo habría admitido. Si hubiera intentado ligar con él, Scott solo habría conseguido un ojo morado, o algo peor. Si se hubiera corrido la voz, podría haberle costado la carrera. Porque los jugadores de hockey no eran gais. Ningún jugador de la NHL había sido gay.

Scott sabía, ahora que era mayor y más sabio, que eso no podía ser verdad. Pero eso no cambiaba el hecho de que nadie en la liga había sido abiertamente gay, ni siquiera abiertamente bisexual. Los jugadores de la NHL se casaban jóvenes, tenían un montón de hijos y se iban con la familia a la cabaña en verano. Los jugadores de la NHL jugaban al golf y al póquer, bebían, comían filetes de carne, iban a clubes de *striptease*, se acostaban con fans del hockey que estuvieran buenas y usaban insultos homófobos con total libertad.

Así que Scott mantenía su vida amorosa en secreto. O, más bien, la falta de ella.

Ya era bastante difícil ser discreto cuando se era una persona normal y corriente. Era infinitamente más complicado al ser un deportista superfamoso. Scott no podía conectarse a internet y ligar con hombres al azar; siempre temía que alguno de ellos hablara con la prensa. Sentía lo mismo con respecto a los trabajadores sexuales. Evitaba los bares y clubes gais, aunque tampoco es que le gustaran ese tipo de cosas. Era muy mal bailarín.

La mayoría de sus encuentros sexuales tenían lugar durante los veranos. Se iba a lugares exóticos donde nadie tuviera ni idea de la NHL. Italia, España, Brasil o Grecia. Sitios en los que él tan solo era uno de los jóvenes en forma que iban en busca de una única cosa.

Hacía mucho que había terminado el verano. Lo que Scott no hacía (no hacía nunca, jamás) era coquetear con los dependientes en Manhattan. Porque eso sería una idiotez, además de peligroso, y no merecía la pena correr el riesgo. Claro estaba que nunca les daría a entender que le interesaban los hombres. Scott era un experto ocultándolo; al fin y al cabo, tenía años de práctica.

Pero con Kip ocurría algo distinto.

Scott ni siquiera podía ponerle nombre. Obviamente era mono («Es guapísimo, joder, Scott, no me jodas»), con esos hoyuelos y esos ojos. En el partido de anoche, Scott por fin había podido ver a Kip sin la gorra y el delantal. Le gustaría verlo más de cerca alguna vez.

«Dios».

Así que sí, era atractivo. Muchos chicos en Nueva York lo eran. Joder, un montón de chicos del equipo de Scott lo eran. Así que esa no era la única razón por la que Scott no podía parar de pensar en él.

Había algo en él. Scott quería hablar con él durante horas y averiguar todo sobre él. Enseñarle todo. Dárselo todo.

Su motivo para volver al Straw+Berry los días de partido no era una estratagema. De verdad creía que era importante mantener la rutina cuando le iba bien en el hielo. Había estado jugando sus peores partidos antes de que entrara en esa tienda y Kip le sirviera ese *smoothie*, y desde entonces había estado en racha.

En más de un sentido, si era sincero.

—Dichosos los ojos…

—Hola, papá —dijo Kip mientras se dirigía al armario para coger la caja de cereales. Era el día libre de Kip, lo que significaba pasar una mañana poco habitual en casa.

—No te pregunté cómo fue el partido de la otra noche —dijo su padre.

—Fue increíble. —Mientras lo decía, Kip sonrió para sus adentros—. La verdad.

Su padre dio un sorbo al café y miró a Kip desde donde estaba sentado en la pequeña mesa de la cocina.

—Fue muy amable por parte de Scott Hunter darte esas entradas.

—Lo fue, sí.

—No creo que haya nadie en Brooklyn a quien tu madre no se lo haya contado.

—Dios, tampoco es para tanto.

—Nuestra vida no es muy emocionante —dijo su padre sonriendo.

Kip se sentó junto a su padre en la mesa redonda en la que había desayunado toda su vida.

Quería mucho a sus padres. Le gustaba la casa, pero también se moría de ganas de independizarse.

—¿Cómo está Elena? —preguntó su padre.

—Bien. Ya sabes, espectacular en todos los aspectos.

—¿No hay ofertas de trabajo para ti en Equinox Tech?

—¿Y qué narices iba a hacer yo en Equinox? Solo soy un friki de la historia como mi viejo.

—Sí, del equipo historiador.

Su padre se rio entre dientes y se recostó en la silla.

—Entonces, lo que tienes con Scott Hunter…

—No tengo nada con Scott Hunter.

—Vale… —dijo su padre con ese tono cantarín de «muy bien, no es asunto mío».

—En serio, él solo… cree que los estúpidos *smoothies* que le preparo le traen suerte o algo así. No tiene nada que ver conmigo.

—Tu madre se va a decepcionar mucho al oír eso.

Kip puso los ojos en blanco, pero sonrió.

—Creo que Megan vendrá a cenar esta noche —dijo su padre—. Y Andrew también.

—Ay, qué bien.

Megan era la hermana mayor de Kip, y Andrew era su pareja. Los dos vivían juntos en Williamsburg.

Cada vez que Megan iba a casa por cualquier motivo, eso le recordaba a Kip que ella tenía que «volver a casa». Era cuatro años mayor que él, pero aun así…

—¿Tienes planeado quedarte esta noche? —le preguntó su padre.

—Claro —respondió Kip, esbozando una sonrisa forzada—. ¿Dónde si no iba a estar?


Scott se desplomó contra la pared de la sauna, agotado y frustrado. Deberían haber ganado ese partido.

Habían jugado con el portero suplente, un chico sueco llamado Tommy Andersson, y no había salido bien. Pero Andersson no tenía la culpa. Nadie le había ayudado.

Scott se pasó las manos por la cara sudada y el pelo húmedo.

Scott ni siquiera había hecho una aparición decente aquella noche. Ninguno del equipo se había esforzado lo suficiente, y debería haber sido una victoria fácil.

El entrenador Murdock ya les había hecho sentir avergonzados de sí mismos. Entró en la sala, sacudió la cabeza y se fue, lo que resultaba peor que gritarles.

Nadie entró en la sauna para molestar a Scott. Sabían que no era buena idea.

Suspiró y se levantó, ajustándose la toalla alrededor de la cintura. Necesitaba darse una ducha. Y algo de beber.

Entró en la zona de descanso, todavía con la toalla puesta, y cogió una botella de agua de la nevera. Se la bebió de un trago y luego se dio la vuelta y vio a Greg Huff sentado en la encimera de detrás.

—Menuda mierda hemos hecho —dijo Huff.

—Desde luego —respondió Scott—. No sé ni qué decir.

—Bueno, yo no soy el capitán, pero qué tal algo como: «A ver, cabrones. Dejad de jugar tan de puta pena», o algo así…

Scott sonrió un poco.

—Eso era más o menos lo que estaba pensando.

—Pobre Andersson, tío. Lo siento mucho por el chiquillo.

—Ya… —dijo Scott mientras miraba hacia la dirección del vestuario—. ¿Cómo está?

—Mejor que nunca. ¿Pues tú qué crees?

—Hablaré con él. Tú te libras. Eres el único que ha marcado un gol esta noche. Además, ha sido muy bueno.

Huff le hizo un saludo algo vago.

—Es lo que se me da bien.

Era verdad. Greg Huff era uno de los mejores tiradores de la liga. Tenía una puntería increíble y, gracias a ello, había sido elegido para el All-Star de la NHL durante ocho temporadas seguidas.

Scott cogió un Gatorade de la nevera. Huff extendió las manos en posición de recibirlo, así que Scott le tiró uno.

—Voy a darme una ducha —dijo Scott—. Pero dile a Andersson que se quede por aquí, ¿de acuerdo?

—Oído.

Si Scott pudiera tener un equipo repleto de Greg Huffs, estaría encantado. Greg era un tío de fiar, honesto, y una presencia muy necesaria en el equipo, tanto dentro como fuera de la pista. No era el jugador más llamativo, ni de lejos el más grande, pero contribuía mucho al equipo.

Scott se dirigió a las duchas. Había un par de compañeros más allí. La mayoría del equipo ya se había duchado y se estaba preparando para volver al hotel de San José.

Uno de los que estaban en la ducha era Frank Zullo. Era el único jugador del equipo que a Scott no le gustaba. Era muy buen defensa, sin duda, grande y duro, y un luchador increíble cuando era necesario. Pero también era un matón y, la verdad, resultaba un poco asqueroso. Había un puñado de tíos como Zullo en la NHL.

Scott calentó la temperatura del agua, dejando que se llevara por delante ese terrible partido. Por la mañana volarían a Chicago. Tenían la noche libre y al día siguiente por la tarde había partido. Luego, un vuelo nocturno a Toronto para jugar un partido la noche después y, finalmente, volverían a Nueva York.

Salió de las duchas y se dirigió a las taquillas. Se puso unos pantalones cortos y una camiseta y fue a buscar a Andersson al vestuario. El joven portero estaba recogiendo su equipo deportivo, con un aspecto bastante lamentable.

—Oye —dijo Scott mientras se sentaba junto a la enorme bolsa del equipo de portero de Andersson—. Siento que no te hayamos ayudado esta noche.

Andersson soltó una risa enfadada.

—La he cagado —dijo con su acento fuerte y marcado.

—Todos la hemos cagado.

—Parecía un puto idiota ahí fuera.

—Murdock tomó la decisión correcta al ponerte a ti —dijo Scott—. No te culpo en absoluto. Nos culpo al resto. Es algo psicológico. Supongo que poner al portero suplente nos hace ser arrogantes. Como si el entrenador pensara que este partido fuera a ser fácil, todos nos lo creemos y entonces…

—Y entonces parezco un puto idiota ahí fuera.

Scott asintió con la cabeza.

—Todos vamos a dedicarnos a repetir nuestros errores esta noche cuando estemos en la cama. Nadie en este equipo está orgulloso de sí mismo esta noche. Pero nadie te culpa. Necesito que seas consciente de eso.

El joven portero le dedicó una sonrisa reticente.

—Gracias —dijo. Metió el resto de su equipo en la bolsa y se puso de pie—. Me voy al hotel. Repasaré algunos de los errores. Y luego lo olvidaré todo y me centraré en el próximo partido.

—Bien hecho. Tu compañero de habitación es Burke, ¿no? —preguntó Scott tratando de sacar conversación mientras salían del vestuario.

—Sí.

—Lo siento mucho, tío. Buena suerte.

Tommy se rio.

—Ya, gracias. Finjo que no lo entiendo cuando necesito que deje de hablar.

Scott se rio también. El inglés de Tommy era excelente.

—Voy a preparar mis cosas —dijo Scott—. Te veo mañana, Tommy.

—Buenas noches.


Kip analizó la multitud que había en el pub hasta que vio a Shawn sentado en una mesa pequeña solo. Shawn le sonrió desde la otra punta de la sala.

—Hola, ¿qué tal? —dijo Shawn mientras lo esperaba de pie hasta que Kip llegó y lo abrazó—. Cuánto me alegro de que te hayas organizado para poder venir.

—He estado con demasiada gente hetero últimamente —bromeó Kip mientras soltaba a Shawn y se acomodaba en la silla de madera que había frente a él.

Era el mismo bar al que llevaban años yendo: el Kingfisher. Tenía el mismo ambiente acogedor y desgastado de cualquier pub inglés con madera oscura, luz tenue y carteles de cerveza en las paredes. Una televisión al fondo de la sala mostraba deportes locales. A simple vista, no parecía en absoluto un bar gay, o por lo menos no lo que la mayoría de los heteros probablemente imaginaban que era un bar gay. Pero los hombres se sentaban un poco más cerca y los camareros eran, en opinión de Kip, un poco más atractivos. Le encantaba ese sitio.

—Tenemos un camarero nuevo muy mono —dijo Shawn—. Te gustará.

—Ay, no puedo competir contra ti.

Shawn negó con la cabeza y levantó la pinta.

—Demasiado pulcro para mí. Todo tuyo.

Shawn era guapísimo, con la piel morena, los ojos tiernos y una sonrisa cálida.

También vestía impecable, siempre parecía un modelo del catálogo de J.Crew.

Kip y él habían tonteado un poco en la universidad. Nada muy serio, en aquella época ambos estaban ansiosos por experimentar. Sin embargo, a Shawn le gustaban los chicos malos. A pesar de su apariencia conservadora, siempre se había sentido atraído por los hombres con tatuajes y un aire peligroso. Kip tan solo era un friki ansioso por complacer que no sabía qué hacer con su vida.

El camarero se detuvo junto a la mesa, y Shawn no estaba de broma. Delgado, atlético y con el pelo rubio cayéndole sobre la cara, el chico era exactamente el tipo de Kip.

Kip le dedicó una sonrisa coqueta mientras pedía, porque no pudo evitarlo. El camarero se la devolvió y se presentó como Kyle. Shawn se rio después de que Kyle se marchara.

—Siempre con tanto desparpajo.

—Sí, hombre —dijo Kip—. La mayor parte del tiempo soy un desastre.

—No, eres todo un encanto. Ese chico ya está pensando en decirte cuándo termina su turno.

Kip miró por encima del hombro hacia la barra, donde Kyle estaba esperando, suponía que a la cerveza de Kip.

—Bueno…

—Pero, antes, tenemos algo de lo que hablar —dijo Shawn.

—¿De qué?

—He estado pensando sobre el otro día de la semana pasada que estuvimos con Jimmy y Chuck.

—¿Ah, sí?

A Kip le iba a ir muy bien esa cerveza.

—En primer lugar, creo que te atacamos un poco en grupo cuando estábamos…

—¿Preguntándome qué cojones hacía con mi vida?

—Animándote a perseguir tus sueños.

—Ajá.

Kyle, el maravilloso ángel, apareció en la mesa con la pinta de *ale* roja artesana. Mientras dejaba el vaso en la mesa, aprovechó una oportunidad para apoyar la mano sobre su hombro. Kip notó las yemas de los dedos tocándole la nuca.

—Avísame si necesitas algo más —dijo Kyle sin dejar que el doble sentido pasara desapercibido.

—A ver —le dijo Kip a Shawn después de disfrutar de la sonrisa de despedida de Kyle—. Sé que tan solo…

—Tengo una propuesta para ti —le interrumpió Shawn.

Kip levantó una ceja.

—Eso nunca ha acabado especialmente bien hasta ahora.

—Una propuesta de negocios. Y de esas recuerdo algunas que no fueron mal del todo.

Kip sonrió mirando la cerveza.

—Yo también.

—Propongo —dijo Shawn— que busques un trabajo mejor.

Kip luchó contra el impulso de poner los ojos en blanco.

—¿Tipo, dónde?

—Tengo un amigo…

—Un amigo, ¿eh?

—Que trabaja en el Museo de la Ciudad de Nueva York.

Bueno. Ahora Kip sí que estaba prestando atención.

—Me ha dicho que están a punto de publicar la oferta de un puesto como asistente de educador. Ya sabes…, alguien que ayude con la organización de las excursiones y esas cosas. Enseñarles a nuestros pequeñines todo sobre nuestra preciosa ciudad.

Kip se echó hacia atrás en la silla.

—No estoy calificado para eso.

Shawn lo miró desafiante.

—¿Tengo que usar mi voz de Elena?

—No —refunfuñó Kip.

—Vas a presentarte a ese trabajo, Kip Grady. Y los vas a encandilar con tu carisma, tu amor por la historia y por el hecho de que has vivido aquí toda tu vida.

—¡No me van a llamar ni para la entrevista!

—Voy a llamar a Elena.

—Pues muy bien. No te lo va a coger. Odia que la llamen por teléfono.

—Preséntate a ese puesto, Kip.

Kip suspiró. «Por qué no, ¿no?».

—De acuerdo. Me presentaré. Gracias por avisarme.

—No se merecen, idiota. Y ahora… —Shawn se echó atrás y fingió que buscaba algo por el bar—. Qué tal si miras si a nuestro amigo Kyle le apetece celebrar tu nueva glamurosa carrera.

Ahí Kip sí que puso los ojos en blanco.

—No pienso celebrar una mierda. Y…

Se calló porque no sabía muy bien qué quería decir. «Estoy a ver si pasa algo con alguien nuevo. Probablemente lo conozcas…, es el capitán de los New York Admirals. ¿Quizá lo recuerdes del especial de la revista *People* "Las 50 personas más bonitas"? Sí, pues me gusta. Estoy casi seguro de que es heterosexual. ¡Cruzo los dedos!».

En lugar de eso, tan solo dijo:

—Creo que me iré pronto a casa esta noche. Pero veamos si te podemos encontrar a alguien a ti.


—¡Eso no era embestida, joder! ¡Era un puto golpe legal! Es hockey, ciego hijo de…

—Ya vale. —Scott agarró a Zullo fuerte con las dos manos y lo arrastró lejos del árbitro.

Zullo volvió la cabeza y siguió gritando.

—¿Qué pasa? ¿Ahora no puedo tocar a nadie o qué? ¿Ya no es un deporte de contacto? Abre los putos ojos, joder…

—Ahora hablo con él. Ve a la caja, Zullo.

Zullo negó con la cabeza. Carter se acercó patinando para ayudarle a acompañarlo a la caja de castigo. Si Zullo seguía gritando, lo acabarían expulsando. Scott volvió junto al árbitro.

—¿Embestida, Hal? ¿En serio?

—¿Me estás diciendo que no sé hacer mi trabajo, Hunter? Sé lo que he visto.

Hal Coleman, uno de los árbitros favoritos de Scott, solo le llegaba hasta el pecho, pero bajo su apariencia tranquila era duro como una piedra. Además de inteligente.

—Bueno —dijo Scott mientras miraba hacia la caja de castigo en la que ahora estaba un furioso Frank Zullo—, no le vendrá mal relajarse un poco ahí dentro.

—Es un trozo de pan —coincidió Hal.

Scott miró hacia el otro lado de la pista, hacia el banquillo de Chicago.

—¿Becker está bien?

—Voy a ver cómo está. Parece que sigue en pie. —Hal miró fijamente a Scott—. Dile a tu chico que, si vuelvo a ver eso, lo echo.

—Oído.

Hal fue hacia el banquillo de Chicago y Scott se dirigió a la caja de castigo.

—No lo he podido convencer —dijo—. Quédate un par de minutos para relajarte y luego acabaremos de decepcionar al público local.

—No era embestida. Ni de puta coña era embestida —escupió Zullo.

—Excepto en la parte en que te le has echado encima.

—Hostia puta, Hunter. ¿Me lo estás diciendo en serio? ¿Ahora vas con Chicago? ¡Becker se ha tirado!

Scott ya estaba patinando de vuelta al banquillo.

—¡Quédate dos, Frank! —gritó por encima del hombro.

Carter lo alcanzó.

—¿Cuánto puedo darle a Hal para que suspenda a Zullo unos cuantos partidos?

—Venga, tira —dijo Scott en seco—. Zullo es capaz de buscar que lo penalicen sin la ayuda de nadie.

—Puto psicópata —murmuró Carter—. Seguimos con el plan de cenar en el Chicago Cut después del partido, ¿no? Necesito esos filetes.

—Sí, sí.

Hal pitó entonces para reanudar el partido. Scott se dirigió al círculo en su zona de la pista para recibir el saque y le dijo unas palabras de ánimo al portero mientras patinaba junto a la portería.

—¡Está siendo un buen partido, Benny!

—No me digas nada. Me gafas, y voy a por ti.

Scott se rio entre dientes. Eric Bennett era muy amable fuera de la pista, pero, una vez que estaba dentro de la portería, era el competidor más duro que Scott había conocido jamás.

Scott se agachó en el círculo y puso el *stick* sobre la pista. Levantó la vista para mirar a los ojos de su rival, un centro estrella de Chicago que se llamaba Clarke.

—Si Zullo vuelve a hacer algo así —gruñó Clarke—, mando a Harvey que vaya a por él.

—Bueno, tú verás. No sé muy bien por qué le harías eso a Harvey.

Scott sonrió.

—Zullo es un pedazo de mierda.

—Venga, va. Si puedes decir algo agradable…

En cuanto Scott ganó el saque, corrió hacia la zona del equipo contrario y recibió un pase rápido de Carter. Lanzó el *puck* y lo vio pasar por encima del hombro del portero para marcar un gol en inferioridad numérica.

Se sentía la hostia de bien al ver que volvía a jugar como el mejor.

# Capítulo 4

Kip tenía más de un empleo.

Además de trabajar en el Straw+Berry, también estaba en la lista de una empresa que contrataba camareros para eventos como recaudaciones de fondos o ceremonias. Un amigo lo había anotado en la lista, y Kip había trabajado ya en un par de docenas de eventos durante el último año y medio.

Recibió una llamada para ver si estaba disponible para trabajar en una recaudación de fondos para uno de los hospitales infantiles el miércoles por la noche, una recepción de etiqueta con algunos ponentes en la zona de los embarcaderos de Chelsea.

Kip tenía disponibilidad y necesitaba bastante el dinero. Así que el miércoles salió del Straw+Berry a las dos en punto con su mochila, en la que llevaba el delantal arrugado y la gorra, además de sus zapatos de cuero negros, sus pantalones de vestir negros y algunos artículos de aseo personal para poder refrescarse antes del evento de alta categoría.

Se bajó del tren en Chelsea y tenía un par de horas muertas. El feo clima de febrero lo llevó al Starbucks que había más cerca, donde se sentó con un café americano en una mesa a pensar en cierta superestrella de la NHL.

Tenía fe en que aquellas dos semanas sin ver a Scott Hunter acabarían con esa fijación que tenía con él. Era poco probable que volviera a ver a Scott de forma habitual, o que lo volviera a ver, durante mucho más tiempo. Un mal partido en casa y se acabaría todo. O tal vez Scott ya había encontrado un nuevo amuleto de la suerte.

Fuera como fuese, no verlo no estaba haciendo que se olvidara de él.

Tenía libre al día siguiente en el trabajo, pero trabajaría el viernes. Esperaba que Scott se pasara por allí, aunque solo fuera para poder agradecerle lo de las entradas.

Cuando Kip estaba realmente aburrido, como en ese momento en esa mesita en el Starbucks en Chelsea, se permitía fantasear un poco sobre cómo sería salir con Scott Hunter. Por un lado, solo por poder acceder a ese cuerpo… ¿Cómo se sentirían todos esos músculos bajo sus manos? ¿Cómo sería tener todo el peso de Scott cubriéndolo, aplastándolo contra el colchón? O contra la pared…

Se preguntaba cómo sería besarlo. Si los labios carnosos y rosados de Scott eran tan suaves como parecían. Se preguntaba cómo sabrían. Cómo sería pasar la lengua por esos dientes perfectos.

¿Y cómo sería salir con alguien tan famoso como Scott? Tan rico como Scott. Kip no podía imaginarse qué se sentía al tener tanto dinero. Ni siquiera una fracción de tanto dinero. Joder, en ese momento Kip no podía ni imaginarse cómo se sentiría permitirse pedir el sándwich de Starbucks que le apetecía pedir para acompañar su café.

Se permitió fantasear con ir a los partidos como novio de Scott. Sentarse en su asiento habitual, repleto de orgullo cuando Scott hiciera algo increíble. Celebrarían la gran victoria de Scott en casa por la noche. Juntos.

Quizá recibiera a Scott en la puerta cuando volviera de un largo viaje. Scott se pondría tan contento de verlo…

Kip estaba empezando a sentirse un poco acalorado e incómodo en aquella cafetería a la vista de todos.

Suspiró y dio un sorbo al café, que estaba ardiendo. El dolor lo devolvió a la realidad. «Si pusieras la mitad del empeño que le dedicas a fantasear con una superestrella millonaria que probablemente no está ni interesado en los hombres, y mucho menos en ti, en encontrar un novio de verdad y realista...».

Kip no había estado con nadie en... ¿un mes? No, ¿dos meses?

Dios, casi tres meses.

La verdad es que era culpa suya. No había salido mucho. Antes lo hacía un montón. Nunca había tenido una relación que pudiera llamar seria, pero le encantaba el reto de ligar con tíos en bares, gimnasios o incluso en supermercados. Era coqueto por naturaleza, o al menos solía serlo. Algo de tener veinticinco años, vivir con sus padres y trabajar en un local de *smoothies* sin nada prometedor en su vida había acabado con su arrogancia.

Tomó otro sorbo de café que todavía seguía quemando un montón, ¿cómo era posible?

Quizá hubiera un chico guapo trabajando con él esa noche. Quizá pudiera romper esa racha de sequía.


Scott se ajustó la chaqueta de traje azul marino y jugueteó con los gemelos. Odiaba este tipo de eventos, pero quería aprovechar su fama para hacer el bien, y los hospitales infantiles eran una de sus causas favoritas.

Tenía previsto hablar esa noche, pero no estaba nervioso por ello. Nunca le había importado hablar en público y, de todos modos, solo sería un discurso corto. Lo que odiaba era eso: estar expuesto ante una sala llena de donantes ricos y aduladores. Tener que charlar con gente tediosa. Tener que llevar traje. Tener que estar pendiente de cada uno de sus movimientos, de cada una de sus palabras.

Estaba cansado. El viaje había sido largo y acababan de regresar esa misma mañana. Sería todo un reto mantener el buen humor durante la velada. Pero lo haría. Porque ese era su trabajo.

Había un gran bullicio en la sala, con gente que hablaba y se reía. Era un mar de trajes y vestidos, la gran mayoría oscuros. En una esquina de la sala, un trío tocaba música jazz suave.

Miró fijamente su vaso de cerveza *pilsner* y se dio cuenta de que estaba muerto de hambre. La única comida parecía estar en pequeñas bandejas que llevaban camareros vestidos de negro de arriba abajo. Se acercó lentamente a uno de ellos, con la esperanza de poder conseguir una gamba o algo así.

El camarero se dio la vuelta y Scott se quedó alucinando al ver que era:

—¡Kip!

Kip parecía igual de sorprendido. Dio un paso hacia atrás y la bandeja se balanceó peligrosamente en su brazo antes de que la agarrara rápido con la otra mano.

—¡Scott! Eh, o sea…

Scott se recompuso y sonrió.

—Scott está bien.

—No sabía que ibas a estar aquí.

—Ya somos dos.

Los ojos de Kip se veían preciosos, en contraste con el negro de su uniforme. Era incluso más guapo de lo que Scott recordaba.

Scott cogió un par de cosas de la bandeja de Kip, solo para que la situación fuera menos incómoda.

—¿Trabajas mucho en estas cosas? —preguntó tratando de mantener una conversación normal.

—Bueno. Esto ha sido a última hora.

Scott asintió. Intentó desesperadamente pensar en algo más que preguntarle. Pero lo único en lo que podía pensar era en lo suave que le parecía el pelo de Kip.

—Oye —dijo Kip—. Muchas gracias por las entradas. Estar ahí fue una pasada.

—No se merecen. Me alegro de que lo pasarais bien. Me gustó verte allí.

—Ah, ¿me viste?

—Te saludé con la cabeza cuando pasé patinando. Supongo que fui demasiado sutil.

—¡Ay, no! Lo vi. Lo que pasa es que… no pensé que fuera dirigido a mí.

—Pues sí —dijo Scott siendo quizá demasiado sincero. Dio un paso atrás y carraspeó—. En fin…

—Seguro que estás ocupado.

—Ya. Y tú, obviamente, estás trabajando.

—Sí. Pues bueno…

—Te dejo seguir con lo tuyo.

—Muy bien.

Scott puso una mano sobre el brazo en el que Kip no llevaba nada, porque necesitaba establecer contacto de algún modo.

—Me ha alegrado verte, Kip.

—Tú… Ah, sí, a mí también. Supongo que nos veremos esta noche.

Scott asintió y Kip se fue a servir canapés. Al instante, una mano se posó sobre el brazo de Scott, que se volvió para hablar con uno de los organizadores del evento. Se sentía mucho más aliviado que antes.

Scott se pasó el resto de la noche hablando con diferentes personas, pero no dejó de buscar a Kip. Sus miradas se cruzaron un par de veces. La primera, Scott apartó rápidamente la vista, avergonzado. La segunda, sin embargo, mantuvo la mirada y fue recompensado con una adorable sonrisa de Kip que le dio un vuelco al corazón.

«Ay, no, Hunter. Menudo problemón».

Después de dar el discurso y socializar durante otra hora, Scott estaba desesperado por quitarse el traje. Y salir de ese sitio.

Pero entonces…

Se encontró con Kip mientras recogía vasos vacíos en una bandeja.

—¿Te tienes que quedar mucho más rato? —preguntó Scott.

—¿Como una hora más? No hay tantísimo que limpiar.

Scott sonrió un poco. No se le ocurría nada más que decir. Tan solo no quería irse. Pero tenía que hacerlo. Si no lo hacía, podría decir algo peligroso…

Scott era un hombre supersticioso. Creía que todo sucedía por algo, y no podía ser una coincidencia que Kip estuviera allí esa noche. El destino los había reunido en la misma sala. Era una oportunidad. Lo que ocurría era que Scott no sabía qué hacer con ella.

—Nunca hay comida suficiente en estas cosas —dijo tratando de sonar lo más natural posible.

Kip levantó la vista de la mesa que estaba limpiando.

—Por lo menos tú has comido algo —dijo—. Llevo toda la noche cargando bandejas de comida que no he podido probar. Me muero de hambre.

Mantuvo la mirada fija en Scott, esperando. Y Scott supo que ese era el momento. Justo ahí.

—Hay un sitio a un par de manzanas de aquí en el que hacen unas hamburguesas muy ricas —dijo Scott con mucho cuidado. No era una invitación directa. No todavía—. Abren hasta tarde.

—¿Ah, sí?

—Estaba pensando en pasarme por allí después…

Kip se quedó quieto para mirar a Scott a los ojos.

—¿Me estás invitando a ir a tomar una hamburguesa contigo o al salir?

Scott estaba aterrorizado. Pero, jolín, quería hacerlo.

—Sí.

Kip sonrió y se le marcaron los hoyuelos.

—Vale. Nos vemos en cuanto termine aquí. ¿Quedamos en la puerta principal?

—Sí… —De golpe, Scott se dio cuenta de que llevaba traje y no tenía ropa para cambiarse—. ¿Me has dicho en una hora?

Kip se encogió de hombros.

—Quizá un poco menos. Aunque quizá más si sigues distrayéndome.

—¡Vale!

Scott tuvo que hacer un gran esfuerzo para no aplaudir de la alegría. Iban a hacerlo. Iban a ir a comer una hamburguesa juntos. Arreglaría el problema del traje y dejaría que la cosa siguiera su curso.

No creía que pudiera llegar a su apartamento y volver a tiempo. Y no había ninguna tienda de ropa cerca que siguiera abierta, a menos que…

Cuando Kip volvió a ver a Scott, estaba de pie cerca de la puerta principal del edificio, con una sudadera gris con capucha que tenía escrito BROOKLYN en la parte de delante y un gorro de punto negro en que ponía NYC. Llevaba una mochila con pinta de ser bastante barata colgada al hombro en la que, según supuso Kip, habría guardado el resto del traje.

—Es que… No llevaba ropa para cambiarme, así que he ido a una tienda que vendía cosas para turistas —explicó Scott.

Tal y como iba vestido, casi no se podía reconocer que era Scott Hunter. Pero Kip sí lo sabía. Y sabía que Scott Hunter había comprado de forma compulsiva ropa de *souvenir* para poder ir a una cita con él.

Quizá. Quizá una cita.

Kip sonrió.

—Te queda bien.

Le quedaba bien de verdad. Puede que se viera un poco extraño con una sudadera con capucha, pantalones de traje azul marino y zapatos de vestir, pero bien. Kip estaba bastante desaliñado, con los mismos vaqueros que había llevado durante el día y una camiseta negra que había llevado debajo del uniforme de esa noche.

Se subió la cremallera de la parka antes de seguir a Scott en el frío. Hacía mucho frío.

—Debes de estar helado —dijo—. ¿Seguro que quieres andar hasta allí?

—Sudo bastante —respondió Scott sonriendo—. Descuida.

Caminaron juntos por las calles tranquilas. No había mucha gente fuera en esa helada noche de miércoles. Había algunas ráfagas de nieve en el aire, pero no hacía viento. A pesar de afirmar que no tenía frío, Scott se había metido las manos en los bolsillos de la sudadera.

—¿Qué tal el viaje? —preguntó Kip después de estar un minuto pensando en qué podía decir.

—¡Bien! Ha ido bien. Hemos ganado cinco de los siete partidos. Deberíamos haber ganado el de San José, pero es algo que seguro que no te interesa en absoluto.

—¿Te gusta viajar?

—No me importa. Algunas ciudades me gustan más que otras. Y en algunas ciudades me quieren más que en otras…

—En todas te querrían si jugaras en sus equipos.

—Quizá.

Caminaron otra manzana en silencio. Kip aún no podía creerse con quién iba por la calle. «Solo es un chico. Solo es un chico enorme, que está muy bueno, es famoso y querido y… que está pasando frío».

Era evidente que Scott resoplaba un poco mientras caminaban. Y tenía los hombros encorvados.

—¿Estás bien? —preguntó Kip.

—Eh, sí. Es solo que… hace mucho frío.

Kip sonrió.

—Ya, vale, tipo duro.

Se armó de valor y le dio un pequeño codazo a Scott.

Scott se rio y su aliento salió en forma de nubes blancas.

Kip tragó saliva.

—¿Está cerca la hamburguesería?

—Sí. Está… Eh… Ahí. Está justo ahí. —Scott señaló al otro lado de la calle—. Entremos.

Entraron y Scott sonrió a Kip cuando el aire cálido los envolvió. Kip no se podía creer lo guapo que era.

Pidieron en la barra (invitó Scott) y se sentaron en una mesa del rincón a esperar la comida. El restaurante estaba tranquilo.

Kip deseaba saber qué estaba ocurriendo ahí exactamente. Por norma general, cuando un chico lo invitaba a comer o a tomar algo era porque no había dudas sobre adónde podía llevar eso.

Pero Scott no era un chico cualquiera. Y cabía la posibilidad de que no se diera cuenta de que aquello parecía una cita. Quizá simplemente se sentía… solo.

«¿Cómo narices se iba a sentir Scott Hunter solo?».

—¿Vives en Manhattan? —preguntó Scott de golpe.

—No. Brooklyn. Nací y me crie ahí.

—Anda. Yo soy del norte. Rochester.

Kip sonrió un poco.

—Lo sé.

—Sí. Supongo que la información sobre mi vida es de dominio público.

—Más o menos —dijo Kip y, con valentía, añadió—: pero apuesto a que tienes algunos secretos.

Scott se sonrojó. Estaba muy mono. Jugueteó con la pajita de su refresco hasta que se inspiró con la siguiente pregunta.

—¿Y llevas mucho tiempo trabajando en el Straw Más Berry?

—Oye —dijo Kip fingiendo estar ofendido—, que se dice «Straw And Berry», para que lo sepas…

Scott levantó las manos y sonrió.

—¡Perdona! No quería ofenderte.

—No pasa nada… —dijo Kip con un suspiro dramático—. Seguro que la gente se equivoca todo el tiempo con el nombre de tu equipo.

Scott negó con la cabeza mientras seguía sonriendo.

—¿Te gusta? Trabajar ahí, quiero decir.

Kip se rio de forma genuina al oír eso.

—No está mal. O sea, en realidad… No. No me gusta.

—¿Preferirías hacer otra cosa?

—¡Obvio! Pero aún no sé el qué. Es que me gradué en Historia.

—¿En serio? Yo jamás acabé la universidad.

Kip volvió a sonreír con delicadeza.

—Lo sé.

—Ya.

—¿Querías hacerlo? O sea, terminar la universidad.

Scott pareció algo sorprendido por esa pregunta.

—Pues… Sí. Quería. Quería acabar. Graduarme. A mi madre… le hubiera gustado. Y disfrutaba al ir a clase. Siempre me ha gustado aprender.

—¿Qué estudiabas?

—Pues un poco de todo. No podía elegir una especialidad, y tampoco lo necesitaba. A la universidad le daba igual lo que eligiera, siempre y cuando rindiera en la pista.

Kip sintió un poco de pena por él.

—Debe de ser raro —dijo—. Todo el mundo ha esperado algo de ti desde que eras adolescente. Probablemente no hayas sentido nunca que tu vida era tuya.

Scott se quedó pasmado.

Kip se puso rojo, había cruzado una línea.

—Dios. Lo siento, olvida que he dicho eso, ¿vale? Ni siquiera te conozco…

—¡No! —dijo Scott—. Es que… En realidad, sí que me he sentido así. No me voy a quejar, claro, pero es que sí me he sentido así.

—Tienes derecho a quejarte conmigo si quieres.

Kip nunca olvidaría la forma en que Scott lo miró en ese momento. Si hubieran estado solos, y si él fuera otra persona y Scott otra, habría esperado que Scott se le abalanzara sobre la mesa y lo arrastrara hacia un beso hambriento.

En cambio, un camarero les sirvió las hamburguesas y el momento se esfumó.

Mientras comían, Scott iba mirando a su alrededor en el pequeño restaurante, y Kip cayó en la cuenta de que en ningún momento se había quitado el gorro de invierno.

—¿Te preocupa que te reconozcan? —preguntó Kip.

—No me preocupa. Solo… espero que no lo hagan. No justo ahora.

Scott cogió su hamburguesa y la dejó sin darle otro bocado. Volvió a ponerse a jugar con la pajita.

Al final, suspiró y levantó la vista para mirar a Kip a los ojos.

—Es agradable. Poder hacer esto.

—¿Salir con alguien?

—Contigo.

Kip se quedó sin palabras. Y a Scott parecía que le iba a dar algo. Sus ojos le estaban suplicando a Kip que lo entendiera. Que no le obligara a tener que explicárselo.

—Ah —dijo al final Kip.

La cara de Scott se relajó un poco.

—Eeeh, no soy… muy bueno en esto —dijo—. Para mí es muy importante mantener mi vida privada en privado, y cada vez es más complicado hacerlo. Así que nunca…

—¿Sales con chicos?

Scott se puso un poco rojo. A Kip le encantó.

—Sí.

Kip no podía creer que aquello que había estado intentando fingir que no era una cita sí lo fuera en realidad. Resultaba increíble. Pero, de golpe, se le habían quitado las ganas de darle otro bocado a su estúpida hamburguesa. Quería llevarse a Scott Hunter a algún lugar apartado y dejar que lo empotrara contra una pared.

Decidió ser atrevido.

—¿Hay algún sitio al que podamos ir? —preguntó en voz baja.

—Sí —dijo Scott con la voz más ronca que hacía un segundo. Sus ojos estaban un poco más oscuros.

Kip no era ingenuo. Sabía lo que era aquello. Hunter no había salido del armario y tenía que actuar con la mayor discreción posible. Nada serio ni duradero; solo necesitaba correrse, y Kip estaba más que feliz de ayudarle con eso. Se sentía muy orgulloso de que Scott confiara en él para guardar un secreto, la verdad.

—Pues vamos —dijo Kip.

# Capítulo 5

Tiraron el resto de la cena a los cubos de basura y salieron sin decirse nada. Scott sacó el móvil cuando ya estaban fuera y llamó a algún tipo de servicio de transporte.

—Debería de estar aquí en un par de minutos —dijo después de colgar.

Kip se limitó a asentir, emocionado por la expectación.

El coche llegó, un todoterreno negro, y se deslizaron en los asientos de cuero detrás de la mampara. Scott se sentó muy erguido, con las manos en las rodillas, sin apenas mirar a Kip. Doblaba los dedos y los movía inquieto.

Kip puso la mano sobre uno de los muslos de Scott, sintiendo el músculo firme bajo la suave tela de los pantalones de traje. No movió la mano, la dejó ahí como una presencia tranquilizadora.

Scott miró la mano de Kip y luego se volvió para mirarlo a los ojos.

—Sé guardar un secreto —dijo Kip, casi susurrando, porque no estaba seguro de si el conductor podía oírlos—. Y te prometo que haré que merezca la pena.

—Lo sé.

Scott puso la mano sobre la de Kip y entrelazó los dedos. Apretó los labios, como si intentara aguantar una sonrisa. Como si estuviera emocionado por eso. Por Kip.

Qué puta fantasía.

El coche los llevó a un edificio más nuevo en el barrio de Lower East Side. Kip se sorprendió. Esperaba algo… Bueno, sabía que tenía que estar cerca del Straw+Berry, pero… quizá en un barrio más elegante. Pero supuso que todos los barrios de Manhattan últimamente se estaban volviendo más elegantes, y ese edificio parecía nuevo.

Además, estaba claro que era un edificio muy caro. El vestíbulo le recordó a la sala que tenía el templo egipcio en el Met: amplio y sereno y con mármol por todas partes. Scott lo llevó hasta el ascensor y tecleó un código. Cuando se abrieron las puertas, ya estaban justo delante de la puerta de Scott; no había más apartamentos en esa planta. Scott tecleó otro código y abrió la puerta. Se toparon con una vista panorámica de las luces de Brooklyn al otro lado del East River.

—Hostia puta —murmuró Kip, caminando medio hipnotizado hacia las ventanas.

Scott dejó las luces del apartamento apagadas. Se colocó detrás de Kip y dijo:

—Las vistas fueron una de las razones por las que lo compré.

—Jolín, ya te digo.

Scott tenía la mano sobre el hombro de Kip. Kip esperó un momento y luego se volvió hacia él. Las luces de la ciudad se reflejaban en el rostro de Scott en la oscuridad. Estaba frunciendo el ceño, como si discutiera consigo mismo, pero sus ojos no dejaban de posarse en la boca de Kip.

Kip decidió dar el paso.

Agarró un trozo de la sudadera de Scott, lo atrajo hacia él y unió los labios con los suyos. Scott respondió al momento con un gemido ansioso. Separó los labios y luego colocó las manos en la cara de Kip mientras introducía la lengua en su boca, besándolo como un hombre hambriento. Como si no hubiera estado con nadie en muchísimo tiempo…

Kip le devolvió el beso y exploró la boca de Scott. Saboreándolo por primera vez. A Kip le daba vueltas la cabeza.

«No me puedo creer que esto esté ocurriendo».

Scott le bajó la cremallera de la parka a Kip y se la quitó de los brazos, dejándola caer al suelo. Sus manos se posaron en la cintura de Kip y se deslizaron bajo su camiseta. Kip se estremeció al notar las grandes manos callosas de Scott rozando su piel.

Se besaron durante lo que pareció una eternidad en el apartamento a oscuras, hasta que Kip finalmente preguntó, sin aliento:

—¿Tienes habitación?

—Sí. —Scott se rio al decirlo. Parecía nervioso, pero le hizo un gesto a Kip para que lo siguiera.

Lo condujo a través de una puerta que daba a una habitación gigante con una vista del puente de Brooklyn aún mejor que la del salón. Había una cama de dos por dos contra la pared del fondo. Aparte de eso, la habitación estaba decorada bastante sobria, pero era masculina y enorme.

Scott mantuvo la iluminación tenue en la habitación. Sonrió con timidez antes de quitarse la sudadera y tirarla sobre una silla. La camiseta blanca que aún llevaba puesta le quedaba muy ajustada al pecho.

—¿Está bien… así? —preguntó Scott—. Lo siento si estoy… No suelo hacer esto muy a menudo.

—Está de puta madre —dijo Kip acercándose a Scott y colocando una mano en su enorme bíceps—. Déjame que te cuide. Esta noche puedes ser simplemente Scott, el de Rochester, ¿vale?

Scott lo miró con tanta gratitud que a Kip se le estremeció el corazón. Entonces, su mirada se centró en la mano de Kip sobre su brazo, y la gratitud se convirtió rápidamente en otra cosa. Scott besó con fuerza a Kip y le sacó la camiseta. Luego se quitó la suya y dios mío…

Kip había visto fotos de Scott. Incluso había visto algunas entrevistas en el vestuario en las que salía sin camiseta. Pero ver a Scott delante de él, con su muro de músculos y su piel suave y pálida…

—Joder —murmuró Kip.

Hipnotizado, observó cómo el pecho de Scott subía y bajaba mientras respiraba. Entonces se dio cuenta de que Scott estaba mirando el pecho de Kip del mismo modo. Como si Kip estuviera en la misma liga.

Kip se mantenía en forma, claro. Iba al gimnasio siempre que tenía tiempo. Pero es que Scott era…

—Eres precioso —dijo Scott.

Al parecer, Scott estaba impresionado.

Kip sonrió y se mordió el labio inferior mientras caminaba hacia atrás hasta la cama. Scott le devolvió la sonrisa y lo siguió, hasta que se detuvo al final de la cama cuando Kip cayó sobre el colchón. Kip se apoyó en los codos y miró a Scott de una manera que esperaba que fuera seductora.

—¿Qué quieres hacer conmigo? —preguntó Kip alargando las palabras.

—No lo sé. He… Hay muchas cosas en las que he pensado, la verdad.

Kip abrió la boca y su polla se endureció de un modo algo incómodo dentro de sus pantalones. «Scott había estado pensando en esto. ¡Conmigo!».

Se obligó a mantener la calma. Era una oportunidad única en la vida y no iba a estropearla por nada del mundo.

—Elige tu favorita —dijo—. O, qué cojones, elige tus diez favoritas. Tengo tiempo de sobra.

Scott se movió rápido y cubrió el cuerpo de Kip con el suyo mientras volvía a besarlo. Kip le devolvió el beso con ganas. No se cansaba de la boca de Scott y quería que él supiera lo mucho que deseaba eso. Quería que se sintiera seguro para hacer todo con lo que había estado fantaseando.

Cuando Scott colocó una mano firme sobre la entrepierna de Kip, agarrando la erección a través del vaquero, Kip gimió en su boca. Levantó las caderas y se presionó contra la palma de Scott. «Sí. Por favor. Tócame por todas partes».

Scott paró de besarlo de golpe y lo miró con ojos salvajes.

—Hazlo —susurró Kip—. Lo que sea que estés pensando. Por favor.

Kip se inclinó para besarlo de nuevo, pero Scott ya estaba bajando por su cuerpo. Sus grandes manos desabrocharon con rapidez los vaqueros de Kip y se los bajó hasta los muslos. Kip apenas tuvo tiempo de reaccionar antes de que Scott empezara a besarlo a través de la ropa interior.

—¡Dios! ¡Joder! —gritó Kip, en parte por la sorpresa y en parte por lo bien que le hacía sentir la preciosa boca de Scott Hunter. Se apoyó en los codos para poder mirar, porque, hostia puta.

Quizá animado por el entusiasmo de Kip, Scott le bajó los calzoncillos, liberando la erección de Kip. Bajó los labios hasta la punta y luego miró a Kip como si le estuviera pidiendo permiso. Kip asintió y murmuró:

—Sí, por favor.

Cuando Scott envolvió la polla con esos labios carnosos, cubriéndola en un exquisito calor húmedo, Kip tuvo que hacer un gran esfuerzo para no empujar hacia arriba dentro de su boca. Lo único que lo detuvo fue su suposición de que Scott probablemente no tuviera mucha experiencia chupando pollas. No es que lo hiciera mal. Es solo que era un poco frenético y usaba su boca en la polla de Kip como si estuvieran en un callejón en lugar de en su propia casa, como si le preocupara que alguien pudiera entrar en cualquier momento y hacerlos parar.

—Oye —dijo Kip un poco ahogado—, no pasa nada. No tienes que ir rápido… Joder, seguramente quieras ir más despacio si quieres que aguante.

La tensión pareció abandonar los hombros de Scott cuando ralentizó su lengua. Estaba haciendo unos ruidos increíbles, como si fuera a él al que se la estuvieran chupando en lugar de al revés, pero tendría que parar pronto o Kip acabaría por correrse. Toda la escena estaba siendo intensa de narices.

Kip colocó una mano en la mejilla de Scott, y Scott levantó la vista, con los labios aún bien abiertos alrededor de él.

—¿Qué quieres? —preguntó Kip.

La boca de Scott se deslizó por la polla de Kip con un movimiento largo y obsceno de la lengua, y Kip echó la cabeza hacia atrás. «Dios». Scott podía decir literalmente cualquier cosa en ese momento y Kip le diría que sí.

—Quiero que me folles —le dijo Scott.

—¿Sí? —Kip estaba dispuesto a todo, pero había dado por supuesto que el capitán del equipo de la NHL sería más bien… de los que hacen de activos.

—Sí —respondió Scott con una sonrisa tímida—. ¿Te parece bien? Es… es en lo que más he pensado.

Kip tomó nota sobre dejar de hacer suposiciones sobre los roles sexuales preferidos de los gigantes y musculosos deportistas profesionales.

—Joder, sí, claro que está bien.

Scott sonrió.

—Quítate los pantalones.

Kip no podía esperar a ver todo el cuerpo de Scott.

Scott se puso de pie y parecía que lo observaba con detenimiento. Tumbado en la cama, con los pantalones bajados hasta la mitad del muslo y la polla empalmada y mojada con la saliva de Scott, Kip imaginó que debía de ser digno de ver.

—Tú también —dijo finalmente Scott, con la voz tensa—. Quítate la ropa.

Kip se sacó rápido las zapatillas, los pantalones, los calzoncillos y los calcetines, y se tumbó en la cama mientras observaba a Scott.

Scott se apartó de Kip mientras se agachaba para quitarse la última prenda de ropa, ofreciéndole a Kip una magnífica vista de su maravilloso culo. Vio cómo se le tensaban los músculos mientras se quitaba los calcetines. Los ojos recorrieron los musculosos muslos de Scott, pálidos como el resto de su cuerpo, pero cubiertos de vello rubio oscuro. Era tan fuerte, tan masculino. Era todo lo que Kip había soñado, casi demasiado perfecto para ser real.

Cuando ya estaba completamente desnudo, Scott se volvió hacia la cama.

—Tienes que estar de broma —susurró Kip.

Scott soltó una risa, como si se sintiera aliviado de que a Kip le gustara lo que veía. Lo cual no tenía ningún sentido.

Se tumbó en la cama junto a Kip y volvió a pegarse a su boca. Kip sintió más de la misma urgencia, pero la forma en que Scott lo besaba ahora era tan tierna, como si lo estuviera saboreando, que Kip se perdió en ello.

—Dios, tu boca —murmuró Scott.

Kip sonrió contra los labios de Scott.

—También puedo hacer otras cosas con ella.

Necesitaba saborear cada centímetro de Scott. Quizá no tuviera otra oportunidad.

Scott le mordió el labio inferior a Kip, luego lo soltó y le susurró:

—A ver.

Kip no necesitó que se lo repitieran. Hizo rodar a Scott sobre su espalda y se sentó a horcajadas sobre sus enormes muslos.

—Joder, eres gigante —dijo Kip.

—Bueno, es que ahora estoy muy cachondo.

Kip se rio.

—Me refería a todo tu cuerpo, pero sí. Eso también es gigante.

Se inclinó hacia delante y besó la clavícula de Scott. Este jadeó y se arqueó, así que Kip dejó que su boca recorriera el cuerpo de Scott, lamiendo las curvas de los músculos de su pecho y abdomen y siguiendo la línea de sus oblicuos, que estaban superdefinidos. El camino lo llevó hasta la polla de Scott, que la tenía hinchada y reclamando atención. Kip la ignoró y volvió a subir hasta la boca de Scott.

—Cabronazo —gruñó Scott, pero besó a Kip con pasión.

Como disculpa, Kip movió las caderas para que sus pollas se deslizaran una contra la otra. Scott lo aprobó con un gemido.

—Dios, sí.

Kip repitió el movimiento unas cuantas veces más, luego apoyó una mano sobre el pecho de Scott y se incorporó.

—¿Tienes lubricante?

—Sí. Un segundo.

Kip se bajó para que Scott pudiera girar el cuerpo y llegar al cajón de la mesita de noche y le diera el pequeño bote.

—De muy buena calidad —dijo Kip mientras examinaba la etiqueta.

—No reparo en gastos para las cosas importantes —dijo Scott muy serio.

Kip cogió la polla de Scott, acariciándola poco a poco y dejándola resbaladiza y brillante. Los abdominales de Scott se flexionaron mientras se retorcía en la cama y Kip le acariciaba las pelotas y tiraba de ellas con suavidad. Scott soltó palabrotas en voz baja y arqueó la espalda. Kip sonrió.

Acarició el ano de Scott con dos dedos resbaladizos y la estrella de la NHL gimió.

—Sí, joder… Dios, ha pasado demasiado tiempo. Demasiado puto tiempo.

Kip acarició la polla de Scott con una mano mientras le estimulaba el ano con la otra.

—No hay nadie más —le murmuró—. Solo tú y yo en esta habitación. No hay nada más allá de la puerta. Lo único que importa es hacernos sentir bien el uno al otro, ¿de acuerdo?

—Sí. —Más que decirlo, Scott lo exhaló.

Todos sus músculos parecieron relajarse un poco. Cerró los ojos y sus preciosas y largas pestañas descansaron sobre sus pómulos.

—Te voy a hacer sentir bien, Kip. Me muero de ganas de notarte dentro.

—Y yo. Creo que te voy a follar así. Tú bocarriba. Quiero verte. Quiero que te corras por todo ese precioso cuerpo que tienes.

—Dios, sí.

Scott estaba completamente ido.

Cuando Kip le introdujo el tercer dedo, Scott respiraba con dificultad y la polla le goteaba.

—Es que eres increíble, joder —dijo Kip.

—Entonces, fóllame —gruñó Scott.

—¿Tienes un condón?

Scott le respondió metiendo la mano en el cajón otra vez y lanzándole uno. Kip se lo puso lo más rápido que pudo antes de colocarse en posición.

Empujó despacio y mantuvo una mano sobre la polla de Scott, acariciándola suavemente mientras lo penetraba. La cara de Scott no mostraba signos de que le estuviera doliendo. Claro que no. Él era un tipo duro. Un deportista profesional. Un tipo al que le cosían en el banquillo y volvía a la pista en el siguiente turno. Podía aguantarlo.

Scott dobló las rodillas hasta que tocaron su pecho, pidiéndole a Kip que empujara más profundo. Kip agarró las caderas de Scott y lo acercó más, luego se deslizó hacia atrás y empujó, fuerte y rápido. Scott gritó, pero estaba sonriendo. Parecía extasiado.

—Así —susurró Scott—. Fuerte. Por favor.

Enganchó una pierna sobre el hombro de Kip y levantó las caderas, animando a Kip a penetrarlo aún más profundo.

Kip observó, hipnotizado, cómo Scott acariciaba su propia polla. Estaba a punto de correrse, pero, cuando Scott murmuró el nombre de Kip, este perdió todo el control. Fue incapaz de mantener el ritmo en absoluto y se limitó a follar a Scott tan fuerte y rápido como podía mientras su mente se iba por completo. Aquello era demasiado.

De golpe, Scott echó la cabeza hacia atrás, sacó la barbilla y tensó los músculos del cuello. Arqueó la espalda y se corrió mientras temblaba de una forma tan maravillosa que Kip nunca la olvidaría. Se corrió sin parar, de un modo precioso, sobre su propio estómago y pecho, y algunas gotas incluso le salpicaron en el cuello. Kip gimió, soltó palabrotas y se corrió con la siguiente embestida, casi gritando de lo bien que se sentía.

Cuando las últimas oleadas remitieron, se derrumbó sobre Scott, jadeando y sonriendo. Después de un minuto, Scott lo movió suavemente para poder llegar a su boca y besarlo.

—Gracias —murmuró Scott feliz—. No te haces a la idea… Gracias.

—¿Me estás dando las gracias tú a mí?

—Lo necesitaba —dijo Scott—. Hacía mucho tiempo desde la última vez.

Kip se lanzó a preguntar:

—¿Cuánto tiempo?

—Desde agosto.

—¿Cómo…?

—Principios de agosto.

Kip quería preguntarle cómo iba a ser eso verdad, pero la respuesta podría llevarlo por un terreno que no sería ideal para una conversación íntima después de follar. Scott obviamente no se sentía cómodo ligando con hombres.

Lo que realmente quería saber era: «¿Por qué ahora? ¿Por qué conmigo?».

En cambio, dijo:

—Debería limpiarme.

—El baño está por ahí —dijo Scott mientras señalaba una puerta al otro lado de la habitación—. Yo uso el del pasillo.

Kip se aseó y salió del (impresionante) baño. Scott estaba sentado, recostado contra el cabecero, cubierto con una sábana fina.

Kip empezó a recoger su ropa. No se engañaría a sí mismo sobre lo que era aquello. El sexo había estado estupendo, pero probablemente Scott querría que se fuera.

—Pues bueno —dijo—, muchas gracias por esto.

—¿Te vas? —Scott parecía decepcionado.

Kip paró, con los pantalones en una mano y la camiseta en la otra.

—Sí, bueno…

—No tienes por qué hacerlo —dijo Scott—. Te puedes quedar. Me… me gustaría que te quedaras. Si te apetece.

Kip se quedó boquiabierto, mirando al precioso y despeinado jugador de hockey que, con mucha timidez, le estaba invitando a pasar la noche allí. De hecho, parecía nervioso, como si pensara que Kip pudiera rechazar su oferta.

Kip dejó caer los vaqueros y la camiseta al suelo y volvió a la cama sonriendo.

—No hace falta que me convenzas.

Se tumbó de forma juguetona en la cama con la cabeza apoyada en el muslo de Scott.

—Quiero saber más sobre ti. —Scott le sonrió y empezó a acariciarle el pelo—. ¿Me vas a contar algo? Ahora mismo no se me vienen preguntas a la cabeza.

Kip lo miró a la cara.

—Mi nombre real es Christopher, pero casi nadie me llama así. Tengo veinticinco años. Todavía… todavía vivo con mis padres en Brooklyn porque necesito pagar mi préstamo universitario o conseguir un trabajo mucho mejor antes de poder independizarme.

—No te avergüences de eso. Yo me crie en un contexto pobre. ¿Crees que no soy consciente de lo afortunado que soy?

—No eres afortunado —dijo Kip—. Has trabajado mucho para tener todo esto.

—Me ayudaron. Cuando tenía catorce años, conseguí una beca para un internado con un programa de hockey muy bueno. Me pagaron los estudios universitarios. Hace más de diez años que no he tenido que pensar en el dinero. Solo me gustaría que mi madre…

—¿Se…?

—Murió. Sí. Cuando yo tenía quince años.

—Lo siento.

—Gracias. La verdad es que era increíble. Me hubiera gustado poder cuidar de ella como se merecía. Comprarle una casa bonita. Esas cosas.

—Eres hijo único, ¿verdad?

—Sí —respondió Scott—. Sí, solo éramos nosotros dos. —Se aclaró la garganta—. En fin. Probablemente deberíamos hablar de cosas más alegres.

—No tienes por qué hablar si no quieres —dijo Kip acercándose a acariciar el rostro de Scott. Notó la barba de tres días.

Scott le sonrió.

—Debería ir a dormir pronto. Tengo entrenamiento a primera hora. Y, además, de los largos.

—Eeeh —dijo Kip mientras cada vez se sentía más somnoliento y seguía acariciándole el pelo a Scott—. ¿Seguro que quieres que me quede?

—Seguro.

Scott lo dijo de una forma muy cálida. Afectuosa. El corazón de Kip se aceleró.

«Ais».

«Una noche, Grady. No hagas el tonto. Aprecia lo que te han dado aquí».

Kip se metió bajo las sábanas con Scott. Apoyó la cabeza en su pecho y dejó que el subir y bajar de su respiración lo calmara hasta dormirse.

# Capítulo 6

Scott se despertó de sopetón con el sonido de la alarma. Tardó un momento en reconocer qué era el peso sobre el pecho que le dificultaba llegar al móvil.

«Kip».

Sonrió mientras apagaba la alarma y se dejó inundar por los recuerdos de la noche anterior. ¡Lo había hecho! Había conseguido ligar con un chico en Manhattan. Uno que le gustaba de verdad. Uno que ahora estaba desnudo y durmiendo como un bendito en su cama, acurrucado junto a él.

Pero Scott tenía que marcharse. «Mierda». El coche tardaría en llegar… ¿cuánto? ¿Cuarenta minutos?

Suspiró y se volvió para darle un beso a Kip en la coronilla antes de escabullirse de debajo de él. Kip, adormilado, murmuró algo para quejarse, pero no tardó en caer en un sueño profundo.

Scott se dio una ducha rápida y ya estaba en el dormitorio poniéndose la camiseta cuando oyó movimiento.

—Hola —dijo Kip medio dormido.

Se había apoyado en un codo y tenía el pelo revuelto y un ojo todavía cerrado. Adorable.

—Siento haberte despertado —dijo Scott—. Tengo que irme. Pero puedes quedarte si…

—Bah, debería irme. Esto, eh…

—¿Hoy trabajas?

—No. Si trabajase hoy, ya llegaría más de una hora tarde. Es solo que… debería volver a casa.

—Vale.

—Sí.

Kip ya había salido de la cama y estaba pescando su ropa, desperdigada por el suelo. Se vistió a toda prisa y se metió en el baño.

Scott soltó el aire. Estaba en territorio desconocido. No podía decirse que Kip fuera su novio, pero tampoco era un rollo de una noche al que se hubiera tirado y ya está. Por lo menos, no para Scott.

—Mañana trabajo —dijo Kip cuando salió del cuarto de baño. Parecía tan inseguro como Scott—. Jugáis mañana por la noche, ¿verdad?

—Sí. Y el sábado.

—Bueno, pues supongo que nos vemos mañana por la mañana, ¿no? A menos que pienses que el *smoothie* mágico ha dejado de funcionar.

Scott sonrió.

—Creo que sigue funcionando. Así que sí, nos vemos mañana por la mañana.

—Genial.

Kip salió de la habitación y Scott lo siguió. Se quedó mirando a Kip mientras recuperaba la cazadora y la mochila del suelo y se ponía las zapatillas de deporte.

—Eh, bueno…, que te vaya bien el entreno —dijo Kip cuando ya estaba a punto de marcharse.

—Gracias. —Scott frunció el ceño. ¿Por qué era tan raro todo?

—Pues hasta mañana.

—Eso es. Hasta mañana.

«Mierda».

Scott dio unas zancadas hasta Kip y lo besó. Le sujetó la cara entre las manos y trató de demostrarle lo que sentía, ya que no podía decírselo con palabras. Kip pareció entenderlo, porque le devolvió el beso con la misma pasión, y Scott tuvo que contenerse con todas sus fuerzas para no empotrar a Scott contra la pared, desabrocharle los pantalones y...

—Nos vemos —dijo Kip murmurando las palabras junto a los labios de Scott—. Mañana.

A regañadientes, Scott dejó que se marchara. Le apetecía acompañarlo hasta la puerta, pero no hacía falta. Kip no necesitaba ningún código para salir del edificio. Además, era mejor que nadie los viera juntos a una hora tan temprana.

Después de que se cerrara la puerta, Scott se dejó caer contra la pared y se cagó en todo por lo difícil que era aquello. No se trataba solo de ser gay o ser famoso. Eran esas dos cosas combinadas y saber que era imposible salir del armario y mostrarse como era de verdad en el ámbito al que se dedicaba.

Siempre había pensado que era el precio que tenía que pagar. Había tenido suerte en muchos sentidos y ese era el peaje. Había podido dejar atrás la pobreza para jugar en la NHL —incluso jugar con el equipo de Nueva York— y podía disfrutar de una vida de ensueño que era casi perfecta.

Pero no podía enamorarse y ya está. No podía compartir con sus compañeros de equipo sus ligues o las anécdotas de su matrimonio y sus hijos. Podía intentar llenar ese vacío con todo lo que hacía de su vida algo emocionante y envidiable, pero ese vacío no desaparecía nunca. Siempre le pisaba los talones.

Sus primeras temporadas en la NHL no habían sido tan duras. Aún era un crío y no buscaba más que poder ligar de vez en cuando. Los tíos mayores tenían familias, claro, pero Scott se relacionaba sobre todo con los más jóvenes. Conforme fue creciendo, empezó a costarle más. A los veintiocho, no podía decirse que fuese viejo, pero en el hockey se acercaba a esa categoría. Cada temporada que pasaba le suponía un esfuerzo mayor el ocultar quién era en realidad.

No era que se sintiera solo precisamente. Contaba con sus compañeros de equipo, que eran como su familia. Pero a veces ansiaba algo en la vida que no tuviera nada que ver con el hockey. Nada que ver con ser famoso.

Sin embargo, su vida pertenecía a demasiada gente: la NHL, los New York Admirals, su agente, sus entrenadores, sus patrocinadores, la prensa y los fans. Quizá fuera mucho pedir confiar en tener algo que podía apartarlo de todo eso.

O quizá ese algo acababa de salir de su apartamento tras susurrarle la promesa de que lo vería al día siguiente.

Kip recibió un mensaje de Elena mientras iba en el tren de vuelta a Broolyn.

Elena: Ven a esa cosa conmigo o ya no somos amigos.

A continuación, le mandó un enlace. Era de un artículo en el que se describía la Gala de la Fundación Equinox de Oportunidades STEM para Jóvenes, un evento anual de alto copete para recaudar fondos en el que se reunían todos los famosos de Nueva York. No era algo a lo que se hubiera planteado ir nunca. O, por lo menos, no salvo que fuera como camarero.

Kip leyó el artículo en diagonal. La gala era al cabo de tres semanas.

Respondió:

Kip: No tengo traje.

Elena contestó al momento, Kip supuso que irritada.



¿Acaso estaría Scott? Seguro que lo habían invitado…

Kip sonrió. ¡La Gala Equinox! ¡Las cosas se animaban! Todavía estaba de subidón por la noche que acababa de compartir con Scott Hunter. Y, a juzgar por cómo se habían despedido, estaba implícita la posibilidad de más noches similares en el futuro…

«No te emociones demasiado. No te hagas ilusiones».

El año acababa de empezar. Tal vez fuera un punto de inflexión para Kip Grady. La invitación a una gala. Una posible oportunidad laboral. Un nuevo… amigo.

Esperaba de todo corazón que Scott quisiera volver a verlo. Después de la noche anterior, las expectativas de Kip eran exageradamente altas, así que sería un palo tener que salir a enrollarse con cualquier tío.

Kip se preparó un plan para el resto del día que incluía ir al gimnasio, actualizar el currículum y otras cosas responsables que no tenían nada que ver con soñar con Scott Hunter.

Kip estaba trabajando con Maria cuando Scott entró en la cafetería a la mañana siguiente.

No podía estar del todo seguro, pero le pareció detectar un punto de decepción en la cara de Scott cuando vio que Kip no estaba solo.

—Hola de nuevo —dijo Scott. Se notaba a la legua que intentaba sonar natural.

—Hey, hola —lo saludó Kip intentando que no se diera cuenta de lo emocionado que estaba de volver a ver a Scott—. Cuánto tiempo…

«Menudo arte...».

—Ya te digo —contestó Scott.

Por un momento, se quedaron mirándose el uno al otro sin decir ni una palabra. A Kip le entraron ganas de saltar por encima del mostrador y abrazarse como un koala a Scott. Se moría por besarlo.

—Bueno —dijo Scott—. Lo de siempre, supongo.

—A su servicio —dijo Kip con una sonrisilla.

Scott también torció los labios un poco en un amago de sonrisa.

Kip preparó el *smoothie* y se lo dio a Scott. Miró a Maria, que se había pasado todo ese rato observándolos en silencio. El camarero apartó la vista cuando notó que se estaba ruborizando. Al volver a mirar a Scott, descubrió que él también estaba rojo.

—Así que... tenéis partido esta noche y mañana, ¿no? —preguntó Kip, como si no hubieran mantenido ya esa conversación.

—Sí. Y luego un día libre antes de un viaje corto.

—¿Un día libre?

—Ajá —dijo Scott mientras daba un sorbo al *smoothie*.

—¿Y tienes muchos planes para el día libre?

Kip intentaba ser tan sutil como le fuera posible, que era más bien cero sutil.

—Estaba pensando en quedarme en casa. No sé, ver una peli o algo así.

Lo dijo en plan espontáneo, como si se le acabara de ocurrir en ese instante, pero la mirada de Scott amenazaba con derretir a Kip allí mismo.

—Pues suena bien.

—¿A que sí? —comentó Scott—. En fin, tengo que irme. —Le entregó a Kip un billete de veinte dólares, como solía hacer, aunque puede que alargara un poco el contacto cuando rozó con los dedos la palma de Kip—. Hasta luego, Kip.

—Hasta luego… —dijo el camarero, casi sin voz.

Scott se marchó deprisa.

—Madre. Mía. De. Mi. ¡Vida! —exclamó Maria.

—¿Qué?

—¡¿Qué?! Pero ¿qué coño, Grady? ¿Os vais a casar o qué?

—No sé de qué me…

—Tienes que contarme qué acabo de presenciar.

—¡Nada!

Kip sabía que su cara lo delataba. Notó las mejillas aún sonrojadas y se mordió el labio para contener la sonrisa.

Por suerte, una clienta que entró justo en ese momento le salvó. Maria lo miró en plan «esto no acaba aquí» antes de dirigirse a la joven que leía la carta que había colgada por encima de ellos.

Kip desenrolló el billete para meterlo en la caja registradora y descubrió un papelito minúsculo dentro. Estuvo a punto de caérsele al suelo, pero lo cogió. Al leerlo, tuvo que esconderse en la trastienda para que Maria no viera su expresión.

En el papel, escrito con una letra preciosa, estaba el número de teléfono de Scott Hunter y la palabra «Domingo» escrita debajo.

Hostia puta. ¡Hostia puta!

Kip sacó el móvil a toda prisa e introdujo el número en los contactos. Luego hizo una foto del papel, por si acaso, antes de metérselo con cuidado en la cartera.

Confiaba, aunque no se atrevía a darlo por sentado, en que Scott querría volver a verlo. Aunque solo fuera para follar, estaría bien. Mejor que bien.

Se dio un minuto para hacer un baile tipo «Scott Hunter está loco por mí» en la intimidad de la trastienda antes de volver flotando a servir *smoothies* a los clientes.

Se le hizo eterno hasta que llegó el domingo. Kip había vuelto a ver a Scott el sábado cuando había ido a Straw+Berry para su clásico *smoothie* del día de partido, pero el local estaba llenísimo y Scott se había marchado enseguida.

Lo más probable era que quisiera irse antes de que alguien lo reconociera. Había bastantes probabilidades esos días, porque toda la ciudad hablaba del victorioso regreso de Scott Hunter. Kip había visto una entrevista a Scott después del partido en la que le habían preguntado, sin rodeos, a qué atribuía el cambio de racha en sus resultados.

Se había limitado a sonreír con timidez. «Supongo que he encontrado algo que ha vuelto a encender la llama».

Kip estaba en una nube desde entonces.

Y ahora por fin era domingo y no tenía ni idea de qué hacer. Tenía el número de Scott. Tenía la difusa indicación de llamar a Scott ese día. Pero no sabía a qué hora debía hacerlo.

¿O era mejor mandarle un mensaje?

Pero solo eran las once de la mañana. Incluso un mensaje haría que pareciese excesivamente ansioso a esas horas.

¿O no?

Kip decidió largarse al gimnasio. Sí, iría al gimnasio, se ducharía, comería algo y luego escribiría a Scott.

Poco después de las dos del mediodía, se sentó en la cama y se quedó mirando el móvil. No sabía qué demonios escribir. ¿Por qué le daba tantas vueltas? Bastaba con que le dijera a Scott que no había perdido su número y que tenía ganas de verlo.

Como no se le ocurrió nada mejor, tecleó:

Kip: Hola. Soy Kip.

Guardó el móvil. Ala. Seguro que Scott le respondía más tarde. Por lo menos, ya sabría el número de Kip.

«¡Ahora tiene mi número!».

Kip estaba a punto de levantarse y ponerse una peli o algo cuando le vibró el móvil.



¿En serio que Scott había estado esperando a que le escribiera al móvil?

El jugador le mandó otro mensaje.



Kip se maldijo. Debería haber contactado antes…

Estaba a punto de responder cuando le sonó el móvil. El número de Scott.

—¿Scott?

—Sí. Hola.

—Hola.

—Perdona que te llame. Es que escribo superlento.

—No pasa nada.

—¿Estás ocupado o…?

—¡No! No, está bien, de verdad. Eh, me alegro de oír tu voz.

Kip se estremeció, pero le pareció oír que Scott sonreía al teléfono.

—Lo mismo digo, Kip. He estado pensando. Mucho. Sobre la otra noche.

Kip se tumbó en la cama, sonriendo.

—¿Ah sí?

—Mmm. Pensaba que ojalá te apeteciera venir luego.

—Podría encontrar un hueco, supongo —dijo Kip en broma.

—¿Y si pedimos comida para llevar? Y vemos una peli. No hace falta que sea…

—Suena perfecto. Mientras también pueda incluir…

—Eh, por supuesto que sí.

Kip se mordió el labio. Scott había bajado un poco la voz y se había puesto serio al decir eso último.

—Entonces ¿a qué hora quieres que vaya? —preguntó Kip tratando de ponerse igual de serio.

—Ahora mismo no tengo nada que hacer.

«Mierda».

—¿Quieres que vaya ahora?

—Si te apetece.

—Claro. Me apetece. Nos vemos enseguida.

Kip estuvo a punto de colgar, pero se le ocurrió preguntar antes:

—Ay, ¿me llevo… me llevo ropa para pasar la noche?

Scott se quedó un momento callado y Kip se maldijo por haber sido tan presuntuoso.

—Sí. Tráete algo. Desde luego.

Scott colgó.

Kip soltó un suspiro y sonrió como un bobo mirando el techo. Luego se puso a buscar la ruta más rápida para llegar a casa de Scott.

# Capítulo 7

Scott era incapaz de estar quieto mientras esperaba a Kip.

Se había pasado toda la mañana preocupado por si Kip no contactaba con él, ya fuera porque no quería o porque había perdido el número. Qué ridiculez; parecía que Kip estaba más que interesado en ver a Scott de nuevo, y también parecía lo bastante listo para poder añadir un número de teléfono en el móvil.

Kip era listo. Kip era fabuloso. Y besaba que te morías.

Scott dio mil vueltas por el piso y de vez en cuando hacía cosas innecesarias, como recolocar los cojines del sofá y poner recto un cuadro que ya estaba recto en la pared. Se acercó a las ventanas para contemplar los barcos del East River y los coches que cruzaban los puentes en ambos extremos de su vista panorámica.

Se lavó los dientes (otra vez) y se retocó el peinado.

Scott repasó el look que llevaba. Se había puesto algo informal, lógicamente: al fin y al cabo, estaba relajado en casa. Pero en realidad llevaba sus mejores vaqueros y una camiseta azul pálido que estaba bastante seguro de que hacía que sus ojos destacaran. Por desgracia, también tenía un moretón considerable en el brazo derecho, justo por encima del codo, un golpetazo con el *stick* de un defensa de Buffalo, dado con la fuerza de las dos manos.

«Te ves bien. Todo va a ir bien».

Bajó al vestíbulo a recibir a Kip. Calculó bien el tiempo, porque Kip llegó al cabo de apenas cinco minutos.

—Hola —dijo Kip sacudiéndose el frío de encima.

Tenía las mejillas rosadas. Era adorable.

—Hola. —Scott le sonrió de oreja a oreja como un bobo. Como recompensa tuvo una sonrisa que hizo aflorar los hoyuelos de Kip.

Fueron al ascensor y charlaron de tonterías mientras subían. Estaban tensos, pero en plan bien. La promesa de lo que estaba a punto de ocurrir crepitaba entre los dos.

Entraron en el apartamento de Scott y este le cogió el abrigo a su invitado. Kip se quitó los zapatos y la mochila, y entró con tranquilidad en la sala de estar. Scott lo siguió mientras admiraba cómo la camiseta de manga larga y los vaqueros oscuros resaltaban sus extremidades largas y delgadas.

—Ayer volvisteis a ganar —comentó Kip—. Enhorabuena.

—Ay, sí. Gracias.

Scott ya no podía aguantarse más. Se abalanzó sobre Kip, quien fue a sus brazos de inmediato. Cuando Scott lo besó, una calma instantánea le recorrió todo el cuerpo. Se moría de ganas de que llegara ese momento. Llevaba dos días en los que casi no había podido pensar en otra cosa que no fuera la boca de Kip. Era un milagro que hubiese jugado tan bien en los dos partidos que habían disputado desde la noche compartida con Kip.

—Te echaba de menos —dijo Scott.

Se le escapó, pero no se arrepintió. Y menos aún cuando vio cómo sonreía Kip.

—¿Sí?

—Eh…, eres difícil de olvidar.

Puso las manos en las caderas de Kip y le agarró el hueso de la pelvis. Se acercó todavía más a Kip para que este notara cuánto lo había echado de menos.

—Dios mío —jadeó Kip.

Se besaron y se magrearon con pasión, hasta que Kip se echó hacia atrás sobre el brazo del sofá y Scott aterrizó encima de él.

—Lo siento —dijo Scott entre risas—. ¿Estás bien?

—Ya te digo.

Kip tocó la erección de Scott por encima de los vaqueros y este gimió y se apretó contra su mano.

—Oye —propuso Kip—. Vamos a… Siéntate y deja que te…

Se escabulló de debajo de Scott, quien acabó sentado en el sofá mientras lo observaba deslizarse hasta el suelo en el hueco entre sus rodillas. Kip se inclinó hacia delante y lo fue besando conforme le desabrochaba los vaqueros. Siguieron besándose mientras Kip le sacaba la polla a Scott y se la acariciaba con dedos sueltos y perezosos.

Joder, qué maravilla. Estar así con alguien sin más. Que te tocaran. Que te la menearan y te hicieran correrte. Necesitaba más momentos así en su vida.

Kip advirtió el moretón del brazo de Scott y lo acarició con las yemas.

—Menudo golpe, ¿no?

—Ha habido peores.

—Yo te lo curaré.

Kip empezó a dar besos suaves con la boca abierta por encima de la piel amoratada. Era un gesto romanticón y algo bobo, y a Scott le encantó.

Kip siguió ofreciéndole su remedio mientras con los dedos jugueteaba con la costura de la camiseta de Scott. Quería quitársela a toda costa.

—Creo que tengo algunos moretones más —murmuró—. Por si te apetece inspeccionar.

—Eeeh… Sí, será mejor que eche un vistazo.

Joder, la voz rota y jadeante de Kip era superatractiva cuando estaba cachondo. La excitación parecía desenterrar el acento de Brooklyn y, por algún motivo, a Scott eso le ponía un montón.

—No veo golpes por aquí —bromeó Kip, y fue bajando con los besos hasta el estómago de Scott—. Pero vamos a asegurarnos...

—Puede que ha... ya... —Scott inspiró nervioso—. Puede que haya alguna herida más abajo.

Kip se rio pegado a su piel, cosa que provocó la risa de Scott. Le lamió los abdominales mientras presionaba con las manos la parte interna de los muslos de Scott y le rozaba con cuidado los huevos. Scott se estremeció.

—Joder...

—He pensado mucho en esto —murmuró Kip; tenía la boca casi pegada a la polla de Scott—. La última vez no tuve oportunidad.

—Todo tuyo —fue lo único que pudo decir Scott.

Kip pasó la lengua por la punta y presionó sobre la piel sensible que había justo debajo. Scott se agarró al sofá para evitar darle un manotazo sin querer a Kip en la cabeza. Tenía tantas ganas de correrse que le dolía.

Pero Kip se la fue chupando despacio, relajado, como si tuvieran todo el tiempo del mundo. Lo cual en cierto modo era verdad. Observaba a Kip tanto como podía, aunque a veces se le nublaba la vista cuando Kip hacía algo que le hacía perder el control.

Qué guapo era. Kip. Scott decidió que se lo diría.

—Eres increíble. —Scott bajó la mirada hacia él con lo que debía de ser una expresión de adoración—. Y eres el puto amo haciendo eso. Hostia puta...

Kip sonrió sin separar la boca y duplicó el esfuerzo. Se la metió en la boca casi entera y rodeó la base con la mano para acariciarle los huevos a Scott con las yemas de los dedos.

Estaba cachondísimo. Creía que se iba a morir. Ya no podía pensar en nada y solo se le ocurría decir obscenidades.

—Uf, joder. Uf, mierda. Espero que luego quieras metérmela. Dios, he pensado mucho en eso. La otra noche fue una puta pasada… Nunca había disfrutado tanto… Hay tantas cosas que quiero hacer contigo…

Kip gimió alrededor de su polla y se llevó una mano a su propia erección, por encima de los vaqueros.

—Luego me encargo de eso —prometió Scott—. En cuanto acabes, voy a hacer con tu polla lo que quieras que haga… Oh… Joder… Vale… Voy a…

Ese fue el único aviso que pudo darle a Kip. Tuvo un orgasmo tan bestia y tan rápido que notó escalofríos y sintió olas de placer que le sacudían todo el cuerpo mientras se vaciaba en la boca perfecta de Kip.

Cuando terminó, Kip se apartó y apoyó la cabeza en el muslo de Scott.

—Hostia puta —dijo Scott—. Ven aquí.

Kip se acercó para besarlo, y Scott lo abrazó mientras Kip se sentaba a horcajadas sobre su regazo.

—¿Qué te apetece? —jadeó Scott.

—Da igual. Sea lo que sea, irá rápido.

Scott desabrochó los vaqueros de Kip y le sacó la polla. A falta de algo mejor, Scott se echó saliva en la mano y la extendió por encima de la polla para mezclarla con el líquido preseminal que ya goteaba por la punta.

Kip soltó un taco y se estremeció en la mano de Scott, quien bajó la mirada hacia la magnífica e hinchada polla de Kip, que reaccionaba ante sus caricias.

—Quiero ver cómo te corres. Quiero que me bañes con tu semen. Luego podrías enseñarme cómo te gusta, podría mirarte mientras te haces una paja. Joder, me encantaría…

Kip soltó un grito agudo y repentino y le dio justo lo que quería: soltó chorros de semen sobre los abdominales y el pecho de Scott, además de por toda su mano.

Cuando Kip abrió los ojos, los tenía nublados, drogados por el sexo, y las mejillas sonrojadas. Scott nunca había visto nada tan atractivo.

—Joder, no me extraña que seas el capitán del equipo —dijo con esfuerzo Kip—. Desde luego, sabes motivar…

Scott se echó a reír y lo besó.

—Deberíamos lavarnos.

—Mmm —dijo Kip y se dejó caer en el sofá.

Scott se levantó y fue a por un paño húmedo. Habían abierto una compuerta, pero eso solo había conseguido encender su ansia de más.

Cuando volvió a la sala de estar se encontró a Kip todavía tirado de cualquier manera bocarriba, con los vaqueros desabrochados y la polla mojada y flácida sobre el muslo. Se había tapado los ojos con un brazo.

Más. Mucho más.


Kip se dejó caer bocarriba junto a Scott, agotado, sudoroso y feliz. Estaban tumbados casi en diagonal en la cama gigante después de la segunda ronda. Ni siquiera se había hecho de noche todavía.

Scott volvió la cabeza hacia Kip.

—¿Quieres comer algo? Yo me muero de hambre.

Kip se rio.

—Sí. Claro. Pero antes me daría una ducha.

Scott se puso de pie con un movimiento rápido y muy atlético. Extendió una mano hacia Kip y este la aceptó, sonriendo. Scott lo besó después de tirar de él para levantarlo y lo condujo al espectacular cuarto de baño.

El baño en suite era más grande que el dormitorio de Kip. Mejor dicho, era más grande que el dormitorio de sus padres. Tenía una bañera gigantesca en el medio y, detrás, una pared de baldosas que ocultaba una ducha larga abierta por los dos extremos. En el centro del techo de esa ducha larga había una inmensa barra con varios chorros de agua iluminados por focos en ambas esquinas. Las paredes eran de discretas baldosas de piedra gris. Todo lo que había allí era puto sexy.

Scott abrió el grifo de la ducha con unos mandos muy sofisticados y el agua empezó a caer del techo. Se puso debajo y tiró de Kip para pegarlo a su cuerpo.

A Kip le encantó esa ducha casi tanto como le encantó liarse con Scott Hunter en ella. El agua resbalaba por los músculos de Scott conforme bajaba por su asombroso torso. Kip se agachó para atrapar con la boca un río de gotas que estaba a punto de caer del pliegue de la ingle de Scott, y luego siguió el camino inverso con la lengua.

—Kip. Dios…

Scott se estremeció y Kip le lamió los abdominales marcados. Scott lo cogió para levantarlo y lo aplastó contra la pared, donde empezó a besarlo con pasión.

Fue increíble; se habían pasado toda la tarde enrollándose, pero todavía les quedaban ganas de seguir metiéndose mano.

Al cabo de un rato lograron lavarse con el gel y el champú de Scott, que olían de maravilla (y seguro que eran caros). Cuando por fin salieron de la ducha, el baño estaba cubierto de vapor y Kip, muerto de hambre.

Volvió a ponerse los vaqueros y la camiseta. Para su alegría, Scott solo se puso una toalla alrededor de la cintura y llamó por teléfono para pedir algo de comer. A Kip no le sorprendió que Scott se sintiera cómodo con su cuerpo; se había pasado buena parte de su vida desnudo, o casi, en vestuarios llenos de gente.

—Aquí cerca hay un sitio donde hacen unos raviolis alucinantes —dijo Scott—. ¿Te apetecen?

—Perfecto.

Al final Scott sí que se vistió y se sentó junto a Kip en el sofá a esperar a que llegara la comida.

—Oye —comentó Kip—, ¿vas a ir a esa Gala Equinox tan pija?

Scott lo miró con curiosidad.

—Sí, confirmé que iría. ¿Por qué?

—Eh, nada, es que… Yo también voy a ir.

—¿Trabajarás?

—¡No! No, mi… amiga me ha invitado.

—¡Ah! —dijo Scott. Y luego—: Ay, ostras, perdona, Kip. No tendría que haber dado por hecho que…

—Bah, no pasa nada. O sea, está claro que es raro que alguien como yo vaya a una gala de esas. De invitado, me refiero. Pero Elena (mi amiga, Elena) trabaja para Equinox y quiere que la acompañe.

—¿Es la chica con la que fuiste al partido?

—Sí. Es mi mejor amiga. Una persona genial.

Scott asintió con la cabeza.

Entonces hubo un silencio incómodo. Kip no estaba seguro de qué pensaba Scott, pero de lo que sí estaba seguro era de que habría preferido ir de acompañante de Scott, eso fijo. Se imaginó bailando con él en un salón elegante, ambos vestidos de gala, con los flashes de las cámaras…

Se despertó del sueño.

—Total —dijo Kip—. Que sí voy a ir.

Scott frunció el ceño y miró hacia otro lado. Kip se preparó para que el otro dijera las palabras que sabía que llegarían en algún momento, pero que temía oír. «Ha sido divertido, pero no quiero que te hagas ilusiones…».

En lugar de eso, Scott se levantó y preguntó:

—¿Quieres algo de beber? ¿Una cerveza o algo?

—Claro —dijo Kip, sorprendido, pero tratando de fingir que no pasaba nada—. Sí, me iría genial una cerveza. O lo que sea.

Scott asintió y fue a la cocina.

Una tensión rara había invadido la habitación. A Kip no le gustaba. ¿Qué tenía en la cabeza cuando había mencionado un evento al que los dos irían tres semanas más tarde? Qué chorrada. No tendría que haber dado por supuesto…

Cuando volvió, Scott le ofreció un botellín de cerveza fría.

—¿Quieres vaso o…?

—Bah, me la bebo de aquí.

Kip se obligó a sonreír. Observó a Scott, que jugueteaba un poco con su botellín. Tenía la cara seria.

—Eh, tengo muchas ganas de verte arreglado para la gala.

Scott miró a Kip con una adorable sonrisa nerviosa.

Kip le devolvió la sonrisa, aliviado.

—¿Sí? Cuando me arreglo me pongo muy guapo.

—No lo dudo —dijo Scott, que hundió una rodilla en el sofá y se inclinó hacia delante para besarlo.

Kip suspiró y lo besó también. Quería que Scott lo cubriera entero. Quería notar su peso en todo el cuerpo.

Se reclinó hacia atrás hasta quedar tumbado y luego miró a Scott, expectante.

—Ven aquí —le dijo.

Scott le quitó la cerveza de la mano y la dejó en la mesita de cristal, al lado de la suya. Fue bajando con cuidado —con excesivo cuidado— hasta ponerse encima de él y cubrirlo con su cuerpo gigantesco.

—Peso mucho —dijo Scott como si eso fuera a quitarle las ganas a Kip de que lo destrozara por completo.

—No me voy a romper.

Kip le pasó un brazo por la espalda para acercarlo a él.

Cuando Scott dejó caer el peso sobre su cuerpo, Kip soltó un gemido que habría podido ser bochornoso, pero estaba tan contento que le dio igual. Scott le besuqueó la piel sensible del cuello y la polla de Kip se puso dura por cuarta puta vez esa tarde. Movió las caderas para apretarse contra el muslo de Scott.

—Mmm, Kip… —gimió Scott junto a su garganta.

Entonces le vibró el móvil.

—Ya está la comida —dijo Scott con una sonrisa de disculpa—. Enseguida vuelvo.

Se dirigió a la entrada y Kip se quedó ansioso en el sofá.

Pensaba que había averiguado lo que pasaba: Scott necesitaba a alguien con quien acostarse que no fuera a ir a la prensa ni a subir un post sobre el tema. Y, por la razón que fuera, parecía creer que podía confiar en que Kip guardaría el secreto. Follarían unas cuantas veces sin que nadie se enterase y después Scott volvería a su estatus de super estrella del deporte y Kip regresaría a su triste vida de mierda. Así de sencillo.

Pero, maldita sea, no iba a ser fácil renunciar a esto cuando llegara el momento inevitable.

Comieron los raviolis en el sofá y Scott encendió la televisión para pillar un trozo del partido de Pittsburgh contra Boston. Era interesante ver el hockey con Scott Hunter. De vez en cuando se abalanzaba hacia delante, concentrado mientras masticaba pensativo. Como si maquinara algo en la cabeza. Kip se preguntó qué vería en la pantalla. En qué detalles se fijaría que nadie más en el mundo pudiera ver.

—Esta semana jugáis en Boston, ¿verdad? —preguntó Kip.

—Sí. El jueves —dijo Scott, con la mirada aún fija en el televisor—. Y jugamos en Filadelfia el martes.

—¿Y luego otra vez aquí el sábado?

—Pues sí, Montreal juega aquí el sábado.

—Ay, eh, el sábado no trabajo.

Hubo una pausa y entonces Scott pareció asimilar qué había dicho Kip. Dejó de prestar atención al partido.

—Vaya.

—Sí, esta semana trabajo de martes a viernes.

—Vale.

Frunció el ceño.

—O sea… A ver, podría intentar preguntarle a Maria si quiere…

—¡No! No, qué va. Es una chorrada, ¿eh?

Kip se encogió de hombros.

—Si para ti es importante, podría cambiarme el turno.

Scott negó con la cabeza.

—No, es que… —Dejó el envase de comida para llevar en la mesita, apagó la tele en la que seguía el partido de hockey y se volvió para mirar a Kip—. Creo que tenemos que hablar.

A Kip se le cayó el alma a los pies. Se preparó para las palabras que, a su pesar, había estado anticipando desde la primera vez que se habían liado.

—Eh, es que… —empezó Scott, a quien por una vez le faltaban las palabras—. Ya sabes que no…

—No pasa nada. No hace falta que…

—No he salido del armario —continuó Scott—. Supongo. O sea, sí, es así. Me veo obligado a ocultar esa parte de mí. Si la gente se enterase de que soy…

—De acuerdo —dijo Kip con los ojos fijos en el suelo para que Scott no viera lo rechazado que se sentía.

—Nunca he… salido con nadie.

Kip levantó la mirada, asombrado.

—He follado con hombres. Pero aquí no. Nunca había follado con nadie en Nueva York. Ni había invitado a nadie a mi casa.

A Kip se le hizo un nudo en el estómago.

—¿En serio?

Scott lo miró con cara seria.

—En serio.

—Guau.

—Ya te he dicho que nunca he salido con nadie —repitió Scott—. Hasta ahora… pensaba que no lo necesitaba. Que podría vivir sin eso.

Kip se percató del verbo en pasado que había empleado Scott.

—¿Y ahora?

Scott soltó el aire.

—No lo sé. Siento que… a lo mejor no había encontrado aún a la persona adecuada, ¿sabes?

«Hostia puta».

—Lo que quiero decir —continuó Scott— es que no creo que sean solo los *smoothies*.

Kip no dijo nada. Quería oír qué más tenía que decirle Scott.

—Quiero… salir contigo. Sé que casi no nos conocemos, pero…

La emoción subió por su cuerpo como un burbujeo que se le atascó en la garganta.

—Yo también —dijo con voz ahogada.

Scott le sonrió un poco triste.

—O sea, sí, por supuesto. Yo encantado —dijo Kip.

—Me apetece mucho —aclaró Scott—. Pero no sé cómo lo vamos a hacer.

—Ya se nos ocurrirá —dijo Kip, que seguía en una nube—. Sé guardar un secreto y no tiene por qué ser… Ya sabes, nada serio. Podemos vernos cuando tengas tiempo y tal.

—Te mereces más que eso, Kip.

Kip se rio, porque… ¿en serio?

—Contigo me conformo.

Scott sonrió y lo besó. Kip le devolvió el beso poniendo toda su pasión, porque estaba bastante seguro de que aquel hombre increíble, de ensueño, acababa de pedirle ¡que fuera su novio!

—No tendrás que conformarte con nada —murmuró Scott pegado a su oreja—. No mientras dependa de mí.


Consiguieron llegar a la habitación, pero por los pelos. Scott estampó a Kip contra la pared en cuanto cruzaron la puerta. Se quitaron las camisetas a toda prisa y Scott se apretó a él y empujó tanto hacia arriba que Kip casi notó que se le levantaban los pies del suelo. Kip era un tío alto y robusto, pero Scott hacía que se sintiera pequeño. Le encantaba notar que Scott podía manejarlo a su antojo.

—¿Qué te apetece? —preguntó el jugador—. Dímelo.

—No… —tartamudeó Kip sin aliento—. No te apetecerá cambiar, ¿verdad?

—¿Quieres que te folle yo?

—Sí. ¿Y tú?

Scott emitió un gruñido grave y volvió a besarlo.

—Encantado.

Kip soltó una risa aliviada. Le encantaba penetrar a Scott, pero necesitaba que se la metiera en ese colchón, o contra esa pared, y quería que Scott le diera caña sin piedad.

Se separaron para poder quitarse los pantalones y entonces Scott tiró de Kip hacia la cama, no de forma bruta, pero sí con fuerza. Kip fue encantado y dejó que Scott lo tirara encima del colchón, justo antes de tumbarse él encima. El peso del pecho de Scott aplastaba a Kip, igual que un rato antes en el sofá. Era justo lo que ansiaba.

Scott movió las caderas para que toda su polla grande y dura quedara sobre la de Kip.

—Por favor —jadeó Kip—. Lo deseo.

—Date la vuelta —le mandó Scott.

Se comportaba como el respetado capitán del equipo que era. Kip notó una sacudida de calor y tardó nada y menos en obedecer. Una vez en la posición que buscaban, Scott empezó a darle besos por la columna.

—Eres —murmuró Scott entre besos—. Flipante. Te lo juro.

Puso el punto final a la última frase hundiendo los dientes en el cachete izquierdo del culo de Kip y mordiéndoselo de forma juguetona pero apasionada. Kip gimió y agarró fuerte una de las almohadas de Scott cerrando los puños. Tenía tantas ganas de correrse que pensó que iba a estallar.

Scott empezó a mordisquearle el culo a Kip, bajando hasta los muslos y volviendo a subir. Era tan placentero que hasta el último centímetro de Kip notaba el cosquilleo de la anticipación. No estaba seguro de si Scott iba a hacer lo que su boca parecía insinuarle. Sabía que no tenía mucha experiencia y tal vez sería demasiado esperar que…

Pero entonces Scott le separó las nalgas con las manos fuertes y le paso la lengua por la raja, despacio.

—Joder —gimió Kip—. Sí.

Scott lamió la piel sensible que rodeaba el agujero de Kip, pasando la punta de la lengua por la abertura apretada mientras le agarraba el culo con las manos. Lo fue abriendo con lametazos cálidos y húmedos, que uno tras otro enviaban deliciosos escalofríos por el cuerpo de Kip.

«Dios mío, que este momento no acabe nunca».

Una vez que Kip se hubo relajado lo suficiente, Scott cogió el lubricante y le metió un dedo fuerte y resbaladizo. Tenía las manos enormes y los dedos muy largos y gruesos. Kip deseaba que Scott le metiera todos los que quisiera.

Scott apoyó una mano con firmeza en el centro de la espalda de Kip… Quizá lo hiciera para mantener el equilibrio, pero a Kip le encantó. El jugador debió de darse cuenta, porque apretó un poco más y le metió un segundo dedo. Kip gimió al notar más presión en los dos puntos.

—Te gusta, ¿eh? —murmuró Scott.

—Sí —respondió Kip excitado—. Me encanta que seas tan grande. Fuerte, joder. Me puto muero de ganas de tenerte dentro, te lo juro. Quiero notarte por todo.

Scott respondió con un gruñido muy masculino, posesivo, y añadió un tercer dedo. Kip cerró los ojos y gimió.

—¿Estás bien? —preguntó Scott parando los dedos—. ¿Demasiado?

—No… No, está bien. Me gusta. Me gusta mucho… —Kip no iba a parar de decir cosas. Siempre era como si su boca hablase sola cuando estaba tan excitado—. Estoy listo. A punto para ti, Scott. Por favor. Dame fuerte. Quiero notarlo durante días…

Scott sacó los dedos y, entonces, Kip oyó el ruido nervioso del envoltorio de un condón al rasgarse a toda prisa. Se volvió como pudo para mirar por encima del hombro y vio a Scott moviendo la mano sobre la polla enfundada para echarle lubricante.

Kip esperó con ansia la primera presión de la polla de Scott al entrar en él. Hacía mucho tiempo que no lo penetraban y llevaba una semana entera fantaseando justamente con ese preciso momento. Tras un minuto eterno en el que no ocurrió nada, Kip volvió a mirar por encima del hombro. Scott le sujetaba las caderas y estaba bien colocado, pero no se movía.

—¿Estás bien? —preguntó Kip.

—Sí —dijo Scott. Se había puesto rojo—. Perdón. Es que… No quiero hacerte daño.

—No me harás daño. —Kip meneó el culo, juguetón—. Pero, si no empiezas a metérmela ya, me voy a morir, así que…

Scott ahogó una risa, pero siguió sin moverse.

—Solo lo he hecho una vez —confesó.

«Ay, dios».

A Kip se le olvidaba continuamente que Scott apenas tenía experiencia. Le parecía tan… increíble.

—De verdad, no me harás daño —prometió Kip—. Y, si me duele, te lo diré. Pero… me gusta el sexo duro. Puedo aguantarlo.

Scott se mordió el labio y arrugó la frente. Kip necesitaba que dejara de darle vueltas como fuera.

—Confía en mí —dijo Kip.

Scott lo miró a los ojos y asintió.

Por fin, Kip notó la punta de la polla de Scott golpeando contra el agujero y tuvo que contenerse con todas sus fuerzas para no echarse hacia atrás y empujar él. Esperó sacando paciencia de no sabía dónde mientras Scott entraba despacio.

—Eso es, sí —jadeó Kip—. Me moría de ganas…

Uf, Scott era grande, y Kip se estiró y notó el ardor en el mejor de los sentidos. Una vez que se la había metido del todo, Scott volvió a colocar la mano en el centro de la espalda de Kip y apoyó el peso. Kip gimió.

En las primeras embestidas Scott fue con cuidado. Desesperado por que le diera más, Kip lo alentó.

—Me encanta. Sí, me encanta, Scott. No vayas con tanto cuidado. Eres perfecto. Vamos.

Funcionó. Scott empezó a embestirlo en serio, con una mano plantada en la cama para apuntalarse bien y la otra extendida con firmeza sobre el omoplato del otro. Kip se sentía en la gloria.

—Fuerte —suspiró—. No pares. Me encanta.

—Te noto increíble. Joder.

Kip sentía a Scott por todas partes: sus muslos sólidos presionando contra las piernas de Kip y la mano todavía firme en su espalda mientras Scott lo empotraba contra el colchón. A Kip le encantaba lo dulce y tímido que podía ser Scott, pero ahora mismo estaba follándolo como la estrella del deporte que era. Con cada embestida, el cuerpo entero de Kip se estremecía y su polla rozaba contra el colchón de un modo que normalmente no bastaría, pero esta vez...

«Va a funcionar. Dios, igual hasta me corro el primero».

—No te corras —dijo Scott, como si le leyera la mente—. Quiero verlo. No te corras.

Kip gimió, excitado por el tono autoritario de Scott, e hizo lo que pudo por obedecer. Levantó un poco las caderas de la cama para reducir la fricción, pero, joder, si ni siquiera le hacía falta el roce. Scott lo estaba poniendo a mil. Era increíble.

—No sé... —dijo con voz ahogada Kip—, no sé si podré obedecer esa orden, Hunter.

Scott gruñó y, sin avisar, la sacó y dio la vuelta a Kip. Le subió los tobillos hasta los hombros y volvió a metérsela, más duro y rápido que antes.

—¡Hostia puta! —chilló Kip—. ¡Hostia puta...!

—Ahora sí puedes correrte.

Eso hizo Kip. Ya ni siquiera estaba en contacto con el colchón. Se estaba corriendo sin que nadie lo tocara porque Scott le había dicho que lo hiciera y porque todo era perfecto y superexcitante. Observó alucinado cómo el semen le salpicaba el estómago y el pecho.

—Ay, dios. Joder, Kip.

Scott embistió un par de veces más y luego se inclinó hacia delante mientras se corría dentro de él.

Cuando terminaron los últimos temblores, Scott se la sacó con cuidado y se dejó caer en la cama junto a Kip. Estaba sofocado y sonreía.

—Ha sido... —empezó a decir, pero luego negó con la cabeza y sonrió todavía más.

—Sí —jadeó Kip—. Increíble.

Era la única palabra que se le ocurría. Pensaba que sabía lo que era el buen sexo, pero le encantó descubrir que estaba equivocado.

—Enseguida vuelvo —dijo Scott, y le dio un beso rápido en la mejilla—. No te muevas.

—Ni en sueños.

Scott salió de la cama y fue al cuarto de baño mientras Kip se quedaba sonriendo al techo e intentando fijar en la memoria hasta el último detalle de lo que acababa de ocurrir. Le encantaba lo rápido que había dejado a un lado las inhibiciones Scott; se había entregado por completo al utilizar su fuerza y su ímpetu impresionantes para follar a Kip y dejarlo KO.

«Ahora este chico es mi novio».

Scott volvió con un paño húmedo y limpió con cariño el estómago de Kip. Era maravilloso notar el tejido cálido que se deslizaba por la piel de Kip. Este suspiró de felicidad y alargó el brazo hacia Scott.

—Ven aquí.

Scott sonrió y lo besó.

—Ha sido increíble —dijo el jugador—. Tú eres increíble.

—Estoy casi seguro de que casi todo el esfuerzo lo has hecho tú.

—No es un esfuerzo —dijo Scott y besó a Kip en la nariz, en la mejilla y en la comisura de los labios—. Para nada es un esfuerzo…

Kip lo empujó para ponerlo bocarriba y se montó encima. Empezó a besarlo con toda la ternura que sentía en aquel momento.

Luego se apartaron un poco y Scott lo miró a la cara. Le pasó los dedos por el pelo y analizó su rostro. Saltaba a la vista que quería decir algo.

—¿Qué pasa? —preguntó Kip.

—¿Puedo comprarte un traje?

—¿Que si puedes…?

—De momento no tienes, ¿verdad? ¿No pensabas alquilar uno? ¿Para la Gala Equinox?

—Sí. O sea, no. No tengo. Pero no hace falta…

—Mañana llamo a la tienda de Hugo Boss —propuso Scott—. Hago anuncios para ellos.

—Sí, ya lo sé.

—Puedo llamarlos. Les digo que vas a ir. Que eres un amigo. Y que lo carguen en mi cuenta.

Scott dijo aquellas palabras casi como si hablara para sí mismo más que para Kip.

—Me parece un poco… generoso. ¿No crees?

Scott acarició la cara de Kip con el dorso de los dedos.

—En realidad, es un acto completamente egoísta. Quiero verte con un traje que hayan hecho a medida de tu fabuloso cuerpo. Tal vez no pueda bailar contigo esa noche, pero, cuando estés allí, sabrás que me encantaría hacerlo.

Kip se quedó sin respiración. Scott lo besó de nuevo y murmuró:

—Quiero que lleves el traje que yo te compre. Y después, cuando estemos solos, quiero quitártelo.

Kip ahogó un suspiro.

—No —dijo, aunque le costó mucho esfuerzo.

Scott se apartó.

—¿No?

—Es demasiado. Y, además…, ¿no parecería raro si le pides a la tienda que te cobre a ti el traje de un tío que no se sabe de dónde ha salido?

—Eh…

—Me refiero a que no es muy discreto, ¿no?

Scott se lo pensó mejor.

—¿Crees que lo pillarían?

Kip se desperezó con coquetería y sonrió de oreja a oreja.

—Por supuesto. Soy guapísimo.

Scott resopló.

—Pues sí. —Le dio otro beso—. ¿Y si te pones uno mío?

—¿Por qué? ¿Cuántos tienes?

—Más de los que necesito. Puedes elegir uno y que te lo arreglen a medida.

Kip frunció el ceño.

—Pero entonces no podrías ponértelo nunca más.

—No me hace falta. Tengo una barbaridad.

Kip nunca había conocido a nadie que tuviera el problema de encontrarse con un exceso de trajes. Al menos, no en su círculo social.

—Vale —dijo exagerando el agotamiento—. Te liberaré de uno de tus trajes. Pero solo porque me gusta ayudar.

—¿Negro clásico? —preguntó Scott mientras acariciaba la mandíbula de Kip con el pulgar—. ¿O quizá azul medianoche?

—Tú eliges, Hunter.

Scott apartó la mirada y se ruborizó un poco.

—Me excita cuando me llamas así, pero luego me va a pasar factura cuando lo oiga en la pista, joder.

Kip se echó a reír.

—A lo mejor quiero que pienses en mí durante los partidos.

Scott gimió.

—¿Se te ha puesto dura alguna vez con un protector? No es agradable.

—Parece que a ti sí.

Scott apretó los labios.

—Muy bien —suspiró Kip—. Pues te llamaré Scott.

Este se inclinó hacia él.

—Tengo la sensación de que voy a pensar en ti un montón de todos modos.

Parecía muy feliz, mirando a Kip y acariciándole el pelo. Y Kip sabía que él tenía la misma cara de felicidad. Hacía solo unos días que habían empezado. Lo que había entre ellos era superintenso y superaba con creces los sueños más atrevidos de Kip.

—¿Y tú pensarás en mí? —preguntó con timidez Scott.

Kip sonrió.

—Dudo que pueda pensar en otra cosa, Hunter.

# Capítulo 8

—Tres nueves —anunció Greg Huff y puso sus cartas encima de la mesa—. ¿Qué tienes tú, Hunter?

—Idos a la mierda —dijo Scott y se descartó de esa baza tan mala.

—Lo sabía —dijo Huff—. Mientes como el culo, Scotty.

Con alegría, barrió hacia él el pequeño fajo de billetes de veinte dólares. Carter se rio y le pasó a Scott otro botellín de cerveza. Este lo aceptó agradecido.

—Te toca, Bennett —dijo Carter.

Los cuatro se habían reunido en la habitación del hotel de Huff, en Filadelfia. Huff había echado a su compañero de habitación más joven y le había dicho que estuviera fuera un par de horas para que pudieran disfrutar de una partida de póquer «como en los viejos tiempos».

—Bueno, Carter —dijo Huff—, ¿y qué tal va con Gloria Grey?

—Pues bien. Vendrá a Nueva York este fin de semana. Irá al partido del sábado… y luego estaremos en mi piso esa noche y todo el domingo.

—Enhorabuena, tío —dijo Eric Bennett—. Me alegro mucho por ti.

—Capullo con suerte —se burló Huff—. ¿Y tú qué, Hunter? ¿Sales con alguien?

—¿Y por qué iba a contároslo, cabrones? —se defendió Scott.

—Venga, va —dijo Bennett—. Somos viejos y estamos casados. Danos un poco de emoción.

—Siento decepcionaros, tíos.

—Scott se está reservando para el matrimonio —dijo Carter, a la vez que le ponía una mano en el hombro a Scott—. Y reserva el matrimonio para cuando se muera.

Los demás se rieron.

—Estoy ocupado, nada más —se justificó Scott—. Ya lo sabéis, tíos.

—Ya, claro, y a nosotros nos sobra el tiempo —dijo Huff—. Venga ya. ¿De verdad no hay nadie? ¿Toda esa belleza tirada a la basura?

—¿Podemos hablar de otra cosa?

—Se folla a tu hermana, Huff —bromeó Bennett.

—Sabes que solo tengo un hermano —dijo Huff—. Y no creo que Howie sea su tipo.

Todos se rieron. Scott también, aunque con una risa forzada. Lo que había dicho Huff no era mentira. Scott conocía a su hermano y no, no era del tipo que le gustaba a Scott. Pero no era eso de lo que se reían sus amigos. No era la idea de que Scott saliera con Howie. Era la idea de que saliera con algún hombre, fuera el que fuese.

—Idos todos a la mierda —dijo Scott.

Aunque no lo dijo con tono serio. En realidad, le caían genial aquellos tíos. Solo se comportaban como… tíos.

Continuaron con la partida de póquer y no volvieron a mencionar la vida amorosa de Scott.

Este envidiaba a sus compañeros de equipo. Se imaginaba cómo debía de ser no tener que preocuparse por ser… diferente. Ojalá pudiera convertirse por arte de magia en lo que la gente esperaba que fuesen los jugadores de hockey. Pero repasó a los tres hombres que estaban jugando a las cartas con él —todos ellos estrellas de la NHL— y ninguno acababa de encajar en el molde. Carter, saltaba a la vista, por su piel morena. Scott sabía que había tenido que aguantar comentarios racistas tanto de jugadores como de fans toda su vida. Huff era bajo. En su ficha ponía que medía 1,72 metros, pero a veces Scott se preguntaba si lo habían medido con los patines puestos. Y Bennett se parecía más a un maestro de guardería que a un portero estrella. Nunca bebía ni salía de fiesta y había estudiado Filología Inglesa.

Así pues, quizá no hubiera una forma «normal» de ser jugador de hockey. Pero eso no cambiaba el hecho de que los insultos favoritos que soltaba la gente en los partidos fueran homófobos. En el mundo del hockey, ser gay se consideraba, en el mejor de los casos, una broma, y, en el peor, algo asqueroso.

Mientras Scott fuera con cuidado —y lo hacía—, nadie tenía por qué enterarse de que era diferente.

Scott volvió a su habitación antes de las once. Las veladas terminaban temprano cuando había partido al día siguiente. Cuando llegó, su compañero estaba leyendo en la cama.

Scott se tumbó en la suya y sacó el teléfono. Mandó un mensaje a Kip:

Scott: Te echo de menos.

La respuesta fue casi inmediata.

Kip: ¿Ya? ;)

La siguiente respuesta tardó un poco más.

Kip: Yo también.

Scott se puso de lado para darle la espalda a su compañero de habitación. Sabía que el chico, un *rookie* llamado Gillis, no tendría el coraje de preguntar de qué se reía su capitán como un memo, pero aun así…

Contestó:

Scott: Pensaba en el viernes.

Kip: ¿El viernes?

Scott: Es San Valentín.

Kip: ¡Ah!

Scott: ¿Vendrás a mi casa esa noche? Me gustaría prepararte la cena.

Kip: Miraré la agenda.

Scott: Ah. OK.

Kip: Era broma. Estoy libre.

Scott puso los ojos en blanco. Se sintió imbécil.

Scott: ¿Puedo llamarte?

Kip: Sí.

Scott se sentó y le dijo a su compañero:
—Voy a llamar por teléfono. Vuelvo dentro de un rato.
Salió de la habitación y bajó al vestíbulo en ascensor. Se coló en la pequeña sala de reuniones, que estaba vacía, y llamó a Kip.

Se sentó en una de las sillas de oficina y fue rodando de lado a lado mientras esperaba a que contestara.

—Hola —dijo Kip después del segundo tono.

—Hey.

—¿No deberías estar en la cama? —bromeó—. Mañana hay partido importante.

—Enseguida voy. Solo… quería oír tu voz.

Scott se estremeció porque le pareció patético. Qué mal se le daba aquello…

—Te echo de menos.

Scott sonrió mirando el móvil.

—Yo también te echo de menos. ¿Has encontrado sastrería? Me ofrecería a pagarte el arreglo, pero tengo la impresión de que no me dejarías.

—Tienes razón. No lo haría —respondió Kip—. Iba a preguntarle a Elena si conocía alguna buena, pero entonces pensé…

—Ah.

—Sí. No quiero que… O sea, digamos que…

—¿Lo sabe?

—¡No! No, no sabe nada. Me refiero a que no le he hablado de nosotros. Es solo que… Se lo imaginará, ¿sabes? Es lista. Y… sabe que me gustas. Pero sí. Si se entera de que me he agenciado un esmoquin de Hugo Boss por arte de magia, seguro que me hace preguntas.

Scott frunció el ceño.

—Ya.

—Quizá…, quizá sería más fácil si alquilara uno y listo. Solo… por si acaso.

—No, qué… No. Es mejor que… —Scott suspiró y confió en no arrepentirse de lo que iba a decir—. Es mejor que se lo cuentes. Si quieres. Me dijiste que era tu mejor amiga, ¿no?

—Sí.

—Pues cuéntaselo. No quiero que esto genere un conflicto con tu mejor amiga.

—Gracias. —Kip sonaba aliviado—. Me muero de ganas de contárselo. Y sabe guardar un secreto, te lo aseguro. Es la mejor. Te caería bien.

—Me encantaría conocerla.

—Resérvale un baile en la gala.

—Trato hecho. Aunque bailo fatal.

—Ella baila que te cagas. Seguro que te sabe llevar. Te lo prometo.

—Vale —dijo Scott pensando en otra cosa.

Daba la impresión de que Kip se había quitado un peso de encima, pero Scott tenía la sensación de que ese peso había caído directamente sobre él. Se mordió el pulgar.

—Bueno, entonces, el Día de San Valentín, ¿eh? —dijo Kip alegre para cambiar de tema.

—¿Ajá?

—¿Quieres prepararme la cena?

—Exacto…, sí. —Scott negó con la cabeza. «Concéntrate en el partido, Hunter»—. Sí —dijo más convencido—. Me encantaría.

—No sabía que te gustara cocinar.

—Bueno, digamos que sé cocinar —contestó Scott—. Estaba mucho solo en casa. A menudo hacía la comida para mi madre y para mí cuando ella trabajaba hasta tarde en la tienda. Y más adelante… cuando se puso enferma.

—Lo siento —dijo Kip. Sonaba avergonzado de verdad—. Debería habérmelo imaginado.

—¡Tranquilo! No lo he dicho para hacerte sentir mal. Es solo que… me gusta contarte cosas sobre mí.

—Y yo quiero saberlo todo sobre ti —dijo Kip en voz baja.

Scott creyó que se le iba a salir el corazón del pecho. Le conmovieron tanto las palabras de Kip que no se dio cuenta de que no había contestado hasta que Kip añadió:

—Ay, dios. Igual me he pasado de intenso. Perdón.

—Qué va —dijo Scott—. Puedes preguntarme lo que sea.

—¿Lo que sea, eh? ¿Qué te parece…, qué vas a cocinar para mí? —Kip volvió a adoptar un tono relajado y divertido.

—No te lo diré. Es una sorpresa. —Scott sonrió—. Ay, mierda. A menos que… ¿Tienes alguna intolerancia?

—Nop.

—Genial. Entonces es una sorpresa.

Scott cogió un boli que había en la mesa que tenía delante y empezó a hacer garabatos en una libreta del hotel, abstraído.

—¿Qué tal te ha ido el día?

—Bien. No muy emocionante. Salvo, ya sabes, por ti.

—Cuéntame todo lo que has hecho. Solo quiero oír tu voz.

Kip le habló del pódcast que había escuchado cuando volvía de casa de Scott por la mañana y le habló de la mujer que había visto con una iguana en un cochecito de bebé mientras Scott escuchaba y dibujaba espirales en la libreta.

—Y, bueno —dijo Kip cuando las espirales de Scott ya habían llegado al final de la hoja—, eso es todo. Ya te he dicho que no ha sido un día muy emocionante.

Kip bostezó, cosa que hizo que Scott tomase conciencia de la hora que era.

—Ay, dios, no te dejo dormir. Mañana entras temprano a trabajar, ¿verdad?

—Sí. O sea, debería irme a la cama, sí.

—Vale. Yo también.

—Pero oye, Scott. Me alegro de que me hayas llamado.

Scott sonrió hacia el teléfono.

—Yo también me alegro de haberlo hecho.

—Veré el partido mañana por la noche.

—Marcaré un gol para ti.

—¡Vete a la mierda!

—¡Que sí! El primer gol te lo dedico. Acuérdate.

—Muy bien. Será nuestro secreto.

—Sí… —dijo Scott en voz baja.

Después de despedirse, y de que Scott se metiera en el bolsillo la libreta en la que había estado dibujando, salió de la sala de reuniones y volvió al vestíbulo. Allí se encontró con Frank Zullo. Llevaba a una chica del brazo y los dos parecían bastante borrachos.

—'nas noches, Hunter —dijo Zullo con un tono bastante burlón.

—Hey, Zullo —lo saludó Scott—. ¿Vuelves ahora?

—Sí, claro. Eh, me voy directo a la cama, ya sabes.

—Veo que tienes quién te acompañe —dijo Scott mirando a la joven.

—¡Eh, hostia! ¡Si eres ese tío tan famoso! —exclamó ella arrastrando las palabras.

—Vamos, cariño —dijo Zullo y miró a Scott con dureza mientras indicaba a la chica que lo adelantara.

—Sesión de vídeo mañana a las nueve en punto —dijo Scott ya a su espalda.

Zullo hizo oídos sordos y se metió en el ascensor.

Scott suspiró. Vaya coñazo para el pobre compañero de habitación de Zullo. El equipo tenía la política de mezclar a jugadores veteranos con otros más jóvenes en las habitaciones de hotel cuando estaban de viaje. Scott, en calidad de capitán, había compartido habitación muchas veces con *rookies* y con nuevos fichajes del equipo. El sistema solía funcionar bien y ayudaba mucho a que los jugadores más jóvenes no se metieran en líos. Pero a veces los problemas los generaban los veteranos.

Scott cogió el siguiente ascensor hasta la planta en la que se alojaba el equipo. No sabía en qué cuarto estaba Zullo, así que recorrió despacio el pasillo hasta que oyó que se abría una puerta. Y, como era de esperar, el compañero joven de Zullo, un chaval francocanadiense llamado Brisebois, apareció en el pasillo. Daba la impresión de que lo acababan de despertar.

Si Scott llamaba a la puerta y trataba de razonar con Zullo, acabarían peleándose y despertarían a todos los jugadores de la planta. Ya hablaría con él al día siguiente.

—Hola, Breezy —dijo al adormilado defensa—. Vente a mi habitación. Pediré que nos suban una cama supletoria.


Kip estaba sentado frente a Elena en una mesa de un pequeño restaurante mexicano del centro.

—Entonces… ¿qué te parece? —preguntó el chico.

—Está bien. Te he puesto un par de comentarios. Te los mandé por correo antes de venir aquí.

Kip sacó el móvil.

—Ya te los leerás luego, tonto —dijo Elena—. La carta de motivación estaba genial. Y el currículum funciona. Solo cambiaría un par de cosas.

—Vale.

—Bueno, ¿qué noticia tenías que darme?

Kip sonrió y luego agachó la cabeza para que su amiga no lo viera.

—Ay, dios mío. Te has enamorado —dijo Elena.

—¡No! —se apresuró a decir Kip—. No me he enamorado. Solo, eh…, me estoy viendo con alguien.

—¿Ah? ¿Viendo? ¿Y no os acostáis?

—Bueno, vale…, sobre todo nos acostamos. Pero la cosa empieza a ir más allá. Creo. Espero.

—De acuerdo.

—Es, esto, ya sabes…, Scott.

—Scott. Te refieres a…

Kip desvió la mirada y luego se acercó a ella a través de la mesa.

—Sí. Justo quien estás pensando. Y sé que parece increíble, pero… sí. Estamos liados. Y quiere que…

Kip se contuvo. De pronto le entró vergüenza. De algún modo, cuando no tenía a Scott delante, todo parecía un sueño febril.

—¿Quiere que… vayáis en serio? —adivinó Elena.

Kip puso los ojos en blanco.

—Claro. O sea, tipo, salir. Rollo…, ser novios. O lo que sea.

—¿Novios en secreto?

—De momento sí —dijo Kip con toda la dignidad que fue capaz de aunar.

Elena sonrió.

—¡Genial!

Kip también sonrió.

—Sí.

—Dios mío, me encanta. Nunca te había visto así, Kip.

—¿Así cómo? ¡Pero si estoy como siempre!

—Lo que tú digas.

—Solo estoy… feliz, nada más. Scott es…

—¿Sabes qué? —dijo Elena—. Vamos a beber cerveza para celebrarlo… Cuéntamelo todo.


—¡Ha sido interferencia! —chilló Eric Bennett—. ¡Se me ha tirado encima! ¡Venga, árbitro!

—Lo he visto —respondió el árbitro—. Y no. Así que cálmate, joder.

Scott le puso la mano en el pecho a Bennett para impedir que se metiera con el árbitro.

—¡Venga ya! ¡No lo dirás en serio! —gritó Bennett por encima del hombro de Scott.

—Sí lo digo en serio, y como no te calles te voy a poner una falta disciplinaria, Bennett.

—Déjalo ya, Bennett —dijo Scott—. Vamos, lo último que necesitamos ahora mismo es una falta.

Bennett miró a Scott a través de la protección facial.

—Por favor —dijo Scott—. Se la devolveremos yendo a por todas y ganando el partido, ¿vale?

Bennett resopló, pero volvió patinando a su posición. Scott observó cómo daba golpecitos en los postes de la portería —derecha, izquierda y otra vez derecha— con el *stick*. Una superstición que le ayudaba a mantener la compostura y concentrarse.

Scott se volvió hacia el árbitro.

—Pero que conste: sí ha sido interferencia.

—No empieces tú también, Hunter.

Scott patinó hasta el banquillo con el resto de su alineación para que el entrenador Murdock les dijera qué iban a hacer.

—Bennett está muy cabreado —dijo.

—Ya veo que Bennett está cabreando. Estoy siguiendo el partido…

En tiempos, Harv Murdoch había sido un gran centro de la NHL. Goleador sobresaliente y pionero entre los jugadores negros en una época en la que no había ninguno en la NHL, la carrera de Murdock se había cortado de cuajo a causa de una lesión en la rodilla. Había vuelto a la pista años después como ayudante de entrenador, y llevaba diez años como entrenador principal de los Admirals.

—¿Sabes quién más está cabreado? —continuó Murdock—. Yo. Estoy furioso porque nuestra defensa ha decidido tomarse la noche libre. —Con cada frase alzaba más la voz—. Estoy cabreado porque hemos perdido tres pases en este tiempo. Estoy cabreado porque nos llevan dos goles de ventaja y uno de esos goles lo marcaron porque no había nadie defendiendo. Así que me cago en Bennett si está cabreado porque un tío se le ha echado encima. Vamos a empezar a jugar al hockey, ¿entendido?

—Buena idea, entrenador —dijo Carter con tono alegre.

Scott y él patinaron hasta el círculo de saque.

—Lo que ha dicho sobre la defensa es cierto —comentó Scott—. Algo le pasa al equipo esta noche. Es como si nunca hubiéramos jugado juntos.

—Bueno, ya. Creo que lo que ocurre no es ningún secreto —dijo Carter.

Scott hizo una mueca. Las cosas se habían descontrolado en la sesión de vídeo de aquella mañana. Scott había intentado hablar en privado con Zullo para decirle que dejase de echar a sus compañeros de habitación a las tantas de la madrugada, sobre todo la víspera de un partido. La discusión había ido subiendo de tono hasta que Zullo había informado a Scott de que su compañero, Brisebois, era «un puto mariquita» y que «podría haberse quedado para aprender un par de cosas». Eso había bastado para que Scott zarandease a Zullo, y bueno…

—Digamos que esta noche Frank no juega pensando en su equipo —dijo Carter.

—¿Y cuándo lo hace?

—Solo nos sacan dos de ventaja —dijo Carter—. No es para tanto. Vamos a darle la vuelta al marcador.

—Sí…


Kip vio el partido con sus padres.

—La cosa no pinta bien —comentó su padre.

—No —coincidió Kip.

Y estaban siendo generosos. Al final del tercer tiempo, Filadelfia había dado una paliza a los Admirals: 6-2.

Pero Scott había marcado uno de esos goles, y Kip había sonreído al pensar que le dedicaba el gol.

—Bueno, siempre habrá otro partido —dijo su madre.

—Sí… —dijo Kip.

Las cámaras mostraban primeros planos de la cara de Scott. Tenía la mandíbula contraída y la mirada furiosa. Cuando un jugador de Filadelfia pasó a su lado patinando y dijo algo, Scott le dedicó una mirada que habría convertido en piedra a la mayoría de hombres.

—Seguro que es porque le falta el *smoothie*, ¿eh? —bromeó su padre.

—Seguro.

El partido terminó y Kip vio cómo Scott y su equipo salían de la pista y se dirigían al vestuario. Scott estampó la pala del *stick* contra la pared, justo antes de desaparecer del ángulo que captaba la cámara. Kip hizo una mueca. Nunca lo había visto tan enfadado.

—No pueden ganarlos todos —dijo su madre. Y apagó el televisor.

—Supongo. —Kip se levantó y se desperezó. Había sido un día largo—. Creo que me voy a la cama. Mañana trabajo.

—Buenas noches, cariño —dijo su madre y le dio un beso en la mejilla.

Kip sabía que no tendría noticias de Scott esa noche. Se planteó mandarle un mensaje para intentar animarlo, por ejemplo. Sin embargo, lo único que se le ocurrían eran frases vacías que no ayudarían en nada. Y, además, no era capaz de comprender de verdad cómo se sentiría Scott ahora mismo. El hockey lo era todo en la vida de Scott. Su trabajo era ganar partidos y quizá Kip aún no lo conociera mucho, pero sabía que lo más probable era que se tomase cada derrota del equipo como algo personal.

Agotado pero incapaz de dormir, se quedó tumbado en la cama observando la negrura de la habitación y escuchando el fuerte viento de febrero que soplaba en la calle. Cogió el móvil un momento y se lo quedó mirando en la oscuridad antes de volver a dejarlo en la mesilla. Al final, su mente se tranquilizó y fue capaz de conciliar el sueño.

Cuando la alarma lo despertó a las cinco de la mañana, vio un mensaje de Scott, enviado a la 1.30 a. m.:

Scott: Daría lo que fuera por verte ahora mismo.

Kip tenía muchas cosas en la cabeza mientras trabajaba ese miércoles.

Estaba el puesto en el museo al que al final se había presentado. Estaba el hecho de que iba a llevar el esmoquin a arreglar cuando acabase su jornada laboral…, el esmoquin que le había regalado Scott. El que Kip luciría en la Gala Equinox a final de mes. Surrealista.

Y luego estaba el mensaje de Scott de la noche anterior. Y los planes de San Valentín para el viernes.

Ah. Y el hecho de que Kip salía en secreto con Scott Hunter.

Kip nunca había sonreído tanto como cuando había visto el mensaje de Scott por la mañana. Le había hecho flotar y llevaba desde entonces navegando por el espacio, hacia la atmósfera.

En respuesta al mensaje de Scott, aunque se lo había mandado horas antes, Kip le había enviado un selfi rápido. Ni siquiera se había arreglado; todavía estaba en la cama, con el pelo revuelto y cara de sueño. Quería que Scott supiera que se había despertado con el mensaje y que le había hecho muy feliz.

(Tenía que admitir que, además, la foto tenía un punto sexy).

Scott había respondido a las ocho y poco, y Kip vio el mensaje cuando estaba en la trastienda de la cafetería.

Scott: Guau.

Y luego:

Scott: Gracias. Alucino con que no tuviera ninguna foto tuya aún.

Kip había respondido:

Kip: Puedo hacerme una mejor.

Scott: No. Es perfecta.

A continuación:

Scott: Pero no te cortes. :)

Kip se había reído y había escrito:

Kip: Yo tampoco tengo ninguna foto tuya, ¿sabes…?

Había transcurrido un minuto sin respuesta y luego había recibido una foto de Scott. Era una imagen del anuncio de Gatorade que había hecho.

Kip: Vete a la mierda.

Scott había terminado la conversación con el emoticono de la cara que guiña un ojo y, a regañadientes, Kip se había preparado para empezar la jornada.

Había estado despistadísimo todo el turno y, claro, Maria se había dado cuenta.

—¿Dónde coño tienes la cabeza hoy? —le preguntó cuando terminó el ajetreo matutino—. O sea, además de en Scott Hunter, de quien salta a la vista que estás enamorado.

—¡No, qué va! —No era del todo mentira. Tal vez.

—Ya, claro —dijo Maria.

—Es solo… —Kip decidió ofrecerle otro secreto para distraerla del secreto más grande—. Me he presentado a otro trabajo. En el Museo de la Ciudad de Nueva York.

—¡Uala!

—Sí, bueno. Es imposible que me lo den. Pero… no sé.

Su compañera le dio un golpe en el brazo.

—¡Kip! ¡Fíjate! ¡Menudo progreso…!

—O sea, sería genial, desde luego. Si ocurriera…

—¡Es muy emocionante!

—Puede, sí. No se lo cuentes a nadie, ¿vale?

—Ni una palabra —prometió—. ¿Seguro que quieres dejar atrás este trabajo tan glamuroso?

—Mientras pueda quedarme el delantal…

Cuando terminaron el turno, Maria acompañó a Kip hasta la estación de metro. Iba al apartamento en East Village que compartía con tres compañeros de piso. Kip mencionó de pasada que había quedado con Elena, porque iba a ayudarle con el esmoquin para la Gala Equinox. Omitió un montón de detalles.

—No me puedo creer que vayas a ir a la Gala Equinox. Es una pasada. ¿Y si está Beyoncé?

—Pues tendrá el honor de bailar conmigo.


Siempre se montaba un gran revuelo cuando Nueva York jugaba contra Boston.

Boston tenía su propia estrella, un campeón ruso llamado Ilya Rozanov. Era bravucón, chulo, mediático… Todo lo que no era Scott. Y los fans se volvían locos con él.

Además, era un jugador increíble, con una habilidad inigualable para estar siempre en el lugar adecuado en el momento adecuado.

Scott sabía que no debía dejarse cegar por él. Rozanov se llevaba mal con todos los de la liga. Hasta entonces Scott había conseguido hacer como si el chulo ruso no existiera, pero había veces en las que le entraban ganas de pegarle un puñetazo que lo dejara una semana en el banquillo.

Tras la bochornosa derrota en Filadelfia del martes, Scott estaba que ardía. El entrenador Murdock los había obligado a hacer un entrenamiento brutal el día anterior, en cuanto habían llegado a Boston. Había castigado sobre todo a los jugadores de la defensa, cosa que Zullo se había tomado tan bien como era de esperar.

Zullo era un liante. Scott había jugado con tíos que eran capullos, pero que aun así daban la talla en la pista. Zullo cada vez la daba menos. Y Scott no sabía cuánto tiempo más podría soportarlo. El defensa empezaba a convertirse en un lastre serio, y eso iba a ser un problema ahora que se acercaban los *play-offs*.

Murdock sabía lo que opinaba Scott de Zullo. El mánager principal también sabía cómo se sentía Scott. Este intentaba que sus compañeros no se enterasen, porque su función era mantener al equipo cohesionado, como si fuesen una unidad.

Scott estaba en la bicicleta estática del estadio dos horas antes de que empezase el partido mientras veía cómo Rozanov se burlaba en broma de él y de todos los Admirals en la ESPN. Scott sacudió la cabeza y reprimió una sonrisa mientras veía la televisión. Tenía que reconocerlo: aquel chaval sabía montar un buen espectáculo.

De todos modos, Scott estaba encendido. Si Rozanov le buscaba mucho las cosquillas esa noche, cabía la posibilidad de que le diera un puñetazo.


—Uf —dijo Elena—. Va a tener que quedarse ahí cinco minutos.

Vieron cómo mandaban a Scott a la caja de castigo. No paraba de chillarle lo que parecían palabras muy muy fuertes a Rozanov por encima del hombro.

—Rozanov se lo merecía —dijo Kip.

—Igual no eres del todo imparcial.

—Rozanov es un capullo integral.

—Bueno, el buenazo de Scott Hunter le ha dado un puñetazo en la cara.

—Bah, da igual. Scott llevaba los guantes. Y Rozanov se tapa la puta cara con la visera, así que no importa.

El árbitro hizo un gesto para indicarle a Scott que lo penalizaban con cinco minutos en la caja de castigo por pelearse.

—Deberías mandarle un mensaje —dijo Elena y le dio un golpecito a Kip en el muslo con el dedo gordo del pie—. Ahora tiene unos minutos libres.

—Anda, calla.

—Mándale esa foto que te he hecho con el esmoquin en la sastrería.

—¡No! Aún no está acabado y además…

—Quieres que sea una sorpresa.

Kip se puso un poco rojo.

—Puede.

—Qué tierno eres —dijo Elena mientras se levantaba—. ¿Quieres más vino?

—No, mañana trabajo.

—Puedes quedarte a dormir aquí si te apetece. Así el trayecto será más corto mañana.

Kip lo sopesó.

—No puedo. Tengo que preparar la mochila antes de ir al curro. Es que, eh…

—¿Duermes en casa de Scott mañana?

—Sí —dijo Kip sonriendo como un bobo.

—¡Ay, dios mío! —exclamó Elena—. ¡Mañana es San Valentín!

—Ya lo sé…

—¿Vais a salir?

—¡No! No… iremos a ninguna parte. Es que… no podemos, ya sabes.

Elena volvió a sentarse con él en el sofá.

—¿Seguro que quieres esto, Kip? Sé que es él, pero viene con un montón de lastre.

Los recuerdos de la semana anterior inundaron la mente de Kip: los dos desnudos en la cama de Scott con las piernas entrelazadas mientras Scott le acariciaba el pelo con cariño; cuando Scott admitió que nunca había llevado a nadie a su casa; cuando Scott le pidió a Kip que le contara por teléfono qué tal le había ido el día solo para poder escuchar su voz.

Y el mensaje de madrugada:

Scott: Daría lo que fuera por verte ahora mismo.

—Sí —respondió Kip—. Estoy seguro. Scott vale la pena.

# Capítulo 9

Por fin llegó el viernes.

Scott le había mandado un mensaje a Kip aquella misma mañana.

Scott: A punto de subir al avión. ¿Nos vemos esta noche?

A lo que Kip había respondido:

Kip: Me muero de ganas.

Scott: Yo también. ¡Pero necesito tiempo para cocinar!

Kip: OK. ¿A qué hora?

Scott: ¿6?

Kip: Uf. Vale.

Kip salió de trabajar a las dos. Tenía la mochila para la noche preparada y cuatro horas que ocupar de alguna manera. Ya había pensado en ir al gimnasio después del trabajo, así que lo hizo. Después se ducharía allí mismo y se prepararía para ir a casa de Scott.

Había cogido un look chulo para ponerse por la noche. No creía que Scott esperase que se arreglara mucho; pero había decidido esforzarse un poco.

Cuando Kip se miró en el espejo del vestuario antes de salir del gimnasio, pensó que estaba muy guapo. Llevaba sus mejores vaqueros, que eran oscuros y estrechos. Los combinó con un jersey rojo intenso de cuello de pico que se había comprado en las rebajas en Old Navy. Nada pijo, pero muy apropiado para la noche de San Valentín. Y, además, sería fácil de sacar.

Todavía le quedaba una hora y media, así que decidió comprar una botella de vino para la velada.

«¿Tendría que llevarle un regalo?».

Dios mío.

En realidad, era la primera vez que Kip celebraba algo el Día de San Valentín. ¿Qué detalle se suponía que había que tener con un hombre con quien te habías visto en secreto como una semana?

Perdón, con el millonario con el que te habías visto en secreto como una semana.

Al cabo de poco, Kip estaba plantado en la vinatería que había en la misma calle que el gimnasio, mirando con malos ojos las típicas botellas que solía comprar: los tintos baratos que les gustaban a sus padres y los blancos de ocho dólares que Elena describía como «bebibles». ¿En serio podía presentarse en casa de Scott Hunter con una de esas botellas? ¿Qué le gustaba beber?

Kip se planteó comprar una botella de treinta dólares. Luego pensó en una de cuarenta. Incluso se le pasó por la cabeza gastarse la escasa cantidad que tenía en la cuenta en esos momentos.

¿Y si llevaba unas cervezas? No era tradicional, pero…

¿O flores? ¿Sería raro regalarle flores?

De repente, los setenta minutos que todavía le quedaban por delante le parecieron escasos.

Scott se limpió las manos en un paño de cocina y admiró la ensalada que había preparado. Era sencilla, solo llevaba rúcula, tomates cherry y piñones con un poco de parmesano, pero tenía muy buena pinta.

Miró la hora. Faltaban quince minutos para que llegase Kip.

Abrió una botella de vino blanco frío y sacó un par de copas. Ni siquiera estaba seguro de si Kip bebía vino. Todavía había muchas cosas que desconocía de él.

«Quiero saberlo todo».

Era la primera vez que vivía aquella clase de sentimientos. No había tenido a nadie a quien cuidar (ni a nadie que cuidara de él) desde que su madre había muerto cuando él tenía quince años. Sus compañeros de equipo eran como su familia y valoraba el vínculo con ellos, pero ese deseo irrefrenable de estar con Kip no se parecía a nada que hubiera experimentado antes.

Pensó en dónde había estado hacía menos de un año. El agosto anterior había viajado a España. A Torremolinos. Él solo.

Scott había pasado las vacaciones explorando de incógnito el pueblo costero, y de vez en cuando había ido a la playa para nadar o para disfrutar de… las vistas. No había tenido agallas de ir a la «playa gay» que sabía que había en la zona.

Por la noche, como si la oscuridad le diera valor, se había dirigido a uno de los numerosos bares de ambiente. Prefería los pubs. Era mucho más fácil sentarse a la barra y entretenerse con una cerveza que hacer el ridículo en una discoteca.

Nunca le había costado atraer la clase de atención que en secreto esperaba despertar. Se le daba fatal ligar, pero sabía que tenía un buen cuerpo. Bastaba con que se sentara con su cerveza vestido con la camiseta más ajustada que se hubiera atrevido a ponerse y esperase a que alguien se le acercara. Siempre se le acercaba alguien.

A Scott le daba terror hacer algo en público, así que solía ir a la habitación de hotel de los otros hombres o, en un par de ocasiones puntuales, los había llevado a su habitación. Eran encuentros provisionales, casi una práctica. No eran más que… mantenimiento. Llenaban una necesidad básica y habían impedido que Scott se volviera loco. Pero no había nada romántico en ellos.

No se parecían en nada a las veces que había estado con Kip. Scott había atesorado en la memoria con mucho cuidado todos los besos, caricias y gemidos que le había dado Kip, y había ocupado las solitarias horas de ruta reviviéndolos sin parar.

Estaba enamorado. Era la única forma de decirlo.

El agua para la pasta ya hervía y las gambas estaban limpias y preparadas para ir a la sartén con mantequilla y ajo. Tenía pensado acabar de prepararlo cuando llegara Kip.

Comprobó que no faltara nada en la mesa del comedor y que estuviera todo perfecto. Rectificó la iluminación y encendió una velita en un portavelas, que colocó en medio de la mesa. Estaba nervioso. Era la primera vez que celebraba San Valentín.

Repasó cómo iba en el espejo del vestíbulo. Se había vestido un poco mejor que con su típica camiseta con vaqueros; había elegido unos bonitos pantalones en gris carbón con una camisa azul. De todos modos, no esperaba llevarlos puestos mucho rato.

Aunque no pensaba acelerar las cosas. Tenía planes. Muchos planes.

Sonrió para sí mismo y bajó a recibir a Kip. Llevaba todo el día contando los minutos. Mejor dicho, toda la semana. Había perdido la cuenta de la cantidad de veces que había mirado el selfi que le había enviado Kip.

Y, de pronto, ahí estaba. Entrando por el portal del edificio de Scott con una sonrisa tímida que hacía que al jugador se le acelerase el corazón.

—Hola —dijo Kip.

—Hola.

Scott quería abrazarlo, pero le preocupaba que si se tocaban no fuera capaz de contenerse. Mejor saludarlo en condiciones cuando ya estuvieran a solas con la puerta cerrada.

En el ascensor, un minuto después, Scott dijo:

—Me alegro mucho de volver a verte. No te haces idea…

—Creo que sí.

Se sonrojó y apretó los labios.

—¿Tienes hambre? Me falta hervir la pasta, pero tarda solo unos minutos.

—Claro. Haz lo que quieras.

—O sea, podríamos esperar, pero estaba pensando que quizá estaría bien quitarnos de en medio lo de la comida al principio…

Kip se mordió el labio y ese pequeño gesto puso a Scott a cien.

Le costó atinar con el código para abrir la puerta del apartamento. Tenía a Kip justo detrás, sin apenas espacio entre los dos, pero sin tocarse.

Por fin se abrió la puerta y se metieron en casa. Cuando se oyó el clic de la puerta, se quedaron un instante mirándose el uno al otro, nerviosos y sonrientes. Tras unos cuantos segundos ridículos, Scott soltó una carcajada y le puso la mano con suavidad en la cara a Kip para acercarlo a él.

Se besaron con pasión y sin cortarse durante un buen rato. Scott oyó que la mochila de Kip caía al suelo antes de que este pasara las manos por la espalda de Scott. Él bajó las manos a la espalda de Kip y se apretó contra su cuerpo. Era genial poder abrazarlo. La frustración y el estrés que había arrastrado Scott todo el día se fueron de un plumazo.

Cuando se separaron al fin, Kip se echó a reír.

—Yo también te he echado de menos.

Scott sonrió y le recogió la cazadora para colgarla. Kip llevaba un jersey rojo que le favorecía y hacía que le entrasen ganas de achucharlo…

—Estás guapo —dijo Scott—. Muy guapo.

—Estaba pensando lo mismo de ti.

—Venga, pasa —dijo y extendió una mano.

Kip sonrió y se la cogió.

Scott lo condujo hasta la mesa del comedor y había que reconocer que parecía muy romántica. Había creado el ambiente perfecto, teniendo en cuenta su falta de experiencia.

—Guau —dijo Kip—. ¿Todo esto es para mí?

—Eh…, siento si me he pasado. Es que… nunca había celebrado San Valentín.

—¿Sabes una cosa? —preguntó Kip—. Yo tampoco.

—¿En serio?

—En serio. Nunca.

—Me cuesta creerlo.

Kip se encogió de hombros.

—Nunca he tenido una relación seria. O sea, ha habido algunos tíos con los que he salido un tiempo, pero supongo que nunca ha coincidido en febrero.

—Uf —dijo Scott—. Pues me quitas un peso de encima. Pensaba que tendría que competir con unos cuantos adversarios.

—No. —Kip sonrió—. Y tengo la impresión de que habrías ganado de todas formas.

Scott lo besó porque no pudo contenerse.

—Me gusta ganar.

Lo llevó a la cocina. Sirvió dos copas de vino y se puso un delantal, que a Kip le encantó.

—Pero mírate —dijo Kip, apoyado en la nevera con la copa en la mano—. Es la otra cara de Scott Hunter.

El jugador puso los ojos en blanco.

—Tengo muchas caras. —Echó los *linguini* en la cazuela de agua hirviendo y encendió un segundo fogón—. No tardará mucho —le aseguró a Kip mientras colocaba una sartén en ese fogón.

—Tómate tu tiempo. Me gusta contemplar cómo trabajas.

Charlaron mientras Scott preparaba la cena. Se sentían cómodos, a gusto, justo como se había imaginado Scott siempre que sería tener pareja.

—Muy bien —dijo al terminar de preparar la cena—. Ve a sentarte. Quiero ofrecértelo en el plato bien servido.

Kip hizo lo que le decía y Scott preparó los platos. Los llevó a la mesa y ahogó un suspiro al ver lo atractivo que estaba Kip con la luz tenue de la zona del comedor.

Dejó la pasta junto a los platos de ensalada y se sentó.

Levantó la copa de vino.

—Feliz Día de San Valentín.

—Feliz Día de San Valentín. Esto tiene una pinta espectacular, por cierto.

—Ay, gracias. Quería que fuera medio ligero, ¿sabes?

Kip esbozó una sonrisa.

—Creo que lo pillo.

—Estaba pensando —dijo Scott tras unos cuantos bocados— que lo que celebramos esta noche no es solo San Valentín.

—¿Ah, no?

—Hoy también hace justo un mes desde que te conocí.

—¡Guau! —exclamó Kip—. No lo había pensado.

—No sabes cuánto me alegro de haber pedido el *smoothie* aquel día —dijo Scott sonriendo.

Kip también le sonrió, con esa sonrisa sexy y espontánea que siempre desarmaba por completo a Scott.

—Y yo…

Comieron, charlaron, se rieron y bebieron más vino. Scott había colocado las sillas de modo que quedaran uno enfrente del otro, porque pensaba que era la disposición más tradicional, pero ahora se arrepentía. Quería estar más cerca de Kip. En cuanto acabaron de cenar, propuso que se desplazaran al sofá.

Antes de reunirse con Scott en la sala de estar, Kip se detuvo y dijo:

—¡Ay! Espera un segundo.

Volvió adonde había dejado la mochila, junto a la puerta, y regresó con una bolsita de papel.

—Te he traído algo. Es…, bueno, es una bobada. Es que los he visto y… Bueno, es igual, toma.

Le entregó la bolsa a Scott, quien la cogió.

—¿Me has comprado un regalo?

—Más o menos. Es una tontería. No sabía qué traerte.

Scott abrió la bolsa y sacó…

—Calcetines.

—Sí, son más o menos del color de los arándanos. O, mejor dicho, del color del *smoothie* que te pides siempre. He pensado que igual podrías ponértelos cuando estés de gira. Sería un poco como llevar la buena suerte a todas partes, ¿no?

Scott pasó el pulgar por el tejido suave de los calcetines. Se había quedado sin palabras.

—Ya te he dicho que era una tontería —murmuró Kip.

—¡No! —Scott se levantó para acercarse a él—. Al revés, me encantan. Son… Me encantan, Kip. Me los voy a poner todos los días cuando esté fuera y así pensaré en ti. Gracias.

Kip parecía aliviado y encantado, y Scott lo besó porque ¿cómo no iba a hacerlo? Tal vez sonase ridículo, pero aquellos calcetines le ayudarían mucho cuando estuviera separado de Kip.

Se besaron, y esta vez la boca de Kip se desplazó desde la boca de Scott hacia su mandíbula y luego se acercó al cuello, debajo de la oreja. Soltó un suspiro, absolutamente inundado por la necesidad de estar con ese hombre tan guapo y detallista.

—Bueno, ahora que ya hemos acabado de cenar… —susurró Kip pegado a su oreja.

—También tengo postre —dijo Scott con poco convencimiento—. Fui a la panadería…

Kip lo calló con un beso que hizo que Scott se olvidase de los *macarons* que había en una caja en la encimera.

Se le había puesto dura. En realidad, para ser sincero llevaba ya medio empalmado desde que Kip había entrado en el apartamento. Era ridículo. En otras épocas se había pasado años, y no hacía tanto meses, sin sexo, y ahora no podía estar unos cuantos días de sequía sin morirse de ganas.

Kip no iba a hacerlo esperar más. Le desabrochó la camisa a Scott y destrozó el bonito conjunto que había elegido tan a conciencia. Pero a este no le importó en absoluto. Estaba ansioso por liberarse de esa ropa. Por notar a Kip por todo el cuerpo.

Una vez desabrochados los últimos botones, Kip tiró del cuello de la camiseta interior de Scott y le arañó con los dientes por la clavícula. Scott se estremeció y apretó la erección contra el estómago de Kip. Si no le tocaba ahí pronto, iba a ponerse a suplicar.

Kip se rio en voz baja pegado a su cuello.

—¿Es por mí?

Deslizó una mano por el muslo de Scott. Cuando por fin llegó con la mano a la polla de Scott y la tocó a través de la tela de los pantalones, el jugador ahogó un:

—S… sí. Dios.

Le daba rabia su falta de disciplina. Le habría gustado ser quien llevara las riendas. Prolongarlo. Saborearlo.

Pero Kip ya estaba desabrochándole el cinturón y bajándole la cremallera y metiendo una mano y…

—Te… tengo planes —tartamudeó Scott.

Kip le sonrió con picardía y tiró un cojín al suelo, junto a los pies de Scott.

—Yo también.

Se puso de rodillas.

—Llevo toda la puta semana pensando en esto —dijo Kip mientras hociqueaba por la ropa interior de Scott (muy bonita, por cierto) para acceder a la polla y echarle el aliento caliente encima.

Le bajó los pantalones a Scott deslizando las manos con firmeza por sus muslos. Scott echó de menos tener dónde apoyarse, porque estaba de pie entre el sofá y la mesita de centro, sin pared alguna a su alcance. Iba a necesitar todas sus fuerzas para que no le fallaran las rodillas.

Scott acarició el pelo de Kip y suspiró feliz mientras este deslizaba una mano hacia arriba y le cogía los huevos, que apretó con cuidado. Scott se estremeció y ahogó un suspiro.

Tenía previsto dar mimos a Kip. Tomárselo con calma para que pudieran explorarse mutuamente. Pero quizá ir a por todas tampoco fuera tan mala opción…

Kip le sacó la polla del calzoncillo y le besó la punta.

—Joder, qué preciosidad —murmuró—. Mírate…

—Llevo así desde que has entrado, más o menos.

—Espera, que te ayudo.

Kip tenía la boca tan cálida y húmeda, y Scott estaba tan cachondo que iba a correrse a una velocidad bochornosa. Al cabo de unos minutos de tenerla dentro de la boca de Kip y notar sus manos en los muslos y el culo, Scott se puso a temblar.

—Ya estás a punto, ¿verdad? —Kip le acarició los huevos a Scott, que los tenía cargados y tirantes.

Lamió el líquido preseminal que caía de la punta en gordas gotas.

Scott se limitó a coger del pelo a Kip, incapaz de hablar, y este se la metió aún más en la boca, chupándosela con fuerza y sin descanso hasta que Scott se derritió y se corrió. Kip continuó lamiéndole con suavidad la punta hasta que Scott dio un tembloroso paso atrás.

—Eh, así… —jadeó Scott—, así no era como se suponía que tenía que ir.

—¿No? —preguntó Kip y se puso de pie—. Pues yo estoy bastante satisfecho con el resultado.

Scott se rio y negó con la cabeza.

—Esta noche quería ir con calma.

—Todavía podemos ir con calma. No tengo nada de prisa.

Scott lo besó y luego tiró de él con gesto juguetón para que se tumbara en el sofá con él. Acabaron medio enredados. Scott se movió para apoyar la espalda contra uno de los brazos y dejó una pierna extendida a lo largo de todo el sofá. Ahora casi tenía a Kip en el regazo, besándolo mientras volvía a ponerle los calzoncillos con cuidado a Scott.

Se liaron en el sofá, metiéndose mano por debajo de las camisas. Scott estaba desatado. Incluso justo después de una mamada (excelente, por cierto), aún tenía ansia de más. Notaba la erección de Kip dura contra su cadera y alargó la mano hacia ella. Lo agarró a través del vaquero. Kip gimió en voz baja pegado a su boca y se meció en su mano. Scott pasó a bajarle la cremallera a Kip, quien lo detuvo poniéndole una mano en la muñeca.

—¿Estás bien? —preguntó Scott.

—Sí —exhaló Kip con la frente pegada al hombro de Scott—. Es solo que… quiero hacer una cosa. Y no quiero despistarme.

A Scott le picó la curiosidad, por decirlo suave.

—¿Qué quieres hacer?

—¿Podemos ir a la habitación?

—¡Sí! Pues claro.

Kip se liberó de Scott y lo condujo a su cuarto. Una vez allí, empezó a desnudarse con gestos provocadores.

—La última vez —dijo mientras se sacaba el jersey por la cabeza— dijiste… que querías…

—La última vez… —repitió Scott, esforzándose por recordar a qué petición en concreto se refería Kip. Quería muchas cosas relacionadas con Kip—. ¡Ah!

—Sí —dijo Kip con una sonrisa torcida—. Me dijiste que querías mirarme. Querías ver cómo me corría yo solo.

—Es verdad —dijo Scott mareado—. Sí, quiero verlo. Dios…

—Bueno —dijo Kip y se desabrochó la bragueta—, pues toma asiento.

Señaló la silla que había en el rincón de la habitación de Scott.

—Sí…, sí. Vale. Joder.

Scott se sentó en la silla. Salvo por la camisa desabrochada y los pantalones abiertos, continuaba vestido. Kip, por el contrario, ya se había quedado en los calzoncillos negros. El desequilibrio hizo que Scott se excitara. Ya empezaba a empalmarse de nuevo.

Kip amontonó los almohadones contra el cabecero de la cama y se dejó caer con aire divertido encima. Apoyó la espalda en la montaña de almohadas.

Scott arrastró la silla para acercarla aún más. Cumpliría las normas puestas por Kip, pero, desde luego, no iba a perderse ni un detalle.

Kip cerró los ojos, soltó el aire con ímpetu y se deslizó la mano por el estómago y la bajó hasta el muslo. Dedicó un momento a describir círculos azarosos por la cara interna del muslo y luego fue subiendo hasta donde su polla presionaba contra el calzoncillo.

Inspiró hondo y abrió los ojos; primero se miró la mano y luego alzó la vista hacia Scott. Este asintió despacio con la cabeza.

—Muy bien —murmuró Kip, casi para sí mismo.

Scott notó que Kip dejaba de sentirse tenso conforme movía la mano, agarraba y acariciaba el paquete abultado. Suspiró y se mordió el labio, cerró los ojos de placer y luego volvió a abrirlos para mirar a Scott por debajo de los párpados entreabiertos.

—He pensado mucho en esto —dijo Kip con voz tranquila y soñolienta—. En que me mirases así. Te juro que me pone muy cachondo.

—¿Sí?

—Mmm. Cuando me estaba haciendo una paja…, joder, después de que colgásemos la otra noche… me imaginé que me mirabas.

—Dios.

—Casi…, casi te vuelvo a llamar. Quería hacer un Skype o algo, para que pudieras verme en directo.

—Joder, sí. Tenemos que hacer eso. Pronto. Cuando no esté mi compañero de habitación.

Kip se echó a reír.

—Claro. Mierda. Tu compañero. Se me olvidaba.

Se la meneó con el calzoncillo puesto, echando la cabeza hacia atrás, contra los almohadones. Kip era muy sexy y atrevido, y pensaba darle a Scott todo lo que deseara.

—¿Qué tal te va? —preguntó este con la voz entrecortada.

—Genial, Scott. Me encanta. Voy a quitarme esto.

Metió los pulgares por la goma del calzoncillo, levantó las caderas y se lo bajó. Y Scott tuvo como premio el perfecto cuerpo desnudo de Kip, con su polla gruesa y fabulosa, que ahora mismo estaba tan dura que casi quedaba recta contra su barriga.

Scott había tenido la previsión de dejar un bote de lubricante encima de la mesilla. No quería que hubiera interrupciones una vez que hubiera empezado la función. Agradeció haberse anticipado al ver cómo Kip alargaba el brazo para coger el lubricante y se ponía un poco en la polla.

—Mmm…, qué lubricante tan bueno. ¿Te lo había dicho ya? —preguntó Kip con los ojos cerrados de nuevo—. Es increíble.

Kip se apretó la polla con los largos dedos, que se deslizaron hacia abajo y luego volvieron a subir para que la palma quedara sobre la punta. Presionó un poco con el pulgar, justo debajo de la punta, cuando volvió a bajar la mano. Con la otra se acarició con suavidad los huevos, y de vez en cuando daba un leve tirón. Lo hizo todo muy lento y natural.

—Te gusta ir con calma, ¿eh? —comentó Scott.

Kip abrió los ojos y le dedicó una sonrisa adormilada.

—Intento no correrme demasiado rápido. Quiero ofrecerte un buen espectáculo.

—Lo estás consiguiendo. —Scott se removió en la silla. Necesitó toda su fuerza de voluntad para no levantarse—. ¿Dices que ya estás a punto?

—Digo que podría…

Scott tragó saliva.

—Estás que te mueres, Kip. Quiero ir contigo. Quiero tocarte. Pero también quiero mirarte.

—Puede que te deje… luego… Ah…, dios…

Scott observó desde la silla, obediente, mientras la mano de Kip cogía velocidad y este volvía a cerrar los ojos con fuerza. Era la cosa más magnífica que había visto Scott en su vida, retorciéndose en la cama y concentrado en su propio placer. Le costaba respirar y susurraba unos preciosos gemidos.

Scott cada vez tenía la respiración más entrecortada.

—Kip…, joder. —No podía aguantar más—. ¿Puedo… puedo sentarme en la cama contigo? —le preguntó—. No te tocaré. Solo quiero estar más cerca.

—Sí, mi amor —murmuró Kip apoyando la cabeza en los almohadones—. Ven aquí.

Scott se ruborizó al oír la expresión cariñosa, pero al mismo tiempo notó que lo recorría un escalofrío. Se desplazó hasta la cama y se sentó en la punta. Giró el cuerpo para poder ver a Kip mientras estaba sentado junto al pie que este tenía extendido.

Y desde ahí vio las gotas de líquido preseminal que relucían en la abertura. Veía el sudor que humedecía el nacimiento del pelo de Kip, el modo en que se le tensaban los músculos del cuello y cómo apretaba la mandíbula cuando algo le daba especial placer.

—Uf —resopló Kip con los dientes apretados—. Intento aguantar, pero joder…

—No hace falta —dijo Scott con la boca seca.

Tenía ganas de masturbarse, pero también quería esperar a que lo acariciara la mano de Kip más tarde. Lo que más deseaba era ver cómo se corría Kip.

Este gimió y movió la mano aún más rápido.

—Estás a punto, ¿verdad? ¿Necesitas correrte? Intentas aguantar por mí, pero estás a un paso, lo noto.

—Eh…, uf, joder —tartamudeó Kip.

—¿Quieres acabar solo para que te vea? ¿O prefieres que te ayude?

—Ah…, dios…, no lo sé…

Se le hinchó el pecho y se le tensaron los músculos del brazo mientras se la meneaba con más ímpetu aún. Miró a los ojos a Scott y este supo que estaba a punto de…

Kip abrió la boca sin darse cuenta y soltó un gemido entrecortado mientras se corría. Los chorros de semen le cayeron sobre el pecho y el estómago y le resbalaron por los dedos mientras se estremecía y aflojaba el ritmo de la mano.

—Por dios, Kip. Qué maravilla. Tendrías que verte.

Kip cerró los ojos y se hundió, sin fuerzas, entre los almohadones.

Scott reptó por encima de su cuerpo y se quedó a unos centímetros de su cara. Cuando Kip abrió los ojos de nuevo, Scott lo besó despacio y con ternura.

—Gracias —dijo Scott—. Ha sido… Uf, voy a guardarme este recuerdo durante mucho tiempo.

—Algo más que llevarte cuando estés de viaje —dijo Kip con una sonrisa.

—Joder, tienes razón. —Scott volvió a besarlo—. Me parece que es el momento ideal para la siguiente cosa que tenía planeada.

—Mierda, no me pidas que haga nada ahora, Scott.

—Te va a gustar. Dame un segundo.

# Capítulo 10

Kip se relajó sobre los almohadones, encantado con su fantástico experimento de exhibicionismo.

Scott salió del cuarto de baño con una toalla húmeda. Se sentó en la cama al lado de Kip y lo limpió pasando la toalla por su cuerpo con cuidado. Kip se sentía en el paraíso.

Tan en el paraíso que tardó un rato en darse cuenta de que Scott había dejado el grifo abierto en el baño.

—¿Qué tenías planeado? —preguntó Kip.

—He pensado que podríamos darnos un baño…

A Kip le encantó la idea.

—Me malcrías…

—¿Te importa?

—Qué va. —Kip tiró de él por la camisa desabrochada y lo besó—. Llevas mucha ropa para ir a la bañera.

Scott saltó de la cama, se puso de pie y se quitó la camisa a toda velocidad. En cuestión de segundos se había quedado solo con los calzoncillos azul marino. Kip pensaba que no podría cansarse nunca de ese pecho y esos abdominales tan increíbles que tenía Scott.

A diferencia de otras partes de la casa, el cuarto de baño no tenía ventanas. Aunque no era en absoluto claustrofóbico. La luz y la decoración creaban un ambiente calmado, un santuario privado en una ciudad ruidosa de millones de personas.

La bañera estaba en el centro y era enorme. Salía vaho del agua con la que se iba llenando. Y, además, el cuarto olía de maravilla… a especias y cítricos.

—Suelo poner unas simples sales de Epsom —dijo Scott—, pero he pensado que era una buena ocasión para utilizar estas pijadas para el baño.

Señaló un frasco estrecho y de aspecto caro que había en la repisa.

—Insisto en que me malcrías —dijo Kip con una sonrisa.

Rodeó a Scott por el cuello y tiró para agacharlo y darle un beso.

Scott fue el primero en meterse en el agua y Kip se acomodó entre sus piernas. Una vez, Kip había intentado darse un baño con otro tío, pero la bañera era enana para los dos. El grifo se le había clavado en la espalda y no había sabido dónde meter las piernas.

En la bañera de Scott no había problema con eso, pues el grifo estaba en un lateral y había sitio de sobra para que los dos estirasen bien las piernas.

Kip inclinó la cabeza hacia atrás para apoyarla en el hombro de Scott. Este le pasó un brazo por el centro del pecho y le besó la coronilla.

—Qué bien —murmuró Kip.

Podría dormirse allí mismo, en serio.

—Es perfecto.

Estuvieron un rato en silencio, hasta que Scott dijo:

—Cuando vine a ver el piso por primera vez y descubrí esta bañera pensé: «Ahí caben dos personas». Y sé que es una chorrada, pero siempre había querido… Me imaginaba compartiéndola con alguien.

Kip entrelazó los dedos de los dos debajo del agua.

—Y no solo la bañera —añadió Scott—. Todo. El piso. Mi vida. No sé…

Kip se quedó alucinado.

«¿Su vida?».

—Lo siento —dijo Scott—. Sé que solo llevamos… O sea, no es que insinúe…

—No sé cómo puedo tener tanta suerte —le interrumpió Kip—. Pero ser capaz de compartir lo que sea contigo me hace muy feliz.

Subió las manos entrelazadas y se las acercó al corazón. Scott le rozó la sien con los labios y le mordisqueó la punta de la oreja.

—Compartiría cualquier cosa contigo, Kip. Te daría cualquier cosa.

—No necesito nada. Salvo, quizá, quedarme en esta bañera para siempre.

Scott resopló junto al pelo de Kip.

—¿Quieres ir al partido de mañana por la noche?

—No puedo. Trabajo en un evento. De camarero.

—Vaya.

—¿Lo ves? Los dos tenemos vidas ajetreadas y emocionantes.

Kip se rio de su propia broma. Scott se quedó callado.

—Espero que no pienses… —empezó a decir. Kip notó que se tensaba—. No creo que estés por debajo de mí.

—Técnicamente, ahora sí estoy debajo de ti.

—Hablo en serio. Solo…, eh, me gustaría decirlo una vez, para que lo sepas. Porque puede que pienses que me limito a… pasar el rato, o lo que sea, contigo. Como si tratara de huir de mi vida superfamosa follando con un, eh…

—¿Pringao?

—¡No! O sea…, no eres eso. Es precisamente lo que intento decir… Aunque lo haga fatal. No eres un pringao. No te utilizo para huir de nada. Me encanta mi vida. Me encanta mi trabajo. La parte de la fama me supera un poco a veces, pero no me importa. Soy feliz, a eso me refiero. Pero ¿esto? ¿Tú? Me siento como… si hubiera encontrado la pieza que me faltaba.

Kip no sabía qué decir a eso.

—Guau —dijo Scott—. No es… Perdón. No debería haber…

—¡No, no! Pero… ¿en serio? ¿Así te sientes?

—Sí.

Kip se dio la vuelta para quedar frente a Scott y el agua salpicó con estruendo a su alrededor.

—No me debes nada, ¿vale? No espero nada. Pero me gustas un montón, joder, así que gracias.

—Gracias a ti —dijo Scott— por venir a mi casa. Todo esto es nuevo para mí y me esfuerzo por tomármelo con calma y no pasarme de intenso, pero digamos que estoy acostumbrado a ir a por todas y luchar por lo que deseo.

Kip sonrió.

—Me parece perfecto.

Se besaron y Scott pasó las manos por los costados de Kip.

—Antes me has llamado «mi amor» —dijo con voz suave y melosa.

—¿Ah, sí?

—Sí… Cuando estabas…

—Ah, digo un montón de tonterías cuando estoy ido. Lo siento.

—Al revés, me ha gustado.

Kip sonrió.

—Pues perfecto, mi amor —dijo y volvió a besarlo.

Acabó colocándose en el otro extremo de la bañera para poder hablar con Scott con mayor comodidad.

—Vi el gol que marcaste para mí.

Scott hizo una mueca.

—Confiaba en que no vieras esos partidos.

—Vi los dos. Me parecieron… frustrantes.

—Es una manera de decirlo —refunfuñó Scott.

—¿Quieres hablar del tema?

—No. —Y luego añadió—: Es que…

Y procedió a echar pestes sobre Frank Zullo durante varios minutos. Kip lo escuchó mientras acariciaba la espinilla de Scott con las yemas de los dedos.

—Joder —comentó cuando Scott terminó de desahogarse.

—Lo siento. Soy un aguafiestas…

—No te disculpes. Si algo te preocupa, quiero saber qué es.

Scott enarcó una ceja.

—¿Aunque estemos juntos en una bañera el Día de San Valentín?

—Por supuesto.

Era cierto. Kip se había enrollado con un montón de tíos, pero nunca había tenido una conexión tan auténtica como esta. De todo corazón, le parecía supersexy que Scott quisiera compartir sus problemas con él.

—Y… —preguntó Kip— ¿qué había dicho Rozanov para que le dieras semejante puñetazo?

Scott se echó a reír, pero con cierta amargura.

—Bah, nada grave. Aproveché para descargar mis frustraciones en su cara. Me soltó alguna mierda de las suyas. Lo típico.

—¿No piensas contármelo?

Scott suspiró.

—Me dijo que estaba decepcionado porque le habían dicho que, cito, «yo volvía a jugar bien al hockey».

—Auch.

—Sí, bueno. Tampoco se merecía que le arreara un puñetazo como aquel.

Se quedaron en la bañera hasta que el agua se puso tibia, hablando de mil cosas y conociéndose mejor.

—De no haber sido por el hockey, ¿qué crees que te habría gustado hacer con tu vida?

Scott soltó el aliento.

—No me imagino la vida sin el hockey. Pero supongo que habría hecho… ¿algo relacionado con trabajo social?

—Te gusta ayudar a la gente.

—Sí. He tenido buena suerte en muchos sentidos. Quizá haya tenido mala suerte en otros, pero hay mucha gente a la que la vida le cambiaría por completo con un poco de ayuda y apoyo. Creo que me habría gustado dedicarme a hacer cosas así.

—Ya lo haces —señaló Kip—. Ayudas a la gente todo el tiempo. Donas dinero a causas benéficas. Visitas hospitales. Apoyas a tus compañeros de equipo. —Sonrió—. Lo he leído todo sobre tus buenas obras, Scott Hunter.

Scott se encogió de hombros.

—Mi madre y yo no andábamos sobrados cuando yo era pequeño, pero ella siempre hacía lo que podía para ayudar a la gente. Por ejemplo, consiguió que la tienda donde trabajaba hiciera una colecta navideña de juguetes. Y siempre dedicaba el tiempo libre, el poco que tenía, a ayudar a cualquiera que pasara una mala racha. Era muy inspiradora.

—Tu madre debía de ser genial.

—Sí que lo era. Y siempre se esforzó para que yo pudiera jugar al hockey, aunque es un deporte que requiere mucho tiempo y dinero. Se lo debo todo. Y sé que estaría orgullosa de mí, pero creo que podría hacer más.

—¿Como por ejemplo?

—No lo sé. Me gustaría montar una organización benéfica. Lo he pensado varias veces. Ojalá…

—¿Qué?

Scott suspiró.

—Algún día, quizá, me gustaría ayudar a chavales gais. O bueno, ya sabes, chavales que no sean… ¿heterosexuales?

—Gente *queer* —dijo Kip—. Puedes decirlo así. Está bien.

—Ah, vale, gracias. No sé mucho sobre toda esa… cosa de la comunidad *queer*.

—Ya me he dado cuenta. ¿Y te gustaría meterte más?

—Sí. Algún día me gustaría hacer algo para ayudar… a chavales *queer*… ¿que jueguen en deportes de equipo? Para ellos es duro, ¿sabes?

—Me lo imagino. Creo que sería algo admirable.

—Algún día.

—Sí. Algún día.

—Vamos a salir de aquí —dijo Scott de repente.

Se levantó y el agua resbaló por su cuerpo inmenso y compacto.

Definitivamente, Kip estaba preparado para lo que ocurriera a continuación.

Se secó con una de las toallas mullidas y elegantes de Scott y lo siguió de vuelta al dormitorio.

Scott abrió el cajón de la mesilla y sacó algo.

—Túmbate —le indicó—. Bocabajo. Ponte cómodo.

Kip hizo lo que le mandaba. Confiaba en Scott.

La cama se hundió cuando Scott se sentó a horcajadas sobre la parte baja de la espalda de Kip y le agarró las caderas con los fuertes muslos.

Kip oyó que abría un bote y olió algo dulce y afrutado. Luego notó las manos de Scott en el cuerpo, extendiendo aceite en su piel húmeda y limpia.

—Aceite de masaje de arándanos —dijo Scott—. No pude resistirme.

—¿Lo has comprado para mí?

—Sí.

—¿También sabe a arándanos o solo huele?

Scott pasó la lengua por su columna, caliente y resbaladiza.

—Sabe a arándanos, sí —confirmó.

Kip se rio y luego gimió cuando las fuertes manazas de Scott se hundieron en los músculos alrededor de sus omóplatos.

—Dios mío. Es increíble.

—No he hecho más que empezar —dijo Scott—. Quiero que te relajes y dejes que te haga sentir bien.

Kip no protestó. Scott lo masajeó en silencio un rato, presionando los músculos de Kip mientras este suspiraba contento e intentaba no sentirse fatal por todas las atenciones que estaba teniendo Scott con él.

—¿Cómo te sientes? —preguntó Scott al cabo de unos minutos.

—Un poco culpable, la verdad.

—Pues no lo hagas. Me encanta hacer esto. Me encanta tocarte, admirarte. Llevo tanto tiempo negándome algo así… No te sientas culpable.

—De acuerdo —dijo Kip.

«Dios mío, qué triste es eso…».

—Eres precioso, Kip. Nunca he…

Kip esperó.

—Nunca he deseado a nadie de esta manera. No sé, o sea, me he pillado alguna vez y así. Me han atraído otros hombres, claro. Me he enrollado con tíos. Pero contigo… Contigo estoy rompiendo todas mis normas.

Kip tragó saliva e intentó contener el aluvión de emociones que lo inundaba.

—¿Qué puedo decir? —preguntó intentando mantener el tono juguetón, aunque se le quebraba la voz—. Soy irresistible.

—Sí que lo eres —dijo Scott en voz baja.

Se deslizó para quedar sentado sobre los muslos de Kip. Empezó a masajearle la parte baja de la espalda y después el culo.

—Mmm… Creo que tendrás que concentrarte en esa zona —dijo Kip arrastrando las palabras—. Hay mucha tensión ahí.

—Pues voy a centrarme en ella.

Scott hundió dos dedos en los cachetes de Kip y este se dejó llevar por el placer.

Le estuvo masajeando un buen rato, hasta que se le quedó todo el cuerpo hecho un flan. Scott se pasó casi todo el tiempo en silencio, salvo cuando iba susurrando algunas palabras de admiración:

—Una fantasía, Kip… Fabuloso… Perfecto.

Kip ya estaba medio dormido cuando Scott pasó el lateral de la mano por la raja, despacio y con firmeza. A continuación, cerró la mano y pasó los nudillos por el mismo surco. Lo repitió una y otra vez, primero un puño, luego el otro, arrastrando los nudillos por la piel sensible que rodeaba el agujero.

—¿Te gusta?

—¡Sí! Es puto… alucinante.

—Bien. Quiero penetrarte. ¿Te apetece?

—Sí. Sí. Dios, sí.

—Date la vuelta —le indicó Scott con delicadeza—. Te echo de menos.

Kip sonrió por dentro y se dio la vuelta, relajado y totalmente listo para dejar que Scott hiciera lo que quisiera con él. Scott se arrodilló en la cama y subió por el cuerpo de Kip poco a poco para quedar montado otra vez sobre su cintura. Tenía la polla, que le colgaba entre las piernas, medio dura. Se inclinó hacia abajo y besó a Kip, quien le agarró la polla y se la acarició mientras se besaban, y notó cómo se iba endureciendo entre sus dedos.

Luego Kip puso las dos manos en el culo de Scott y lo acercó hasta que sus muslos quedaron extendidos alrededor del pecho de Kip. Alargó la cabeza hacia delante y se metió la polla de Scott en la boca.

Cerró los ojos y suspiró junto al miembro de Scott. Ahora estaba enorme y como una piedra. Le hundió las manos en el culo para metérsela más.

—Jod… Guau. Dios, quiero que sigas, pero…

Scott se apartó despacio. Dejó apoyada la punta en los labios de Kip un instante, pensativo, antes de volver a deslizarse por su cuerpo. Le empujó las piernas de modo que doblara las rodillas y luego se incorporó para coger el lubricante y un condón.

Kip ya estaba relajado gracias al masaje, así que Scott tardó poco en abrirlo con sus dedos fuertes y cuidadosos.

Entonces Scott agarró ambos muslos de Kip y tiró de él hacia el borde de la cama. Kip ni siquiera tuvo tiempo para reaccionar más allá de abrir los ojos como platos antes de que Scott levantara las caderas y se metiera en él.

—¡Aaah! Mierda —jadeó Kip—. Dios, es increíble.

—Es la única puta cosa en la que he podido pensar desde la última vez —dijo Scott, y ¡uf!, a Kip le volvía loco el ronroneo grave de su voz cuando follaban.

—Y yo. Dame fuerte. Igual que el otro día.

Scott hizo lo que le pedía, de pie al borde de la cama con uno de los tobillos de Kip sobre el hombro. Sus embestidas estaban en el límite de lo que podía aguantar Kip, a quien le encantaba.

—Sí. Joder. Así, así —balbuceó Kip.

Estaba en otro plano, maravillado ante el espécimen de físico perfecto que lo estaba follando con tanto ímpetu. Unas gotas de sudor se formaron en la cara y el pecho de Scott y humedecieron los resbaladizos músculos que se tensaban y movían mientras mantenía a Kip en la posición que deseaba.

Le tocaba la próstata casi con cada embestida; era increíble. Era una puta pasada… Kip empezó a meneársela rápido y con fuerza.

—Quiero correrme… —dijo entre dientes—. Quiero correrme con tu polla dentro. Quiero…

—Hostia, sí. Vamos.

—Eres perfecto… Me encanta que me folles así…

—Podría pasarme la vida así. Qué precioso eres, Kip. Venga, pensaba que ibas a correrte para mí…

—Voy, voy… Ah…, oh, ¡joder!

Se quedaron mirando la polla de Kip, que salpicaba todo su pecho. Scott paró las embestidas.

—Por dios, Kip. Es una pasada. Vale… Joder —Empezó a moverse otra vez—. Ya casi estoy. Estoy a punto, a punto…

—Córrete encima de mí —dijo Kip, que seguía acariciándose mientras notaba las últimas oleadas de su propio orgasmo—. Quiero verlo. Por favor.

Scott gimió y luego la sacó a toda prisa y se quitó el condón. Lo tiró a su espalda. Bajó la pierna de Kip y se irguió encima de él mientras se meneaba con furia la polla. Al cabo de unos segundos empezó a correrse y empapó el estómago, el pecho y el cuello de Kip.

Luego se desplomó en la cama y Kip se movió para ponerse encima, a pesar del pringue. Se besaron, ávidos y sin aliento, y, cuando se separaron un minuto después, ambos sonreían.

—Antes de que se me olvide —dijo Kip—, quiero darte las gracias por una velada preciosa.

Scott se rio y lo besó de nuevo.

—Entonces ¿qué? ¿Lo he hecho bien en mi primer San Valentín?

—Ya lo creo. Te juro que ha sido el mejor San Valentín de mi vida.

Se limpiaron y volvieron a la cama. Kip se acurrucó junto al cuerpo de Scott. La velada había sido perfecta y le habría encantado continuar, pero estaba agotado.

—Buenas noches —murmuró Scott mientras lo arropaba con su inmenso brazo.

Kip no recordaba haberse sentido tan cómodo jamás.

Le besó la mano a Scott.

—Buenas noches, mi amor.


Durmieron a pierna suelta, porque ninguno de los dos tenía que estar en ningún sitio hasta última hora de la tarde. Cuando se despertaron, se quedaron en la cama, charlando entrelazados.

—¿Qué vas a hacer hoy? —preguntó Scott.

Estaba de lado, con la cabeza apoyada en el codo y el pelo revuelto de un modo adorable.

—No tengo planes. ¿Alguna idea?

—Sí. —Scott sonrió con timidez—. Quiero prepararte el desayuno.

A Kip le pareció muy buena idea, pero entonces se puso a besar a Scott y no tardó en perder el interés en todo lo que implicara salir de la cama.

Empezaron a enrollarse con calma. Las manos y la boca de Scott exploraban el cuerpo de Kip y le provocaban escalofríos, cuando de pronto vibró el móvil de Scott.

—Da igual —dijo Scott sin mirar quién era—. Que llamen más tarde.

Continuó resiguiendo el cuerpo de Kip, probando el prominente hueso de su cadera, pero el móvil volvió a vibrar.

—Dejadme en paz —se quejó Scott sin cogerlo—. Estoy ocupado.

La tercera vez que vibró, cuando Scott estaba lamiendo el cuello de Kip mientras le deslizaba una mano por el muslo, Scott suspiró y dijo:

—Perdona, voy a ver quién es.

Agarró el móvil.

—Es Carter —informó con el ceño fruncido. Contestó a la llamada—. ¿Carter?

Scott seguía tan cerca de Kip que este distinguió la voz del otro jugador.

—Scott, Zullo la ha cagado. Anoche lo detuvieron.

—¡¿Qué?!

—Sí. La lio gorda en un bar de Jersey. Daños a la propiedad. Lesiones. Resistencia a la autoridad… Y es muy probable que haya más cosas.

—Vale. Joder. ¿Dónde está?

Scott se levantó de la cama y se dirigió al ropero, de modo que Kip dejó de oír la conversación.

Cuando Scott volvió, ya estaba totalmente vestido y había colgado.

—Tengo que irme. Lo siento.

—Claro. Ostras, ¿estás bien?

—Lo que estoy es furioso —contestó Scott—. Pero me sabe fatal tener que dejarte aquí.

Suspiró y lo besó. Cuando se apartó despacio, Kip se inclinó hacia delante para perseguir sus labios.

Scott negó con la cabeza.

—Si te beso otra vez, no me iré nunca. Quédate todo el rato que quieras. No sé cuándo volveré. Puede que no me dé tiempo a venir antes del partido, la verdad. Se ha montado un lío de la hostia.

—De acuerdo. No te preocupes por mí. Ve a cuidar de tu equipo.

—Sí, gracias. —Scott se incorporó y se dirigió a la puerta. Luego se volvió para mirar a Kip—. Joder, ¿por qué eres tan tentador? —preguntó con una sonrisa triste en la cara.

Kip sonrió y se tapó la cabeza con la manta para esconderse por completo. Oyó reír a Scott. Luego la puerta se abrió y se cerró y Scott se había marchado.

# Capítulo 11

Había un grupito de periodistas junto a la entrada de los jugado-res. Scott se abrió paso a codazos, pasando de ellos. Al otro lado de la puerta, se encontró con Carter esperándolo.

—El entrenador ha convocado una reunión de equipo —dijo Carter—. Todo el mundo acaba de recibir el mensaje. Pero quiere reunirse primero con los capitanes.

—Vale, de acuerdo. ¿Dónde está Huff?

—Ya está en la sala de entrenadores.

Scott siguió a Carter hasta una habitación pequeña que solía reservarse para las reuniones de entrenadores. Greg Huff estaba sentado en una silla.

—Hola, tíos. ¿Qué tal lleváis el día? —preguntó Huff.

Scott se cruzó de brazos y se apoyó contra la pared.

—Ahora mismo, una mierda. Aunque había empezado genial.

—¿Ah, sí? —preguntó Huff con cierto retintín.

Scott se sonrojó y miró hacia el suelo.

—¿Qué creéis que va a pasar, eh? —preguntó Carter—. Me refiero con Zullo.

Huff apartó su mirada calculadora de Scott.

—Ni puta idea, pero cuando se largue va a dejar un hueco en nuestra defensa.

—La fecha límite de traspasos es la semana que viene —co-mentó Scott—. Joder, siempre tan oportuno, Frank.

El entrenador Murdock entró entonces con sus ayudantes. Se inclinó hacia delante sobre la mesa y presionó con las manos en la madera mientras los miraba uno por uno.

—Han echado a Zullo —les informó—. Ya no forma parte de los New York Admirals. Traeremos a alguien de Hartford para que lo sustituya hasta que encontremos una solución más permanente.

Scott levantó las cejas.

—La ha metido hasta el fondo, ¿eh?

—Hasta el fondo —confirmó Murdock—. Dentro de una hora daremos una rueda de prensa. Yo estaré allí; Zullo no.

—¿Y qué pasa con el partido de esta noche? —preguntó Scott.

—Tendremos que modificar un poco las líneas de defensa, pero nos apañaremos.

A Scott no le gustó cómo sonaba eso, pero ¿qué alternativa tenían?

—El resto del equipo llega en media hora para una reunión —dijo Murdock—. Chicos, si empezáis a hablar como si estuviéramos fatal, estaremos fatal. Concentraos en el partido de esta noche. Pensad que es como si tuviésemos un jugador con una lesión. Nos adaptaremos.

—No hay problema, entrenador —dijo Carter.

—Claro, claro —dijo Scott.

Los tres jugadores se marcharon para esperar en el vestuario hasta que llegaran los demás.

—Hostia puta —dijo Carter cuando los entrenadores ya no los oían—. No me esperaba algo así.

—Pues no —coincidió Huff.

Scott seguía cabreado con Zullo, pero al mismo tiempo sintió como si le hubieran quitado un peso de encima. A la larga, sería positivo para el equipo.

—En realidad, es bueno —dijo inclinándose hacia atrás en el reducido espacio hasta que la cabeza le tocó la pared—. No podemos ir a los *play-offs* con una distracción como Zullo.

—Ya te digo —respondió Carter.

Los tres se quedaron sentados en silencio.

—Oye, Scott… —dijo Carter al cabo de un rato.

—¿Qué?

—Hoy estás radiante.

—Pero ¿de qué hablas?

—Huff sí sabe de qué hablo.

Scott miró a Huff.

—Es verdad —confirmó Huff—. Estás radiante.

—A lo mejor es porque me alegro de que se haya ido Zullo.

—No. Ya tenías esa cara antes —dijo Huff.

—Ajá —coincidió Carter—. Creo que Scotty pilló anoche.

—Sin duda —dijo Huff.

—Eh… —empezó Scott. Luego se rindió—. Puede que sí.

Carter dio una palmada y sonrió de oreja a oreja.

—¡Bravo, Hunter!

Scott intentó evitarlo por todos los medios, pero durante unos segundos sonrió como un bobo.

—¡Míralo, Carter! ¡Se ha puesto rojo! —exclamó Huff.

—Adorable.

—Tíos, dejadme en paz.

—No hace falta que me digas quién era la tía —dijo Carter—. Pero sí quiero que me digas cómo era.

—Pues te vas a quedar con las ganas —dijo Scott.

—A juzgar por lo colorado que está Hunter ahora mismo, diría que la tía lo hacía que te cagas —dijo Huff.

—No pienso contaros nada. Callaos ya.

—Es inútil —se lamentó Carter—. Scott es un caballero.

—Tú lo has dicho.

Scott se inclinó hacia delante y se miró los pies tratando de controlar el calor que le había puesto la cara al rojo vivo. Pero los recuerdos de la noche anterior y de esa mañana volvían a toda velocidad y sus esfuerzos eran en vano.

Recordó el momento en que se había despertado para encontrarse a Kip apoyado en un codo, contemplándolo, medio dormido y muy atractivo. La expresión de su cara había sido tan… Bueno, no de amor, claro, pero sí… de afecto.

Luego se acordó de cuando Kip se había masturbado para Scott. Se había corrido. La cara que había puesto al hacerlo, liberada y eufórica. Qué guapo estaba justo después, con ese brillo especial…

—Esto, eh, voy a pillar un café.

Scott caminó a toda prisa hacia la sala de jugadores. No pensaba ponerse cachondo mientras esperaba a que llegasen sus compañeros de equipo. La reunión ya iba a ser bastante incómoda sin más distracciones.

Una vez allí, Scott metió una cápsula en la cafetera y esperó a que se calentara el agua. Mandó un mensaje a Kip.

Scott: ¿Sigues en mi casa?

Kip: No. Me he ido hace veinte minutos.

Scott: Vaya.

Por alguna razón, a Scott le gustaba la idea de que Kip estuviera en su apartamento, incluso cuando él no estaba.

Kip: ¿Va todo bien?

Scott: Más o menos. Luego te lo cuento.

Kip: OK.

Scott: Perdona otra vez por irme tan rápido. Anoche lo pasé genial.

Kip: No me pidas perdón. Fue una noche alucinante. Gracias.

Scott sonrió.

Scott: ¿Cuándo nos vemos otra vez?

Kip: ¡Insaciable!

Scott: Pues sí.

Kip: ¿Me llamas luego? Cuando termines. Algo se nos ocurrirá.

Scott: Trato hecho.

Kip tenía intención de quedarse descansando en casa todo el día, pero no paraba de preguntarse cómo estaría Scott y qué ocurría con Zullo. Si Scott estaría triste o preocupado por el partido de esa noche. Si habría ido a correr como todas las mañanas, aunque no pudiera ir a que Kip le preparase un *smoothie*. ¿A Scott todavía le importaría la rutina?

Al mediodía habían dado una rueda de prensa, que Kip había visto por si salía Scott. Sin embargo, el único que se había dirigido a los medios había sido Harv Murdock, su entrenador.

Murdock anunció que habían retirado a Zullo del equipo. Kip apenas sabía nada de Frank Zullo, aparte de lo que le había dicho Scott la noche anterior, pero seguro que por lo menos Scott se alegraría de que ya no estuviera en el equipo.

Mientras leía las actualizaciones sobre la situación de Zullo por internet, Kip también había aprovechado para comprobar el calendario de los Admirals para los siguientes partidos. Parecía que Scott iba a pasarse una temporada en la ciudad. Los Admirals jugaban cinco partidos a lo largo de la semana, entre ellos, uno esa noche. El siguiente partido era contra los Brooklyn Scouts. Luego tenían dos partidos en casa, en el Madison Square Garden, y un partido fuera, en Boston, el sábado siguiente.

Kip se preguntó cuánto tiempo podría pasar esos días con Scott. No quería presionarlo.

Cuando le sonó el móvil a la una del mediodía, confiaba en que fuera Scott, pero se sorprendió al ver que era una llamada del Museo de la Ciudad de Nueva York. Querían que fuera para una entrevista. ¡Hostia puta!

—Por supuesto —tartamudeó por teléfono—. Allí estaré. Sí. Gracias.

Después de un momento de vergüenza por hablar así, había corrido a coger un boli y se había escrito en la mano «Lunes, 15.00». Tendría que ir a la entrevista en cuanto saliera del trabajo. Uf, pero si iba a parecer un trapo...

Hasta tres horas más tarde no supo nada de Scott.

Estaba tumbado en la cama, leyendo una novela, cuando le sonó el móvil.

—Hola. Menudo día llevas, ¿eh? —dijo Kip cuando descolgó.

Oyó que Scott suspiraba.

—Sí, una locura.

—¿Cómo estás?

—Frustrado. Enfadado. Aliviado. No lo sé.

—¿Has salido a correr?

—No. Le he dado caña a la cinta aquí en el pabellón, pero no. Hoy todo es un caos. No hay manera de concentrarme. Me da mucha rabia sentirme así.

—Vaya mierda. Lo siento…

—Y eso que el día había empezado genial…

—¿Por qué no intentas pensar en dónde estabas esta mañana? —sugirió Kip.

—Eso es justo lo que estaba intentando no hacer. Pero no paro de… distraerme.

—Bueno, que sepas que yo tampoco he dejado de pensar en eso.

Scott soltó una risa.

—¿Qué hacías? ¿Aún no vas a trabajar?

—Pronto. El evento es en Brooklyn, en el museo, así que todavía tengo tiempo. Hasta las seis o así no entro.

—Ah.

Kip se preguntó si debía contarle a Scott lo de la entrevista de trabajo. «¿Por qué? ¿Para que cuando no me lo den sepa exactamente el fracaso que es su novio?».

En lugar de eso, dijo:

—Oye, estaba pensando en preguntarle a mi padre si le apetecería ir conmigo al partido de mañana. El que jugáis aquí contra Brooklyn.

—¿Ah, sí? —La voz de Scott se iluminó un poco con la noticia.

—Sí. Siempre ha sido fan de los Scouts, aunque, como es natural, yo te animaré a ti.

—Como es natural… Creo que podré conseguiros entradas. Deja que lo pregunte.

—Eh, no hace falta. Puedo…

—No me cuesta nada. Y las entradas son caras.

Kip frunció el ceño.

—Puedo comprarlas.

—Ya lo sé —dijo Scott con cariño—. No quería ofenderte. Es solo que, o sea, para mí es fácil pedirlas y así puedes ahorrarte el dinero para otra cosa. No me cuesta nada.

—Vale —dijo Kip, porque no quería discutir y, la verdad, ese dinero le iría bien para otra cosa. Pero no quería tomar por costumbre aceptar esa clase de cosas de su novio famoso y millonario.

—Entonces ¿qué horario tienes esta semana? —preguntó Scott en voz un poco más baja.

—Trabajo de martes a viernes. Aunque por las tardes estoy libre.

—Estaré toda la semana en la ciudad.

—Lo sé. Lo he mirado.

—Tengo entrenamiento largo por las mañanas el lunes y el martes. Pero, de todos modos, estarás trabajando…

—Quizá podríamos… —dijo Kip, al mismo tiempo que Scott decía:

—¿Te apetece venir a mi casa mañana por la noche?

—¡Sí, claro! Me encantaría. Además, sería práctico para ir a trabajar a la mañana siguiente. Si me dejas dormir un rato, ejem.

—Lo haré. Te lo prometo. En algún momento.

Ambos se echaron a reír, y entonces Scott dijo:

—Mierda, tengo que irme. Lo siento. Pero… Nos vemos mañana, ¿vale? Y ya te diré algo sobre las entradas.

—Sí, mañana. Sin falta. Y buena suerte esta noche.

—Gracias. Luego hablamos.

—Vale. Adiós, Scott.

Colgaron, y Kip empezó a prepararse para trabajar mientras su novio… se preparaba para llevar a su equipo a la victoria contra Montreal.

Kip negó con la cabeza. ¿Cuándo dejaría de sentir que aquello era surrealista?

Scott se despertó solo el domingo.

Llevaba prácticamente toda su vida despertándose solo (sin contar a los compañeros de habitación), así que no tenía por qué parecerle algo tan extraño.

Fue a la cocina a preparar café y luego encendió la televisión para ver SportsCenter. Estaban retransmitiendo los momentos estelares del partido de la noche anterior y había un montón. Los presentadores elogiaban el juego extraordinario de todo el equipo de los Admirals, sobre todo dadas las circunstancias.

El partido había sido una pasada. Scott estaba orgullosísimo de su equipo, que se había unido para ganar de paliza a Montreal.

Luego las noticias se centraron en el incidente de Zullo. Mostraron unas imágenes de él saliendo de la comisaría, con cara impasible y sin hablar con los periodistas.

Por alguna razón, Scott no se alegró tanto como imaginaba que lo haría. Zullo era un capullo, estaba claro, pero aun así se le revolvía el estómago al ver a un compañero de equipo tocando fondo de esa manera. Confiaba de todo corazón en que Zullo aprovechara el programa de desintoxicación de la liga y recondujera su carrera.

Pero ahora mismo no tenía tiempo para pensar en Frank Zullo. Ya era adulto y se había buscado lo que le había pasado. Scott tenía que prepararse para el partido.



Kip no pasaba tanto tiempo con su padre como le gustaría. Vivían en la misma casa, sí, pero ya nunca hacían cosas juntos. La mayor parte de las mañanas Kip se marchaba de casa antes de que sus padres se levantaran y tendía a irse temprano a la cama. Ese maldito trabajo de los *smoothies* lo dejaba para el arrastre.

Observó a su padre, que animaba a sus queridos Scouts. Bebían cerveza y comían patatas onduladas que habían comprado en un puesto. Se lo estaban pasando bien.

Scott había conseguido entradas. A su padre le había hecho mucha ilusión cuando esa mañana Kip le había propuesto ir juntos al partido. Kip había mentido acerca de dónde las había conseguido, pues le había dicho que se las había comprado baratas a un amigo que no podía ir. No estaba seguro de si su padre se lo había creído, pero, si no era así, no había dicho nada.

El público estaba exaltado. Gritaba con cada punto, con cada tiro, con cada parada. Se acercaba el final de la temporada y estos partidos eran importantes.

En el tercer tiempo iban 3-2 para los Admirals, y Scott había marcado uno de los goles. Se notaba la tensión en el estadio cuando el partido entró en los últimos minutos de juego. Cuando apenas quedaban seis por delante, los Admirals hicieron una falta. Tendrían que jugar con uno menos durante dos minutos.

Kip se inclinó hacia delante y se mordió el pulgar.

—Vamos, Scott, tú puedes —dijo en voz baja.

Los Scouts no pensaban rendirse sin pelear. Mantenían el juego en la zona de los Admirals y no paraban de marear a Bennett, el portero. Después de parar un lanzamiento, Scott mandó el *puck* a la línea azul para apartarlo de su zona de juego, pero uno de los defensas de los Scouts lo atrapó con el *stick* antes de que llegara a la línea azul. Lo lanzó a la red de los Admirals y Kip supo lo que iba a ocurrir antes de que sucediera.

—No, Scott. Mierda. ¡No!

Mientras el *puck* volaba como un cohete hacia la portería, Kip solo pudo contemplar, horrorizado, cómo Scott se lanzaba delante. Se arrojó de cabeza y paró el *puck* con la parte central del cuerpo, donde el acolchado protector era fino.

Cayó a plomo.

# Capítulo 12

—¡Ese *puck* debía de ir a ciento sesenta kilómetros por hora! —exclamó el padre de Kip.

—Joder, Scott, vamos. Levántate.

Scott estaba tirado en la pista de hielo en posición fetal, y movía lentamente una pierna adelante y atrás. A Kip le entraron ganas de vomitar. Quería bajar corriendo y saltar el cristal.

—¿Le ha dado en la cara? —preguntó alguien por detrás casi gritando.

«No…», dijo Kip con los labios.

—No, quizá en las costillas —dijo otra persona.

«Dios».

Scott giró el cuerpo y Kip le vio la cara. Tenía los ojos como platos y la boca abierta, como si jadease.

—¡No puede respirar! —dijo Kip a todos y a nadie en concreto—. ¡No puede respirar! Necesita…

Scott apoyó una mano enguantada en la pista para que le diera estabilidad antes de impulsarse poco a poco y ponerse de rodillas. Hacía muecas y cerraba fuerte los ojos, pero parecía que respiraba. Se arropó el cuerpo con un brazo, como si se sujetara el costado. Uno de sus compañeros de equipo pasó un brazo por debajo del suyo y le ayudó a incorporarse. Otro le recogió el *stick*.

Scott salió de la pista patinando despacio, con la ayuda de su compañero, mientras la multitud aplaudía.

Kip se desplomó en el asiento, aliviado. «Está bien. Está bien».
Su padre le puso una mano en el hombro y apretó.

—Es un tipo duro.

—Sí —dijo Kip suspirando.

Observó mientras el médico del equipo lo escoltaba hasta la sala que había detrás del banquillo.

El partido continuó, pero Kip dejó de prestar atención. Tenía la mirada fija en el banquillo, a la espera de ver algún indicio del regreso de Scott.

Transcurrieron los últimos segundos y el partido acabó 3-2 para los Admirals. Scott no volvió a salir del vestuario. Kip no estaba seguro de qué podía hacer. Se suponía que esa noche iba a ir a casa de Scott, pero…

Mientras salía del estadio con su padre, Kip le mandó un mensaje a Scott:

Kip: Solo dime que estás bien.

No hubo respuesta, cosa que Kip ya esperaba. Lo más probable era que Scott no tuviera el móvil cerca.

Una vez en el metro, su padre le dijo:

—Salta a la vista que Hunter tiene un buen corazón. Puede que ese acto de sacrificio haya servido para ganar el partido.

Kip se mordió el labio.

—Sí…

Caminaron a paso ligero por las calles mojadas desde la estación de metro hasta su casa. Se sentía mal por no disfrutar de la compañía de su padre en ese momento. Se lo había pasado genial aquella tarde, pero ahora estaba preocupadísimo y no podía pensar en nada más.

Llevaban en casa casi una hora cuando Kip recibió la respuesta de Scott.

Scott: Estoy bien. Un moretón horrible, pero bien. Ahora voy a casa.

Kip se sentó en la cama y respondió:

Kip: Bien. Me habías asustado.

Scott: Lo siento. Creo que parecía más de lo que era.

Kip frunció el ceño.

Kip: ¿Todavía quieres que vaya a tu casa?

Un segundo después le sonó el móvil.

—Sí —dijo Scott.

—¿Seguro?

—Estoy seguro. O sea…, no sé si seré capaz de… hacer mucho.

—¡Lo sabía! ¡Sí te has hecho daño!

—No es para tanto. Solo un hematoma. Me he puesto hielo y me pondré más cuando llegue a casa. No hay fracturas. Ni costillas magulladas.

—¿Te han hecho una radiografía?

—Sí, claro. Me la hicieron allí mismo, en el estadio. No hay nada roto. Por favor, ven a mi casa.

—De acuerdo. Más te vale tener el hielo puesto cuando llegue ahí.

—Sí, sí —dijo Scott—. Y me gusta que te preocupes tanto por mí. Es muy… tierno.

Kip se ruborizó, porque ¿qué estaba haciendo? ¿Decirle a una superestrella de la NHL cómo tenía que cuidarse las heridas?

—Yo…, eh, me alegro de que estés bien. Voy enseguida. Y digo en serio lo de la bolsa de hielo.

Scott chasqueó la lengua.

—Nos vemos ahora.


—Muy bien, vamos a ver cómo está —dijo Kip.

Scott no había podido contener las muecas de dolor mientras acompañaba a Kip desde el portal hasta su apartamento. Por supuesto, Kip se había dado cuenta.

Y ahora Scott estaba tumbado en el sofá y Kip le levantaba la camiseta con mucho cuidado.

—Parece más grave de lo que es —insistió Scott—. De verdad.

—¡Ay, dios mío!

Scott bajó la mirada y vio el inmenso cinturón amoratado oscuro que le cubría la mayor parte del costado derecho. El *puck* le había golpeado justo debajo de la caja torácica, por encima del acolchado más grueso que cubría la parte superior de los pantalones.

—No es para tanto.

Le había dolido una barbaridad y le había cortado la respiración, pero no había habido lesiones internas.

—¡Venga ya! ¡Está fatal! De aquí no te muevas. Y espero que tengas bolsas de hielo para ponerte ahí —dijo Kip mientras iba a la cocina.

—Tengo varias —respondió Scott—. Siempre. En el congelador apenas hay comida. Todo son cosas para tratar lesiones.

Kip volvió con una bolsa de hielo nueva y la colocó con cuidado sobre la piel de Scott. Este contuvo un gemido ante el primer contacto, luego se relajó y puso la mano encima de la de Skip para ayudarle a sujetar el hielo en su sitio.

—Hacía mucho tiempo que nadie me mimaba tanto —dijo—. Es agradable.

Kip le dedicó una sonrisa un poco triste y Scott le apretó la mano.

—Siento haberte asustado. Son las desventajas de salir conmigo, supongo.

—Una desventaja aceptable. —Kip deslizó la mano por debajo de la de Scott y se levantó—. Voy a prepararte algo de cenar. ¿Tienes comida?

—Tengo lo que compré para prepararte el desayuno el otro día. Beicon y huevos. Todavía queda. Espera, deja que te ayude…

—Ni hablar. Estás castigado, Hunter. Quédate ahí.

Scott puso los ojos en blanco y se incorporó poco a poco.

—Por lo menos deja que vaya a la cocina para verte.

Se dirigió (con cierta incomodidad) hasta los taburetes que había junto a la mesa alta que separaba la cocina de la zona del comedor y sala de estar. Se sentó allí y le fue dando instrucciones útiles a Kip sobre dónde encontrar las cosas y cómo usar los sofisticados fogones.

Era agradable tener a Kip en la cocina. Observar cómo preparaba algo de comer para los dos, oírlo hablar de cómo le había ido el día.

—¿Poco hecho? ¿Con la yema líquida o más densa? —preguntó Kip—. Soy un experto haciendo huevos.

—Poco hecho. Aunque no pasa nada si te quedan mal, la verdad. Luego los inundo en salsa picante.

—¡No me van a quedar mal! —dijo Kip mientras les echaba aceite con cuidado—. No sé si sabes que antes trabajaba haciendo esto y… ¡Ay, mierda! ¡Se me ha roto una yema!

Scott se echó a reír.

—Está bien. Me lo comeré, te lo aseguro. Ahora mismo me comería cualquier cosa.

Kip levantó una ceja y apretó los labios.

Se sentaron uno junto a otro a la mesa alta de la cocina y comieron los huevos fritos con beicon y una tostada. Kip parecía contento y muy mono, y Scott lamentó no poder hacer mucho más que besarlo esa noche.

Y eso le recordó otro fastidio.

—Tengo que advertirte una cosa —anunció Scott—. Esta semana voy a estar estresado y distraído.

—¿Y eso por qué?

—La fecha límite de traspasos de jugadores es el lunes que viene. Y ese día probablemente sea el más estresante del año para cualquier jugador.

—Pero no van a… cambiarte de equipo, ¿verdad?

Kip puso cara de espanto solo de pensarlo.

—No, no lo creo. A ver, siempre cabe la posibilidad, pero este año vamos a por todas con la copa, así que dudo mucho que se deshagan de mí. Me preocuparía si el equipo tuviera que recortar gastos.

—Entonces ¿por qué estás nervioso?

—Porque alguien se irá seguro. Ahora que no está Zullo, habrá que llenar un hueco en la defensa, y para ocuparlo tendremos que perder a un tío o incluso a dos. Somos como una familia, y esas despedidas cuestan.

—Vale, ya lo entiendo. Lo que dices no me sorprende.

Charlaron mientras comían y Scott intentó, aunque sin éxito, que no se notara que se apoyaba en la encimera para sujetarse.

—Vamos —dijo Kip después de que Scott no pudiera ocultar una mueca de dolor—. Seguro que te duele un montón. Volvamos al sofá.

Scott no se negó. Kip lo ayudó a acomodarse en el sofá y dejó que se tumbara bocarriba. Kip se sentó en un extremo para que Scott apoyara la cabeza en su regazo. Vieron una película de acción en la tele mientras Kip acariciaba el pelo de Scott.

Y al cabo de poco Scott se olvidó por completo de las fechas límites y de Zullo y de los hematomas tremendos.


Kip vio cómo pasaban los créditos de la película en la inmensa pantalla de televisión de Scott.

—Tío, ¿cuánto crees que habrá costado hacer esa peli tan chorra?

Scott no respondió. Al mirarlo con atención, descubrió que en realidad Scott Hunter se había dormido en su regazo.

Kip sonrió para sí mismo y admiró el perfil de Scott. Parecía joven y en paz. Sus largas pestañas le rozaban las mejillas y tenía los labios rosados entreabiertos. Toda la tensión que solía acarrear Scott había desaparecido de su rostro.

Kip alargó el brazo y cogió la mano de Scott. No quería despertarlo, pero se le habían dormido las piernas.

—Oye —susurró—. Vamos, Scott. Es hora de ir a la cama.

—Mrmfff —dijo Scott. Luego abrió los ojos con un parpadeo y miró a Kip con una sonrisa tímida—. Perdón. Siempre acabo agotado después de los partidos.

—No pasa nada. Deberíamos ir a dormir. Tengo que madrugar. —Kip lo ayudó a incorporarse y le dio un beso—. Me lo he pasado bien esta noche.

A Scott se le iluminó la cara.

—Yo también.

Se quedaron en ropa interior y se metieron en la cama. Debido a la contusión, Scott tenía que tumbarse bocarriba, así que Kip se tumbó a su lado y le pasó una mano por el pecho.

—'nas noches —dijo Kip.

Scott apoyó la mano encima de la de Kip.

—¿Vendrás mañana por la noche?

—¿Quieres que venga?

—Sí. Me encantaría.

—Primero tendré que pasar por mi casa cuando salga del trabajo. A coger ropa y tal.

—Deberías dejarte cosas aquí —murmuró Scott medio dormido.

—¿En serio?

Scott pareció despertarse un poco, sin duda al darse cuenta de lo que había insinuado.

—Bueno…, sí. O sea…, tendría sentido, ¿no? Vivo cerca de tu trabajo y… —Sonrió con timidez—. Me gusta tenerte por aquí.

Kip se incorporó un poco para poder besar a Scott.

—Me siento mal —dijo Scott—. Esta noche casi no he podido hacer nada contigo. Quiero recompensártelo.

—¡Mañana por la noche no estarás curado!

—Ya lo sé… Pero a lo mejor…

—Mañana por la noche ya veremos —dijo Kip—. No voy a dejarte hacer nada que pueda lesionarte más.

Scott suspiró, pero le sonrió con afecto.

—Además —dijo Kip—, me gusta hablar contigo.

Scott levantó la palma de Kip hasta su boca y le dio un beso.

—A mí también.


Todavía era de noche cuando sonó la alarma de Kip. Al principio Scott se quedó perplejo, pero luego recordó que Kip tenía que ir a trabajar. Kip se removió a su lado, se sentó despacio y se quejó un poco en voz baja.

—Buenos días —murmuró Scott.

—Uf, joder. Sí, supongo.

Kip salió de la cama y fue al baño, mientras Scott se frotaba los ojos e intentaba levantarse. Desde luego, no era alguien acostumbrado a levantarse tarde, pero ni siquiera eran las cinco de la mañana.

Al final se obligó a sentarse, aunque el dolor punzante le recordó de golpe la lesión. Al cabo de unos minutos, Kip salió del cuarto de baño y empezó a vestirse.

—Voy a prepararnos café —dijo Scott—. Por lo menos haremos eso juntos.

—Vale. ¿Cómo te encuentras?

—Como si me hubiera arreado un *puck*. Pero por lo demás… estoy muy feliz.

Kip sonrió y terminó de vestirse. Scott fue al baño y, al pasar por delante, se detuvo a besarlo.

—Bua —dijo Kip haciendo una mueca—. Ese moretón no tiene buena pinta.

—Tampoco es que no lo note. Pero sobreviviré.

En el cuarto de baño, Scott se echó agua por la cara y se apartó para comprobar cómo tenía el hematoma en el espejo. Kip no mentía: no cabía duda de que se había oscurecido más por la noche y había adoptado un color azul muy oscuro, casi negro.

Tras ponerse ropa deportiva, Scott fue a la cocina a preparar el café. Se paró al ver a Kip de pie delante de las ventanas de la sala de estar.

—Tienes esta vista todas las mañanas, ¿eh? —preguntó Kip.

—Más o menos.

—No está mal.

Los primeros destellos de luz aparecieron sobre el perfil de Brooklyn e iluminaron la constitución delgada de Kip. Estaba de pie con un brazo extendido por encima de la cabeza y la mano apoyada en el cristal.

En ese momento, Scott se lo imaginó todo. Estar con Kip. Vivir con Kip. Irse a dormir y levantarse juntos. Preparar la comida e ir a restaurantes y viajar juntos. Dejar de esconderse, limitarse a ser feliz y sentirse pleno con un hombre que... le importaba. Atreverse a decirle al mundo quién era en realidad.

Pero, incluso si se atrevía a hacerlo, sería demasiado pedir a Kip, quien tal vez no se diera cuenta de dónde se estaba metiendo con Scott. Si Scott salía del armario, se armaría una buena. Nadie de la NHL lo había hecho, y los medios los perseguirían todo el tiempo. Scott ya estaba acostumbrado a que el público lo mirara con lupa; no quería arrastrar a Kip a todo eso.

Además, solo hacía un par de semanas que se veían. Era ridículo incluso pensar...

Se separaron y Scott apartó un mechón de pelo de Kip y le pasó la palma por la barba incipiente que le cubría la mandíbula.

—Me encantaría poder pasar un día entero contigo.

—Ya lo harás.

—Sin lesiones. Poder dedicarme a ti con calma.

Advirtió el cambio en los ojos de Kip. La oscura lujuria se iba colando.

Scott se inclinó para darle otro beso, pero Kip lo apartó y negó con la cabeza.

—Tengo que irme a trabajar —suspiró.

—Primero el café.

Mientras Scott trajinaba con la sofisticada cafetera que casi nunca utilizaba, Kip le levantó la camiseta y comprobó cómo tenía la contusión.

—No pensarás entrenar hoy, ¿verdad? —preguntó.

Scott se apartó y tiró de la costura de la camiseta para volver a bajársela.

—Pues claro que sí.

—¿Y vas a jugar el miércoles? —Kip parecía horrorizado.

—Sí.

—¿Es que todos los jugadores de hockey sois unos idiotas testarudos?

—Casi todos.

—Joder, si yo tuviera un hematoma como ese, me quedaría un mes en la cama.

Scott se echó a reír.

—Alguna vez he jugado con costillas rotas. Puedo jugar con esto.

Kip puso cara de ir a decir algo más, pero Scott le dio un beso y le puso un termo lleno de café en la mano.

—Venga, tienes que irte a trabajar —le recordó.

—Vale —dijo Kip suspirando—. Volveré en cuanto pueda esta noche, ¿de acuerdo?

—De acuerdo.

—Y ten cuidado con el entrenamiento de hoy.

Scott sonrió, conmovido una vez más por su preocupación.

—Lo haré.

Se besaron por última vez y Kip se marchó.

Scott se pasó la lengua por el labio inferior, tratando de atesorar los restos del beso de despedida. Luego sintió el vacío que se apoderaba de él cada vez que Kip y él se separaban.

Quería más tiempo.

En su mente, Scott se transportó a un futuro en el que tal vez Kip no tuviera que trabajar. En el que tal vez fuera solo…

¿Solo qué? ¿El novio de Scott que se quedaba en casa? ¿Que estaba ahí siempre que Scott lo necesitaba? Si Scott no aunaba el valor de salir del armario, Kip se convertiría prácticamente en un prisionero. Sería imposible que salieran por ahí como una pareja normal.

—Maldita sea —dijo Scott en voz alta.

Ya la estaba cagando.

El puto Jeff había trabajado el día anterior, así que no había absolutamente nada preparado cuando Kip llegó al Straw+Berry.

—Lo odio —dijo Maria—. Un día lo mato.

—Es un mierda —coincidió Kip mientras bostezaba.

—¿Qué tal el fin de semana?

—Bien. Fui al partido de los Scouts con mi padre.

—Ah, ¿te refieres al partido de los Scouts contra los Admirals?

—Sí…

—Qué buen fan es mi niño. Qué mono.

Kip se encogió de hombros.

—Está buenísimo. Denúnciame.

—¿Te imaginas salir con él en serio? —preguntó Maria—. Sería alucinante. Como Cenicienta.

—Venga ya. ¡Mi vida no es tan penosa!

—Bueno, por lo menos sería emocionante.

—Ajá.

—¿Sabes qué? El sábado trabajé y no vino. Me pregunto si ahora tendrá otra superstición absurda.

—Vaya, adiós a toda mi vida amorosa —bromeó Kip.

—A ver, seguro que con todo lo que pasó con Zullo ese día se le olvidó lo demás. Seguro que estaba distraído.

—Sí, supongo.

—¿Cuándo vuelven a jugar en casa?

—El miércoles —dijo Kip, casi al instante.

Maria sonrió.

—Qué mono eres… ¿Estás listo para la entrevista de hoy?

—Nop. Pero haré lo que pueda.

—¿Crees que Scott Hunter se pasará el día yendo al museo si empiezas a trabajar allí?

—No. Anda, calla.

—¿Y si lo hiciera? Ay, dios mío. Sería increíble.

—No seas ridícula.

Maria bajó la voz e hizo una imitación pésima de Scott Hunter.

—Eh, hola, mmm, me gusta hacer siempre lo mismo cuando me van bien los partidos, así que necesito que Kip Grady me haga otra visita guiada privada de todo el museo.

Kip no pudo evitar reírse.


—Vamos, Hunter. Te invito a comer —dijo Carter.

Eran los únicos dos jugadores que quedaban en el vestuario.

Scott había entrenado apretando los dientes. Le dolía cuando se agachaba. Le dolía cuando lanzaba el *puck*. Y le dolía horrores cada vez que alguien lo rozaba.

—Creo que tendré que tomármelo con calma el miércoles —comentó—. No es nada serio, pero me hace ir muy lento.

—A ver, en realidad podrías tomarte la noche libre y dejar que se curara, pero oye…

—¿Tú lo harías?

Carter le sonrió de oreja a oreja.

—Ni de coña.

Fueron a un restaurante de sushi cercano que le gustaba a Carter.

—Bueno —dijo Carter mientras esperaban la cantidad exagerada de *makis* que habían pedido—. ¿A quién crees que cambiarán?

—No lo sé, de verdad.

—Van a apostar por alguien de los grandes. Supongo que tendremos que perder a algún joven talento a cambio de un defensa con experiencia.

—Bueno —dijo Scott—, eso significa que nos libramos.

—Pensaba en Burke. No es tan joven, pero se le da bien jugar de lateral y ahora mismo ya tenemos gente con talento de sobra en las líneas delanteras.

—Sí. Puede.

—¿Quién sabe? Oye, por cierto, ¿lo has visto? Los paparazzi nos pillaron la otra noche a Gloria y a mí. Estábamos cenando en el Nobu nuevo… ¿Has ido?

—No.

—Pues tienes que ir. Bueno, lo que te contaba: justo salíamos del Nobu y los paparazzi nos pillaron de lleno, joder. Así que ahora nuestro pequeño secreto se ha hecho público. —Carter se encogió de hombros—. Supongo que era cuestión de tiempo. Aunque no fue para tanto porque una de las Kardashian anunció ayer que estaba embarazada, así que a nadie le importamos una mierda ya.

—Bueno…

Carter se animó a contarle con todo lujo de detalles qué habían comido en el Nobu y Scott trató de escucharle, pero sobre todo daba vueltas a lo que acababa de decir su amigo. Carter había intentado mantener su nueva relación en secreto, pero, cuando ese secreto había salido a la luz, no había sido más que otro cotilleo en la sección del corazón. Solo un par de famosos que se habían liado. La gente dijo «Ajá» y pasó a otra cosa.

No era eso lo que ocurriría si los paparazzi pillaban a Scott y Kip juntos. Bueno sí, podían salir a cenar algún día. Una vez. Si empezaba a ser habitual, llamaría la atención. Y si los pillaban… ¿tocándose? ¿Dándose la mano? ¡¿Besándose?! No habría forma de que Scott negara…

—Y tienen una salsa de caramelo con miso que… ¿Me estás escuchando, Hunter?

—¿Eh? Sí, sí, perdón. Es que… tengo hambre. Ahora mismo me cuesta oír hablar de comida.

—Bueno, hemos hablado de hockey, hemos hablado de comida, hemos hablado de mi vida amorosa. ¿Qué me dices de tu vida amorosa?

—Nada.

—Me parece que sí que hay algo que contar, ¿no?

—La verdad es que no.

Carter lo analizó y lo más probable es que se percatara del color en la cara de Scott o de que Scott no se atrevía a mirarlo a los ojos.

—Eres el peor mentiroso del mundo, Scott.

—Lo sé.

—¿No quieres contármelo? Estupendo. Solo quiero que seas feliz. Un tío como tú debería estar con alguien especial.

Scott sonrió pensativo.

—Soy feliz.

—¿Vas a llevarla a la Gala Equinox?

—¿Tú también vas a la gala?

—¡Claro que voy! ¿Se te ha olvidado con quién salgo? Y, además, soy muy famoso y admirado.

Scott se rio, pero por dentro se puso tenso. No esperaba ver allí a ninguno de sus compañeros de equipo. Solo serviría para complicar aún más las cosas.

Y, por dios, no era justo. Quería contarle a Carter —su mejor amigo— que iba a ir con su novio a la gala. Su maravilloso y guapísimo novio, que le hacía sentir más feliz y ligero de lo que recordaba haberse sentido en la vida. Quería bailar con Kip y besarlo, y presentárselo a todo el mundo para que supieran la suerte que tenía Scott.

—Puede. Ya veremos —respondió Scott en lugar de eso.

Carter sonrió.

—Eso espero. Me muero de ganas de conocerla, tío.

# Capítulo 13

Scott y Kip se despertaron juntos la mañana siguiente al anuncio del traspaso de jugadores.

Habían tenido la televisión encendida todo el día, en un canal de deportes que estaba dedicado precisamente a ese tema. A ratos, Scott había prestado atención solo a la pantalla y Kip había sabido darle espacio. Sin embargo, la mayor parte del día había estado encantado de dejar que Kip lo distrajera con otra cosa.

Y Kip había estado encantado de hacerlo.

También le había encantado poder distraerse del estrés de esperar la respuesta del museo. La entrevista había ido sorprendentemente bien. Parecía que a los dos entrevistadores les había gustado Kip. Al final, todo el mundo hablaba como si ya hubiera conseguido el trabajo. Se había marchado superanimado.

Pero, aun así, no le había contado nada a Scott. Tal vez fuera porque no quería gafarlo, o quizá solo le daba vergüenza su patético intento de mejorar su carrera. El nivel de éxito de Scott hacía que todo lo que conseguía Kip pareciese ridículo.

Scott había perdido a algunos de sus compañeros de equipo en un traspaso que los presentadores de la tele habían denominado «monumental». Un tipo llamado Burke y otro delantero habían acabado en Tampa Bay a cambio de un gigantesco defensa finlandés.

—Matti Jalo —había dicho Scott cuando había oído la noticia—. Guau.

—¿Es bueno? —había preguntado Kip.

—Sí, lo es… No pensaba que fuéramos a conseguir a alguien así, la verdad. Puede que sea el mejor defensa que hay en la liga ahora mismo.

—¡Hey, pues es genial!

—Sí, sí —había coincidido Scott—. Demuestra que la dirección tiene confianza en nosotros. Acaban de comprarnos un regalo precioso.

—Pero, eh, los tíos que se van… ¿Uno era Burke, verdad? Y el otro, eh…

—MacDow, sí. Buena gente. Es una mierda, pero ya suponía que Burke se iría. En realidad, es mejor para él. Aquí nunca va a poder destacar.

—Entonces ¿estás satisfecho?

Scott le había sonreído.

—Estoy satisfecho.

—¿Tienes ganas de celebrarlo?

—Desde luego.

Y ahora eran las cinco de la mañana pasadas y Kip tenía que ir a trabajar, pero Scott le estaba metiendo mano y le mordisqueaba la mandíbula.

—Di que estás enfermo —murmuró Scott pegado a su piel.

—¡No puedo! Y esta noche tienes partido. Estarás ocupado.

—Pues llega tarde. Ya te escribo un justificante.

Kip se echó a reír

—¿Y qué pondrías?

—«Siento que Kip llegue tarde, pero lo estaba montando. Firmado: Scott Hunter».

Kip gimió.

—Joder, no hemos hecho eso. Y… uf, joder, me encantaría.

—A mí también —dijo Scott, y llevó la mano de Kip a su polla dura como una piedra para ilustrar el argumento.

—Joder —suspiró Kip. Y luego—: No, no, no. Tengo que irme. No es justo, Hunter.

Se levantó y se vistió antes de que Scott pudiera convencerle de hacer una estupidez como no ir a trabajar.

—No voy a verte hasta la gala de mañana por la noche —dijo Scott suspirando—. E incluso entonces será una agonía el no poder tocarte.

—Aunque tiene su punto sexy, ¿no? ¿Más o menos?

—Más o menos.

Scott preparó café, como ya era tradición, y se lo bebieron juntos en la cocina.

—Sabes que para mí también será una agonía, ¿verdad? —comentó Kip.

Scott sonrió con tristeza.

—Seguro que quiero marcharme pronto. Me inventaré excusas desde el minuto cero.

—No lo harás. Los dos nos lo pasaremos genial y luego volveremos aquí y nos comeremos enteros.

Scott le dio un beso que era una promesa. Cuando terminó, Kip sintió un escalofrío.

—Tengo que irme —dijo con poco convencimiento.

—Nos vemos mañana por la noche.


Scott llegó al restaurante y pidió un café. Había quedado con su agente para comer y el café era importante.

Le caía bien Todd Wheeler (no permitiría que fuese su representante de no ser así), pero odiaba con todas sus fuerzas hablar de contratos y patrocinadores. Sabía que tenía suerte de contar con tantas oportunidades de ganar tanto dinero, pero ese no era el motivo por el que jugaba al hockey.

Todd llegó justo cuando Scott apuraba el final del café prensado que le había servido el camarero.

—Menudo marrón lo de Zullo, ¿no? —dijo casi en cuanto tomó asiento.

—Sí —asintió Scott—. Podrías decirlo así.

—Pero ya está. Ahora debes de sentirte bien, ¿eh? Sé que odiabas a ese tío.

—Quizá la palabra «odiar» es muy fuerte —dijo Scott—. Fuerte y acertada.

Todd se echó a reír.

—¡Y ahora Matti Jalo está en los Admirals! ¡Creo que este equipo va a ganar la copa!

—Por supuestísimo —corroboró Scott—. Jalo es una baza enorme.

—Ya lo creo que es enorme. Jalo es un puto monstruo. Y guapo, además. A Nueva York le va a encantar ese tío.

—Confío en ello.

—¡Aunque espero que no demasiado! Debemos asegurarnos de que sigas siendo el número uno en esta ciudad.

—Claro.

El camarero se acercó para tomarles nota. Todd pidió una ensalada de espinacas sin mirar la carta. Scott pidió un sándwich club y entonces Todd dijo de pronto:

—¿Sabes qué? A la mierda. Yo también me pido un sándwich.

Una vez que el camarero se hubo ido, Todd dijo:

—¿Vas a ir con alguien a la Gala Equinox?

—¿Por qué? ¿Quieres ser mi pareja?

—Anda ya, no me jodas. Es solo que he pensado que quizá estabas saliendo con alguien. Rezo todas las noches para que te líes con alguna actriz. O con una modelo. Algo que te haga salir en los periódicos, ¿sabes?

Scott hizo una mueca. Desde luego, saldría en los periódicos si alguien se enteraba de con quién estaba liado. Pero probablemente no en el sentido en el que confiaba verlo su agente.

—Siento decepcionarte.

—Si quieres, te busco pareja —comentó Todd—. Alguna ingenua actriz afincada en Nueva York que quiera dar un empujón a su carrera…

—No, gracias, Todd.

El agente meneó la cabeza.

—Pues no te entiendo, Scott. Con esa planta que tienes… —señaló el cuerpo entero de Scott con las manos extendidas— y parece que no la compartes con nadie. Tío, si yo me pareciera a ti…

Scott resopló. En tiempos, Todd había sido atleta, pero tras años apartado de la competición se había puesto un poco fondón. De todos modos, aún era bastante atractivo.

—Debería haberme pedido la maldita ensalada —murmuró Todd pensativo—. No todos tenemos la suerte de quemar un millón de calorías al día.

—Estás bien —le aseguró Scott.

—No hablábamos de mí, Scott. Hablábamos de ti y de por qué no estás saliendo con alguna de las mujeres fabulosas que hay en Nueva York.

—Estoy ocupado —murmuró Scott.

—¡Todos estamos ocupados! ¡Yo tengo una esposa, tres hijos y catorce clientes!

—¿A qué viene hablar de esto?

—Quiero que seas feliz, Scott. Llevo siendo tu representante desde que tenías diecisiete años y jamás me he enterado de que hayas tenido una cita siquiera con alguien. He ido a las bodas de muchos de mis clientes, todos sois como de la familia para mí. Ya lo sabes. Sobre todo, porque… ya sabes.

—¿Porque soy huérfano? —preguntó Scott sin pelos en la lengua.

—Solo quiero que sepas que me preocupo por ti y que me importa tu felicidad. Nada más.

—Vale, gracias. Pero soy superfeliz. De verdad.

—Entonces… Si un amigo que representa a cierta actriz afincada en Nueva York me preguntara si por casualidad buscas acompañante para la gala…

—Deberías decirle a tu amigo que no, gracias.

Todd suspiró.

—Vale. ¿Ni siquiera quieres saber quién es?

—Nop.

—Porque si te gustan las chicas con piernas lar…

—¡Ay, mira! ¡Ya nos traen la comida!

Scott empezó a preguntar por los programas de entrevistas a los que podían invitarlo para mantener la conversación apartada de su vida amorosa durante el resto de la comida. Todd pareció captar la indirecta, porque no volvió a sacar el tema.

Sin embargo, menos de media hora después de despedirse, Scott recibió un mensaje de su parte. Era una foto de una joven preciosa en la alfombra roja seguida de:

Todd: ¿Seguro?

Scott: Seguro.

Por dios. Lo peor que podía pasarle ahora mismo era que todo el mundo se interesara por su vida amorosa.

Kip salió de trabajar el jueves y fue directo a casa de Elena. Había llevado allí el traje tres días antes, tras recogerlo de la sastrería.

Su amiga abrió la puerta con el pelo mojado y un albornoz.

—Asombroso —dijo Kip—. Ya te has duchado. ¿Puedo hacerlo yo?

—Sí, claro. Tenemos que salir por la puerta en, tipo, dos horas, ¿vale? Vendrá a buscarnos una limusina.

—¿Una limusina?

—La manda Equinox. Les caigo bien.

Kip se duchó y luego salió del cuarto de baño tapado con una toalla. Elena estaba en su habitación con la puerta entreabierta. Llamó con cuidado.

—¿Puedo pasar? ¿Está ahí mi traje?

—Sí. Pasa.

Kip abrió la puerta y se la encontró delante del espejo, poniéndose unos rulos calientes en el pelo. Del pequeño altavoz que tenía al lado salía música pop.

—Voy a ponerme la ropa interior —dijo Kip—. No me mires.

—Ni en sueños.

—¡Elena, te estoy viendo mirar por el espejo!

Se puso sus calzoncillos negros más presentables a toda velocidad. Vio el reflejo de Elena sonriendo.

—Bueno, entonces, ¿cuál es el plan esta noche? ¿Scott y tú vais a fingir que no os conocéis y luego vais a ir a su casa y…

—¿Vamos a follar como locos? Sí. Ese es el plan.

—Qué pervertidos.

—Un poco.

—¿Seguro que estás cómodo en esta relación tan rara? —preguntó Elena mientras se ponía el último rulo en el pelo.

—Sí, estoy a gusto. —Kip arrugó la frente—. A ver, obviamente sería genial si…

—¿Fuerais a algún sitio aparte de su piso?

—Tiene un piso muy chulo, pero sí. Sería genial poder salir por ahí juntos.

—¿Crees que alguna vez podréis?

—¡No lo sé! O sea, no hace ni un mes que estamos juntos.

—Pues ya es un mes más de lo que te he visto saliendo con alguien.

—¡Exacto! Por eso me parece tan serio. Nunca me había…

—¿Sentido así?

Kip se ruborizó, porque sonaba muy pasteloso.

—Scott me gusta mucho —murmuró.

Elena se incorporó y recorrió la habitación.

—Me muero de ganas de conocerlo —comentó antes de darle un beso en la mejilla a Kip.

—No pensarás darle una de tus famosas charlas terroríficas, ¿verdad?

—Claro que no. Tan solo creo que es justo advertirle que, si te hace daño, será perjudicial para su carrera. Porque estará muerto.

—¡Elena!

—Era broma. Más o menos. Oye, tengo que pintarme las uñas. ¿Y si abrimos una botella de vino, escuchamos algo de Rihanna y nos ponemos guapos?

—Venga…


Cuando Kip salió de la limusina, lo recibió el destello de una pared de flashes. Se detuvieron en seco cuando los fotógrafos parecieron darse cuenta de que Elena y él no eran nadie.

Cruzaron la alfombra roja a toda velocidad.

—Estás impresionante —dijo Kip y le ofreció el brazo a Elena para que se apoyara en él mientras subía los escasos peldaños que daban a la entrada—. Sé que no paro de decir lo mismo, pero de verdad… Muchos tíos van a estar celosos de mí.

Elena le sonrió.

—Creo que muchos tíos van a estar celosos de mí.

Era cierto que Elena estaba despampanante. Llevaba un vestido de raso negro y cuello *halter* con volantes de gasa en un lateral de la falda; las capas caían con un degradado en gris, cada vez más claro. Los volantes se abrían al caminar y dejaban al descubierto una raja alta por la que enseñaba las piernas y las sandalias de tiras de tacón negro. Se había recogido el pelo moreno en un moño lateral rizado, bajo el que destacaban sus relucientes pendientes, que por lo menos parecían ser de rubíes y diamantes.

La fiesta se celebraba en un enorme edificio histórico que habían restaurado y mejorado hacía poco. Ahora era uno de los lugares más glamurosos de Nueva York para los eventos sociales. Kip nunca había estado dentro, ni siquiera como camarero.

—Es impresionante —dijo contemplando el techo del vestíbulo.

—Pues espera —respondió Elena.

Lo condujo a la sala más lujosa que Kip había visto en su vida. Estaba plagada de arcos altos y columnas de mármol, pero Equinox había añadido sus propios toques modernos para el acto. Había una plataforma para un DJ (probablemente famoso) en alto, hologramas en 3D de centros florales que se proyectaban en medio de cada una de las mesas.

No obstante, lo que más llamó la atención a Kip fueron los pequeños robots con ruedas que parecían estar sirviendo el aperitivo a los invitados.

—Equinox lo hace todo a lo grande, ¿eh? —preguntó Kip.

—Tú lo has dicho.

—¿Estoy bien?

—Estás tan guapo que resulta ofensivo. —Le apretó el brazo—. Vamos, tenemos tiempo de socializar un poco antes de sentarnos a cenar. A ver a quién encontramos.

Lo llevó hacia la multitud de los ricos y famosos de Nueva York que se había acumulado junto a una de las barras. No es que a Kip se le diera bien identificar a las *celebrities*, pero reconoció de vista a algunas de las personas presentes.

Kip se preguntó si Scott habría llegado ya.

Elena le presentó a algunos de sus compañeros de trabajo y Kip charló un poco, aunque nadie pareció especialmente interesado en él. Se distrajo cuando un robot llegó rodando y le ofreció un canapé. Kip no estaba acostumbrado a ser quien recibía la bandeja de aperitivos, y ver que una máquina era capaz de ejecutar con tanta eficiencia el tipo de trabajo que ocupaba la mayor parte de su currículum le… deprimió un poco.

—¿Qué pasa, tío? ¿Pretendes quitarme el curro? —le preguntó.

El robot se limitó a alejarse y servir a otro grupo de invitados, y a Kip no le quedó más remedio que reconciliarse con el hecho de tener más en común con los robots que con cualquier invitado real de la fiesta.

Fue a la barra y le ofrecieron copas (¡gratis!) para Elena y para él. Cuando le llevó el martini a su amiga, esta le hizo un gesto con la cabeza para que mirase hacia atrás.

Kip se dio la vuelta y vio a Scott al otro lado del salón. Hablaba con un grupito y sonreía. Les sacaba una cabeza por lo menos a todos los demás. Estaba espectacular con aquel traje clásico negro.

Elena le dio un codazo flojo, que hizo que Kip se volviera hacia ella.

—¡Para de mirarlo así! —le susurró.

—¡Vale! ¿Me habrá… visto? ¿Ha mirado hacia aquí ya?

—Aún no. Tíos, tendréis que disimular un poco mejor si queréis engañar a alguien.

—Pero ¿de qué hablas? Estoy tranquilo. ¿Ha mirado ya?

—No. Pero si por casualidad viene… Vale, ya te ha visto.

—¿Cómo lo sabes?

—Pues porque acaba de iluminarse como el puto sol. Madre mía. Estáis acabados.


Scott no podía dar un paso sin que alguien lo parase. A algunas personas las conocía un poco, otras eran completos desconocidos, pero todos los invitados de la gala parecían querer su momento con él.

Se había pasado la noche con las mismas conversaciones insulsas. «Sí, estoy emocionado por la buena racha que llevamos en los *play-offs*», «Más que encantado de tener a Jalo en el equipo. Su incorporación nos irá de perlas», «La verdad es que no juego al golf. No he jugado nunca».

Y a las pocas personas lo bastante valientes para preguntarle por Zullo: «Confío en que reciba la ayuda que necesita».

Vio a Kip, pero solo de refilón. Aunque estaba de espaldas, Scott lo reconoció al instante. Lo acompañaba una mujer fabulosa que despertaba las miradas incluso en aquel ambiente. Era la mujer que Kip había llevado al partido de los Admirals hacía unas cuantas semanas. Elena.

Se acercaba la hora de la cena, cuando tendrían que sentarse cada uno en su sitio. Entonces harían los discursos y quién sabía cuándo tendría oportunidad de hablar con Kip. Necesitaba verlo ya.

Scott se liberó de una conversación con uno de los jugadores estrella de los New York Jets diciéndole con educación que iba a la barra a pedir algo. Se desplazó entre la multitud y fingió no oír a la pareja que gritó su nombre.

Por fin Kip se dio la vuelta y se miraron a los ojos. A Scott se le paró el corazón.

Dios mío, estaba guapísimo. Como una estrella clásica de Hollywood. Scott se vio atraído hacia él como una polilla a una llama.

—Buenas noches —dijo cuando por fin llegó adonde estaba Kip.

El traje le sentaba como un guante, era una fantasía: azul oscuro y de corte ajustado por todas partes. Parecía imposible adivinar que en otra época lo habían hecho a medida para el cuerpo de Scott; es más, que, de hecho, era el traje que lucía Scott la primera noche que había pasado con Kip. Llevaba la raya hacia un lado y un brillo en los ojos mientras le seguía el juego.

—Scott. Cuánto me alegro de volver a verte. Esta es mi amiga, Elena Rygg. Trabaja para Equinox. Elena, te presento a Scott Hunter...

—No hace falta que me lo presentes —dijo Elena y extendió la mano—. Qué emoción conocerte por fin en persona, Scott.

—Elena —dijo Scott negando con la cabeza—. Guau. Eres preciosa.

Kip se echó a reír.

—Lo siento —añadió Scott—. Se me da fatal hablar con las mujeres.

—Supongo que es muy poco habitual en tu entorno laboral.

Elena le dedicó una sonrisilla secreta con la que casi dio la impresión de que se estaba riendo de él, aunque era un poco más cálida.

—No —dijo Scott, también sonriendo—. Por desgracia, no.

Kip se lo estaba comiendo con los ojos. Su mirada se paseaba por todo el cuerpo de Scott y se mordía el labio. El jugador trató de pensar una razón para tocarlo. Sus pensamientos se vieron interrumpidos por una mujer a quien no reconoció.

—¡Elena! ¡Estás espectacular! ¿Qué tal te lo estás pasando?

Elena abrazó a la mujer y luego se dieron dos besos en las mejillas.

—La fiesta es increíble, Jacqueline. Habéis hecho un trabajo admirable —dijo Elena.

—¿Lo dices en serio? A mí me gusta el contraste entre el glamour del Nueva York de antaño y la tecnología más puntera. —Se volvió hacia Scott y extendió la mano—. ¡Scott Hunter! Muchas gracias por venir. Jacqueline Kane.

Ah. La directora ejecutiva de Equinox.

—De nada. Gracias a vosotros por invitarme —dijo Scott con educación.

—No sabía que vosotros dos os conocierais —comentó Jacqueline señalando a Scott y a Elena.

—Acabamos de conocernos —dijo Scott.

—¡Qué afortunado! Elena ha sido una pieza valiosísima para la empresa desde el año pasado. La adoramos, te lo aseguro. Y, ay, perdón, qué maleducada. No nos hemos presentado. —Le tendió la mano a Kip—. Soy Jacqueline.

—Eh, yo soy Chrsitopher. Grady.

Kip le estrechó la mano.

—¿También trabajas en IT, Christopher?

—No… Yo, eh… No, no.

Scott sintió ganas de intervenir y decir algo positivo sobre Kip, pero se suponía que no lo conocía.

—¿Estás con Elena? —le preguntó Jacqueline a Kip.

—¡No! O sea…, he venido a acompañarla, sí. Somos amigos. Buenos amigos.

—¡Ah! De acuerdo. ¿Y qué me dices tú, Scott? ¿Has traído a alguien especial esta noche?

Scott no pudo evitar mirar un momento a Kip antes de responder:

—He venido solo.

Jacqueline sonrió y miró a Scott y luego a Elena.

—Vaya, vaya, pues os dejo que vayáis conociéndoos. ¡Pasadlo bien!

—Lo haremos. Que vaya bien la velada, Jacqueline —dijo Scott por educación.

—¿No conocías a Jacqueline? —preguntó Elena.

—No —contestó Scott—. Me invitan a un montón de cosas de gente que en realidad no conozco. —Chasqueó la lengua—. Al principio me parecía surrealista, pasar de ser un niño pobre de Rochester a verme de pronto inmerso en este otro mundo. A codearme con la realeza de Nueva York.

—Ya me lo imagino —dijo Kip con una discreta sonrisa.

Scott frunció el ceño, porque ¿acaso Kip se sentía así? Para Scott era fácil pensar en sí mismo como en un chaval de Rochester porque en realidad era eso. Pero ¿también sería surrealista para Kip? Debía de serlo, por lo menos un poco.

Una de las cosas que más le gustaban de Kip era que no parecía interesarse en absoluto en el dinero o la fama de Scott. Cuando estaba con Kip era el único momento en el que Scott se sentía… Scott.

Elena debió de notar la incomodidad entre ambos, porque se metió en la boca todo lo que le quedaba en la copa.

—Ay, fíjate. Se me ha acabado el martini. Voy a la barra a pedir otro. Scott, ¿qué te apetece?

—Eh, pues, cerveza. Sí, una cerveza está bien. Stella, supongo, si tienen.

—Sí tienen —le aseguró Elena.

Los dejó a solas.

Kip se puso a mirar el suelo y Scott sintió unas ganas locas de apoyarle un dedo en la barbilla e inclinarle la cabeza hacia arriba. Quería besarlo. Quería decirle que estaba donde tenía que estar porque era importante para Scott, y saltaba a la vista que también era importante para Elena.

—Menuda fiesta, ¿eh? —dijo en lugar de eso.

—Sí… —respondió Kip, y alzó la mirada para toparse con la de Scott—. Me parece raro no estar paseando una bandeja.

Scott frunció el ceño y se contuvo para no tocar a su novio. Notaba ojos y oídos por todas partes.

—Pues no tienes aspecto de haber venido a pasear bandejas. Estás…

No pudo acabar la frase. Era imposible hacerlo con las palabras que deseaba usar. Allí no.

—Elena parece una chica genial —dijo para cambiar de tema.

—Y lo es. Luego bailarás con ella, ¿verdad?

—Bueno, fingiré que bailo lo mejor que sepa, sí.

Kip soltó una risita. Luego suspiró y contempló a Scott con tanto afecto y anhelo que este no pudo hacer nada salvo mirarlo del mismo modo. Sabía que tenía una sonrisa tonta de enamorado en la cara, pero no podía evitarlo.

Para ser precavido, bajó la voz.

—Estás increíble.

Kip se mordió el labio.

—Tú tampoco estás mal.

Scott se inclinó para acercarse un poco más a él, tentando a la suerte.

—La noche será larga.

Kip se quedó mirando su boca. Scott observó cómo se le movía la nuez al tragar saliva.

Cuando Kip respondió, su voz había adoptado ese acento arrastrado de Brooklyn que tanto le gustaba a Scott.

—Aunque el final va a ser para tirar cohetes.

—Me muero de ganas —jadeó Scott.

—Yo también.

Y gracias a dios Elena volvió en ese momento, porque de lo contrario Scott habría podido hacer algo muy estúpido. La mirada de reproche que le dirigió Elena cuando le ofreció la cerveza le indicó que Kip y él estaban demasiado cerca un momento antes.

—Es hora de sentarnos a cenar —anunció Elena—. Venga, separaos.

Antes de despedirse, Scott extendió la mano hacia Kip, quien se la quedó mirando un instante antes de sonreír y dársela, temblando como dos hombres que acabaran de conocerse en un acto social.

Pero Scott aprovechó la oportunidad para rozar con las yemas de los dedos suavemente la parte interna de la muñeca de Kip. Acarició la piel sensible mientras se daban un apretón de manos y observó cómo Kip separaba los labios. Observó cómo se le encendía la mirada.

—Nos vemos luego —dijo Scott—, Christopher…

La cena se hizo eterna. Entre plato y plato, Jacqueline dio las gracias a todo el mundo por asistir y explicó la importancia de proporcionar oportunidades a la infancia para explorar las ventajas del STEM para el deporte y el aprendizaje. Habló de algunas de las buenas obras que ya había hecho la Fundación Equinox en la zona y qué planes tenía para el futuro. Anunció una donación cuantiosa a las escuelas públicas locales para que pudieran contar con ordenadores de última generación y otro tipo de tecnología. Scott aplaudió junto con el resto de la multitud.

Estaba sentado con otras nueve personas que no conocía. Incluso a Carter lo habían ubicado en otra mesa. Scott nunca se sentía especialmente cómodo en aquella clase de eventos, pero esa noche se notaba todavía más inquieto y distraído que de costumbre. No ayudó el hecho de que, desde donde estaba sentado, no pudiera ver a Kip.

Mientras esperaban el postre y el café, decidió que necesitaba salir de ahí unos minutos. Se disculpó y se puso de pie. Buscó discretamente a Kip con la mirada, pero no lo encontró.

Scott fue al lavabo, pero después no tenía ganas de volver a la mesa. Deambuló por la zona que había junto al salón de baile principal, donde estaban los lavabos, y encontró una galería que ofrecía una vista de las luces de la ciudad desde el tercer piso. No había nadie más, así que se tomó unos minutos de tranquilidad, apoyado contra el cristal y mirando el tráfico.

Notó a Kip detrás de él antes de ver su reflejo en el cristal, justo por encima de su hombro.

—Hola —dijo Kip en voz baja.

Scott cerró los ojos y se obligó a que el revoloteo que sentía en el estómago se calmara.

Se dio la vuelta.

—Creo que no es buena idea que estemos aquí juntos.

—Probablemente no.

Kip se acercó un paso más e invadió el espacio personal de Scott y se apoderó de sus sentidos. El olor especiado de su *aftershave* era embriagador.

—Te han dejado el traje perfecto —dijo Scott tembloroso—. Te sienta… de maravilla.

—Mmm.

Con la boca de Kip cerquísima, los labios de Scott se abrieron por completo por propia iniciativa. Qué fácil sería inclinarse y obtener lo que deseaba…

—La comida estaba rica —dijo Kip como si nada.

—¿Ah, sí? No me he fijado mucho.

—¿Te has distraído?

—Puede.

—Me parece que aún tienes hambre.

Scott jadeó estremecido.

—Maldita sea, Kip.

Kip le dedicó una de esas sonrisas tan atractivas que normalmente le encantaban, pero que aquí…

Kip bajó la mirada justo a la entrepierna de Scott y se le ensanchó aún más la sonrisa.

«Podríamos irnos. Podríamos marcharnos ahora mismo…».

—Debería volver —dijo Kip, con tanta naturalidad que le dio rabia.

Scott se mordió la lengua tan fuerte que le transportó de vuelta a la realidad.

—Luego me las vas a pagar —gruñó.

Kip abrió más los ojos, pero logró sonreír antes de darse la vuelta para marcharse. Scott sonrió mientras lo veía alejarse, encantado de haber podido contratacar un poco.

Se tomó unos segundos para recuperar la compostura y luego volvió al salón. Parecía que se había perdido el postre; ya estaban retirando las mesas con el fin de dejar más espacio para quien quisiera bailar y socializar.

No vio a Kip por ninguna parte.

Se formó un revuelo entre la multitud cuando bajaron las luces, y la tarima desde la que había hablado Jacqueline un rato antes giró y dejó a la vista a un famoso cantante de estilo lounge y a su orquesta.

Scott socializó un rato, charlando con famosos de primera categoría y con algunos directores ejecutivos importantes de Nueva York. Acababa de entablar conversación con un auténtico astronauta cuando alguien le dio un golpecito en el hombro.

—Creo que me habías prometido un baile —dijo Elena.

Scott sonrió, muy contento de verla. La tomó del brazo y se desplazaron hasta la pista de baile, que ya estaba bastante llena.

—Bailo fatal —le advirtió.

—Yo lo compenso.

Elena se movía de maravilla, había que reconocerlo. Scott no tardó en encontrar el ritmo mientras bailaban un sencillo *two-step* al son de «Fly Me to the Moon» interpretado por la banda.

—¿Sabes que acabo de hablar con un astronauta de verdad? —comentó Scott—. Me pregunto si le gustará esta canción.

Elena pasó por alto con educación su torpe intento de sacar conversación.

—¿Estás disfrutando de la velada?

—Claro. —Scott bajó la voz—. ¿Qué tal le va a Kip?

—Creo que está concentrado en la fiesta de después.

—Vale, pues ya somos dos.

Elena lo miró a la cara.

—Te gusta.

—Sí. Me gusta… muchísimo.

—Bien. Porque él está loco por ti. Tienes que entender que esto no le había pasado nunca.

—¿Crees que voy a hacerle daño?

—No lo sé. Acabamos de conocernos. Convénceme de lo contrario.

Scott suspiró. Hasta ese momento no había hablado con nadie de sus sentimientos por Kip. Era agradable tener a alguien con quien compartirlo, aunque también le aterraba.

—No sé explicarlo, porque no tiene sentido lo rápido que me he…

—¿Enamorado?

Scott notó que se ruborizaba.

—Sí.

Ella le apretó la mano.

—Le pides mucho, ¿sabes?

—Lo sé. No prometo más de lo que puedo ofrecer, pero…
Le daré todo lo que esté a mi alcance.

—¿En secreto?

—De momento.

Elena arqueó una ceja.

—Como te decía, no prometo más de lo que puedo dar. Pero
esto es nuevo. Creo que, con el tiempo, podré ofrecerle más.

Pareció que la joven lo sopesaba.

—De acuerdo.

Scott carraspeó.

—¿Te gusta trabajar para Equinox?

—Sí. Puedo hacer lo que más me gusta, me tratan con respeto y me pagan una burrada.

Scott se echó a reír.

—Se parece a mi trabajo.

Cuando terminó la canción, Elena se acercó a él.

—Puedes besarme si te apetece. Por si quieres… despistar.

Scott sonrió, conmovido por la propuesta, y le dio un beso
en la mejilla.

—Gracias, pero no te haría algo así.

—Tampoco habría sido tanto sacrificio. —Antes de despedirse, Elena añadió—: Kip es la mejor persona que conozco. Y
nunca lo había visto tan feliz como estos días. Lo protejo porque
lo quiero.

—Ya lo sé.

Scott quería contestarle que él también lo quería, pero nunca
lo había dicho en voz alta. Ni siquiera se había permitido plan-
tearse la posibilidad en serio, pero mientras se alejaba de la pista
de baile con Elena, al ver a Kip sentado, relajado en una butaca,
observándolos…

… ¿qué otra cosa podía ser lo que sentía?

Scott y Elena hacían una pareja de baile alucinante, y Kip sintió envidia. Ojalá fuera él quien estuviera en los brazos de Scott. Se consoló recordando que pronto lo estaría.

Pero sería chulo poder bailar con él. Kip no necesitaba que la gente supiera que estaban juntos. No le interesaba alardear de novio ni que alardearan de él. Solo… deseaba compartirlo todo con Scott.

Miró cómo salían de la pista de baile. Al instante alguien le pidió bailar a Elena, y Scott desapareció entre una multitud de gente. Kip suspiró. Empezaba a aburrirse. No quería seguir bebiendo y no se sentía cómodo para entablar otra conversación.

Observaba la fiesta, tratando de disfrutar del espectáculo, cuando le vibró el móvil.

Scott: 161912.

Kip se lo quedó mirando, confundido. ¿Y si Scott había marcado esos números sin querer con el aparato en el bolsillo?

Entonces llegó un segundo mensaje.

Scott: El código de la puerta. Es el mismo para el ascensor.

Kip levantó la mirada. Scott estaba inclinado contra una pared al otro lado de la gigantesca sala mientras tecleaba.

Scott: Nos vemos allí. Escríbeme cuando te vayas.

Kip sonrió. Por una parte, estaba emocionado con la idea de llevar cosas a casa de Scott y, por otra, conmovido de que le hubiera dado el código de entrada.

Respondió:

Scott se disponía a marcharse cuando Carter lo detuvo.

—¡Scotty! ¿Era ella? ¿Era ella? ¡Os he visto, tío! —Le pasó el brazo por el cuello y lo arrastró dentro—. ¡Os he visto! ¡Pedazo de mujer, Scott! ¡Fabulosa! ¡Te felicito, amigo mío!

Saltaba a la vista que Carter había bebido.

—No te preocupes —añadió en un susurro que sonó más alto que la voz normal de mucha gente—. No se lo contaré a nadie.

—Eh, sí, claro. Gracias, Carter —dijo Scott, y le apartó el brazo—. Pero justo me iba, así que…

—Ya lo pillo, tío. ¡Lo pillo! ¿Ella se va en otro coche?

—Eh…

—Te entiendo. ¡Disfruta de la noche, Hunter! ¡Eso, eso, disfruta!

Scott suspiró mientras salía. Las cosas se complicaban cada vez más.

El coche de alquiler lo esperaba en la entrada. Dejó que el merecido silencio lo envolviera cuando por fin se sentó en el asiento de atrás.

El conductor lo llevó a casa.

# Capítulo 14

Kip pensó en quitarse la ropa y esperar desnudo en la cama de Scott.

Pero entonces cayó en la cuenta de que llevaba un traje muy caro y, además, le quedaba fenomenal. ¿Y no había dicho algo Scott sobre querer quitárselo?

Kip sonrió en el apartamento vacío. Dejó las luces tenues y se sentó en el sofá para observar las vistas de Brooklyn.

Se le ocurrió una idea.

Sincronizó su móvil por bluetooth al equipo de música de Scott y puso una lista de reproducción de Spotify con clásicos románticos de jazz. Esperó.

Casi media hora después, oyó el clic de la puerta al abrirse.

Se levantó, pero no se movió hacia la puerta. Se quedó en la penumbra del salón con las luces de la ciudad a sus espaldas. Dejaría que Scott se acercara adonde estaba él.

—¿Kip? —lo llamó Scott con voz suave.

Kip no respondió. Apoyó la cadera en el lateral del alto mueble en el que estaba el televisor de Scott y cruzó los brazos mientras Frank Sinatra cantaba «I've Got You Under My Skin».

Scott entró en la habitación.

—Dios mío. Kip.

Se acercó a él como si fuera el primer vaso de agua que Scott había bebido en días.

Kip esperaba que lo empotrara contra la pared y lo besara de forma brusca. Esperaba que lo castigara por haber provocado a Scott en la gala. En cambio, Scott le puso una mano con suavidad en la cara a Kip y pareció contemplarlo por un momento. Se notaba la desesperación en los ojos de Scott, pero, cuando finalmente se inclinó y lo besó, lo hizo despacio y a conciencia. No era una mera conversación; era Scott diciéndole algo importante y asegurándose de que Kip le estaba prestando atención.

Cuando sus labios se separaron, Kip se sintió débil.

—Uuuf —susurró.

—Me he pasado toda la noche deseando poder hacer esto —dijo Scott. Su voz era ronca y miraba a Kip como si no pudiera creer que fuera real mientras fruncía el ceño casi con una mueca de dolor.

—Oye… —dijo Kip y lo besó.

Puso una mano en el pecho de Scott, sobre la solapa de su chaqueta, y dejó que su lengua explorara su boca, despacio y con cuidado.

Se besaron un buen rato, con Kip apoyado contra el mueble del salón, sin intensificar nada. Y Etta James empezó a cantar «At Last».

—¿Quieres bailar? —preguntó Kip.

—¿Tú qué crees? —respondió Scott mientras señalaba con la cabeza el equipo de música.

Kip sonrió.

—Venga, a ver lo que te ha enseñado Elena.

Scott negó con la cabeza, pero cogió la mano de Kip y lo llevó al centro del salón. Colocó su otra mano en la parte baja de la espalda de Kip, y él le sonrió y dejó que Scott lo guiara. Rodeó con su brazo libre el cuerpo de Scott y le deslizó la mano por la columna hasta dejar los dedos a la altura de la nuca y acariciar el pelo de Scott.

Scott era un bailarín torpe, pero a Kip no le importaba. Apoyó la cabeza en el hombro de Scott y suspiró feliz.

—Ojalá hubiera podido bailar contigo allí —dijo Scott.

—No pasa nada.

—Sí que pasa. Quería presumir de ti. El hombre más asombroso de la sala estaba conmigo y no podía decírselo a nadie.

Kip sonrió.

—No sabía que eras de los que se chulean.

—Y no lo soy. Pero…

—Me gustaría salir contigo por ahí.

Scott tragó saliva.

—¿Adónde me llevarías?

Kip se lo pensó.

—A una discoteca —dijo—. Nos dejaríamos llevar por la música. Me encantaría verte así, dejándote llevar. En público. Excitándonos el uno al otro y luego yéndonos a casa juntos.

—Dios —dijo Scott—. Me encantaría. Nunca he estado en una discoteca gay. Por lo menos, en Nueva York.

—Pues yo sé de algunas buenas. Algún día, quizá.

—Algún día.

Bailaron y Kip se dejó llevar. Se sumergió en el romanticismo del momento, de estar envuelto por Scott y de la lujosa tela del traje que llevaba. Del ligero aroma de los productos de aseo que había utilizado. De las luces de la ciudad que los rodeaban mientras se apretujaban todo lo que podían el uno contra el otro y sus cabezas se llenaban de escenarios imaginarios sobre estar juntos fuera de las seguras paredes del apartamento.

Bailaron y Kip volvió la cabeza para poder besar la marcada mandíbula de Scott. Mantener la boca ocupada le ayudaba a impedir que se le escaparan declaraciones prematuras.

Los dedos de Scott acariciaban suavemente la parte baja de la espalda de Kip, y este se preguntó si Scott se sentía como él, con los sentimientos a flor de piel. Repleto de palabras que no se atrevía a decir en voz alta. Sus propios dedos temblaban un poco, así que los enredó en el pelo de Scott, quien dijo:

—Quiero ir a todas partes contigo.

Y Kip pudo percibir la tristeza en la forma en que Scott lo había dicho. Pudo oír el «pero no puedo» que no había pronunciado. Pero Kip iba a hacer oídos sordos. Por lo menos, esa noche.


Scott estaba abrumado.

De algún modo, bailar tan arreglado en su propio salón era la experiencia más romántica de su vida. Le encantaba tener a Kip entre sus brazos, en su casa, vistiendo su traje. Sus sentidos estaban repletos de Kip.

Cuando la canción terminó, Scott se echó hacia atrás para poder admirarlo. Tenía que asegurarse de que ese maravilloso chico estaba ahí de verdad. Y de que él era su novio.

Kip le sonrió con timidez y Scott se quedó paralizado un instante.

—¿Qué pasa? —preguntó Kip en un susurro apenas perceptible.

Scott negó con la cabeza.

—Hay veces… —exhaló para ver si podía calmar los latidos— que me cuesta creer que seas real.

En cuanto lo soltó, se sonrojó. «Menuda tontería acabo de decir».

Pero Kip solo se rio, le puso una mano en el pecho, sobre el corazón acelerado, y dijo:

—Yo todavía pienso que voy a despertar de un sueño.

A Scott se le hizo un nudo en la garganta y el corazón le latía cada vez más rápido. Levantó la cabeza de Kip con un dedo y lo besó. Fue tan solo un suave roce con los labios de Kip, pero hizo que le diera un escalofrío.

«¿Qué me pasa?». Se sentía saturado, como si en su cuerpo albergara algo enorme y salvaje que le golpeaba las costillas tratando de salir de forma desesperada.

Enredó una mano en el pelo de Kip y con la otra le rodeó la cadera. Kip lo agarró por las solapas, acercándolo hacia él y abriendo la boca para besarlo como era debido. El calor húmero de la boca de Kip y la intensa presión contra el cuerpo de Scott lo devolvieron a la realidad. Eso era real. Kip era real. Y Scott necesitaba quitarle ese traje.

Después de que Kip lo besara con pasión hasta casi perder el sentido, Scott buscó el botón de la chaqueta de Kip. Lo desabrochó y deslizó las manos por debajo de los hombros para quitársela y dejarla caer al suelo detrás de él.

—La verdad es que detesto tener que hacer esto —dijo en voz baja—. Estás precioso. Pero mis planes para el resto de la noche no incluyen ropa.

Kip le dedicó una de esas sonrisas arrolladoras y Scott le desabrochó la pajarita. Los extremos se desplegaron y quedaron colgando sobre el pecho de Kip. Scott tiró ligeramente de ellos antes de desabrocharle el botón superior de la camisa. Desabrochó dos más dejando la parte del cuello abierto y el pecho de Kip al descubierto, mostrando la parte superior de su camiseta interior. Los dedos rozaron la garganta de Kip y acariciaron su nuez, así que contuvo el aliento.

Nina Simone cantaba «I Put a Spell on You».

Scott desabrochó el resto de la camisa de Kip y la dejó abierta. El pecho de Kip subía y bajaba, y él miraba con deseo a Scott, pero no decía nada. Scott cogió su mano izquierda y le estiró el brazo delante del cuerpo. Desabrochó el gemelo y se llevó la muñeca de Kip a la boca para besar su delicada piel, sintiendo el pulso acelerado de Kip en las venas justo debajo. Hizo lo mismo con la otra muñeca y luego guardó los dos gemelos en el bolsillo de Kip. Eso hizo que Kip sonriera.

Scott lo observó un momento.

—Quítate los zapatos —dijo—. Y los calcetines.

Scott dio un paso atrás mientras Kip seguía sus instrucciones. Era tan fácil asumir ese papel autoritario y ocultar su nerviosismo con un tono firme y seco… Y, dios, la forma en que Kip lo seguía con tanta obediencia… A Scott se le nubló la mente.

Cuando Kip terminó, se puso de pie, descalzo, con los pantalones aún abrochados y la camisa abierta, dejando al descubierto su camiseta blanca. El traje de Scott estaba completamente intacto, y a Scott le encantaba que hubiera esa desigualdad.

El corte ajustado de los pantalones de Kip no podía ocultar el bulto que se había hinchado cuando Scott lo desnudó. Scott iba a fingir que no lo había visto. De momento. En cambio, dejó caer la camisa al suelo, junto a la chaqueta.

Pasó las manos por los costados de Kip, metiendo los dedos dentro de la cintura de los pantalones lo justo como para sacar el dobladillo de la camiseta interior. La subió lentamente, deslizando las palmas de las manos sobre la suave piel del abdomen de Kip. Kip estiró los brazos para que Scott pudiera quitársela por la cabeza.

Cuando lo hizo, Scott le sujetó las muñecas con una mano y le mantuvo los brazos estirados por encima de la cabeza. Kip cerró los ojos y Scott acercó la boca a la suya. Lo besó de forma apasionada; sus bocas se deslizaron una contra la otra hasta que Scott soltó las muñecas de Kip y dio un paso atrás.

Kip respiraba con dificultad y tenía los ojos oscuros. Parecía que quisiera decir algo, pero no quería romper el magnífico y tenso silencio que habían creado. En lugar de decir algo, se mordió el labio inferior y esperó.

Scott sonrió para sí mismo mientras caminaba alrededor de Kip hasta colocarse detrás de él. Apartó de una patada la ropa tirada que se había acumulado allí y besó el cuello de Kip. Este gimió e inclinó la cabeza para apoyarla en el hombro de Scott. Estiró el brazo hacia atrás para rodear con él el cuello de Scott, quien le atrapó el pecho con un brazo de forma posesiva. Con la mano que tenía libre, Kip lo agarró y lo apretó contra él.

—Kip… —susurró rompiendo el silencio, contra la piel de Kip. No pudo evitarlo. Se sentía borracho.

Presionó la entrepierna contra el culo de Kip para que pudiera sentir lo cachondo que estaba en ese momento.

—Joder. Por favor —jadeó Kip.

Agarró la mano de Scott y la llevó a su entrepierna, y Scott gimió, encantado con lo ansioso que estaba.

—No te preocupes —le susurró al oído—. Te voy a dar todo lo que quieras.

Kip se estremeció y Scott bajó lentamente la cremallera de los pantalones sobre su marcada erección. En cuanto se abrió el pantalón, Scott movió las manos hacia las caderas de Kip. Kip gimió frustrado, pero Scott hizo como que no lo vio; en cambio, metió los dedos en la cintura holgada y le bajó los pantalones al suelo. Kip acabó de quitárselos y se dio la vuelta; tenía la polla dura y atrapada en la tela de los calzoncillos negros, con la punta asomando por la goma de la cintura.

Scott se mordió el labio, sintiéndose abrumado de nuevo. Tenía ganas de decir algo, pero aún no. No justo cuando ambos estaban repletos de lujuria.

En cambio, se quitó la chaqueta y los zapatos. Se desató la pajarita y se quitó los gemelos. Se quitó todo, dejando que Kip lo viera. No se desnudó haciendo un espectáculo, tan solo fue poco a poco quitándose las prendas con cuidado. Cuando se quedó en calzoncillos, dio un paso adelante y lo besó.

En cuanto sus bocas se unieron, Scott perdió la capacidad de mantener la calma. Se abrazó a Kip mientras lo deseaba entero, y Kip respondió metiendo las manos por la parte trasera de los calzoncillos de Scott y agarrándole el culo. Sus besos se volvieron enseguida salvajes, tenían apetito, y Scott ya no podía esperar más. Había sido toda una noche de provocación y necesitaba que eso terminara. Necesitaba estar dentro de él.

En un movimiento que sorprendió a ambos, Scott levantó a Kip del suelo y lo sujetó con firmeza mientras Kip lo rodeaba con sus fuertes piernas. Scott lo cargó así hasta su habitación, haciendo como si Kip pesara la mitad de lo que realmente pesaba.

Cuando llegaron al dormitorio, Scott tiró a Kip sobre la cama y de inmediato se abalanzó sobre él. Le colocó los brazos por encima de la cabeza y le inmovilizó las muñecas con una mano, y luego volvió a besarlo hasta dejarlo aturdido.

—Uf, joder, Scott —jadeó Kip—. Sí.

Scott lo deseaba con todas sus fuerzas. Deseaba que dispusieran de tiempo infinito. Que nunca tuvieran que irse a dormir. Dios, y al día siguiente se marchaba durante toda una puta semana. Necesitaba saciarse con urgencia.

—Por favor, fóllame —dijo Kip en voz baja—. Por favor. Sé que habíamos dicho que tú me montarías, y quiero hacerlo, pero, dios, necesito que me la metas. La forma en que me has estado mirando toda la noche, y cómo me has desnudado luego… Joder, por favor.

—Lo voy a hacer —prometió Scott—. Quiero hacerlo. Créeme.

Enseguida se quitó los calzoncillos. Y, cuando estaba a punto de coger el lubricante y los condones de la mesita de noche, Kip lo agarró de la muñeca.

—Deja que te la chupe. Porfa, anda, ven.

Scott gimió y se movió hacia arriba, de modo que estaba prácticamente sentado a horcajadas sobre la cara de Kip, y su precioso y goloso novio no perdió el tiempo en meterse la polla en la boca. Kip gimió feliz alrededor de su polla y cerró los ojos.

—Dios, Kip.

Kip la acarició con la lengua, que deslizó poco a poco alrededor de la punta, y se sumergió lo máximo que podía desde esa postura. La sensación era increíble. Scott oyó el clic de la tapa del lubricante y se dio cuenta de que Kip estaba usando sus hábiles dedos para abrirse debajo de él.

La cara de Kip era de puro éxtasis. Estaba feliz mientras lamía y chupaba a Scott mientras él mismo se metía los dedos.

—Dios, te encanta, ¿verdad? —dijo Scott con voz rota.

Kip le respondió con una mirada ardiente y presionó la lengua contra la raja de Scott. Scott se sentía genial, el calor y la tensión se acumulaban en su interior. Tenía que aguantar.

Se apartó de la boca de Kip y se movió para poder ver cómo trabajaban sus dedos. Joder, podría pasarse toda la vida viendo a Kip tocarse. Era tan excitante verlo. Scott pensó en la polla de Kip, que aún no había tocado. Se movía de arriba abajo, como si esperara a que le hicieran caso.

—Dios, mírate —dijo Scott.

—Te deseo… Deseo tu polla…

—¿Cuántos dedos hay?

No sabía de dónde le había salido ese comentario descarado.

—D-dos.

—Uno más —le indicó Scott.

Kip gimió un poco y añadió un tercer dedo. Se retorció mientras se abría.

—¿Estás listo para mí?

—Sí. Joder. Venga. Va.

Scott se puso un condón y pensó en su siguiente movimiento mientras se lubricaba la polla. Había pensado en poner a Kip a cuatro patas para poder follárselo por detrás, pero, en realidad, quería verle la cara. Quería ver cómo se corría.

Kip se quitó los dedos y Scott no perdió el tiempo. Levantó las caderas de Kip y lo empotró, hundiéndose todo lo posible de una embestida. Kip gritó y Scott chilló, pero, cuando se aseguró de que no le había hecho daño a Kip, se lo folló rápido y duro.

El líquido preseminal ya se estaba formando en la punta de la polla de Kip. Scott todavía no lo había tocado ahí. Apenas lo había hecho en toda la noche.

—Ay, Scott. Así está perfecto. Joder.

—¿Estás…? Joder, mírate. Ni siquiera te he tocado.

—Lo sé. Lo sé. Tú sigue.

Los ojos de Kip seguían poniéndose en blanco; parecía completamente ido y, en ese momento, Scott estaba decidido a correrse primero. Quería ver si podía hacerlo sin tocarle la polla. Sin dejar que Kip tuviera ningún roce ahí.

—¿Puedes hacerlo? —dijo Scott—. ¿Te vas a correr para mí?

—Joder. Creo que sí. Sí.

—Dios, ¿en serio? Joder, venga. Por favor.

—Estoy a punto. Tan solo… no pares.

Scott movió las caderas con más fuerza, como si fuera un reto.

—En cuanto te corras, me corro yo —dijo, en parte para animarlo y en parte para constatar un hecho.

—Aaay.

Kip apretó las sábanas con los puños. Cerró los ojos con fuerza y apretó los dientes.

—¿Te vas a correr? Joder, Kip, mírate. Te estás corriendo, ¿verdad?

—¡Sí! —gruñó—. Jodeeer… Jodeeer…

Kip gritó abriendo muchos los ojos mientras se corría encima de su propio cuerpo. Eyaculó sin parar mientras ambos lo miraban, alucinados. Entonces Scott, tal y como había prometido, gruñó y se corrió dentro de Kip, sintiendo un alivio que lo invadió por completo.

Scott lo besó una y otra vez, luego se dio la vuelta con Kip para que este pudiera acostarse encima de él, y después lo besó otro poco.

Kip se levantó para sentarse a horcajadas sobre el abdomen de Scott.

—Ha sido increíble.

—La verdad es que sí —dijo Scott—. He…

—Es la una y media —dijo Kip mientras sonreía y acariciaba el pelo de Scott—. Quizá podamos tener otra ronda esta noche, ¿no crees?

—Sí. —Scott sonrió. Miró a Kip y lo supo. Lo supo con certeza.

Scott Hunter estaba enamorado.

# Capítulo 15

Kip se sentó en la cama de Scott y lo observó mientras hacía las maletas para el viaje. Llevaba sus vaqueros y una de las sudaderas con capucha de los New York Admirals de Scott. Le quedaba grande, pero le encantaba ponérsela.

—¿Me la puedo quedar? —preguntó tirando de los cordones de la sudadera—. ¿Mientras estás fuera?

—Claro —dijo Scott mientras metía la ropa interior en la maleta—. Siempre y cuando pienses en mí cuando la lleves puesta.

—Pensaré en ti de todas formas, lleve lo que lleve.

Scott sonrió y lo besó. Tendría que salir a las dos de la tarde para coger el autobús del equipo al aeropuerto. Eso solo les daba un par de horas más juntos antes de separarse durante nueve días.

—He estado pensando —dijo Scott— que quizá podrías quedarte aquí mientras estoy fuera.

Kip no se esperaba eso. No sabía muy bien qué decir.

—No todo el rato, si no quieres —dijo rápido—. O sea, no tienes que hacerlo, si no te apetece, claro. Es solo que he pensado…

—¿De verdad? ¿Quieres que lo haga?

—Sí. Sí, quiero. Me gusta la idea de que estés aquí mientras yo no estoy. Al menos a veces. Además, te resultaría más fácil para ir al trabajo, ¿no?

Lo que Scott omitió por educación era que ese apartamento era un lugar para adultos hechos y derechos, y no la casa de los padres de Kip.

—Si estás seguro de que no te importa, sí. Estaría genial —dijo Kip.

—No me importa. Así pensaré en ti durmiendo en mi cama mientras yo estoy en alguna habitación de hotel solitaria.

—Tendrás a tu compañero de habitación —señaló Kip.

—No es lo mismo.

—Y, si alguna vez te quedas sin compañero de habitación, podríamos…

Scott soltó una sonrisita.

—Créeme, te llamaré. Cada vez que tenga la oportunidad.

Levantó los calcetines azules que Kip le había regalado el Día de San Valentín y los guardó en la maleta. Kip sonrió.

—En fin —dijo Scott—, volveré el lunes. Y me quedaré en la ciudad otra semana más. ¿Cómo deberíamos celebrar mi vuelta?

—Pues… —dijo Kip—. Tengo planes para esa noche.

—Ay.

—Sí, bueno, no es nada importante, pero… es que ese lunes es mi cumpleaños. Solo voy a salir con unos amigos a tomar algo. Pero después podríamos…

Scott se quedó helado.

—¿Es tu cumpleaños?

—Sí, pero no pasa nada. Cumplir veintiséis tampoco es nada del otro mundo. Y, además, ¿por qué ibas a saber cuándo es mi cumpleaños?

—¡Porque debería habértelo preguntado!

—Bueno…, pero ahora puedes acordarte para el año que viene.

Al decir eso, Kip se dio cuenta de lo que implicaban sus palabras. Miró a Scott con timidez, pero él se limitó a reaccionar con una sonrisa de oreja a oreja.

—Lo haré.

Kip se sonrojó un poco. Jugueteó con los cordones de la sudadera, intentando distraerse de todos esos puñeteros sentimientos.

Estaba enamorado. No cabía duda. Estaba perdidamente enamorado de Scott Hunter. Era ridículo, pero era la verdad.

—Entonces —dijo con voz temblorosa— ¿adónde irás en este viaje?

Scott suspiró.

—A demasiados sitios. Primero, Columbus. Luego, Detroit, Toronto, Winnipeg, Ottawa y Montreal. Por lo menos son vuelos cortos.

—¿Sí? Qué bien —dijo Kip. Y, entonces, sin motivo aparente, añadió—: Yo nunca he subido a un avión.

—¿En serio?

—Sí. Nunca he tenido ningún sitio al que ir, la verdad.

—¡Ay, Kip! Y has estudiado Historia… ¡Hay tantas cosas que deberías ver!

Kip se encogió de hombros.

—Supongo que algún día lo haré.

—Me encantaría llevarte a algún sitio —dijo Scott.

—¿Adónde, a Winnipeg? ¿O a Detroit?

—Venga ya, no me jodas.

—Sí, señor.

Entonces Scott se abalanzó sobre él. Lo tiró hacia atrás sobre el colchón y lo cubrió con su cuerpo, todo en un solo movimiento rápido.

—¿Te estás riendo de mí, Grady?

—Por supuesto que no. —Kip sonrió con aire burlón—. Hunter.

Scott gruñó y lo besó de forma violenta y desafiante.

—Te voy a echar de menos. Muchísimo, joder.

Bajó la boca por el cuello de Kip, rozándolo con los dientes.

—Dame algo —balbuceó Kip—. Dame algo para acordarme de ti.

Scott aspiró y presionó su polla dura contra la cadera de Kip. Luego pegó la boca contra la tierna carne justo encima de la clavícula de Kip y chupó con fuerza. Kip se retorció sonriendo bajo el peso de Scott mientras él lo aguantaba y le dejaba marca.

Scott se apartó lentamente mientras admiraba su obra.

—Eso debería durar —dijo—. Quizá incluso hasta cuando vuelva.

—Eso espero —dijo Kip sin fuerzas.

Scott pasó el pulgar por la marca. Sus ojos estaban repletos de lujuria.

—¿Para qué tenemos tiempo? —preguntó Kip.

—Para cualquier cosa. Joder, déjame… No lo sé.

—Déjame follarte. Sé que no quieres marcas, pero puedo hacer que me sientas, por lo menos por un ratito.

—Sí. Joder, sí. Pero así. Yo montándote.

—Joder, por fin —sonrió Kip.

Scott se quitó toda la ropa en un torbellino frenético. Kip se quitó la sudadera con capucha y la camiseta y luego se sacó los pantalones y los calzoncillos. En cuestión de segundos estaban desnudos, y Scott ya había cogido el lubricante.

No tenían mucho tiempo para los preliminares, así que Scott se preparó lo más rápido posible. Le tiró a Kip el lubricante y un condón.

Kip se echó lubricante, gimiendo un poco mientras se la tocaba lentamente. Cuando Scott se sentó sobre su polla, la sensación fue increíblemente placentera. Todavía estaba muy apretado y Kip podía ver en su cara que le dolía un poco, pero Scott se hundió con cuidado hasta que Kip estuvo hasta el fondo dentro de él.

Se quedó allí sentado un momento, lo que le dio a Kip la oportunidad de admirarlo. Tenía unos músculos bien definidos y cicatrices de batalla. Muslos gruesos, abdominales marcados y pectorales enormes y sólidos. Sus grandes manos acariciaban el pecho de Kip, con los dedos recorriendo el vello de su pecho.

—Eres precioso —dijo Scott con tono tranquilo y respetuoso.

—Eres perfecto —susurró Kip. Acarició con los dedos la mejilla de Scott—. Irreal. Todo tu ser. No me puedo creer la suerte que tengo.

Scott sonrió y comenzó a moverse, levantándose y volviendo a bajar con fuerza. Ambos gritaron, y Kip le sonrió porque aquello era increíble, joder.

Disfrutó del espectáculo, viendo cómo todos esos músculos rebotaban sobre su polla. Observando cómo la cara de Scott se retorcía y se relajaba, con el sudor formándose sobre su piel enrojecida. Y Scott lo cabalgaba con tanta fuerza, de forma tan incansable, que Kip podía sentir cómo se acercaba a la meta sin tener que hacer nada.

La polla de Scott rebotaba delante de él, enorme y dura. Kip la cogió, con las manos aún resbaladizas por el lubricante que se había puesto.

—Sssí… —siseó Scott.

Kip la meneó con fuerza y rapidez para seguir el ritmo de Scott. Este echó la cabeza hacia atrás y apoyó una mano con firmeza en el centro del pecho de Kip.

—Dios mío. Dios mío, Kip. Me voy a… Joder, estoy a punto…

—Yo también. Estoy a punto, Scott. Me voy a… Vamos, cariño. Dámelo.

Scott gritó y, al segundo, Kip se vio bañado por su corrida. Scott apretó y agitó su polla, y eso derritió a Kip. Se corrió dentro de él con un grito silencioso, tan fuerte que sintió que sus oídos iban a estallar.

—Kip… —jadeó Scott—. Joder. Dios…

Kip yacía jadeando en la cama, tratando de recuperar el aliento.

—Sí. Sí, Scott. Ven aquí.

Scott se apartó de él y cayó a su lado en la cama. Kip le agarró la cara y lo besó con entusiasmo. No podía dejar de sonreír. Se sentía trastornado. Se sentía… como alguien que estaba muy enamorado.

Scott pasó los dedos por la marca que había dejado en la piel de Kip, en la base del cuello.

—¿Me he pasado? —preguntó—. Es más grande de lo que pensaba…

—No —dijo Kip cubriéndole la mano—. Es perfecto. Gracias.

—Ni siquiera te lo has visto todavía —dijo Scott con cariño.

—No me importa. Me encanta.

«Te quiero».

Scott lo besó de nuevo y luego suspiró.

—Tengo que terminar de hacer las maletas.

—¿No puedes llamar para decir que estás enfermo? —bromeó Kip.

—Sí, sí. Está bien, Grady.

Se levantó de la cama y se fue al baño, dejando a Kip solo mirando al techo. Antes de que Scott se fuera durante nueve días, ¿debía Kip simplemente… decirle lo que sentía?

Sacudió la cabeza. ¿Y si era demasiado? Seguro que era demasiado, ¿no? Si le decía a Scott ahora que estaba enamorado de él, Scott tendría una semana para pensar lo raro que era eso, lejos de él. Kip podía imaginarse a Scott volviendo de su viaje para decirle que lo suyo no iba a funcionar. En su mente, resultaba devastador de lo realista que era.

No valía la pena, joder.

Sustituyó a Scott en el baño y se aseó. Inspeccionó el chupetón que Scott le había dejado. Scott no bromeaba sobre lo grande que era, pero Kip estaba muy contento con él.

Volvió al dormitorio, donde Scott ya llevaba puesto casi todo un llamativo traje gris.

—Aprecio mucho el código de vestimenta de la NHL para los viajes del equipo —dijo Kip admirando la forma en que la perfecta confección resaltaba los anchos hombros y la cintura esbelta de Scott.

—Habla por ti —refunfuñó Scott.

Hizo un nudo Windsor con la facilidad de alguien que lo había hecho innumerables veces desde la infancia.

Mientras Kip recogía su ropa interior del suelo, Scott dijo:

—Anoche dijiste que conocías algunas discotecas buenas.

—Sí —respondió Kip. Scott había vuelto a decir algo que no se esperaba en absoluto—. Así es.

—Estaba dándole vueltas. ¿Vas a menudo?

—No, la verdad es que no. Hace tiempo que no voy.

Scott pareció relajarse un poco, lo cual era extraño.

—Ah, vale. No pasa nada. Olvida lo que te he dicho.

—Scott —dijo Kip—. ¿Me estás preguntando si me he liado con otros tíos mientras hemos estado...?

—¡No! —dijo Scott, demasiado rápido—. O sea... Bueno, supongo que sí. Pero no porque... No voy a decirte que no lo hagas. Sé que no siempre estoy disponible.

—Scott —repitió Kip.

Se acercó por detrás y le rodeó el inmenso pecho con los brazos.

—Lo siento —dijo Scott—. No es que esté celoso. Es solo que... no sé cómo funcionan estas cosas.

—No hay reglas —dijo Kip—. A menos que las establezcamos nosotros. Pero yo no las necesito.

—Vale.

—No he estado con nadie desde que nos conocimos. Solo para que lo sepas.

—Yo tampoco.

Kip se rio.

—Anda, no me digas.

Scott también se rio, luego se volvió y besó a Kip.

—Contigo ya tengo suficiente —dijo Kip—. Más que suficiente. No tengo ningún problema en esperarte.

—Sé que es una tontería, pero me alegra mucho oír eso —dijo Scott.

—No es una tontería. Y, para ser sincero, creo que me estoy volviendo adicto al sexo de los reencuentros.

Kip dejó que Scott terminara de hacer las maletas mientras él se vestía. A las dos menos cinco, Scott se despidió de Kip con un beso en la puerta.

—Escríbeme cuando quieras —dijo Scott—, y te llamaré todo lo que pueda. Por videollamada. Me llevo el iPad. Podemos hablar por Skype. Quizá, incluso…

—Sí. Me gustaría.

Kip lo atrajo hacia él para darle beso. Le costaba mucho dejarlo marchar. Más que antes.

—Vale —dijo Scott al fin mientras cogía la maleta—. Nos vemos. En nueve días.

—Nueve días.

—Adiós.

—Adiós.

Scott se marchó rápido antes de que ninguno de los dos pudiera volver a tocar al otro. Kip exhaló y se recostó contra la pared. Las lágrimas le molestaban en los ojos, y le resultaba vergonzoso. ¿Por qué actuaba como si Scott se estuviera yendo a la guerra?

Se sorprendió cuando, unos minutos más tarde, la puerta se abrió con un clic. Scott entró, con pinta de ir algo perdido.

—Yo, eeeh... —comenzó a decir. Su rostro reflejaba pura angustia. No llevaba la maleta. Debía de haber ido al coche y haber vuelto—. Estaba pensando... Los aviones, pues ya sabes. Es que puede pasar cualquier cosa...

—¿Scott?

—Te quiero —dijo—. Solo quería decirte eso. Antes de irme.

A Kip se le cayó la mandíbula al suelo.

—No espero que tú también lo digas ni nada por el estilo. Sé que probablemente sea ridículo decirlo o sentirlo en este momento, pero estoy enamorado de ti. Y quería que lo supieras.

Las lágrimas que le molestaban ahora inundaban los ojos de Kip. Ya no le daba vergüenza llorar.

—¿Kip?

Kip apretó los labios y negó con la cabeza, tratando de recomponerse.

—Lo siento —dijo por fin—. Es solo que... pensaba que era el único que sentía eso.

El rostro de Scott se iluminó. Toda la agonía desapareció al instante.

—No lo eres.

Acortó la distancia entre ellos y cogió la cara de Kip secándole las lágrimas con los pulgares. Los ojos de Scott también estaban húmedos.

—Quería decírtelo —dijo Kip.

—Pues dímelo ahora.

—Te quiero. Scott, estoy... completamente enamorado de ti.

Scott sonrió y lo besó, sin soltar su cara. Kip levantó la mano e hizo lo mismo.

—Joder —susurró Scott—. Ahora sí que tengo que irme.

—Lo sé.

—Me alegro de habértelo dicho.

—Yo también me alegro.

—Pero ahora me cuesta mucho irme.

Kip sorbió por la nariz.

—Ya.

Scott lo besó una vez más.

—Te llamaré —dijo mientras se dirigía hacia la puerta—. Esta noche. Te quiero.

Kip se rio entre lágrimas.

—Yo también te quiero. Ve a ganar seis partidos de hockey.

—A eso voy.

Y, después de eso, se fue. Pero esta vez, cuando Kip se apoyó en la pared, sonreía de oreja a oreja.


Scott había decidido sentarse junto a su nuevo compañero de equipo, Matti Jalo, durante el vuelo a Columbus. A pesar de los asientos de cuero extranchos de su avión privado, le costaba encajar su corpulento cuerpo junto al enorme físico de Jalo. El hecho de que todavía le doliera el culo porque Kip se lo hubiera follado esa misma mañana no es que ayudara precisamente a su comodidad.

Pero le daba igual.

Carter estaba sentado al otro lado del pasillo.

—¿Sabéis cómo llamo a este viaje? El viaje de mierda. Seis partidos en ocho días y todos ellos en ciudades frías y deprimentes.

—El frío no me molesta —dijo Jalo alegre—. Soy finlandés. ¡Llevamos hielo en las venas!

—Parece que tienes un montón de hielo en esos bíceps, hijo —dijo Carter.

Jalo se rio.

—¿De dónde eres, Carter? ¿Por qué le temes al frío?

—No le temo a nada. Soy de todas partes. He vivido en muchos sitios, ¿sabes? Familia militar. Pero pasé muchos años en Dakota del Norte, y es imposible que Finlandia sea más fría que ese lugar.

Jalo sonrió.

—¿No has estado en Finlandia?

—No he tenido el placer. ¿Es como Suecia? He estado en Suecia.

—No —dijo Jalo poniéndose serio de golpe.

Carter se rio.

—Entonces ¿hay cierta rivalidad? —preguntó Scott.

Jalo lo miró fijamente.

—Finlandia es mejor que Suecia.

Scott levantó las manos en señal de rendición.

—Entendido.

El vuelo fue corto, lo cual era bueno, dado lo incómodo que se sentía Scott, encajonado entre Jalo y la ventanilla. La verdad era que, en otras circunstancias, no le habría importado estar apretujado contra todos esos músculos. Jalo estaba, en una palabra, cañón. Era por lo menos unos centímetros más alto que Scott y probablemente pesaba unos diez kilos más que él, con unos penetrantes ojos azules, pelo rubio claro peinado hacia atrás y con la barba de tres días siempre. Sin duda, era una fantasía andante.

Pero Scott no pensaba en el tío guapo que ocupaba el asiento contiguo, sino en el novio secreto que había dejado atrás. El novio secreto al que amaba.

Sonrió para sí mismo. No podía creer que lo hubiera dicho de verdad. ¡Y que Kip le hubiera respondido lo mismo! Scott se sentía mareado y completamente embriagado.

El equipo tenía previsto reunirse en el restaurante del hotel para que pudieran cenar en cuanto se hubieran registrado en las habitaciones. Scott compartiría habitación con Jalo esa noche, y luego Jalo compartiría habitación con su nuevo compañero de defensa durante el resto del viaje.

El ánimo era muy bueno mientras el equipo disfrutaba de una comida juntos. Todos estaban emocionados por tener a un defensa superestrella como Jalo en el equipo. Ayudaba mucho que Jalo fuera tan divertido. Era alegre y dicharachero, y le encantaba contar historias con su voz atronadora y su resonante acento finlandés. Le gustaba beber cerveza y pagar rondas (aunque Scott se aseguró de que solo hubiera dos rondas esa noche, ya que tenían entrenamiento a la mañana siguiente). A Scott le caía bien. A todos les caía bien. Era lo contrario de Zullo en casi todos los aspectos.

Cuando terminó la cena, Jalo no tenía ninguna prisa por volver a la habitación. En cambio, se quedó charlando con un grupo de jugadores más jóvenes, que estaban embelesados, pendientes de cada una de sus palabras.

—Me voy a la cama —dijo Scott—. No dejéis que estos chicos se queden despiertos hasta muy tarde —lo dijo en tono burlón, para no sonar paternalista. Pero sabía cuál era su rol en el equipo. Él no era Jalo. Él era el aburrido, el responsable.

¡El aburrido y responsable que se iba pitando a llamar a su novio!

Scott había marcado el número en su móvil antes incluso de que la puerta de la habitación del hotel se cerrara detrás de él. Eran casi las diez.

—Hola —dijo Kip al contestar. Habló en voz baja.

—¿Estás en mi casa?

—No, estoy en la mía. Esta noche me quedaré aquí. Quizá mañana por la noche vaya a la tuya.

—¿Tus padres te van a…? ¿Te van a preguntar adónde vas a ir?

—¿Me estás preguntando si les he contado lo nuestro?

—¡No!

—No se lo he contado. Pero ya soy adulto y lo más probable es que sepan por qué algunas noches no duermo en casa.

—Ajá. Claro.

—Oye —dijo Kip con timidez—. Te quiero.

Scott sonrió y se sentó en la cama, liberando cualquier tensión que pudiera haber acumulado ese día.

—Yo también te quiero. No se lo había dicho nunca a nadie. Aparte de a mi madre.

—Yo tampoco. Excepto a Elena alguna vez, pero eso es distinto.

—Me hace sentir bien decírtelo.

—Sí —dijo Kip—, a mí también.

A Scott le salió una sonrisa tonta mirando al móvil y se imaginó a Kip haciendo lo mismo.

—Bueno… —dijo Kip—. ¿Qué tal con Jalo?

—Jalo es genial. Todo el mundo lo quiere.

—Me lo imagino. Lo vi en una entrevista para la ESPN. La verdad es que está buenísimo.

—Si te soy sincero, pues sí. Lo está.

Kip se rio.

—Me da un poco de envidia tu trabajo. Estar en vestuarios con hombres musculosos y sudados.

—Pues esto no te va a gustar, porque esta noche Jalo es mi compañero de habitación.

—Vale, ahora sí que me da envidia.

—No tienes nada por lo que tener envidia.

—Quizá deba coger un vuelo a Columbus. A ver si Jalo y tú queréis hacer un sándwich conmigo.

—Dios mío. Kip, para.

Scott se estaba poniendo rojo como un tomate en la habitación de hotel. ¡Que Jalo era su compañero de equipo! Y ahora se estaba imaginando a los tres…

—Dios —dijo Kip—. Ahora no puedo dejar de pensar en eso. Voy a tener que colgar. A menos que tú…

—No. Volverá en cualquier momento. No puedo. Esta noche no.

—Tú te lo pierdes —susurró Kip, lo que hizo que Scott se empalmara.

—Para, por favor —dijo Scott—. Pronto. Te lo prometo.

—Mañana por la noche veré el partido. ¿Me llamas después?

—Justo después del partido cogeré un avión a Detroit. Pero el partido allí es por la tarde. Te puedo llamar después.

—Qué larga espera —suspiró kip.

—Te escribo mañana.

—Ya te echo de menos. Envíame una foto después de colgar, ¿vale?

—Vale. Tú también.

Se despidieron y colgaron. Scott se hizo un selfi rápido tumbado en la cama. Intentó que fuera un poco sexy. Le envió la foto a Kip y obtuvo respuesta al momento.

Kip: Me refería de Jalo.

Scott se rio.

Scott: Que te den.

Recibió una foto muy mona de Kip, relajándose en su cama y con la sudadera de Scott puesta.

Scott sonrió al verla.

Scott: Gracias. Te quiero.

Kip: Y yo a ti.


—Bueno —dijo Carter mientras frenaba y salpicaba las espinillas de Scott con nieve—, cuéntame algo sobre tu chica.

Scott puso los ojos en blanco.

—No hay nada que contar, Vaughan.

Estaban en la pista después de terminar el entrenamiento matutino. Scott miraba a un par de novatos que recogían los *pucks*.

—Y una mierda, Scott. Llevas días con una sonrisa tonta en la cara mientras tarareas «How Sweet It Is» por todos lados. Estás ido.

Scott dio una patada al hielo.

—Sin comentarios.

—No sé cómo una chica con este aspecto quiere que la vean contigo, que eres más feo que un culo, pero…

—Ajá.

Carter lo miró serio.

—Me alegro por ti, Scott. Aunque no quieras hablar de ella.

Scott volvió la mirada hacia el hielo, pensativo. No podía hablar con Carter sobre Kip, pero podía hablar con Carter sobre «Elena».

Eligió sus palabras con cuidado.

—Nunca había sentido algo así por nadie —dijo Scott—. Es algo muy nuevo. Eso es todo.

Carter le dio una palmada en el hombro que tenía bien acolchado.

—¡Toma ya!

—Llevamos un par de semanas viéndonos y la verdad es que está muy bien. Pero queremos mantenerlo en privado, ¿me explico?

—Mis labios están sellados.

—Tus labios nunca están sellados.

—Bueno, pero para esto sí.

—Gracias.

Scott miró a su compañero de equipo, su amigo, y se preguntó si tal vez podría contarle la verdad. No en ese mismo instante, claro, pero ¿quizá pronto? Probablemente Carter fuera su mejor amigo y siempre se había mostrado tolerante y de mente abierta. En cualquier caso, nunca había sido abiertamente homófobo, lo que lo situaba por delante de muchos jugadores de la NHL.

A Scott le gustaría mucho decírselo. También le gustaría contárselo a Huff y Bennett. Joder, le gustaría contárselo al mundo entero, pero…

—Venga —dijo Carter—. Vamos a descansar antes de arrasar Columbus esta noche.


—Me gusta —dijo Elena. Soltó esas palabras en cuanto se sentaron en el restaurante tailandés.

—¿Sí? —preguntó Kip.

—Sí. Y está coladito por ti.

—Lo sé. —Sonrió Kip—. Me lo ha dicho.

—¿Qué te ha dicho?

—Me ha dicho… —se inclinó hacia ella— que me quiere.

Si Elena se había sorprendido, su cara no lo demostró.

—¿En serio?

—¡Sí! —dijo Kip y procedió a contarle toda la romántica historia.

—Anda —dijo ella cuando terminó—. Eso es un gran paso.

—¡Ya!

El camarero se acercó y tomó nota. Cuando se fue, Elena dijo:

—¿Le has contado a Scott lo de tu posible nuevo trabajo?

—Lo haré. Si me lo dan.

—¿Y si no te lo dan?

—Pues entonces no hay por qué hablar de ello, ¿no?

Elena puso los ojos en blanco.

—Me refiero a qué vas a hacer si no consigues ese trabajo.

—¡Pues no lo sé! Seguir trabajando en el puto Straw+Berry, imagino.

—Allí estás desperdiciando tu talento.

—No —dijo Kip molesto—. Estoy ganándome un sueldo.

—¿Entonces no vas a dejarlo para vivir de tu novio millonario que está enamorado de ti?

—¡Obvio que no! Ya sabes que jamás haría eso. Ya me siento bastante mal por tener que depender de la generosidad de mis padres. Ya sé que él tiene dinero, pero…

Elena no dijo nada durante un rato, pero miró a Kip con aprobación.

—Sé que no sacrificarías tu vida ni tu dignidad por un chico —dijo—, pero tampoco me gusta ver que te menosprecias.

—Ya se me ocurrirá algo —refunfuñó.

Más tarde, cuando estaban terminando de comer, Kip le preguntó:

—¿Bailaste con alguien interesante en la gala?

—¿Te refieres a alguien que no sea tu encantador novio?

—Sí, y, por cierto, no sentí nada de celos.

Elena sonrió.

—Pues sí.

Se inclinó hacia él y le susurró el nombre de un joven actor bastante famoso.

—¡Anda! ¿Y baila bien?

—Ajá. Y también folla bien.

Kip casi se atraganta con el agua.

—Ya supuse que quizá te ibas con alguien a casa.

—Claro. Estuve un buen rato para elegir mi top cinco, pero creo que al final decidí bien.

—¿Vais a volver a quedar?

Elena puso cara de asco y negó con la cabeza.

Kip se rio. Siempre había envidiado profundamente cómo se lo montaba Elena. Era tan segura con el tema del sexo.

—¿Crees que es raro? —le preguntó al rato, después de salir a la oscura y fría calle.

—¿El qué?

—Que me haya dicho que me quiere. Que yo le haya dicho que lo quiero. Por eso de que solo han pasado unas semanas.

—¿Estás enamorado de él?

—Sí.

—Pues entonces no es raro. —Le cogió del brazo y lo atrajo hacia ella—. Anda. Vamos a ver a tu chico jugar al hockey.

# Capítulo 16

En Detroit hacía un frío mortal.

No es que hubiera hecho mucho calor en los sitios donde Scott había estado últimamente, pero en Detroit el frío era insoportable.

Eso fastidió su plan de dar un paseo nocturno mientras llamaba a Kip. Parecía que su compañero iba a pasar toda la noche en la habitación del hotel, y el vestíbulo estaba repleto de gente por algún tipo de congreso para empresarios. No quería ir a ningún sitio que fuera demasiado público, tipo cafetería, porque Detroit era una ciudad de hockey y estaba casi seguro de que lo reconocerían.

Decidió jugar la carta de ser famoso.

Se dirigió a recepción y les dedicó la mejor sonrisa de Scott Hunter.

—Disculpe. Me pregunto si me podrían ayudar.

El joven que estaba detrás del mostrador parecía muy emocionado.

—¡Por supuesto, caballero!

—Necesito hacer una llamada y me gustaría tener algo de privacidad. Pero mi compañero de habitación está durmiendo y…

El joven le sonrió como si estuviera a punto de hacerle un gran favor.

—Venga conmigo —le dijo—. Sé un sitio al que puede ir.

Llevó a Scott a una puerta en la que ponía «Sala de reuniones n.º 3». Abrió la puerta y encendió la luz.

—Puede quedarse el tiempo que necesite —dijo—. Cuando salga, la puerta se cerrará automáticamente.

—Gracias —dijo Scott mirando la placa del nombre—, Michael.

Le tendió un billete de veinte dólares y Michael lo cogió sonriendo. Le dio las gracias a Scott dos veces antes de salir de la sala.

Scott se sentó en una de las sillas de la sala de reuniones y llamó a Kip, que le contestó enseguida.

—Dos victorias. Buen trabajo —dijo Kip.

—Sí, gracias. Estoy orgulloso de los chicos.

—Me encanta verte jugar.

—¿Ah, sí?

—Mmm. Es sexy.

Scott sonrió.

—¿Dónde estás?

—En tu habitación. ¿Dónde estás tú?

—En una sala de reuniones del hotel en Detroit.

—Ah.

—Ya, perdona. Esta noche imposible.

—Tranquilo. Estoy husmeando en tu apartamento.

—¿Husmeando?

—Sí. Mirando en tus cajones. —Hubo una pausa—. Ay, dios mío. Scott, ¿guardas tu medalla de oro en el cajón de la ropa interior?

—Parece que ya sabes la respuesta.

—¿Por qué no la tienes expuesta?

—¿Dónde?

—Si tuviera una medalla de oro, no creo que la guardara en el cajón de la ropa interior.

—¿Dónde la guardarías?

—No lo sé. ¡Supongo que la llevaría puesta todo el rato!

Scott se rio.

—Pega con todo. —Y luego añadió—: ¿Así que hoy te quedas en mi casa?

—Sí. Si te parece bien.

—Claro, por supuesto. ¡Fue idea mía!

—Lo sé. Es solo que… me resulta demasiado generoso.

—Kip —suspiró Scott—, eres mi novio. Y te quiero. Puedes quedarte en mi casa siempre que quieras.

—Vale. Te quiero.

Scott sonrió.

—Me gusta oírte decir eso.

—Y a mí decirlo.

—Me muero de ganas de volver a casa y estar contigo.

—Pero todavía te quedan unos cuantos partidos que jugar, Hunter.

—Lo sé.

—Tú gánalos todos y luego vuelve a casa conmigo. Que te daré todo lo que necesites.

La voz de Kip se había bajado y Scott sintió un escalofrío.

—Todo lo que necesite, ¿eh?

—Ajá. Piénsalo.

—Lo haré —exhaló—. Joder, ojalá hoy tuviera mi propia habitación.

—Ya. Podría hacerte un espectáculo privado.

—Yo quiero hacer uno —dijo Scott—. Para ti.

—¿Lo has hecho antes? —preguntó Kip—. ¿Has dejado que alguien te vea haciéndote una paja?

—No. Nunca —susurró Scott—. Pero quiero hacerlo. Para ti.

—Me encantaría. Joder, ya te digo. Te estoy imaginando, tumbado…

—Kip —le advirtió Scott—. No. No puedo excitarme.

—Pero lo estás, ¿no? Seguro que se te está poniendo dura.

Scott maldijo entre dientes porque Kip estaba en lo cierto.

—A mí también —ronroneó Kip—. Dime qué te gustaría hacerme.

—No. Para.

—Vale. Pues me limitaré a acostarme en tu cama y hablamos de lo que quieras.

—Gracias —dijo Scott—. ¿Estás desnudo?

Kip se rio.

—Sabía que no podías dejarlo pasar. Casi casi. Todavía llevo puestos los calzoncillos.

Scott volvió a maldecir. Ni de puta coña se iba a pajear en la sala de reuniones de ese hotel. No era tan guarro.

—De verdad que no puedo hacerlo ahora.

—No pasa nada —dijo Kip—. Yo sí.

—Kip…

—Chiiist… Tú solo háblame —dijo cambiando un poco el tono—. Me encanta tu voz, Scott. Dime qué tengo que hacer.

A Scott le encantaba y odiaba esa idea. Le encantaba porque era la hostia de excitante. Lo odiaba porque iba a tener que quedarse con una empalmada incómoda.

Miró hacia la puerta de la sala de reuniones y luego bajó la voz.

—¿Te estás tocando?

—Sí. Estoy cachondísimo. Dime qué quieres que haga —dijo Kip con voz arrastrada—, mi amor.

—Dios. —Scott se ajustó los pantalones de chándal—. Vale. Ve poco a poco. No te quites los calzoncillos todavía. Aún no.

Se dio cuenta de que Kip estaba sonriendo cuando respondió:

—Vas a ponerte en ese plan, ¿verdad? Muy bien. Solo me estoy acariciando muy suave. Es muy agradable.

Scott podía imaginarse la gruesa polla de Kip tensándose contra la tela. Podía ver a Kip, casi desnudo, tumbado en su cama, con los ojos cerrados y pensando en él.

—¿Te imaginas que fuera yo el que te estuviera tocando? —preguntó Scott.

—Sí. Dios, ojalá fueras tú.

—Ojalá. Tú sigue.

Kip suspiró y dejó escapar unos pequeños gemidos entrecortados que hicieron que la polla de Scott se retorciera de agonía. La cubrió con la mano para aliviar un poco la tensión.

—Se están mojando los calzoncillos —dijo Kip—. Estoy goteando. ¿Me los puedo quitar?

—Todavía no —dijo Scott, sorprendido de lo mucho que estaba disfrutando de ese control.

—Joder, Scott.

—¿Tienes frío?

—Cada vez estoy más caliente.

—Debes de tener los pezones duros.

Kip tenía unos pezones perfectos y oscuros que siempre que se ponían duros se convertían en pequeñas cimas.

—Ajá. Sí. ¿Quieres que me los toque?

—Sí. Suéltate la polla. Juega un poco con tus pezones.

Oyó a Kip inhalar de forma brusca cuando sus dedos entraron en contacto con sus sensibles pezones.

—Si estuviera ahí —dijo Scott—, los lamería y mordería hasta que suplicaras que te chupara la polla.

—Joder. Joder.

—¿Sigues aguantando el móvil?

—Sí.

—Pon el altavoz y deja el móvil a un lado para tener las dos manos libres.

—Vale.

Oyó un crujido y luego Kip volvió.

—Manos libres, Hunter. ¿Qué hago con ellas?

Scott sonrió y pensó en la pregunta.

—Quítate los calzoncillos. Pero no te toques la polla todavía.

—Joder, eres cruel.

—Duro pero justo.

—Me gusta ese lado tuyo —dijo Kip—. Vale, ya me he quitado los calzoncillos.

—Coge el lubricante.

Se oyó más ruido y luego:

—Ya.

—Quiero que te toques tú. Ábrete como si fuera a metértela.

—Vale. De acuerdo. Joder. Voy.

—No te toques la polla —le recordó Scott.

—Que no. Que no. Vale, me estoy, aaay, me estoy…

—Tú relájate.

Kip exhaló un suspiro largo y lento.

—Vale.

Scott se lo imaginó con las rodillas dobladas, los dedos resbaladizos rodeando ese estrecho anillo de músculos. Tragó saliva y se acomodó de nuevo.

—Por favor, dime que me vas a dar una sorpresa y vas a entrar por esa puerta en un segundo —dijo Kip.

—Ojalá. Créeme.

Kip gimió y jadeó mientras se abría. Scott se mordió el labio y resistió el impulso de acariciarse bajo las duras luces fluorescentes de la sala de reuniones del hotel.

—Avísame cuando estés listo.

—¿Listo para qué?

—Ya lo verás. Finge que te estás preparando para mí.

Kip exhaló un suspiró.

—Vale. Sigue hablándome.

Scott volvió a mirar hacia la puerta. No se podía creer que estuviera haciendo eso.

—Si estuviera ahí, te abriría con la boca. Muy poco a poco.

—Scott, dios.

—Ojalá pudiera verte ahora mismo. ¿Te sientes bien?

—Es mejor… —dijo Kip entre dientes—. Es mejor cuando me dejas tocármela.

—Pronto, *baby*. —«¿Baby?»—. Avísame cuando tengas tres dedos dentro de ti.

—Sí…, sí. Ya casi. Me estoy… Joder. Siento que podría correrme solo con esto. Con tu voz e imaginando tus dedos dentro de mí…

Scott gimió. Dudó en si quería que eso pasara. Solo para ver si Kip se podía correr con sus dedos.

Pero tenía otros planes.

—Vale. Ya estoy —dijo Kip—. ¿Y ahora qué?

—Abre el cajón de la mesilla. Hay una caja en el fondo.

—Vale. La veo. La tengo.

—Ábrela.

Esperó un momento. Entonces Kip dijo:

—Dios, sí.

Scott conocía bien ese objeto. Un gran dildo negro que, desde hacía más o menos un año, había sido su compañero romántico más fiable.

—Quiero que te folles con eso. Imagina que soy yo. Dios, me encantaría serlo.

—Ojalá. Pero, que conste, esto es muy excitante, joder.

—Sí.

Exhaló un suspiro, con el corazón acelerado como si acabara de correr casi dos kilómetros.

—Debes de estar pasándolo fatal —dijo Kip—. ¿Cómo estás?

—Duro como una puta piedra. Pero no te preocupes por mí. Métetelo. Cuando lo tengas todo dentro, te puedes tocar la polla.

—Mierda. Vale.

Scott se recostó sobre la silla de su escritorio, con las piernas abiertas, y cerró los ojos mientras escuchaba a Kip meterse el juguete dentro. Cada jadeo y gemido iba directamente a la polla de Scott, pero aun así no se estaba tocando.

—¿Cómo estás? —preguntó.

—Bien. Es… es grande.

—Lo sé. Pero puedes con ello.

—Sí…, sí —jadeó Kip.

—¿Te lo has metido?

—Casi. Ya casi. Joder.

Scott deseó tener un vaso de agua o algo así. Tenía la boca sequísima y estaba algo mareado, seguramente por toda la sangre que se le había acumulado en la polla. Agarró el borde de la mesa con la mano libre, decidido a no ceder a la tentación de pajearse con los gemidos de Kip.

—Vale. Está dentro. Está… Joder, está genial, Scott.

—Sácalo y vuélvetelo a meter. Fóllate.

—Lo estoy haciendo. Estoy… Uuuf. Da justo en el clavo, ¿eh? Joder.

Scott sabía exactamente lo bien que daba en el clavo. Recordaba haberlo usado no hacía mucho, cuando Kip solo era una fantasía, cuando solo era el chico guapo que trabajaba en el local de *smoothies* y Scott ni en un millón de años habría pensado que lo tendría entre sus brazos y en su cama. Se había follado con el juguete, imaginando que Kip era quien se la metía. Y, dios, la emoción de que Kip usara ahora el mismo juguete era excitante.

—Pues ya puedes tocarte cuando quieras —dijo Scott—, pero ve diciéndome qué haces.

—Gracias a dios. Vale, Me estoy… ¡Uy! Mmm. Por fin. Solo me la he agarrado. Estoy pasando el pulgar por la punta y… Joder. Estoy mojadísimo.

Scott gimió. Aquello era una puta tortura.

—Busca un ritmo. Imagina que te estoy follando yo.

—Voy a correrme rápido, Scott.

—Ya lo sé. No pasa nada. Déjame oírte.

—Joder… Estoy intentando hacer las dos cosas a la vez, pero me apetece seguir solo follándome. Es casi tan bueno como tenerte dentro de mí.

Scott dejó que su imaginación le proporcionara las imágenes. Podía imaginar cómo Kip se estiraba alrededor de su juguete, con los músculos de los brazos tensos mientras lo movía hacia dentro y hacia fuera. Podía ver el pulgar de Kip acariciando la punta resbaladiza de su polla, y cómo seguramente tenía la boca abierta, con la cara relajada y eufórica.

—Qué bonito, Kip. Estoy seguro de que estás precioso ahora mismo.

Kip ya no decía nada. Solo emitía sonidos maravillosos de deseo, y Scott los atesoraba.

—Vamos, amor. Córrete. Hazlo como prefieras. Quiero oírte.

—Vale, joder. Ojalá pudiera oírte yo a ti también. Ojalá pudiera… Ay. Estoy a punto. Estoy a…

Scott estaba cachondísimo, mucho. Si se rozaba un poco la polla, iba a estallar.

—Córrete para mí. Va. Te quiero mucho.

Oyó a Kip empezar a responder «Te qui…», pero se cortó con un grito ahogado.

Scott abrió la boca, sorprendido. El alivio lo invadió como si, de algún modo, estuviera compartiendo el orgasmo de Kip.

—Uuuf. Joder —jadeó Kip después de recuperar el aliento—. Eso ha sido… Hostia puta. No esperaba algo así.

Scott se rio.

—Yo tampoco. Pensaba que solo íbamos a tener una agradable charla.

—Estoy hecho un desastre.

—Ajá. Me apuesto a que estás increíble.

—Pero debes de estar fatal. ¿Seguro que no puedes…?

—Ya me las apañaré solo. Luego. En cuanto puto pueda.

—Ojalá pudiera ayudarte.

—Ya lo has hecho. Pensaré en ti, no te preocupes.

Kip exhaló fuerte.

—Te quiero.

—Yo también te quiero. No me puedo creer las cosas que me haces hacer.

Soltó una risita.

—Ahora me ha dado sueño.

—Ve a limpiarte y acuéstate —dijo Scott—. De todos modos, debería salir de esta sala.

—¿Podrás volver a tu habitación? ¿Sin sacarle un ojo a alguien?

—Estaré bien —dijo Scott seco—. Ve a dormir.

—De acuerdo —bostezó Kip—. Bueno, gracias por la llamada.

Ambos se rieron.

—Buenas noches.

Scott colgó y se esforzó en disimular la erección que no bajaba ni de broma antes de dirigirse a la habitación de hotel. Saludó a su compañero con un rápido movimiento de cabeza y se metió directo en el baño.

Solo le hizo falta acariciarse un poco con la mano apoyada en la pared de la ducha y recordar los gemidos de Kip, que le llenaban los oídos. Apartó la mano de la pared y se mordió el puño mientras se corría con tanta fuerza que casi perdió el equilibrio, a la vez que jadeaba con dificultad y el semen se deslizaba por el desagüe.

«Dios mío, Kip. ¿Qué me estás haciendo?».


Al día siguiente, Kip revisó su correo electrónico cuando volvió a casa de Scott después del trabajo. Había uno del Museo de la Ciudad de Nueva York.

«¡Ahí está!».

Pero al leer las primeras líneas del correo, se le encogió el corazón.

Muchas gracias por su interés en el puesto de asistente educativo. Ha sido un placer recibir su solicitud. Lamentablemente, hemos decidido…

Kip profirió alguna palabrota y cerró el portátil.

—Pues claro —soltó.

«Joder».

Llamó a Elena al trabajo. No la habría llamado de normal, pero esto era una emergencia.

—No he conseguido el trabajo.

—¿Qué? ¿Por qué?

—Han elegido a alguien que tenía un máster.

—Lo siento. Qué mierda —dijo—. Deberías sacarte el máster.

Kip resopló.

—¿Cómo? Todavía estoy pagando esa carrera inútil.

—No es inútil, y puedes solucionarlo. La gente lo hace.

—Sí, ya lo sé. Le daré una vuelta —dijo Kip con tristeza.

Oyó a Elena suspirar.

—Lo siento, Kip. Tenía muchas esperanzas de que te saliera bien.

—Lo sé. Gracias.

Al colgar, Kip volvió a abrir el portátil. Solo por curiosidad, entró en la página web de la Universidad de Nueva York y miró la página de admisiones de posgrado.

«Podría presentar una solicitud. No pierdo nada por intentarlo».

Volvió a cerrar el portátil. Quizá.

Se dejó caer en el sofá y empezó a cambiar de canal en el televisor. Estar solo en el apartamento de Scott estaba bien, pero también era bastante aburrido. Su aburrimiento, junto con la sensación de decepción que le había dejado el correo electrónico, le provocaron una oleada de pánico. ¿Y si eso era todo? Era obvio que había dificultades peores que salir con un deportista superestrella, sobre todo uno del que estaba tan enamorado, pero ¿y si siempre fuera el secreto de Scott? ¿Y si eso era todo lo que iba a ser? ¿Y si nunca volvía a la universidad ni conseguía un trabajo mejor y se quedaba en el apartamento de su novio, escondido hasta que Scott tuviera tiempo para él?

«Scott no haría eso. Tan solo necesita tiempo».

¿No?

Sin duda, Kip no estaba pensando en una vida de asistir a eventos juntos, sino de llegar por separado y tener que fingir que no se conocían. ¿Acaso Scott iba a seguir dejando que el mundo creyera que él era un soltero empedernido? O, peor aún, ¿iba a casarse con una mujer por las apariencias y mantenerlo a él de amante?

«No. Venga. ¿Qué mierda te haría pensar eso?».

¿Y si Kip solo era conveniente para Scott en ese momento? ¿Y si Scott pensaba que estaba enamorado porque era la primera vez que se permitía estar con un hombre más de una noche? ¿Y si solo necesitaba dar ese primer paso para luego sentirse libre de salir con otros tíos? Mejores. Que estuvieran a su altura, o al menos cerca de ella. Kip no era nadie.

Scott se daría cuenta tarde o temprano, y, si Kip lo apostaba todo a esta carta, se quedaría sin nada.

De golpe, notó un nudo en la garganta. Eso era ridículo. ¿De dónde venían esos pensamientos?

Quería hablar con Scott, pero ni siquiera sabía dónde estaba justo en ese momento. No tenía partido esa noche. ¿En un avión? O quizá estaba en un entrenamiento.

No quería parecer necesitado. Y quizá tan solo estaba deprimido por ese puto correo electrónico. Y Elena tenía razón: al menos tenía que intentar sacarse el máster. Eso, o buscar un trabajo mejor de atención al público, y esa idea era más que deprimente.

Quizá podría estudiar Magisterio. Ser profesor, como sus padres. No estaría mal, ¿no? Era una carrera respetable.

Joder, ese apartamento era muy solitario.

Le envió un mensaje a Scott. Solo un simple «hola» para hacerle saber que pensaba en él.

Scott no respondió. Kip apagó el televisor y se dejó caer a un lado del sofá. Tenía ganas de emborracharse, pero era una idea terrible.

Quería mucho a Scott.

¿Cómo podría ser suficiente para él?

Se sentía muy deprimido. Y Scott no le respondía los mensajes. Y quizá Scott se estaba dando cuenta justo en ese momento de que podría estar saliendo con, tipo, una estrella del porno gay o algo así.

Llevaba casi una hora tumbado en el sofá cuando Scott le respondió:

Scott: ¡Hola! ¿Te puedo llamar?

Scott ni siquiera esperó a que le respondiera. Kip contestó la llamada.

—Hola.

—¡Kip! ¡Acabo de aterrizar en Toronto! Tengo que contarte algo gracioso que me ha ocurrido en el aeropuerto…

Kip sonrió y se incorporó. Escuchó la larga y animada historia de Scott y, al final, ambos acabaron riéndose y se sintió mucho mejor. Scott había estado en el avión esperando para llamar a Kip y contarle todo lo que había pasado ese día.

—¿Qué tal tu día? —preguntó Scott cuando terminó.

El corazón de Kip latía feliz en su pecho.

—Ahora mejor.

# Capítulo 17

La sirena señaló el final de la prórroga. El partido había sido agotador y había terminado en empate a tres, por lo que ahora irían a penaltis.

Scott patinó hasta el banquillo. Cuando llegó, dio un codazo a Bennett.

—¿Estás preparado?

—No se me escapará ni uno, Hunter.

—No lo dudo —dijo Scott y golpeó con la frente, protegida con el casco, la parte delantera de la máscara de Bennett.

—Venga —dijo Murdock—. Empieza Vaughan, luego Huff y después Hunter. Estoy seguro de que alguno de vosotros, millonetis, puede zanjar este asunto.

—Por supuesto, entrenador —dijo Huff.

Bennett patinó hacia su portería. El portero de Toronto hizo lo mismo. Toronto era el equipo local y eligió tirar en segundo lugar, por lo que Carter patinó hasta la línea central. Sonó el silbato y Carter salió disparado.

—Bien —murmuró Scott entre dientes mientras Carter regateaba y se desviaba hacia la portería con su habilidad manejando el *stick* con elegancia.

Por desgracia, no funcionó y el portero bloqueó el lanzamiento. Carter volvió patinando, negando con la cabeza.

—Mierda. Creía que lo tenía.

—Buena jugada, Carter. A la próxima —dijo Scott.

Bennet detuvo al tirador de Toronto y el banquillo de los Admirals dio un suspiro colectivo de alivio.

El banquillo se animó cuando Huff patinó hacia el centro de la pista.

—Vamos, Huff.

—Tú puedes.

Huff hizo lo que mejor sabía hacer. Hizo un lanzamiento rápido a la esquina superior de la portería que el portero no tuvo oportunidad de parar. Todos los Admirals golpearon sus *sticks* contra las vallas y chocaron los guantes con él mientras patinaba por la línea. Si el tirador de Toronto fallaba, el partido habría terminado.

El tirador de Toronto no falló, sino que se la coló a Bennett por abajo. Scott estaba listo.


Kip se tapó la boca con las manos. Estaba sentado en un borde del sofá de Elena.

—Vamos, Scott —murmuró.

Era surrealista ver a Scott en esa situación. En el televisor, en ese momento crucial, mientras observaba fijamente al portero con una mirada tan decidida. Tan intimidante.

—Es suyo —dijo Elena con calma—. Ya verás.

Ambos vieron cómo Scott salía disparado como un rayo hacia la portería. Kip aguantó la respiración. Todo se ralentizó cuando Scott tiró.

El *puck* flotó por encima del hombro del portero de un modo impresionante.

—¡Sí! —exclamó Kip y saltó del sofá—. ¿Has visto eso?

—¡Impresionante!

Señaló con ilusión al televisor.

—¡Y este chico me quiere! ¡A mí!

Se dejó caer en el sofá y apoyó la cabeza en el hombro de Elena.

—Ese es mi novio.

—Claro que sí, *amore*.

Kip se rio.

—Suena como muy loco cuando lo digo, ¿verdad? Es muy raro.

—Es rarísimo.

—Scott es genial.

—Sí, bueno, quizá quieras ver si el jugador de Toronto marca, porque el partido aún no ha acabado.

—Ay.

—Sí, superfán.

Vieron al jugador de Toronto patinar por el hielo y…

—¡Ha fallado! —exclamó Kip—. ¡Ha fallado! ¡Ha fallado! ¡Ha fallado!

—Sí.

—¡Han ganado! ¡Scott ha ganado!

—Ya llevan tres victorias de tres en estos partidos, ¿no?

—¡Sí! ¡Estoy muy orgulloso de él!

Vio a los compañeros de Scott abrazarse entre sí. Scott sonreía con alegría, y Kip quería saltar al televisor y llenarle la cara de besos.

—Me preguntó cómo será el Jalo ese —reflexionó Elena.

—Ah, sí. Si puedes, tú tira. ¿Quieres que se lo pregunte a Scott?

—Nop, ya lo descubro por mi cuenta.

Media hora más tarde, de camino a casa de Scott, Kip le envió un mensaje.

Kip: Estoy superorgulloso de ti, joder.

Una hora después, recibió una respuesta.

Scott: Tres partidos menos. Mañana te llamo.

Y luego:

Scott: Te quiero.

Kip no se iba a cansar nunca de oírlo.


—Pues —dijo Scott en cuanto Kip contestó al teléfono a la tarde siguiente— tengo buenas noticias.

—¿Ah, sí?

—Es que, eh, estoy en el hotel de Winnipeg y he conseguido una habitación para mí solo.

Kip se incorporó del sofá en el que estaba sentado.

—¿En serio? ¿Cómo lo has hecho?

—Bueno, es que Cameron acaba de recuperarse de una fractura en la muñeca y le han dado el alta para jugar, así que ha volado hasta aquí para reunirse con el equipo. Y eso implica que seamos número impar, así que… Le he mentido diciendo que necesitaba un poco de espacio para centrarme en el juego y así.

—Te daré algo en lo que centrarte, si eso te ayuda a sentirte menos mentiroso.

Scott se rio.

—No esperaba menos. ¿Estás en mi casa?

—Sí.

—¿Quieres…?

—Por supuesto. Sí. Déjame coger el portátil. Te llamo yo por Skype, ¿vale? Dame un segundo.

—Vale. Sí.

Colgaron y Kip corrió al dormitorio. Colocó el portátil en una esquina de la enorme cama, abrió Skype y jugó con la pantalla para intentar encontrar el ángulo perfecto.

Cogió el lubricante, emocionado; ¡por fin iba a ocurrir! Y es que, uuuf, lo necesitaba.

Dejó el bote en la mesita de noche y se tumbó en la cama de lado, con la cara apoyada en un codo cerca del ordenador. Sonrió de oreja a oreja cuando la cara de Scott llenó la pantalla.

—¡Holi! —dijo Scott devolviéndole la sonrisa con el mismo entusiasmo.

—Me alegro de verte.

—Joder, ya ves. Me alegro muchísimo de verte. Te echo mucho de menos.

Joder, Scott tenía la capacidad de derretir a Kip con tan solo soltar cuatro palabras tontas.

—Yo también.

Scott respiró hondo y exhaló, sin dejar de sonreír.

—Casi se me olvida lo guapo que eres.

Kip apoyó la barbilla en un puño y pestañeó haciéndose el coqueto.

—¿Quién, yo?

Scott se rio.

—Tengo que, eh, hablar bajito. Tengo una habitación para mí, pero tengo compañeros a los dos lados.

—Sí, no te preocupes. Podemos hablar un ratito. Pareces nervioso.

—¡No! —respondió Scott rápido—. O sea…, sí. Un poco.

—No hay nada que no haya visto antes, ¿eh? —bromeó Kip.

Scott puso los ojos en blanco.

—Ya lo sé. Es que nunca he…

—Yo te ayudo. No te preocupes. Te va a encantar, pero hablemos primero un poco.

—Vale. Gracias. Y ¿qué tal por Nueva York?

—Hace frío. ¿Cómo va por… Winnipeg, me habías dicho?

—Sí. Hace un frío de cojones. Y encima viento.

—¿Cómo está el equipo? ¿Qué tal va Jalo?

Scott se rio.

—Jalo está bien. Ha sido una gran adquisición. Era justo lo que necesitábamos en la línea azul.

—¿Y en el vestuario?

—Ya vale.

—Voy a cambiarme de posición. Espera —dijo Kip. Apiló todas las almohadas contra el cabecero y se recostó sobre ellas. Tiró una de las almohadas sobre la cama, cerca de sus rodillas estiradas, y colocó el portátil encima—. ¿Qué tal así? ¿Me ves bien?

—Sip. Holi.

—Holi.

Era evidente que Scott estaba aguantando el iPad con las manos y mirándolo fijamente.

—Deberías buscar un sitio donde dejar eso —le sugirió Kip—. Quiero verte más.

—Ay. Vale. Eeeh… ¡Ah! Tengo una idea.

Scott dejó el iPad y Kip se quedó mirando al techo de la habitación de hotel de Scott. Oyó un ruido y, al momento, el iPad se movió y se colocó sobre algo.

—He acercado la silla de oficina aquí —explicó Scott—, junto a la cama. Puedo poner el iPad en ella con el pequeño soporte y debería quedar en un buen ángulo. Creo.

Se tumbó en la cama y entonces Kip ya podía verlo desde la cabeza hasta los muslos.

—Así mejor —dijo Kip—. Dios, eres enorme.

—Bueno, tampoco soy Matti Jalo…

—Eres perfecto. Me excitó tanto verte acertar ese tiro del último partido. No te haces a la idea.

—¿Ah, sí?

—Ajá. He estado pensando mucho en lo de la otra noche… por teléfono.

—Yo también. La verdad, he pensado muchísimo. No me puedo creer que dijera alguna de esas cosas.

—Estuviste increíble. Supersexy.

Scott sonrió y es posible que también se sonrojara. Era difícil saberlo.

—¿El hotel está bien? —preguntó Kip.

—No está mal.

—No estás ni un poco cachondo ahora, ¿verdad?

—¡Estoy nervioso! ¡Ya te lo he dicho!

—Vale —suspiró Kip, y luego sonrió—. Eres muy mono, ¿lo sabías?

Scott sonrió y negó con la cabeza.

—Va en serio —dijo Kip—. La gente se piensa que eres un tipo duro, pero, mírate, que te has puesto rojo y nervioso por un poco de acción ante una cámara.

—Oye, Grady…

—No me puedo creer que este sea el mismo chico que me daba órdenes por teléfono el otro día. ¿Dónde se ha metido?

—¡Está aquí! Está aquí. Es solo que… —Scott cerró los ojos y exhaló un largo suspiro—. Tan solo háblame.

—Vale. ¿Te has puesto los calcetines azules?

—Sí, todos los días. Los voy lavando a mano.

Kip se rio y sintió un cosquilleo en el estómago.

—Ay… —dijo.

—Es que te echo mucho de menos —dijo Scott en voz baja.

—¿A qué hora vuelves el lunes? —preguntó Kip.

—Pues debería llegar antes del mediodía —dijo Scott recostándose sobre las almohadas—. Espero. Quiero que te lo pases bien en tu cumpleaños.

—¿Tienes planes?

—Quizá.

—¿Quieres que te espere aquí? ¿En tu casa?

—Sí… Sí, eso estaría genial… Me gustaría.

—Vale. Pues te espero. Podría hacerlo en tu cama. Incluso podría prepararme para ti. Abrirme…

La expresión de Scott cambió. Fue sutil, pero tal y como se le oscurecieron los ojos y por la forma en que tragó saliva, Kip se percató de que estaba consiguiendo que Scott llegara a donde él quería.

Soltó una sonrisita.

—¿Te va bien así, grandullón?

—Sí, funciona. Sigue hablándome.

—Claro. ¿Por qué no te quitas la camiseta?

Scott, muy obediente, se la quitó.

—Solo es justo si tú… —dijo señalando la cámara/a Kip.

—Sí, sí.

Kip se quitó su camiseta y le guiñó un ojo a Scott.

—Ay —dijo Scott—. Ese chupetón sigue ahí, ¿eh?

—Aquí sigue —confirmó Kip mientras se pasaba los dedos por él—. Aunque puede que pronto necesite otro.

—Yo te lo hago.

Kip se pasó los dedos por el pecho para jugar con uno de sus pezones.

—Quizá podría esperarte junto a la puerta cuando llegues a casa. Besarte como llevo días pensando en hacerlo.

—Mmm. ¿Seguirías desnudo en ese caso? —preguntó Scott, con una sonrisa torcida. Echó un brazo enorme por encima de la cabeza; parecía más relajado.

—Sería un poco raro, pero si te apetece…

—De cualquier manera, lo más probable es que acabara follándote contra la pared del pasillo.

«Joder».

—Joder, Scott.

—Como he dicho —dijo Scott hablando un poco más bajo—, te echo de menos.

—¿Qué echas de menos? —Kip deslizó una mano por el interior de su muslo y los ojos de Scott la siguieron.

—Pues… Echo de menos tus labios. Tu boca. La manera en que me besas. Cómo sabes. Echo de menos tu olor.

—¿Cómo huelo? —Se rio Kip.

—No sé… Bien. ¿Un poco picante? Como la loción que usas después de afeitarte, supongo.

—No es nada especial, te lo aseguro.

—Echo de menos tu sonrisa —continuó Scott, y, al decir eso, Kip le sonrió—. Echo de menos tus pequitas en los hombros. Echo de menos tus pezones perfectos y tu ombligo.

Kip se rio.

—Eres raro. Sigue…

—Echo de menos tu culo. Tío, de verdad lo extraño. ¿Te he dicho cuantísimo me gusta? Es increíble.

—No me molesta volver a oírlo —dijo Kip.

—Echo de menos tus muslos. Echo de menos estar entre ellos.

—Me encanta tenerte ahí.

Kip llevó la mano a su polla y empezó a acariciarla poco a poco por encima de los vaqueros. Contempló a Scott mirarlo.

—¿Cómo vas? —preguntó.

—Bien… —respondió Scott con voz ronca y tranquila.

—¿Por qué no te unes?

Scott le dedicó una tierna sonrisa y se llevó la mano a los pantalones de chándal. Se masajeó la polla con la manaza a través de la tela.

—Sí —dijo Kip—, eso es.

Se desabrochó el botón de la bragueta mientras observaba cómo el placer se apoderaba de su novio. Era tan bonito, y a Kip le encantaba ayudarle a liberarse del estrés y las responsabilidades del trabajo y que se dejara llevar. Siempre.

Kip se bajó la cremallera y se echó hacia atrás el vaquero y lo dejó abierto. Se apretó la polla a través de los calzoncillos y luego cruzó los brazos detrás de la cabeza mientras se acomodaba para ver el espectáculo.

Scott levantó las caderas y se quitó los pantalones. Todavía llevaba puestos los calzoncillos grises. A Kip le gustó. De momento.

—Dios —dijo Kip mientras asentía mirando el sólido bulto en los calzoncillos de Scott—. No te ha costado mucho.

Scott sonrió un poco y volvió a frotarse. Kip vio cómo su mano bajaba para acariciarse los huevos a través de la tela, agarrándolos y tirando de ellos un poco.

—¿Te vas a quedar mirando? —preguntó Scott, que arrastraba las palabras.

—De momento.

Scott deslizó la mano dentro de la cintura de los calzoncillos y se agarró la polla. Kip vio la forma de su mano bajo el algodón mientras Scott se la agarraba.

—¿Haces mucho esto —preguntó Kip— cuando estás de viaje?

—Sobre todo en la ducha. Ahora siempre pienso en ti.

En la tela gris de los calzoncillos de Scott se estaba creando una mancha húmeda. Ahora sí.

—¿Y qué tal si te abres el telón? —le sugirió Kip—. Quiero verlo.

—Tú todavía llevas los vaqueros puestos —señaló Scott, con la mano aún moviéndose dentro de los calzoncillos.

—Vale —dijo Kip exagerando un suspiro.

Se quitó los vaqueros y los calzoncillos a la vez, luego dobló la rodilla más alejada del portátil. Volvió a colocar las manos detrás de la cabeza.

—Uuuf, joder.

Scott se quitó rápidamente los calzoncillos y entonces Kip tuvo una vista espectacular del cuerpo de Scott desnudo, desde la cabeza hasta la mitad de los muslos.

—Dios, mírate —dijo Kip—. Joder, echo de menos tu preciosa polla. Enséñamela.

Scott se la meneó con la mano, dejando que su pulgar arrastrara el líquido preseminal que se había acumulado en la punta y lo untara por toda la cabeza.

—¿Tienes lubricante, Hunter? —preguntó Kip.

—Sí, he traído un poco. Está justo… —Scott desapareció un segundo del encuadre—. Aquí.

Cogió el bote y se echó directamente en la polla. La de Kip se estremeció.

Scott comenzó a meneársela con entusiasmo, el líquido resbaladizo le permitía coger buen ritmo. Se miró mientras se pajeaba y luego miró a Kip con los ojos entrecerrados.

—Tú también tienes que… Kip, tócate tú también. Por favor. Hazlo conmigo, ¿vale? Quiero verte.

—Mmm, quiero hacerlo. Estás tan sexy, Scott, joder.

—Hazlo. Dios, estás durísimo. Tan precioso. Es justo en lo que pienso cuando estoy solo.

Eso fue suficiente para que Kip cogiera el lubricante de la mesilla y se pusiera manos a la obra. Enroscó los dedos alrededor de su dolorida polla y le dio unos cuantos meneos lentos.

—Jooo-deeer. —Kip se estremeció de alivio. Sonrió y cerró los ojos un segundo mientras echaba la cabeza atrás. Cuando volvió a abrirlos, Scott le sonreía.

—¿Te gusta? —preguntó Scott sin aliento.

—Sí. Es una pasada, joder. Voy a ir más lento para poder mirarte. No me quiero perder nada.

Kip se mordió el labio inferior y lo mordisqueó un poco.

—Me… Me muero de ganas de volver y estar contigo. Lo único en lo que pienso es en cuánto quiero tener esa polla dentro de mí.

—¿Ah, sí? Pensaba que me ibas a follar contra la pared.

—No puedo decidirme. Joder. Quiero hacerlo todo. Te quiero.

Kip jadeó y sin querer aceleró el movimiento de su mano.

—Yo también, Scott. Joder, te quiero mucho. Dios, es que eres tan sexy. Me has puesto cachondísimo.

Scott movía la mano con fuerza y rapidez. Los músculos de sus brazos se tensaban y flexionaban mientras se acercaba al límite.

—Te daré todo lo que quieras cuando entres por esa puerta —dijo Kip—. Me pondré de rodillas. Joder, me encantaría. Justo ahí, en el pasillo.

Scott gimió y siguió moviendo la mano.

—Estoy a punto, Kip…

Estaba emitiendo esos jadeos tan monos y desesperados que siempre hacía cuando estaba a punto de correrse. Kip podía ver cómo se le había sonrojado el pecho y le temblaban los muslos.

Todo iba genial para Kip. Notó como su propio clímax comenzaba a apoderarse de él, retorciéndose y tensando todo el cuerpo.

—Vamos —dijo—. Estás tan precioso cuando te corres. Déjame verlo. Enséñamelo.

Su corrida salió en chorros largos y calientes contra el pecho y el estómago. Kip lo vio, asegurándose de mirar a la cara eufórica de Scott mientras cabalgaba las olas del placer.

—Ay, amor. Es increíble —ronroneó Kip.

Scott soltó un ruido entre jadeo y risa y se recostó contra las almohadas, cerrando los ojos, sin dejar de acariciarse despacio mientras el orgasmo remitía.

—Kip —gimió—. Ha sido increíble. La puta hostia.

—¿Sí? Eso me ha parecido.

Scott se soltó la polla y abrió los ojos.

—Quiero verte. Estás a punto, ¿verdad? Tienes cara de estar a punto.

—Sí, casi. Estoy en una nube.

—Genial.

—Me encanta verte así —dijo Kip—. Agotado y contento. Parece que vas borracho.

—Siento que voy un poco borracho. Quiero que tú también te sientas así.

—Me voy a… Aaayyy… —Kip movió la mano más rápido y utilizó la otra para tirarse de los huevos—. Joder, dios…

Estaba a punto. Ya casi estaba. Sus huevos se tensaron y la sangre le subió a los oídos, casi ahogando los susurros de ánimo de Scott.

—Venga, Kip. Vamos. Estás precioso.

Kip miró la pantalla, vio la cara embriagada de sexo de Scott y su polla gruesa y blanda descansando sobre su muslo. Vio el desastre brillante blanco que había manchado su musculoso torso. Y entonces se derrumbó y gritó en el dormitorio de Scott mientras se corría. El semen le cubrió el puño y goteó sobre su muslo.

Kip se hundió en las almohadas, con los brazos abiertos sobre la cama.

—Joder —jadeó.

—¿Te ha gustado?

—Ha sido una puta pasada.

Los dos se rieron un poco.

—¿Cuántos días faltan para que vuelvas a casa? —preguntó Kip, aunque ya sabía la respuesta.

—Cuatro y medio —dijo Scott.

—Demasiados, joder.

—Lo sé. —Y, entonces, Scott resopló.

—¿Qué pasa? —preguntó Kip.

—Nada. Es que nunca me había corrido tan fuerte haciéndome una paja. Ha sido una pasada.

Kip sonrió.

—Me alegro de haberte ayudado.

—Cuando vuelva a casa, quiero pasarme una semana entera en el apartamento contigo.

Kip se rio, pero algo feo lo punzó por dentro.

«En el apartamento. Como siempre».

Su ansiedad debió de reflejarse en la cara, porque Scott le dijo con tono preocupado:

—¿Kip?

Kip parpadeó y forzó una sonrisa.

—Debería ir a limpiarme.

—Ay, claro. Yo también. Te llamo mañana, ¿vale?

—Sí. Te quiero.

—Y yo a ti.

Kip colgó la sesión de Skype y frunció el ceño mirando al techo.

«Que no cunda el pánico. Acabas de tener una sesión de sexo por videollamada con tu novio. No ha pasado nada malo».

Excepto que cambiaría cien sesiones de sexo por videollamada por un paseo por el parque con su novio.

O por poder llevar a su novio a casa para que lo conocieran sus padres.

O por decirle a la gente que tenía novio.

Se obligó a levantarse de la cama y fue a limpiarse al baño.

Quizá, cuando Scott llegara a casa, las cosas serían distintas.

# Capítulo 18

Kip esperaba justo dentro de la puerta principal del apartamento, con el móvil en la mano. Scott le había estado escribiendo durante toda la mañana con actualizaciones de cómo iba.

Scott: De camino al aeropuerto.

Scott: Despegamos pronto.

Scott: Aterrizado.

Scott: Ya en el coche.

Scott: Cruzando el puente. Hay atasco.

Scott: ¡Llegando!

Kip miró el móvil, esperando a que le escribiera. ¿Le diría algo más o Scott ya entraría por la puerta?

Puso los ojos en blanco. Menuda tontería. Ya eran hombres adultos y tan solo habían estado separados nueve días.

Le llegó otro mensaje.

Scott: Acabo de llegar. ¡Te veo enseguida!

Kip se pasó la mano por el pelo, dejó el móvil sobre la mesa de centro y fue hacia la puerta. Llevaba vaqueros y una camiseta Henley verde oscuro que se había comprado el día anterior, como autorregalo de cumpleaños.

La puerta se abrió con un clic y Kip solo tuvo una fracción de segundo para ver la cara sonriente de Scott antes de que se le abalanzara. Kip quedó aplastado contra la pared mientras Scott lo besaba con fuerza y ansia y le sujetaba los brazos con sus manos enormes.

—Feliz cumpleaños —dijo Scott cuando por fin se separaron para respirar.

—Gracias. Te echaba de menos.

Scott sonrió y lo volvió a besar.

Kip se sintió abrumado de la felicidad. Era fantástico tener el cuerpo enorme y compacto de Scott rodeándolo.

—Lo has conseguido —dijo cuando se separaron—. ¡Has ganado los seis partidos!

—Estaba motivado. —Scott acunó la cara de Kip entre sus manos mientras le acariciaba el pómulo con el pulgar—. ¿Dijiste algo de una recompensa?

—Nunca hablé de recompensas. Dije que te daría lo que necesitaras —le corrigió Kip.

Scott lo besó una vez más.

—Siempre lo haces. Pero hoy no soy el protagonista. ¡Lo eres tú!

—¿Eso significa que te puedo desenvolver?

—Sí, por favor.


—¡Me muero de hambre! —dijo Scott.

Se estaba secando con una toalla después de la ducha que se habían dado juntos (justo después del sexo que habían disfrutado juntos).

—Menos mal —dijo Kip—. Yo también. —Frunció el ceño—. Eeeh, puede que no te quede mucha comida aquí.

—Ah. Ya, bueno, estaba pensando…

—¿En pedir a domicilio?

—La verdad —dijo Scott— es que estaba pensando que quizá… ¿podríamos ir a algún sitio?

La cara de Kip se iluminó.

—¿En serio?

—Sí, a ver… Una comida no creo que sea demasiado sospechoso, ¿no?

—Claro —dijo Kip con un poco menos de entusiasmo. ¿Qué esperaba?

—¿Adónde quieres ir? ¡Yo invito!

Kip puso los ojos en blanco, pero sonrió.

—No sé. No tiene por qué ser nada elegante. Tú sabrás mejor dónde no nos molestarán.

—Pues vístete —dijo—. ¡Que salimos!


El tiempo de marzo era frío, húmedo y horrible, pero Kip estaba muy contento de salir del apartamento de Scott. No se cogían de la mano ni hacían nada que sugiriera que eran novios, pero el simple hecho de estar fuera con él le parecía surrealista y maravilloso.

Scott los llevó a un local que había a unas manzanas de su apartamento. Se sentaron a una mesa y se sonrieron el uno al otro mientras miraban la carta.

—¿Qué te vas a pedir? —dijo Scott.

—Es mi cumpleaños —dijo Kip—. ¡Me voy a pedir un maldito sándwich con hamburguesa!

—Di que sí.

—Y un batido.

—Qué rico. ¿De qué?

—De vainilla, por supuesto. ¿Por qué iba a fastidiar la combinación perfecta?

—Exacto —dijo Scott mientras cerraba la carta—. Pues yo voy a coger exactamente lo mismo.

Pidieron y entonces Scott dijo:

—Pues… Estaba pensando en que quizá podríamos ir a algún sitio en verano.

Kip levantó una ceja.

—¿Ah, sí?

—Sí… O sea, ya te conté que suelo ir a sitios donde no puedan reconocerme. Así no tendríamos que preocuparnos tanto —dijo Scott en voz baja mientras se inclinaba hacia él— de que la gente nos viera juntos.

—Ya —dijo Kip mientras fruncía el ceño mirando a la mesa—. Sí.

Scott empezó a hablar con entusiasmo sobre una ciudad en la costa de España o Italia en la que había estado y no pareció darse cuenta de que Kip estaba empezando a entrar en un bucle.

«No quiero seguir ocultando nuestra relación».

«¿Seguirá queriéndome cuando llegue el verano?».

«¿Cuánto puedo mantener una relación con alguien en secreto?».

El camarero trajo la comida y Kip se alegró de la distracción.

—Uuuf, joder, hacía muchísimo tiempo que no me comía una hamburguesa en pan de sándwich —dijo Scott. Estaba muy contento.

—Está rica —dijo Kip y forzó una sonrisa—. Gracias.

Kip no iba a permitir que Scott se lo llevara de vacaciones de lujo. Entre las entradas para el hockey, el traje y el tiempo que pasaba en el ático, Kip ya había aceptado demasiadas cosas de él. ¿Qué podría darle Kip a cambio? Un viaje a gastos pagados a algún resort gay de cinco estrellas en la playa solo aumentaría la deuda que Kip había acumulado.

«Prefiero que me lleve a cenar otra vez. Y dividimos la cuenta».

—¿Y adónde vas a ir esta noche? —preguntó Scott antes de dar un largo sorbo a su batido de vainilla.

—Hay un pub, por la zona de Village…, el Kingfisher. Antes solía ir mucho, aunque ya no salgo tanto. Pero, siempre que quedo con mis amigos, solemos ir ahí.

—Es como… ¿un bar gay? —preguntó Scott en voz baja.

Kip se rio un poco.

—Sí. Es un bar gay. Pero es tranquilo. Es solo un pub con camareros monos.

—¿Y has dicho que vas a quedar con unos amigos ahí?

—Sí, con Elena. He invitado a Maria, del trabajo. Y algunos amigos de la universidad. —Se inclinó con una sonrisa pícara y susurró—: Algunos amigos gais.

Scott puso los ojos en blanco.

—Vale. Ríete de mí.

Kip volvió a reírse y le dio una patada a Scott debajo de la mesa. Pero dejó de reírse cuando se dio cuenta de que la vida secreta de Scott no tenía nada de gracioso. Era triste que le pusiera nervioso ir a un bar gay. Que nunca hubiera salido con un grupo de amigos que le apoyaran o disfrutado flirteando con un camarero mono.

Decidió intentar algo, aunque sabía que no funcionaría.

—Sé cuáles son todas las razones por las que me dirás que no —dijo—, pero quizá podrías salir con nosotros esta noche.

—Ah. No, es que…

—Ya lo sé. Pero ir a un bar gay no significa que seas gay. Solo seremos un grupo de amigos en un bar. No es gran cosa. No es como si fuéramos a estar restregándonos en la pista de baile ni nada por el estilo.

Parecía que Scott se lo estaba pensando, pero luego negó con la cabeza.

—Tus amigos se preguntarían qué hago ahí. O sea, Elena lo sabe, pero…

Kip se desanimó un poco. Scott tenía razón. Una cosa era Elena, pero los demás…

Scott causaría un revuelo en el Kingfisher, aunque todos creyeran que era un hetero que salía con su amigo gay. Aunque nadie supiera quién era, llamaría mucho la atención. Destacaba bastante.

—Bueno —dijo Kip—. Si cambias de opinión, te puedo mandar la dirección del bar.

Scott parecía estar a punto de decir algo, pero los interrumpieron dos hombres que se habían acercado a la mesa con pinta de estar muy emocionados.

—¡Hola! ¡Scott Hunter!

—¿Hola? —preguntó Scott.

—¡Hostia puta! Eres tú, ¿verdad?

Uno de los hombres le tendió la mano. Scott esbozó una pequeña sonrisa y se la estrechó.

—Soy un gran fan tuyo —continuó el hombre—. ¿Y sabes qué creo? Que este año nos traerás la copa. ¡No me cabe duda!

—Yo también lo creo —dijo Scott y le sonrió con educación.

El otro hombre dijo:

—¿Podemos hacernos una foto?

—Claro —dijo Scott levantándose—. Por supuesto.

Le lanzó una mirada de disculpa a Kip, pero él le respondió con un gesto con la mano. En realidad, estaba disfrutando de la situación.

—¿Podrías…? —dijo uno de los hombres, que le dio el móvil a Kip.

—Ay, sí. Claro.

Kip se levantó para sacarles una foto. Scott los rodeó con un brazo a cada uno y los tres sonrieron hacia Kip.

—¡Gracias, Scott! —dijo uno de ellos—. Eres de primera, tío. Esperamos verte levantar esa copa por nosotros. Disfruta de la comida, ¿vale?

—Gracias —dijo Scott.

Los hombres se fueron y Kip sonrió a Scott.

—Ha estado bien.

—Han sido majos —dijo Scott—. No siempre lo son. —Sus ojos recorrieron con rapidez todo el restaurante—. Es probable que nos tengamos que ir ya. Siempre empieza con uno y acaban viniendo un montón.

No hablaron durante el camino de vuelta a casa de Scott. Él tenía la mandíbula apretada, como siempre que algo le preocupaba, y Kip sabía exactamente qué le molestaba.

«Odia que la gente nos haya visto juntos».

Kip se metió las manos en los bolsillos de la chaqueta y caminó rápido para seguir el ritmo de las largas zancadas de Scott.


Scott estaba nervioso. Estaban sentados en el sofá, Kip se había tumbado en el extremo opuesto con los pies en el regazo de Scott. Estaba respondiendo a unos mensajes de felicitación de su hermana. Scott esperó hasta que hubiera terminado.

—Bueno, eeeh —comenzó Scott—, pues, es que…, tengo un regalo de cumpleaños para ti.

—¿Ah, sí? —dijo Kip.

—Sí.

Scott sacó un sobre ligeramente doblado del bolsillo trasero del vaquero. Se lo dio a Kip, que se incorporó un poco y quitó los pies del regazo de Scott. Echó un vistazo al sobre con recelo mientras miraba a Scott por encima de sus rodillas dobladas.

Scott lo observó abrir el sobre y repasó el discurso que se había preparado. Podía imaginar cómo iba a reaccionar Kip.

—¿No estarás…? ¿No? —dijo Kip, alucinando. Había abierto la tarjetita y estaba sujetando un papel que había sacado de dentro—. No, Scott. Por favor.

—No estoy seguro de haber calculado bien la cantidad —dijo Scott con calma—. Pero quiero pagarte el préstamo de la universidad.

—¡Esto es un cheque de cincuenta mil dólares, Scott!

—Lo sé. Lo he extendido yo.

—No —repitió Kip sacudiendo la cabeza—. Es una locura. No puedes coger y darme cincuenta mil dólares por mi cumpleaños.

—Sabía que dirías eso —dijo Scott—, pero la cuestión es que… me lo puedo permitir. No es un problema. Y lo sabes.

Kip seguía mirando el cheque, alucinando.

—Es muchísimo —dijo en voz baja—. Es demasiado.

—¿Quieres decir que tu préstamo es menos dinero que eso?

—Bueno, sí. Eso también. ¡Pero es que esto es una barbaridad!

—Dijiste que no te gusta tu trabajo. Y que quieres independizarte de la casa de tus padres. Quiero que puedas hacer lo que quieras. Así que, si ese dinero te puede ayudar a empezar, estaré encantado de dártelo. Más que encantado.

—Dios —murmuró Kip.

—No quiero hacerte sentir incómodo —dijo Scott.

—Claro. Bueno.

—Te sientes incómodo.

—Sí.

Scott suspiró. Se había imaginado que eso podía pasar.

—¿Qué te parece esto? Iremos al banco y pagaré el préstamo. Olvida el cheque si es demasiado, pero por lo menos déjame liquidar lo que debes.

—Sigue siendo mucho, Scott.

—Por favor. —Kip volvió a sacudir su cabeza, así que Scott dijo—: Mira, de verdad que lo sé. Sé lo que es luchar por el dinero y, de golpe, no tener que hacerlo más. Pero yo gano… O sea, mi salario es público. Seguramente sepas cuánto es. Es muchísimo dinero. Y además tengo contratos publicitarios y otras cosas. Lo que no tengo… —Scott le cogió la mano a Kip—. O, lo que no tenía, era nada en lo que valiera la pena gastarlo. Ni nadie con quien compartirlo.

Kip lo miró mientras parpadeaba.

—Lo dono a organizaciones benéficas —continuó Scott—. Compré este apartamento y hago algunos viajes durante el verano. Aparte de eso, solo tengo un montón de dinero acumulado en el banco. Me haría muy feliz poder echarte una mano con una parte de ese dinero.

Kip le quitó la mano y volvió a mirar el cheque con el ceño fruncido.

—No —dijo al final—. Gracias, pero no.

—Kip…

—No. Mira, entiendo lo que quieres decir. Lo entiendo… No sé, lo de que te haga feliz hacerme feliz y esas cosas. Pero… Es… —suspiró—. No sé explicarme.

—No es para tanto —trató de explicarle Scott.

—¡Sí que es para tanto, Scott! ¡Es muy importante! ¡No puedes venir… y de golpe cambiarme la vida!

—¿Por qué no? —dijo Scott en voz baja—. Tú has cambiado la mía.

Kip parecía estar a punto de llorar, lo cual no era en absoluto lo que Scott quería que ocurriera.

—Es que… —dijo Scott poniendo una mano en el hombro de Kip.

Pero Kip se levantó y empezó a dar vueltas.

—No soy… Yo no soy una organización benéfica. Tengo que pagar un préstamo universitario normal, como el que tienen millones de personas. Quizá mi trabajo no sea una maravilla, y vivo con mis padres, pero tengo mi puto orgullo. Y he estado pagando el préstamo cada mes antes de que tú…, pues garabatearas tu firma en un puto trozo de papel y lo metieras en una tarjeta de felicitación y…

—¡Oye! —dijo Scott mientras se levantaba para acercarse a él. Kip estaba empezando a cabrearse—. Mira, lo último que quería era ofenderte. Me parece una estupidez que yo tenga todo este dinero y tú tengas préstamos pendientes. Y la solución parece bastante obvia, ¿no?

—Puedo arreglármelas yo solito, ¿de acuerdo?

—De acuerdo —dijo Scott desesperado—. De acuerdo. Sí. Vale. Lo siento.

Kip puso los ojos en blanco, pero parecía más por sí mismo que por Scott.

—Joder, Scott. Sé que solo estás intentando…

—Solo quiero que seas feliz —dijo Scott en voz baja.

—Soy feliz —dijo Kip—. Quizá no esté viviendo la vida de mis sueños, pero ¿quién cojones sí? —Luego se rio fuerte y señaló a Scott—. O sea, aparte de…

—Mi vida no es perfecta, Kip —dijo Scott con tensión—. Creía que eso lo entendías.

Kip exhaló.

—Lo siento. Lo sé. Estoy siendo un gilipollas. Es que estoy algo sensible con estos temas.

Scott asintió, quizá un poco atacado. Quería deshacer lo que fuera que estaba ocurriendo ahí.

—Era demasiado. Lo entiendo. De verdad. Quizá la relación te parezca un poco… desequilibrada. Pero tú me das tanto, Kip. Te quiero. Te quiero y sé que me precipito, y sé que quizá estoy siendo demasiado intenso con nuestra relación, pero, por favor. Entiende que es solo porque me importas muchísimo.

Kip pareció meditarlo y la expresión de su cara se suavizó.

—Vale.

—¿Sí?

—Sí. Pero voy a romper este cheque.

—De acuerdo —dijo Scott, aliviado de que la situación pareciera haberse calmado.

—Lo siento —dijo Kip. Se dejó caer en el sofá y enterró la cara entre las manos—. Me has intentado hacer un regalo muy generoso. Y, créeme, una parte de mí se muere de ganas de decirte que sí, pero no puedo.

Scott se sentó a su lado y lo abrazó.

—Olvidémoslo, ¿vale? Lo siento. Debería haberte comprado flores o algo así.

Kip se rio apoyado en su hombro.

—Siempre es difícil decidir: flores o cincuenta mil dólares.

Scott se rio también, dándose cuenta en ese momento de lo ridículo que había sido su regalo. No había tenido ni idea de lo que estaba haciendo.

—Quiero volver a intentarlo —dijo pegado a la oreja de Kip—. ¿Puedo intentarlo otra vez, verdad? Quiero darte el regalo perfecto.

—No hace falta.

—Pero quiero. Te quiero, Kip. Y siento mucho ser tan malo con todo esto.

Kip inclinó la cabeza y unió sus labios con una mirada tierna y cariñosa. El beso fue lento y dulce, y Scott se derritió en él.

—Te quiero —dijo rozando con los labios la barba de tres días de Kip.

—Y yo a ti. Mucho. Joder, no quiero estar enfadado contigo. Te he echado de menos.

—Y yo a ti.

—Te voy a echar de menos hoy.

—Lo sé. Lo siento. Y esta semana estaré ocupado. Lo siento mucho.

—¿Qué tienes que hacer esta semana? —preguntó Kip, y luego empezó a besarle el cuello.

—Mañana tengo un entrenamiento largo. —Scott echó la cabeza hacia atrás para que Kip pudiera besarlo mejor—. Y mañana por la tarde tengo una cosa.

—¿Una cosa?

—Ajá. Una entrevista en *Sports Illustrated*.

—Ah.

—Y el miércoles voy a visitar a unos niños al hospital por la mañana. Esa noche tengo un concierto. El jueves por la mañana tenemos una videollamada y esa tarde tengo otra cosa…

Los besos pararon.

—¿Y qué es esa cosa?

—Ah. Pueees… una sesión de fotos. Una nueva campaña para Gillette.

Kip se echó hacia atrás para mirarlo fijamente.

—¿En serio?

—Y luego, el viernes, vuelvo a jugar y…

—¿Y luego tienes que ir a presentar el *Saturday Night Live*?

Scott se rio.

—¡No! Lo rechacé. Dios, ¿te imaginas?

—No…

Scott lo miró serio.

—Sabes que todo eso es solo… Nada de eso es importante. Todo parece superglamuroso, pero lo único que me importa es el hockey y el tiempo que paso contigo.

—El mundo te quiere —dijo Kip acariciando los labios de Scott con el pulgar—. Tengo que compartirte.

—Un poquito —dijo Scott—. Pero a ellos solo les doy migajas.

Le mordisqueó el pulgar y a continuación le pasó la lengua por encima.

—Qué putada para ellos —se burló Kip.

# Capítulo 19

—Siento mucho lo del trabajo —dijo Shawn nada más sentarse en la mesa—. Si quieres, no volveré a pisar ese museo nunca más.

Kip se rio.

—No pasa nada. No estaba cualificado para el puesto. Ya te lo dije.

—No es cierto y ellos se lo pierden —dijo Shawn.

—Exacto —dijo Elena levantando su pinta de cerveza.

El bar estaba lleno para ser lunes por la noche. Kip miró a sus amigos alrededor de la mesa: Elena, Shawn y Maria, además de Jimmy y Chuck, que se habían tomado unas vacaciones expresamente para venir a Nueva York. Era la primera vez que todos veían a Maria, excepto Elena. Kip no salía mucho con ella fuera del trabajo, lo cual era una pena. Pero ahora estaba ahí, y Kip estaba rodeado de un grupo maravilloso de personas que tenía la suerte de tener en su vida.

Solo lamentaba que Scott no estuviera ahí también.

Trató de no darle más vueltas. Ninguno de sus amigos se había traído pareja tampoco. No tenían pareja estable, que él supiera.

—Ahora que estamos todos aquí —dijo Chuck, con voz alegre y resonante—, propongo un brindis. ¡Por Kip! Un tipo al que querrías odiar de lo guapo que es, pero que no puedes porque es un puto encanto.

—¡Por Kip! —dijeron todos.

—¡Eso! ¡Por mí! —exclamó Kip levantando su vaso.

El camarero era el mismo que había coqueteado con Kip la última vez que había estado allí con Shawn: Kyle. Seguía siendo muy mono y seguía flirteando con Kip, que no pudo evitar seguirle el rollo un poco.

—¿Ya te lo has tirado? —preguntó Shawn después de que Kyle se fuera a por otra ronda.

—No —respondió Kip.

—Una lástima —dijo Jimmy—. Si no lo haces tú, lo haré yo.

Chuck se rio.

—Como si tuvieras posibilidades, Jim. Con lo mucho que destaca Grady, ni siquiera te ha visto.

—Kip —dijo Maria—, no me habías comentado que todos tus amigos guapos eran gais. ¿Qué pinto yo aquí?

—Te lo dije y, si quieres, más tarde podemos ir al Olive Garden o a cualquier otro sitio al que vayan heteros.

Le lanzó una aceituna de los nachos que estaban compartiendo de aperitivo.

Todos bebieron y charlaron animados durante un rato. Kip empezó a sentirse bien, despreocupado; se reía con facilidad y bromeaba con sus amigos.

—Muy bien —dijo Chuck mientras colocaba las manos sobre la mesa para enfatizar—, la próxima ronda la pagará quien lleve más tiempo sin follar.

—Eso está feo —dijo Elena—. Debería ser la última persona que haya follado.

—Joder, Elena —dijo Kip—, de verdad quieres pagar la siguiente ronda, ¿eh?

—No estoy segura de que sea yo —dijo ella mirándolo fijamente.

Kip se calló.

—No, son mis reglas —dijo Chuck—. Así que, venga, todo el mundo a hablar. Yo llevo dos semanas.

—¿Qué consideramos follar? —preguntó Jimmy.

—Correrse con la colaboración de otra persona —dijo Chuck con autoridad.

—Ah. Entonces hace como tres días —dijo Jimmy.

—Espera —dijo Chuck—, ¿fue el contable ese…?

Jimmy asintió.

—Genial. Bueno, ¿quién supera las dos semanas?

Elena negó con la cabeza.

—Anoche.

—Yo iguaaal —canturreó Shawn.

Maria echó la cabeza hacia atrás y gimió.

—¡Joooooodeeeeeer! —dijo—. Un mes. Más de un mes. Uuuf.

—Ups —dijo Chuck—. ¿Y tú, cumpleañero?

—Pues… —dijo Kip. «Hace unas horas».

Miró a Elena en busca de ayuda. Ella solo enarcó una ceja con cara de interés.

—Llevaré como un par de meses o así —dijo al final.

Elena era la única que sabía que eso era mentira.

—Joder, qué mal, lo siento, Grady —dijo Chuck—. Parece que te va a tocar pagar la ronda en tu propio cumpleaños.

—No pasa nada —dijo Kip.

Porque no pasaba nada. Estaba fingiendo estar a dos velas cuando, en realidad, estaba en la mejor relación de su vida. Había problemas peores. Se levantó para pedir. Se tambaleó un poco mientras se dirigía a la barra. Kyle estaba allí, guapísimo con una camiseta blanca ajustada.

—Mi cliente favorito —soltó Kyle—. ¿Qué te pongo?

Kip sonrió y apoyó un brazo en la barra.

—Pues una ronda para toda la mesa.

Ahí es cuando Kip hubiera dicho algo como «de momento» o habría sido más directo y le habría dicho que lo buscara cuando terminara su turno. Pero…

—Eso —dijo Kip mientras retrocedió un poco—. Y ya.

Kyle pareció sorprendido, pero controló rápido sus gestos.

—Lo que me pidas —respondió él, sin dejar de sonreír y recorriendo con la mirada el cuerpo de Kip.

Kip volvió a la mesa. Era agradable saber que aún llamaba la atención, aunque ahora esa atención se la reservara a un determinado deportista superestrella.

Al final de la noche, todos estaban bastante borrachos. Mientras esperaban fuera a los taxis, Maria abrazó a Kip con todo su cuerpo.

—Gracias por invitarme, Kip. Me caes bien. Tus amigos son geniales. Y tú también.

—Gracias por venir —le dijo Kip al oído—. Deberíamos salir más.

—¡Sí! ¡Sí, claro! Kip… Sí.

Lo señaló con el dedo mientras retrocedía hacia el taxi que la esperaba.

Jimmy, Chuck y Shawn se abalanzaron sobre Kip para darle un abrazo grupal.

—Gracias, chicos —dijo Kip—. Os quiero, cabrones. Lo sabéis, ¿verdad?

—Y nosotros a ti, Kip —dijo Shawn.

Los tres se subieron al taxi juntos y Kip se quedó solo con Elena.

—Ya está de camino. —Ella siempre estaba como muy serena y coherente, incluso cuando iba borracha.

—¿Qué?

—Scott. Le he escrito. Viene para llevarte a casa.

—¿Qué? ¿Por qué? ¿De dónde has sacado su número?

Elena lo miró como si fuera muy idiota.

—Das miedo, ¿lo sabías? —dijo Kip.

—Lo bueno es que estoy de tu parte.

—Cierto. Lo estás. Te quiero, Elena.

La abrazó. Al principio ella se resistió, pero luego acabó cediendo.

—No tenías que haberle mandado ningún mensaje —dijo Kip.

—Bueno. Tú estás borracho y yo he quedado —dijo mientras escribía en su móvil.

—¿Otro actor famoso? —sonrió Kip.

—Bah, tan solo es un chico de mi gimnasio —dijo Elena—, que también es bailarín suplente de Rihanna.

—¡Dilo, reina! —dijo Kip y levantó la mano para chocar los cinco.

Ella lo ignoró.

—Parece que tu transporte ya está aquí. —Señaló con la cabeza un bonito todoterreno que acababa de llegar.

—Gracias, Elena. ¡Eres la mejor! —dijo él, completamente en serio.

Abrió la puerta trasera del todoterreno y se sorprendió al ver que Scott no estaba allí.

—Oye, aquí —dijo la voz de Scott.

Kip se volvió y vio a Scott sentado al volante.

Cerró la puerta trasera y se sentó en el asiento del copiloto. Le dedicó una sonrisa descuidada a Scott.

—No sabía que supieras conducir —balbuceó.

—Sé hacerlo —dijo Scott—. Tío, estás hecho un cuadro.

—'toy bien. ¿Tienes coche?

Scott se rio.

—Sí. No lo uso muy a menudo, pero lo tengo. Es más fácil tener chófer. No tener que preocuparse por dónde aparcar y esas cosas.

—Mmm —respondió Kip somnoliento. El aparcamiento o tener un coche no eran cosas de las que se hubiera preocupado nunca.

Condujeron en silencio durante un minuto y luego Scott dijo:

—¿Te lo has pasado bien?

—Sí. Sí. Mis amigos son geniales.

—Guay. Siento no haber podido ir.

—'tá bien.

—No, es que… —Suspiró—. Da igual. Podemos hablar de eso cuando no estés…

—¿Hablar de qué?

—De nada.

Kip advirtió que Scott apretaba la mandíbula, incluso a través de su visión borrosa.

—Te quiero —le dijo.

Scott se relajó un poco.

—Y yo a ti. Incluso cuando vas pedo.

—No estoy pedo. Estoy contentillo.

—Ajá.

—Gracias —dijo Kip concentrándose mucho para que sus palabras fueran lo más claras posibles— por venir a recogerme. No tenías por qué…

—Pues claro —dijo Scott—. Me he alegrado de que Elena me escribiera. Aunque no tengo muy claro cómo ha conseguido mi número…

Kip hizo un gesto con la mano.

—Ni puta idea. Siempre se entera de todo.

—Bueno, pero me alegro de que me escribiera. Me ha hecho sentir que… lo que tenemos…

Kip se estaba perdiendo.

Scott paró en un semáforo en rojo y lo miró.

—Ya sé que mantener las cosas en secreto es una puta mierda. Para mí también es una mierda. Esta noche ha sido dura para mí.

—Scott…

El semáforo se puso en verde.

—En fin —dijo Scott volviendo a centrar su atención en la carretera—, me ha hecho ilusión que Elena me escribiera. Es como que todo parece más real.

Kip puso una mano en el muslo de Scott.

—Es que lo es.

Scott esbozó una sonrisa.

—Sí —dijo—. Ahora vamos a llevarte a la cama.


—Buenos días —dijo una mancha borrosa con forma de Scott—. Me alegra verte con vida.

Kip parpadeó y se frotó los ojos. Estaba sediento.

—Toma —dijo el Scott borroso mientras le ofrecía un vaso de agua.

Kip se lo bebió de un trago.

—Gracias —dijo mientras le devolvía el vaso.

—¿Cómo te encuentras?

—Estupendo —respondió Kip con voz ronca. Se dejó caer sobre la almohada.

—Anoche estuviste muy mono —dijo Scott—. Muy cariñoso. Hasta que te quedaste frito encima de mí.

—Lo siento —dijo Kip.

—No te preocupes. Me alegro de que te lo pasaras bien.

Scott le acarició el pelo con los dedos y Kip cerró los ojos y suspiró feliz.

—¿Huele a beicon? —murmuró.

—¡Sí! He hecho tostadas francesas y beicon.

—Dios mío. Eres el mejor.

—Estará listo para cuando tú quieras. El café también. Tengo que irme pronto.

Kip se incorporó.

—¡Es verdad! Lo siento, se me había olvidado tu entrenamiento. Voy a darme una ducha rápida.

Se quedó bajo la ducha el tiempo justo para lavarse el pelo con champú y enjabonarse el cuerpo. Se sintió mucho mejor al salir.

Entró en la cocina en pantalones de chándal, camiseta y con el pelo mojado. Scott le dio una taza de café y Kip a él un beso.

—De verdad —dijo Kip—. Eres el mejor novio del mundo.

Se sentaron en la encimera de la cocina y comieron unas (riquísimas) tostadas francesas, y él le contó a Scott un poco sobre cómo había ido la noche.

—Anoche —dijo—, en el coche, ¿me dijiste que habías estado mal?

—Ah. —Scott miró su plato y se puso rojo—. No es nada. Anoche estaba un poco raro. No te preocupes por eso.

—No, por fa. Cuéntamelo.

Scott dejó el tenedor.

—Creo que quizá fue la primera vez que me sentí muy… O sea, lo de la gala fue duro, pero anoche saliste con tus amigos porque era tu cumpleaños…

Kip se acercó y le puso una mano en el antebrazo.

—Debería haber estado allí —dijo Scott—. Eso es lo que me rondaba durante toda la noche. Ojalá pudiera… —Suspiró—. Da igual. No tiene sentido que lloriquee por cosas que no puedo tener. Debería estar agradecido de lo que tengo.

Kip estuvo a punto de preguntarle a Scott si estaba seguro de que no podía tener esas cosas. Si sería tan malo que saliera del armario públicamente. Pero se había prometido a sí mismo que no insistiría en ese tema. Scott entendía mucho mejor que Kip lo que estaba en juego.

En lugar de eso, dijo:

—Tienes que estar preparado.

Scott tenía una expresión de tristeza en el rostro.

—Quiero estar preparado.

—Lo estarás. Muy pronto —dijo Kip mientras le apretaba el brazo.

Scott asintió y le sonrió un poco.

—Lo siento. Como te decía, fue una noche rara y solitaria. La imaginación me jugó una mala pasada.

—Yo también he pasado por eso. Te entiendo.

Kip lo besó y Scott le devolvió el beso con más pasión aún, le colocó una mano en la cara y se deslizó del taburete para poder ponerse de pie frente a él. Kip estiró el cuello para quedar a su altura mientras Scott exploraba su boca con la lengua.

—Se te da bien —susurró Kip cuando se separaron.

—Debe de ser por todos estos años de práctica —dijo Scott un poco seco.

—Anda ya. —Kip le dio un golpecito en el pecho—. ¿A qué hora te tienes que ir?

Scott miró el reloj.

—Pues ya, básicamente. El coche llegará en un par de minutos.

—Vaya mierda —dijo Kip—. Hoy trabajo hasta las dos. Estarás ocupado esta tarde, ¿no?

—Sí. *Sports Illustrated*.

—Ay, sí.

—Y también lo estaré las próximas tardes.

—Bueno… Ya se nos ocurrirá algo. ¿Quieres que me quede aquí esta noche?

—Sí —dijo Scott—. ¿Puedes?

—Te prepararé la cena.

—¿Sí? Puede que llegue un poco tarde.

—No pasa nada —dijo Kip mientras le sonreía—. Que vaya muy bien en la entrevista.

—Gracias. No me gustan nada.

—¿Te harán una sesión de fotos?

—Sí. Hoy no, pero sí. Pronto. Será la portada.

—¡Pero bueno!

Scott hizo una mueca.

—Ya.

Se puso una cazadora de cuero y besó a Kip junto a la puerta.

—¡Ah! ¡Se me ha ocurrido algo! Para tu regalo de cumpleaños —dijo emocionado—. ¿Qué te parece si el sábado vamos juntos al Met?

—¿El Met? ¿Tipo… el museo?

—Sí —dijo Scott—. He pensado que igual te haría ilusión…

«Hostia puta».

—Me encantaría.

¿Había adivinado Scott lo que Kip no se había atrevido a decir: que lo único que Kip quería para su cumpleaños era ir a un lugar que le encantase con su novio?

—Pues es oficial —dijo Scott sonriendo—. Tenemos una cita.

—¿En serio?

—A ver, es evidente que tendremos que ser… discretos.

—Ah. Claro. No, ya lo sé. —Kip se desanimó un poco.

—Te traeré de vuelta aquí después y te lo compensaré, ¿vale?

Kip asintió y trató de mantener una expresión alegre cuando dijo:

—Suena genial. —Lo besó—. Ve a ser una superestrella. Estaré aquí para cuando vuelvas.

# Capítulo 20

—Bueno, ¿y quién es este tío? —preguntó Scott—. ¿Cuál es su historia?

—¡No lo sé! —dijo Kip riéndose—. ¡No lo sé todo! —Se inclinó para leer la descripción que habían puesto desde el museo sobre la ornamentada armadura de plata—. Italiano. Siglo XVI. Un tío sin más. Un caballero.

—Así que solo es un caballero cualquiera, ¿eh? Un caballero bastante bajito.

—Todo el mundo era más bajito en aquella época. Me pregunto si llevaría puesto eso cuando murió.

—Dios, ¿te puedes hacer una idea de lo que tardaron en construir esa armadura? ¿Y tenían ejércitos enteros con tíos así?

—Lo más seguro es que las reutilizaran. Había mucha rotación de personal.

Scott se rio del chiste de humor negro de Kip. Iba vestido de incógnito: una gorra de los Yankees puesta lo más baja posible sin que le tapara la visión, una sudadera gris oscuro con cremallera y unos vaqueros. Kip no las tenía todas consigo de que ese disfraz fuera a funcionar; seguía siendo el tío más buenorro de todas las salas. No cabía duda de que iba a llamar la atención.

Scott llevaba los hombros encorvados y no paraba de meter las manos en los bolsillos de la sudadera, como si intentara evitar tocar a Kip.

—Cuando era pequeño, mi padre me traía mucho aquí —dijo Kip—. Era profesor de Historia y de Lengua en el instituto.

—¿Así que lo has heredado de él?

—Sin duda —dijo Kip—. A mi hermana, Megan, es a la que le han interesado más las novelas, pero a mí siempre me ha interesado la historia.

—¿Y qué es lo que te gusta?

Kip no sabía muy bien cómo responder a esa pregunta.

—Es… O sea, es una larga historia. Una muy muy larga. Y ha habido millones de personas a lo largo de miles de años que han ayudado a contarla. Para registrar una pequeña parte de ella, o para intentar llenar los vacíos o corregir las partes de lo que sucedió antes. Tipo, algunas personas intentan narrar su historia de una manera que las haga quedar mejor o que haga quedar peor a otras personas. Pero luego los historiadores trabajan para corregir eso. Y eso es lo que yo quiero hacer: trabajar para asegurarme de que se cuentan las historias correctas.

—Guau —dijo Scott—. Qué guay. Me gusta.

Kip se encogió de hombros, un poco avergonzado por las divagaciones que acababa de soltar.

—Es solo que me resulta interesante.

—Entonces ¿los caballeros italianos del siglo XVI no son tu especialidad? —preguntó Scott.

Kip negó con la cabeza y sonrió.

—No, la verdad es que no. Me interesan más los campesinos. Aunque los soldados me interesan también, claro.

—Cuéntame —dijo Scott—. Quiero saber qué te interesa.

—Ah. Lo que más me interesa es la gente. No tanto los grandes nombres de la historia, sino más bien cómo vivían en las diferentes épocas. En distintos lugares. Quiénes eran los soldados en las guerras. Quiénes eran los trabajadores. Esas cosas. Sobre todo, los grupos marginados. La gente cuya historia no se ha contado.

Scott asintió pensativo.

—¿Como la gente *queer*? —supuso.

—Claro, eso es. De hecho, escribí mi trabajo de final de carrera sobre los grupos marginados que eran reclutados para las guerras. —Kip examinó los detalles de una guja del siglo XVI y esperó a que Scott cambiara de tema.

Al cabo de un minuto, Scott sorprendió a Kip al preguntarle:

—¿Y por casualidad tienes una copia? Me gustaría leerlo.

Kip lo miró parpadeando.

—¿Quieres leer mi trabajo?

—Claro. Si lo has escrito tú, quiero leerlo.

Dios, qué tierno. A Kip le dieron muchas ganas de abrazarlo. ¿Se enfadaría con él si lo abrazaba?

—Tiene como unas noventa páginas —dijo, en lugar de abalanzarse sobre su grandioso y adorable novio—. Y seguro que te parece un tostón.

—Puedo leer noventa páginas —dijo Scott mientras soltaba una sonrisita—. Soy deportista, no idiota.

Kip puso los ojos en blanco.

—Ya sé que no eres tonto, Scott.

Scott sonrió y luego miró rápido alrededor de la habitación por enésima vez. Parecía estar esforzándose por pasarlo bien, pero era evidente que se sentía incómodo. Y eso a Kip le molestaba.

Le puso una mano en el brazo a Scott, pero la retiró al momento cuando este se estremeció.

Kip hizo lo posible por no cabrearse. Quería decirle a Scott que se relajara, pero en lugar de eso se dio la vuelta y lo llevó hacia otra armadura.

—Oye, ¿has visto esta alguna vez? Siempre ha sido una de mis cosas favoritas del museo. Esta la llevaba Enrique VIII.

—¡Yo he oído hablar de ese tipo!

—¿Ves? ¡No tienes ni un pelo de tonto!

Scott frunció el ceño al mirar la armadura dorada.

—Creía que era gordo. ¿No era un tipo grande y gordo con barba? Esta armadura parece muy pequeña.

—Esta era su armadura de cuando era joven —dijo Kip—. Por aquí… —Le indicó a Scott que le siguiera—. Aquí vemos otra de sus armaduras, que usó unos veinte años después. Hay una gran diferencia.

—Supongo que se pasó esos veinte años comiendo.

—Y follando. Y matando a sus mujeres.

—Bueno, le estaba comprando el plan hasta que has mencionado lo último.

Kip se rio. Scott le sonrió.

—Deberías trabajar aquí —le dijo—. ¡Se te daría genial!

—Sí. Sería fantástico —murmuró Kip.

Ni se había molestado en contarle a Scott lo de la entrevista de trabajo fallida en el otro museo. No tenía por qué ridiculizarse aún más.

—¿Qué necesitas para trabajar en un sitio como este? Si ya tienes tu carrera en Historia.

—Ah, pues no lo sé. Lo más probable es que, por lo menos, un máster. Depende del trabajo.

—¿Y no quieres estudiar un máster?

—No lo sé —dijo Kip mientras fingía estar interesado en un guante del siglo xv—. O sea, sí. Me gustaría. Pero no puedo… —Se calló justo ahí.

—¿Permitírtelo? —terminó Scott por él.

—No empieces —le advirtió Kip.

—¡No he empezado nada! Pero si lo único que te lo impide es el dinero…

—No es cierto. Para empezar, tendrían que aceptarme en algún sitio.

—¿Has enviado alguna solicitud?

A Kip no se le ocurrió ningún motivo por el que mentir.

—Envié unas cuantas solicitudes hace un par de semanas.

A Scott se le abrieron los ojos de la sorpresa y sonrió.

—¡Qué bien! —Después, su cara se puso seria—. Eeeh… ¿Dónde?

—Ah, por aquí —respondió Kip rápido. Bajó la voz y sonrió—. ¿Te pensabas que te iba a dejar?

Scott lo miró serio.

—Te echaría muchísimo de menos si te fueras a estudiar fuera, pero lo entendería.

Kip tenía unas ganas inmensas de besarlo o, por lo menos, de estrecharle la mano. Menuda mierda.

—Gracias —le dijo—. Pero seré más feliz si me quedo aquí. Y, además, puede que no me admitan en ninguna de ellas.

—Lo harán.

Las cosas cambiaron al rato, cuando estaban en la galería de esculturas europeas. Bajo la fuerte iluminación y en los amplios espacios abiertos, la gente comenzó a darse cuenta de la presencia de un famoso entre ellos. De pronto, los visitantes del museo parecían mucho menos interesados en las estatuas de los dioses griegos y comenzaron a hacer fotos a escondidas del Adonis moderno que caminaba entre ellos.

Kip se inclinó hacia Scott y le dijo:

—Oye, son…

—Lo sé —le respondió Scott con voz tensa—. Ya lo veo.

Al cabo de poco rato, dos chicas se acercaron a ellos y les preguntaron si podían hacerse un selfi con Scott. Kip se dio cuenta de que él quería rechazar la petición con educación, pero, en lugar de eso, esbozó una sonrisa forzada y dijo:

—¡Claro!

Kip podía oír los murmullos que rebotaban en el tranquilo claustro de mármol. «¿Has visto que Scott Hunter está ahí?».

«¿De verdad es Scott Hunter?». «¿Quién crees que será el que va con él?».

Más gente se acercó a Scott y se hizo fotos con él. Scott firmó algunas guías del museo, lo que a Kip le pareció una petición absurda.

Después de que una familia de cuatro miembros se hiciera fotos con él, Scott se volvió hacia Kip y le dijo firme:

—Deberíamos irnos. Lo siento, pero esto solo va a empeorar.

Se fueron rápido. Habían planeado comer cerca, pero, mientras atravesaban el vestíbulo del museo, Scott ya estaba llamando a su servicio de transporte.

—Bueno, imagino que cancelamos el plan de comida —dijo Kip manteniendo un tono lo más tranquilo posible.

—Sip.

El tono de Scott no era tan tranquilo; estaba tenso y enfadado. Kip quería ponerle una mano encima para tranquilizarlo, pero no se atrevió.

«Otra vez al apartamento. A escondernos».

Bueno, habían sido un par de horas agradables fingiendo que tenía una relación normal.


Por la noche, las cuentas de los fans de Scott Hunter estaban repletas de fotos hechas con móviles, la mayoría sin permiso, de Scott y Kip en el museo. Incluso había un par de sitios web de cotilleos sobre famosos que las estaban publicando. Kip solo se enteró porque, poco después de las ocho de la tarde, recibió un mensaje de Shawn.

Shawn: ¡Kip! ¡Qué cojones! ¿¿¿¡¡¡Ese eres tú!!!???

Era una foto de Scott mirando (quizá con demasiado cariño) a Kip mientras él contemplaba una estatua de Perseo. La escena era sin duda romántica, y el pene de mármol de la estatua que se alzaba entre sus rostros no ayudaba a suavizar las cosas.

La mayoría de la gente no se daría de cuenta de eso, ¿no?

Kip: Sí.

Shawn: ¿Puedes explicarme cómo es que tenías una cita con Scott Hunter?

Kip: ¡No era una cita!

Mentira cochina.

Shawn: Pues explícate.

Kip: Lo conocí en el trabajo. Somos amigos. No es nada.

Shawn le respondió con un gif de una concursante de *Ru-Paul: reinas del drag* poniendo una cara de «a ver, marica…».

Kip: ¡Que no es nada! ¡De verdad! Como si Scott Hunter quisiera salir conmigo. ¡Sí, hombre!

Shawn: Mmm…

Kip: ¿Acaso te parece gay? ¿De verdad?

Odiaba cada palabra que estaba escribiendo. No quería mentir a sus amigos.

Shawn: Mmm…

Kip: No es nada…

Shawn: Bueno, pues la próxima vez que tú y tu amigo hetero Scott quedéis para no hacer «nada», deberíais invitarme. Y quizá ir a la playa o algo así. O a la piscina. O a una sauna.

Kip puso los ojos en blanco, y entonces le envió el emoji de los ojos en blanco.

Shawn: Parece que te quiera comer vivo. No digo nada más.

Kip: Que no…

(Aunque en realidad sí).

Decidió no contarle nada a Scott sobre el tema de las fotos en internet. Scott ni siquiera tenía cuentas oficiales en redes sociales. Había probabilidades de sobra de que nunca se enterara de su existencia.

Al fin y al cabo, no era para tanto. Toda la atención se centraba en que se había visto en público a Scott Hunter. Nadie mencionó a Kip, salvo para hablar de él como el «amigo desconocido».

No había motivos para contárselo a Scott. Solo lo estresaría.

A las nueve y media, Scott dijo:

—¿Hay fotos nuestras en internet? ¿En el museo?

—Eeeh… No lo sé —Kip mintió—. ¿Por qué?

—Carter me acaba de escribir.

Joder. Kip sacó el móvil y fingió abrir Twitter, como si no lo hubiera estado revisando todo el día.

—Ay. Pues sí, hay algunas. Nada… O sea, la mayoría están bastante borrosas. No sé por qué la gente se molesta en publicarlas.

Esperó a que Scott respondiera y deseó que no se diera cuenta de que se había puesto rojo. Ya le había mentido a Shawn sobre esas putas fotos; y ahora le estaba mintiendo a Scott. En realidad, Kip solo quería verlas y sentirse un poco orgulloso de ellas. Nunca había visto ninguna foto de los dos juntos.

—¿Por qué Carter te ha mandado una?

—Pues… para reírse de mí o lo que sea. Sabe que detesto ese tipo de cosas.

—Así que entonces no cree…

—¡No lo sé! ¡Joder! —Scott tiró su móvil sobre el sofá y empezó a dar vueltas—. ¡No deberíamos haber ido! Qué idiota. Yo solo quería… Joder. ¿En qué estaba pensando?

—Oye —dijo Kip tratando de sonar tranquilizador—. No es para tanto. No es nada. No es como si nos estuviéramos enrollando en las fotos.

—¿Y si hubiera sido así? No me refiero a enrollarnos. Pero ¿y si te hubiera tocado de alguna manera obvia sin querer? ¿O si te hubiera… mirado como sé que te miro siempre?

Kip estaba suplicándole a Dios que Scott nunca viera la foto que Shawn le había enviado.

—Es demasiado puto difícil estar en todo —dijo Scott—. No debería de haber…

—Ya —dijo Kip, seco.

Qué puto ridículo, joder. Su cita no podía haber sido más casta, y ahí estaba Scott, derrumbándose por el hecho de que los hubieran visto juntos en un lugar público.

Por primera vez, Kip se planteó en serio la posibilidad de irse a casa esa noche. Estaba mucho más que molesto con Scott. Su habitual miedo de que eso que había entre ellos no fuera a funcionar a largo plazo se apoderaba de él.

Quería mucho a Scott y habría hecho casi cualquier cosa por quedarse con él. Pero no podía mentir sobre quién era. Y no quería mentir sobre lo que Scott significaba para él.

—Creo que… me voy a ir a mi casa, ¿vale?

—¿Qué? —Scott parecía haberse sorprendido al oír eso—. ¿Por qué?

—Es que… —Kip se mordió el labio. No quería discutir por nada de eso, pero, si se quedaba, acabarían peleándose porque Kip no podía fingir que no estaba molesto—. Tengo cosas que hacer en casa.

Sonaba tan falso como lo era.

—Por favor, no te vayas —dijo Scott.

Kip iba a insistirle en que necesitaba irse, pero entonces Scott le dijo:

—Lo siento.

Kip suspiró.

—No tienes que disculparte, Scott.

—Bueno…, siento que tengo que hacerlo, ¿vale? Y ojalá pudiera prometerte que las cosas mejorarán, pero la verdad es que… —Se frotó la cara con la mano y dijo palabrotas en voz baja—. Lo estoy intentando. Te lo prometo, lo intento. Y quizá no lo parezca, pero cada pasito que damos para mí es un salto inmenso.

—Lo sé —dijo Kip.

Y lo sabía. El simple hecho de que Scott intentara salir en público con él había sido algo muy importante. Solo llevaban juntos unas semanas, ¿cuánto más le podía pedir?

—Las cosas se van a complicar más cuando empiecen los *play-offs* —dijo Scott—. Solo quiero saber que estamos bien.

Kip asintió.

—Estamos bien.

—Por favor, quédate —dijo Scott—. Te quiero mucho, Kip. Te necesito. Por favor, ten paciencia conmigo.

¿Y cómo iba Kip a resistirse a eso?

—Me quedo.

# Capítulo 21

La multitud era ensordecedora, pero aun así Kip consiguió oír a Elena cuando se inclinó y le dijo al oído:

—Creo que esta noche alguien va a tener una sesión de sexo increíble.

Kip se puso rojo y sonrió aún más de lo que ya lo había hecho. Los Admirals acababan de ganar su cuarto partido consecutivo en la primera ronda de los *play-offs*, eliminando de un plumazo a Pittsburgh, que estaba en el top de la clasificación, y pasando a la siguiente ronda. Kip vio a Scott celebrar con sus compañeros de equipo sobre la pista. Estaba muy orgulloso de él.

Scott había tenido cada vez menos tiempo para él a medida que se habían acercado los *play-offs*. Aunque Kip pasaba la mayoría de las noches en casa de Scott, él solo estaba en casa la mitad de los días. Kip les había dicho a sus padres que se quedaba a dormir en casa de unos amigos en Manhattan. Algo había tenido que contarles.

Seguía siendo una relación muy reciente. En realidad, apenas llevaban dos meses saliendo. Kip se lo recordaba a sí mismo siempre que se sentía frustrado por ello. A veces se preguntaba si en algún momento Scott estaría listo para salir del armario. Para que fueran una pareja de verdad.

En cambio, en privado, cuando Scott tenía tiempo para él, las cosas eran fantásticas.

Los dos equipos se alinearon para darse la mano. Cada jugador del equipo de Pittsburgh parecía tomarse un momento para decirle algo a Scott cuando le tocaba su turno. Algunos incluso lo abrazaban rápido, en plan amigos. Eso dejaba en evidencia lo mucho que respetaban a Scott, incluso sus oponentes.

Kip lo quería. Y esperaba que tuvieran una sesión de sexo increíble esa noche.


Kip estaba cepillándose los dientes en el apartamento de Scott cuando recibió un mensaje suyo.

Scott: Voy a salir con los chicos. Es muy probable que llegue tarde.

Kip intentó no sentirse decepcionado. ¡Los Admirals acababan de eliminar a Pittsburgh de los *play-offs*! Era obvio que Scott querría celebrarlo con su equipo.

Se sentó en el borde de la cama de Scott y le respondió:

Kip: Vale. Pásalo bien.

Suspiró. La verdad era que últimamente había pasado mucho tiempo solo. No es que no tuviera amigos, sino que, aparte de Elena, no tenía más amigos que supieran lo de Scott. Su familia tampoco lo sabía. Su familia con la que, en teoría, vivía.

Cada vez era más complicado.

Por muy bonito que fuera el ático de Scott, también era vacío y solitario. Además, ni siquiera era de Kip. Había llevado algo de ropa y algunas cosas básicas de aseo, y su portátil estaba casi siempre allí, pero él seguía siendo un invitado.

Cualquier posible emoción sexy de tener una relación secreta se había esfumado por completo. Sin duda, la desastrosa salida al museo había acabado con lo que quedaba de ella. Kip se había cansado de tener cuidado al hablar con sus amigos y familiares. Estaba cansado de las mentiras y las verdades a medias. Sobre todo, estaba cansado de evitar a todo el mundo porque no quería mentirles. Siempre había sido un chico muy sociable. Todo eso no le gustaba.

Scott parecía estar mucho más cómodo que Kip con su extraña relación. Era obvio que le encantaba volver a casa con Kip, a quien siempre recibía con una cálida sonrisa y un beso. Incluso las actividades domésticas más simples, como preparar la comida o ver la televisión, parecían hacerle muy feliz. A Kip también le hacían feliz, pero se sentía muy… enclaustrado. Encajaba en la vida doméstica de Scott, y para Scott, sin duda, era muy importante que Kip fuera a ver los partidos, pero más allá de eso no había nada. Kip no hablaba de Scott con sus amigos y, Scott, como era putísimo evidente, tampoco hablaba de Kip con los suyos.

No es que su relación fuera mal. Kip estaba enamorado. Enamorado hasta las trancas. Y no le cabía duda de que Scott también lo estaba. Además, su vida sexual seguía siendo una pasada. Para ser un chico con poca experiencia previa, Scott siempre conseguía encontrar nuevas maneras de sorprender a Kip en la cama.

Sería ridículo que Kip dijera que se sentía como un «prisionero» en el apartamento de Scott. No era eso. Lo que ocurría era que su relación solo existía como tal entre las paredes de casa de Scott. Era lo más importante en la vida de Kip y no podía llevarlo más allá de la puerta principal. Ahora que los *play-offs* habían empezado, Kip había perdido la esperanza de que Scott hiciera pública su relación pronto. Y, cuando terminaran con los *play-offs*, el plan de Scott era escaparse a Europa con él.

¿Y luego qué? Pues luego comenzaría la siguiente temporada de hockey y Scott volvería a estar muy ocupado y Kip quizá empezaría a dar clases… o, peor aún, quizá seguiría con su trabajo de mierda y fingiendo no estar saliendo con nadie. Fingiendo que no compartía su vida con el hombre que amaba. Dejando que sus padres pensaran que dormía entre sofás en Manhattan o que andaba acostándose con un sinfín de chicos desconocidos.

Kip tiró el móvil sobre el colchón. Estaba siendo egoísta. La ciudad entera estaba celebrando la victoria de los Admirals de esa noche. Lo que debería estar sintiendo era orgullo y gratitud por que Scott le diera todo lo que podía.

Scott lo amaba. Y él lo sabía. Pero le daba rabia que todo fuera tan complicado.


Kip oyó el inconfundible golpe de Scott al chocar contra la cómoda y a él maldiciendo entre dientes. Kip encendió la lámpara de la mesita.

—Hola —dijo con voz ronca.

—Hola —susurró Scott—. Siento haberte despertado. Vuelve a dormir. Solo me estoy quitando la ropa.

—Vas con el puntillo, ¿no? —preguntó Kip con una sonrisita.

—Un poco. No tanto. Puede.

Kip se incorporó y sonrió aún más.

—Nunca te había visto borracho.

—No voy tan borracho —murmuró Scott—. Solo… Me he divertido un poco.

—Mmm.

Scott se quitó la camisa y los pantalones y fue al baño a cepillarse los dientes. Kip miró hacia la puerta mientras lo esperaba.

—Vuelve a dormir —dijo Scott nada más volver—. Mañana tienes que trabajar.

Y era verdad. Kip tenía que levantarse muy temprano para ir a trabajar.

Scott se metió en la cama y le dio un beso rápido a Kip en la mejilla antes de apagar la luz. Kip frunció el ceño en la oscuridad porque quería decir algo, pero no sabía el qué. Y en mitad de la noche, cuando su novio estaba un pelín borracho y él tenía que ir a trabajar al cabo de un par de horas, quizá no fuera el mejor momento.

—Enhorabuena por la victoria —dijo al final—. Estoy muy orgulloso de ti.

Scott ya se había dormido.


No había ayudado que, un par de semanas antes, hubiera habido una cena del equipo a la que habían invitado a las mujeres y a las novias de los jugadores. Una parte de Kip había sentido ganas de justificar que un evento privado como ese, en el que Scott estaría entre las personas que él consideraba su familia, podría ser una oportunidad perfecta para que lo presentara. Quizá salir del armario tampoco tenía por qué ser algo tan dramático. Quizá Scott podría simplemente… aparecer con Kip. Dejar que sus compañeros sacaran sus propias conclusiones.

No se lo dijo a Scott, y este ni siquiera insinuó que lo fuera a llevar. Eso sí, lo que sí hizo fue pedirle disculpas cuando le habló de la cena. Le dijo que le gustaría llevarlo, pero no dijo nada más.

Desde esa situación, Kip había estado un poco deprimido.

Un cliente había dejado uno de los periódicos gratuitos que se reparten en las estaciones de metro sobre una mesa del local. Una foto de Scott, exultante tras marcar uno de los goles de anoche, ocupaba la portada. Cuando Kip la vio, se sintió culpable y emocionado a la vez. Era un gilipollas. Su novio era un héroe, joder, y él era un puto desagradecido. ¿Qué esperaba, que Scott pusiera en peligro todo por lo que había trabajado a lo largo de su vida? ¿Por él?

Miró la cara eufórica de Scott en la portada del periódico y se sintió invadido por la desgarradora realidad de que era imposible que lo suyo con Scott durara. ¿Cómo iba a ser posible?

En ese pensamiento en bucle se encontraba Kip cuando Maria dijo:

—Bueno… Tengo que contarte algo.

—¿Ah, sí?

—He dimitido.

Kip tardó unos segundos en procesar la información.

—Hostia. ¿En serio?

—Sí. Es que han ascendido a mi colega y ahora se encargará de la cafetería. Es un Starbucks en la zona de Midtown, y como estaban buscando gente…

—Ah.

—Seguiré teniendo que levantarme a una hora de mierda, pero el sueldo es mejor y hay beneficios, ¿sabes? Tipo, seguro médico.

—Ya. No, claro. Eso es genial. Me alegro por ti.

Su entusiasmo era muy forzado.

—Ay, Kip. Lo siento. Debería habértelo dicho antes. Es que no quería decir nada hasta estar segura.

—No, tranquila. No pasa nada. ¡Está bien! Me alegro mucho por ti, de verdad.

—Pues —dijo ella con alegría—, si vuelven a buscar personal, puedo hablarles de ti. Si quieres.

—Claro. Sí. Quizá. Gracias.

—Lo más probable es que no aguante mucho allí —dijo Maria—. He estado pensando en… opositar para policía.

—¿En serio?

—Quizá sea una locura…

—¡No! Maria, ¡serías genial! Y nos vendrían bien más policías buenos, ¿sabes?

Kip trabajó el resto de su turno aturdido. No sabía qué era lo que en realidad le estaba molestando: saber que echaría de menos trabajar con Maria o que ella se fuera mientras él se quedaba allí atrapado.

«Tú también podrías dimitir, tonto».

Cuando volvió a casa de Scott después de trabajar, él no estaba. No le había escrito en todo el día.

Ya resignado a tener que soportar pasar otra noche solo, Kip se arrastró hasta la ducha y al salir se encontraba algo mejor. Se preguntó si Scott estaría en casa para la cena.

No era raro que no le escribiera. Al menos, últimamente. Los *play-offs* y todo lo que los precedía lo habían consumido, como era comprensible. Se había disculpado con Kip por adelantado por el poco tiempo que le iba a poder dedicar, cosa que no tenía sentido. Eran los *play-offs* de la Copa Stanley y Scott era la mayor estrella de la liga, por el amor de dios. Además, había que tener en cuenta que, aunque Scott hubiera conseguido muchos logros, nunca había ganado la Copa Stanley.

Sí, era importante que Kip se lo tomara con calma.

Cuando Scott llegó a casa por la noche parecía agotado.

—Hola —dijo Kip y le dio un beso rápido—. ¿Qué has hecho hoy?

—Eeeh, pues… La ESPN nos pidió a un par más y a mí que grabáramos algunos anuncios para la segunda ronda de los *play-offs*. Ha llevado más tiempo del que pensaba.

—Ah.

—Me voy a… —Scott señaló hacia la habitación—. Ha sido un día largo. Y mañana tengo que levantarme temprano.

—Claro. Sí.

«Mi día ha sido una mierda, gracias por preguntar».

Scott desapareció en su cuarto y Kip se dejó caer en el sofá. Sabía que lo más seguro era que estuviera exagerando porque ya estaba de mal humor desde hacía rato, pero en ese momento se sintió como la puta mascota de Scott.

Y entonces empezó a cabrearse consigo mismo porque ¿por qué coño había estado esperando a que Scott llegara a casa? ¿Por qué su vida giraba en torno a él? Antes se pasaba todo el rato en el Kingfisher, iba mínimo una vez a la semana. Y salía a discotecas. Y a cenar con amigos. Y a comer con amigos. Y a tomar *brunch* con amigos. Ahora lo único que hacía era salir del trabajo, ir al apartamento de Scott y esperar a que él volviera a casa. Y, si Scott no estaba, iba al apartamento y veía la televisión solo hasta que se quedaba dormido.

Amaba a Scott. Sin duda. Pero esa no podía ser su vida a largo plazo. ¡Que tenía veintiséis años!

Durante las últimas semanas, Kip se había estado preparando para el momento inevitable en que Scott se diera cuenta de que era demasiado bueno para él. O, al menos, que no merecía arriesgar su carrera por Kip. Pero es que quizá no hiciera falta esperar a que llegara ese momento. Quizá él debía iniciar la conversación. Porque la dolorosa verdad era que, si Scott no tenía intención de cambiar las cosas, Kip no iba a poder seguir en esa relación.

Kip estaba por entrar en la habitación en ese mismo instante y preguntarle a Scott sin rodeos: «¿Vas a salir del armario alguna vez? ¿Te merezco la pena?», pero no era el momento. Era evidente que Scott estaba agotado.

¿Y cuál era la respuesta que Kip esperaba oír? «Sí. Por supuesto. Mañana saldré del armario. ¿Me dejas ir a por el móvil para convocar una rueda de prensa?».

Así que Kip no dijo nada. Se dedicó a ver la televisión un rato y luego se metió en la cama junto al cuerpo dormido de Scott. Se quedó mirando la oscuridad durante horas, preocupado.

Scott envolvió la pala del *stick* con cinta negra de hockey utilizando el mismo método que había perfeccionado cuando era adolescente. Faltaban dos horas para el inicio del partido en Boston.

—Oye —dijo Carter mientras comprobaba con el pulgar el filo de las cuchillas de sus patines—, ¿has oído lo que ha dicho tu novio?

A Scott casi se le cayó el *stick*.

—¿Qué?

—Rozanov. Ha vuelto a hablar de más.

—Ah.

Se relajó y luego se sintió idiota.

—Ha dicho que se sentirá fatal por quitarte tu primera Copa Stanley.

Puso los ojos en blanco.

—Pues muy bien.

—También ha dicho que sería bueno y te daría uno de sus anillos.

—Qué generoso.

—No sé tú —dijo Carter—, pero me muero de ganas de callarle la boca.

Scott arrancó la cinta del rollo con los dientes.

—Desde luego.

Además de por querer ganar a Rozanov, la segunda ronda era justo donde los Admirals habían sido eliminados de los *play-offs* el año anterior, por lo que para Scott era importante que llegaran a la tercera ronda.

Huff entró en el vestuario mientras se comía una manzana. Se sentó y sacó el móvil.

—¿Quién quiere ver una foto preciosa de mis hijos?

—¿Acaso tenemos opción? —preguntó Carter.

—¡No! ¡Miradla! —Huff le pasó el móvil a Carter, quien le echó un vistazo y se lo pasó a Scott.

—Qué monos —dijo Scott mirando las caras sonrientes del hijo y la hija de Huff, con la boca manchada de chocolate—. ¡Cómo crecen!

—Lo sé. Los echo de menos —suspiró Huff—. Creo que por lo menos me queda otra temporada más después de esta, pero entonces supongo que tendré que pensar seriamente en comprarle a Laura ese rancho que siempre ha querido. —Sonrió—. Puedes sacar a la chica de Alberta, pero no a Alberta de la chica.

—Bueno, primero vamos a conseguirte otro anillo de la Copa Stanley —afirmó Scott—. Y luego ya podrás pensar en retirarte.

—¿Cuántos serían ya? —preguntó Carter—. ¿Cuatro?

Huff hizo un gesto con la mano.

—¿Quién cojones lleva la cuenta?

Carter se rio entre dientes.

—Que te den, vejestorio.

Scott sabía a ciencia cierta que Huff ya había ganado cuatro Copas Stanley con tres equipos diferentes. Ninguna con Nueva York. Eran cuatro más que Carter o Scott.

Scott se sentó y sacó el móvil. Miró un par de fotos recientes de Kip que había sacado. Quizá era un riesgo llevarlas en el móvil, pero tenía que darse algún puto capricho.

Se permitió mirar la sonrisa sexy de Kip durante un minuto mientras disfrutaba de la calidez que lo inundaba cada vez que lo veía. Luego guardó el móvil en el bolsillo y volvió a fingir que esa parte de su vida no existía.

# Capítulo 22

Kip esperaba que Elena asistiera con él a los siguientes partidos en casa, pero, cuando se lo mencionó, ella le respondió:

Elena: No puedo. No estoy en Nueva York.

Kip: ¿Dónde estás?

Elena: Los Ángeles.

Kip frunció el ceño y le envió un signo de interrogación.

Elena: Por trabajo. Ya te contaré cuando vuelva.

Eso no eran buenas noticias. Elena era, literalmente, la única persona a la que podía llevar al partido sin tener que responder a un montón de preguntas sobre cómo había conseguido dos entradas tan buenas para un partido con todo agotado.

Los Admirals habían ganado el primer partido contra Boston. Boston había ganado el segundo. Mañana por la noche jugarían el tercer partido en Nueva York.

Scott llegaría a casa temprano.

Kip cogió la revista *Sports Illustrated* de la mesita de Scott. La glamurosa foto de Scott lo estaba mirando. A Scott le daba vergüenza la portada, pero parecía haberle cogido un poco de cariño cuando había visto lo mucho que le gustaba a Kip.

En la portada aparecía Scott, sin camiseta y con pantalones de hockey, sosteniendo un *stick* sobre los hombros y el cuello. Miraba fijamente a la cámara, frío, desafiante y muy sexy. La iluminación tan dramática hacía que resaltara cada músculo del torso y los brazos.

El texto de la portada decía «EL REGRESO» en grandes letras en blanco. Kip había leído el artículo varias veces. Mencionaba que Scott no estaba casado y que no tenía familiares vivos. Era solo una breve frase o dos, casi de pasada, pero daba al lector la impresión de que Scott podía sentirse muy solo.

Kip se planteó si el entrevistador le habría preguntado a Scott si estaba saliendo con alguien. ¿Qué habría respondido Scott? ¿Un simple «no»? ¿O se habría sonrojado un poco, se habría puesto nervioso y habría murmurado «No voy a hacer declaraciones»? ¿O habría dicho que tenía una relación satisfactoria, pero que había decidido mantenerla en privado?

A partir de esa línea de pensamiento, la imaginación de Kip saltó a un posible futuro escenario en el que Scott salía del armario y su relación se hacía pública. ¿Cómo serían entonces los artículos sobre Scott? Sin duda, su vida amorosa ocuparía mucho más espacio que un par de frases.

Kip cerró la revista. La semilla del terror que parecía habitar en su estómago había empezado a crecer.

Toda la vida de Scott podría arruinarse por su culpa. O podría sentirse por fin feliz y completo. O podría sentirse feliz y completo con alguien…

Kip se frotó las manos por la cara. Odiaba pensar en esas cosas.

Unos cuarenta minutos más tarde, Scott entró por la puerta. Sonrió con cansancio a Kip, que se le acercó y lo besó. La barba de Scott había crecido bastante.

—Vi el partido de anoche —dijo Kip.

—Ojalá pudiera borrar ese partido.

—Ganarás los demás —le aseguró Kip.

—Vendrás mañana por la noche, ¿verdad?

—Sí. Aunque iré solo. Elena está en Los Ángeles.

—Ay, qué pena —dijo Scott medio ausente. Seguramente porque él era una persona importante con problemas de verdad. No necesitaba que las preocupaciones nimias de Kip se sumaran a las suyas.

—¿Rozanov te está molestando? —preguntó Kip.

—Sí —suspiró Scott—. Es un puto grano en el culo.

—¿Quieres que nos demos un baño y hablar de tus problemas conmigo?

Scott le sonrió en agradecimiento.

—Sí. Vale.

Kip escuchó a Scott desahogarse durante toda la noche. Y guardó sus preocupaciones para sí mismo.


—Por aquí todo está demasiado tranquilo —dijo Rozanov mientras fingía estar confundido—. ¿Por qué de pronto hay tanto silencio? ¡Si está repleto de gente! Tenéis que hacer más ruido, ¿sí?

—Cállate, Rozanov. —Scott se agachó para enfrentarse a él en el saque neutral.

—Antes había mucho ruido. Pero, desde que hemos marcado el cuarto gol, todo está muy tranquilo. Es raro, creo.

Scott apretó los dientes y se aseguró de ganar el puto saque.

Rozanov no se equivocaba. El Madison Square Garden se había quedado sin energía. Era comprensible que el público local estuviera desanimado con la ventaja de 4-1 que Boston tenía sobre los Admirals. Sería el segundo partido consecutivo que

Boston ganaba en la serie, a menos que, por algún milagro, Nueva York marcara tres goles en los siguientes siete minutos.

Scott y Carter cargaron hacia la portería, con Huff un poco más atrás. Ejecutaron la jugada que habían perfeccionado en los entrenamientos: Scott se la pasó a Carter, Carter enseguida se la devolvió a Huff, quien disparó y…

El portero de Boston lo paró.

—Lo siento, Scott —dijo Huff—. Joder.

—¡Qué jugada tan mona! —exclamó Rozanov mientras patinaba junto a Scott—. ¡Me encanta el hockey de los veteranos, joder!

Le dio un codazo a Scott, lo que provocó que Scott lo empujara. Fuerte.

Rozanov tropezó hacia atrás y luego se movió como si fuera a empujar a Scott. El árbitro, Hal Coleman, intervino.

—Vamos, chicos. Rozanov, deja de ser un capullo. Hunter, no hagas caso a Rozanov.

—¿Cuántos minutos me pitaríais si me lo cargo? —refunfuñó Scott mientras veía a Rozanov alejarse patinando.

—Por lo menos diez —dijo Hal seco—. No vale la pena en los *play-offs*.

Scott patinó hasta el banquillo.

—Buen esfuerzo, Hunter —le dijo alguien y otros le comentaron cosas similares en señal de estar de acuerdo.

Scott se sentó con fuerza y se resistió al impulso de golpear la valla con el *stick*. Ese partido estaba siendo una puta vergüenza y eso le enfurecía.

Miró al otro lado de la pista, donde estaba sentado Kip. Era fácil verlo porque estaba al lado de uno de los pocos asientos vacíos del edificio. Estaba sentado encorvado hacia delante, con las manos juntas delante de la boca. Era solo una de las miles de personas ansiosas y decepcionadas que había ahí esa noche.

Al día siguiente el equipo haría un repaso, entrenaría y se reorganizaría. En dos noches harían rugir a ese público.


Kip salió de la estación de metro cerca del apartamento de Elena y caminó con dificultad bajo la fría llovizna de abril. Elena había vuelto de California y había invitado a Kip a ver el quinto partido de la serie entre Nueva York y Boston. Se moría de ganas de verla. Se moría de ganas de ver a cualquiera.

Los Admirals se habían recuperado y habían ganado el segundo partido en casa contra Boston, habían empatado la serie con dos victorias cada uno. Las series de *play-offs* de la NHL eran al mejor de siete, por lo que la serie duraría al menos seis partidos.

Scott había estado muy distante los últimos días. Apenas hablaba y no parecía escuchar cuando Kip le decía algo. Además de los partidos, tenía reuniones, entrenamientos y sesiones de gimnasio. Estaba centrado en ganar a Boston, cosa que Kip entendía a la perfección.

Y por eso las cosas estaban un poco frías entre ellos. Ese era el único motivo. Y Kip se lo repetía una y otra vez.

Scott se había ido a Boston el día anterior mientras Kip estaba en el trabajo. Ni siquiera se había despedido.

Kip se alegraba de que Elena hubiera vuelto.

—Ay, estás helado y empapado —dijo ella nada más abrir la puerta—. Pasa. He pedido pizza. Tengo cerveza.

—Te quiero.

Se esperó hasta el primer intermedio para soltarle la bomba.

—Tengo noticias —dijo—. Equinox va a abrir una sede en la Costa Oeste.

—¿Ah, sí?

—Sí. Y… quieren que dirija el equipo de ciberseguridad allí.

Kip tardó en reaccionar.

—¿Te mudas? —le preguntó.

—Me temo que sí.

—¿Cuándo? O sea… ¿Qué? ¿Te vas?

—El mes que viene.

—¿El mes que viene?

Elena puso la mano encima de la de él.

—Sí —dijo—. Siento soltártelo así.

—Joder. Menuda mierda. O sea, enhorabuena, pero…

—Gracias.

—No, de verdad. Estoy orgulloso de ti. Es solo que… Joder.

—Lo sé. Yo también te voy a echar de menos.

—Eso ni se acerca a lo que siento —dijo Kip con tristeza.

—Ay, *amore*. Podrás venir de visita. Tanto tú como Scott, ¿vale?

—Sí…

¿Llegaría algún día en que Scott y él pudieran viajar juntos como pareja por Norteamérica?

—Mierda, no me puedo creer que te vayas a ir. Será como… perder un brazo o algo así.

Ella le apretó la mano.

—Es mucho peor que eso —dijo Elena con ironía.


—Hola, ¿qué pasa? —respondió Scott.

A Kip le pareció que había pillado a Scott en un mal momento. Pero había esperado hasta la mañana siguiente del quinto partido en Boston (en que habían ganado los Admirals) para llamar.

—Lo siento. ¿Estás…? ¿Te puedo llamar luego?

—No pasa nada. ¿Qué ocurre?

Kip se quedó un poco desconcertado. Scott nunca le preguntaba por qué le llamaba. Tan solo… lo hacían.

—Es solo que… ayer tuve un día de mierda.

—Ah. Vale. ¿Qué ha pasado?

—Elena se muda a California. La han ascendido y Equinox abrirá una nueva división allí.

—¡Me alegro mucho por ella!

—Sí. Ya. Pero… para mí es una mierda.

—Claro. Sí.

—Sí.

—Perdona —dijo Scott—. Supongo que estoy acostumbrado a que mis amigos se marchen. Que los traspasen y esas cosas.

—Ah.

La conversación era bastante tensa. A Kip no le gustaba eso.

—¿Y eso es todo? —dijo Scott.

—¿Todo de qué?

—Que Elena se mude. ¿Es ese el único motivo por el que tu día ha sido una mierda?

Ahora Kip se estaba mosqueando.

—Es una razón bastante razonable.

—Lo sé… Es solo que… Tengo que irme. Nos vamos al aeropuerto…

—Claro. Sí. Perdona.

—No te preocupes —suspiró Scott—. Te llamo más tarde, ¿vale?

—Vale.

Colgaron y Kip salió cabizbajo de la sala de personal del trabajo. Enseguida se puso a revisar las neveras para ver qué había que reponer. No le apetecía tratar con clientes en ese momento.

¿Por qué cojones estaba enfadado? ¿Porque su mierda de vida estaba cambiando? ¿Porque a la gente que le rodeaba le estaba yendo mejor? No era como si él quisiera vivir así para siempre. Hasta hacía poco, había puesto sus esperanzas en ese trabajo en el museo. Incluso ahora estaba esperando respuesta para la admisión en el máster. No podía estar enfadado con sus amigos por avanzar.

No estaba enfadado. Solo estaba frustrado y se compadecía de sí mismo. Y se estaba preparando mentalmente para ser rechazado por las universidades a las que había mandado solicitud de admisió, mientras que sus amigos le anunciaban haber conseguido puestos de trabajo mejores.

Quizá verse obligado a guardar silencio sobre su relación con Scott le hacía desear tener alguna noticia de la que poder hablar.

Quizá si no tuviera que guardar silencio sobre su relación con Scott...

Joder. A este paso, lo más probable era que no hubiera ninguna relación con Scott que guardar en secreto.


Cuando Scott volvió a su apartamento en Manhattan, Kip no estaba.

Scott sabía que no estaría trabajando. Se preguntó si habría salido a algún sitio o si ya no se estaba quedando ahí. No había vuelto a hablar con él desde su tensa llamada telefónica de esa mañana.

Decidió mandarle un mensaje.

Scott: Hola. Acabo de llegar a casa. ¿Te quedas a dormir hoy?

Tardó unos minutos en responder.

Kip: No. Hoy me quedo en mi casa. Temas familiares.

Kip no había mencionado nada sobre su familia. A Scott no le cabía duda de que estaba pasando de él.

Scott: Ah. Lo siento mucho.

Esperó.

Kip: Enhorabuena por la victoria de anoche.

Scott se relajó un poco. Al menos le había dicho algo bueno.
A menos que Kip estuviera siendo sarcástico…
Pero eso no tenía ningún sentido. ¿No?

Scott: Gracias.

Intentó pensar en algo que añadir que no sonara agresivo, enfadado, desesperado, paranoico o…

Scott: Espero que nos veamos pronto.

Ups.

Kip: Vale.

Hostia. Eso no había molado.

Scott: ¿Estás en casa ahora?

Kip: Sí.

Scott se mordió el pulgar, tratando de decidir qué iba a decir a continuación.

Scott: ¿Vendrás al partido de mañana?

Kip: Si quieres…

Scott: ¡Claro que quiero! ¿Estás enfadado conmigo?

Hubo una larga pausa y entonces:

Kip: No. Te veo en el partido.

Scott frunció el ceño. No tenía ni idea de cómo gestionar eso. Estaba acostumbrado a tener la libertad de centrarse en su equipo y en cómo jugaba, en su salud y su forma física y en su contrato y los acuerdos comerciales. Nunca se había centrado en su propia felicidad. Y que la felicidad de otra persona se viera afectada por él era… aterrador. Sin duda una receta perfecta para que todo saliera mal.

No tenía ni idea de qué estaba ocurriendo ni de cómo arreglarlo. Lo que sí sabía era que no necesitaba ninguna distracción en ese momento.


Kip no había mentido con lo de los temas familiares. Su hermana y su novio iban a cenar con sus padres, así que se aseguró de ir él también.

La cena había ido bien y se había hablado mucho sobre el cachorro que Megan y Andrew esperaban adoptar. A Kip le preocupaba que la conversación se centrara en él y tuviera que mentir a su familia aún más de lo que ya lo había hecho. En consecuencia, acabó haciendo muchas más preguntas sobre el cachorro de las que hubiese hecho de normal.

Fue después de la cena cuando Megan lo acorraló. Andrew fue a la cocina a ayudar a limpiar y ella lo agarró del brazo y lo llevó arriba.

—Bueno ¿y a ti qué te pasa, Kip? —le preguntó—. Mamá dice que ya casi nunca estás aquí. ¿Estás saliendo con alguien o algo así?

«Joder».

—Qué va —dijo con la mayor naturalidad posible—. Es solo que me quedo a dormir fuera. Duermo en los sofás de colegas y así ahorro tiempo cuando me desplazo al trabajo por las mañanas.

—Mmm —murmuró.

—¿Qué?

—¿Eres feliz, Kip?

Él se encogió de hombros.

—Sí. No sé.

—Estoy preocupada por ti.

Kip puso mala cara.

—¿Por qué? Si ya casi ni hablamos. Estoy bien.

—Sigues siendo mi hermano pequeño. No puedes ser feliz viviendo aquí con mamá y papá, durmiendo en los sofás de tus amigos, ligando con tíos al azar y trabajando en ese curro que detestas.

—Joder, Meg. ¿Algo más?

—Lo siento. Solo quiero verte feliz, eso es todo.

—Estoy bien —repitió. Suspiró y añadió—: He enviado solicitud a algunas universidades, ¿vale? Estoy esperando respuesta. No se lo digas a mamá y papá.

—¡Ay, qué bien! ¡Eso es genial!

—Bien. Déjame en paz.

Megan le caía muy bien. Siempre se habían llevado bien, aunque se habían distanciado un poco en los últimos años. Quería decirle que, en realidad, se había estado quedando en el apartamento de su novio. Quería decirle que estaba enamorado por primera vez. Se imaginó su cara si le dijera que estaba saliendo con Scott Hunter.

Aunque, en ese momento, no sentía que estuviera saliendo con Scott Hunter. Últimamente, las cosas se habían vuelto tensas y distantes entre ellos, y Kip estaba seguro de saber por qué.

A las diez se metió en la cama. Tenía que levantarse muy temprano para ir al trabajo al día siguiente, ya que volvería a desplazarse desde Brooklyn. Sentía un nudo en el estómago por el miedo que se le había metido en el cuerpo. Estaba tan seguro de que su relación con Scott estaba condenada al fracaso que se sentía obligado a arrancarse la venda de un tirón. Tenía que acabar con ello ahora para no tener que sufrir luego.

Y quizá, algún día, podría despertarse en su habitación de casa de sus padres, arrastrarse hasta su horrible trabajo y recordar con cariño el breve periodo de su vida en el que había vivido la fantasía de ser el novio de Scott Hunter.

# Capítulo 23

—Buenas noches, Ilya —dijo Scott. Estaba frente a Rozanov en el círculo de saque neutral, listo para el primer saque del partido.

—No te preocupes, anciano —dijo Rozanov mientras sonreía—, sé que debes de estar cansado. Me voy a asegurar de que pierdas para que puedas empezar tus vacaciones de verano.

—Mis únicos planes para el verano incluyen un desfile de la Copa Stanley.

Se inclinaron para el primer saque y Scott le guiñó un ojo.

Scott ganó el saque.

Tenía dos buenas razones para ganar ese partido. Era obvio que quería ganar la serie y pasar a la siguiente ronda de los *playoffs*, pero ganar esa noche también le daría un par de días libres en Nueva York. Y quería aprovechar parte de ese tiempo para arreglar lo que fuera que estuviera pasando entre Kip y él.

Podía ver a Kip sentado en su asiento de siempre. Eso le reconfortaba. Scott no estaba seguro de cómo le habría afectado psicológicamente ver ese asiento vacío. Ya le estaba costando mucho mantenerse concentrado. Ganaría el partido. Hablaría con Kip. Pasaría a la siguiente ronda con la mente despejada. Ganaría esa ronda y la siguiente, y luego, por fin, levantaría esa copa por encima de su cabeza.

Cuando Scott llegó a casa después del partido, Kip no estaba. Era la segunda noche consecutiva. Estaba claro que algo iba mal.

Le mandó un mensaje a Kip.

Scott: ¿Te veo esta noche?

Tardó unos minutos en recibir respuesta.

Kip: No. Lo siento. Estoy bastante cansado.

Joder.

Scott: Creo que estás enfadado conmigo.

Contempló los tres puntitos parpadear en su pantalla durante lo que pareció una eternidad.

Kip: ¿Podemos hablar? ¿Mañana?

Scott: Claro. Pásate por aquí en cuanto puedas. ¿Vale?

Kip: Vale.

Scott se sentó derrotado en la cama. Se sentía mal. Y un poco enfadado. ¿Qué coño había hecho para merecer ese trato tan frío?

Imaginó que lo averiguaría al día siguiente.


Kip respiró hondo antes de abrir la puerta del apartamento de Scott.

—¿Hola? —saludó.

Scott apareció de inmediato. Llevaba una sudadera cómoda. Ahora tenía la barba larga, lo que le daba un aspecto rudo y atractivo. Kip dejó en el suelo la mochila que había traído consigo con optimismo.

—Hola —dijo Scott con timidez.

—Hola. Enhorabuena. Menudo partidazo. —Kip sonaba tan incómodo como en realidad se sentía.

—Gracias. Me alegro de que estuvieras allí.

Kip asintió, sin saber muy bien qué hacer o decir.

Scott se acercó.

—¿Puedo besarte? —preguntó—. Siento como que ahora tengo que preguntártelo, y no sé por qué, pero… ¿puedo?

Kip exhaló mientras trataba de relajar los nervios.

—Sí. Claro.

Scott sonrió y acortó la distancia que había entre ellos. Sujetó la cara de Kip un momento, mirándolo con ojos tristes, antes de rozar sus labios contra los de Kip. La barba le hacía cosquillas a Kip, quien suspiró y lo besó con más intensidad. Le encantaba besarlo.

Cuando se separaron, Scott dijo:

—Supongo que deberíamos hablar.

—Sí. Creo que deberíamos hacerlo.

Ambos fueron al sofá y Kip se sentó y se quedó mirando sus manos entrelazadas.

—Siento como que he hecho algo mal —empezó Scott—. Yo nunca he estado con nadie antes y estoy bastante seguro de que la estoy cagando. Pero no consigo averiguar qué he hecho mal, así que esperaba que tú pudieras decírmelo.

Kip se volvió rápido y lo miró.

—No has hecho nada —dijo con sinceridad—. Ni siquiera sé por qué he estado tan… molesto. Es solo que…

—Por favor —dijo Scott—. Dime algo.

—Vale… —dijo Kip despacio—. No me gusta mentir a mis amigos y familiares ni ocultar mi relación contigo. Esto… —Hizo un gesto entre ellos con las manos—. Nosotros. Es lo más importante de mi vida. Es… lo mejor que me ha pasado nunca. Y tengo que mantenerlo en secreto.

—Lo sé. Y te he dicho…

Kip levantó una mano. Scott se calló.

—Las relaciones no deberían funcionar así. Así es como funcionan… las infidelidades. Los secretos sucios. Yo no me avergüenzo de ti. En absoluto. Y tampoco me avergüenzo de mí. Nunca me he avergonzado de mí mismo, y estoy fuera del armario desde que tengo dieciocho años.

Scott se mordió el labio.

—He sido sincero contigo todo este tiempo. Quería asegurarme de que supieras en lo que te estabas metiendo.

—Y lo sabía. Lo sé. Pero también sé que no es así como quiero que sea esta relación. No quiero ser tu secreto. Pero… me preocupa que, si te presiono, si te obligo a salir del armario y ser sincero sobre nosotros, o al menos sobre ti, te des cuenta de que no merezco la pena.

Scott sintió como si Kip le hubiera dado un puñetazo en el estómago.

—Dios —dijo con voz baja—. No, Kip. No, ¡yo nunca pensaría eso!

—Estar contigo ha sido increíble, pero también es… solitario. Y… —Kip tragó saliva. Tenía que soltar lo que estaba a punto de decir—. No sé cuánto tiempo más podré seguir así.

Scott le suplicó con la mirada.

—Sé que estoy siendo egoísta al pedirte que mantengas este secreto. Lo siento mucho. Pero también te estoy protegiendo a ti. Creo que no eres consciente de lo mucho que cambiaría tu vida si esto sale a la luz.

—Mi vida ya ha cambiado. Y no solo para bien, Scott. Siento como si me hubieran vuelto a meter en el armario. No es que seas famoso ni nada por el estilo lo que me está haciendo esto tan difícil. Nunca he estado con alguien que se avergüence de quién es.

—¡Yo no me avergüenzo! —protestó Scott.

Kip cruzó los brazos y lo miró fijamente.

—¡De verdad que no! —dijo Scott—. No creo que haya nada malo en mí. En ser… gay. Desde luego, no creo que haya nada malo en estar enamorado de ti. Pero mi vida tiene muy poco que ver con lo que yo pienso. Hay mucha responsabilidad sobre mis hombros. Represento algo importante para mucha gente.

—¿Y no puedes hacer eso y además ser gay?

—Según la mayoría de ellos, no.

—¡Pues demuéstrales que se equivocan! —dijo Kip gritando. Su voz rebotó en las paredes del apartamento de Scott.

Pensó que Scott le gritaría, pero en cambio pareció desanimarse.

—Es que no… El tiempo que hemos pasado juntos ha sido alejado de todo eso. Ha sido… bueno.

—¿Te refieres a que he sido una vía de escape?

—¡No! Ya te he dicho que no es eso… Tú eres parte de mi vida. No una distracción de ella. Nunca lo has sido, Kip. Te lo prometo.

—Pero estoy separado del resto de tu vida —argumentó Kip—, y, lo que es peor, estás ocultando quién eres.

—No me queda otra.

—¿Ah, sí? —insistió Kip—. ¿Estás seguro? ¿Qué es lo peor que podría pasar?

—¡No puedo! Ahora no. Con los *play-offs…*

Kip respiró hondo.

—No te estoy diciendo que lo hagas ahora mismo, pero tienes que empezar a pensar en serio en salir del armario. O, por lo menos, en no esconderte. No tienes por qué hacer una gran declaración.

Scott se puso tenso.

—¿Tienes idea del circo mediático que se montaría si saliera del armario? ¿Si la gente supiera que estoy saliendo contigo?

Kip se encogió de hombros.

—¿Así que tu plan es mantener esto en secreto para siempre?

—No.

—¿O hasta que te des cuenta de que estás muy por encima de mi nivel y sigas con tu vida?

—Kip…

—¿Esperas que me esconda en tu apartamento hasta que me necesites?

—¡No! —exclamó Scott. Se había enfadado. Se levantó—. ¡No me puedo creer que estés sugiriendo cosas así! ¿Te he tratado mal? ¿O acaso no te he demostrado lo importante que eres para mí?

—No puedo ser tan importante. Es evidente que te da vergüenza salir conmigo.

Kip supo que no debería haber dicho eso en cuanto las palabras salieron de su boca. Pero, en lugar de echarse atrás o pedir disculpas, miró a Scott con ira, cruzó los brazos y esperó.

—¿De verdad piensas eso? —preguntó Scott. Su voz estaba tranquila, pero había rabia y dolor en ella—. ¿Que me da vergüenza que me vean contigo? Sabes que eso no es verdad.

—¡No sé nada, Scott! Solo espero aquí. En tu ático. —Hizo un gesto con la mano por todo el espacioso salón para dar énfasis—. ¡Me encierro aquí solo e imagino cómo sería poder tener citas normales contigo o, no sé, contarles a mis padres que tengo novio!

—¡Pues cuéntaselo! —gritó Scott. Levantó las manos—. ¡Cuéntaselo al mundo entero, joder, Kip! ¡Supongo que tú sabes qué es lo mejor!

—¡Sé que esto no es lo que soy!

—¿Sabes acaso qué soy yo? No puedo ser solo Scott, de Rochester, ¿entiendes? He sido un puto producto desde que era adolescente. He sido una marca durante casi todo ese tiempo. No tengo el lujo de ser solo yo. No puedo tomar decisiones sobre mi vida de forma independiente. ¡La gente depende de mí!

—Claro. No quieres que tu marca se vea afectada. No vaya a ser que la manches con tu mariconería.

Scott resopló.

—No tienes ni puta idea, Kip. Ni puta idea.

—Supongo que no —dijo Kip con voz tensa.

—Son los *play-offs*. No sé si entiendes lo importante que es eso. Tengo un equipo, una ciudad, que depende de mí. Lo es todo para mí, ¿entiendes?

Al final, las lágrimas brotaron de los ojos de Kip. Asintió y apretó la mandíbula. «Todo».

—Me voy —consiguió decir.

Scott extendió la mano como si fuera a detenerlo, pero en lugar de eso bajó el brazo, asintió y dijo:

—Vale.

Kip cogió su mochila y se fue.

# Capítulo 24

Kip estaba borracho.

Scott estaba en Detroit y Kip, borracho.

Había visto un trozo del partido que jugaban fuera los Admirals antes de salir de casa de sus padres y coger el tren hacia Village. Había pensado en enviarle un mensaje a Shawn para ver qué estaba haciendo, pero en realidad no quería hablar con nadie.

Estaba sentado en uno de los taburetes del Kingfisher. Y el guapo, maravilloso y coqueto de Kyle se había pasado toda la noche sirviéndole pintas de cerveza.

Era tarde. Y Kip se dio cuenta, con cierta sorpresa, de que ya no quedaba mucha gente en el bar.

—Última ronda, guapo —dijo Kyle con voz arrastrada. Sus labios se curvaron en una pequeña sonrisa sugerente que hipnotizó a Kip.

Kyle era rubio, como Scott. Tenía los ojos azules, pero no como los de Scott. Los de Kyle eran de un azul grisáceo descolorido. La verdad es que eran muy bonitos. El flequillo le caía sobre ellos. A Kip le entraban ganas de estirar la mano y apartarle el pelo.

Iba demasiado borracho.

—Vaaale —dijo con una sonrisa coqueta—. Si, total, ya me piro.

—¿Y luego tienes planes? —preguntó Kyle.

—No sé. Ir a casa, supongo.

Kyle sonrió y se inclinó hacia delante con los codos apoyados en la barra. De pronto, su cara estaba muy cerca.

—¿Y en qué dirección está?

—Hacia Brooklyn.

—Pues entonces parece que vamos a ir en la misma. ¿Quieres que te acompañe hasta el metro?

Y Kip debería haberle parado los pies en ese instante. Era mala idea en todos los sentidos.

Pero, joder, qué bien sentaba tontear así. Ver a alguien tan abierto y sincero sobre quién era y qué quería. Kip se sentía como su yo de antes.

—Acabo en unos veinte minutos. Y luego me aseguraré de que llegas a casa sano y salvo, ¿vale?

Kip estaba dispuesto a rechazar su oferta de forma educada, pero en lugar de eso se oyó responder:

—Vale.

Kyle sonrió y le acercó un vaso de agua.

—Bebe esto, anda. Enseguida estoy contigo.

El agua estaba fría y Kip ni siquiera se había dado cuenta de lo mucho que su cuerpo la necesitaba. Fue un detalle por parte de Kyle pensar en dársela. Kyle parecía simpático.

Dios, Kip quería sentir cualquier cosa que no fuera la desesperación que lo consumía desde que había salido del apartamento de Scott. No debería haberse ido. Debería haberse quedado. Debería haberse quedado y haber hablado con Scott. Ahora era consciente de ello.

Pero era demasiado tarde. Era evidente que era demasiado tarde. A estas alturas, Scott ya se habría dado cuenta seguro de que Kip no merecía la pena.

Por lo menos estaba Kyle. Kyle, con sus vaqueros desteñidos y su camiseta ajustada con cuello en V. Kyle, con ese flequillo lacio, esos ojos invernales y esa sonrisa coqueta. Kyle no juzgaría a Kip por haber jodido por completo lo mejor que le había pasado nunca, lo mejor que le pasaría jamás. Kyle iba a acompañarlo a la estación de metro porque era majo y buena persona. Y mono, pero eso daba igual.

De pronto, Kyle se puso la cazadora. Ya no estaba detrás de la barra. Estaba de pie junto al taburete de Kip.

—Vamos, borracho.

Kip se bajó del taburete y siguió a Kyle a la calle. Caminaron juntos un poco por la manzana y Kip disfrutó del aire fresco de la noche. Kyle no hablaba mucho, lo cual estaba bien porque Kip tenía sueño y no creía que pudiera mantener una conversación en ese momento.

Kyle le rodeó el bíceps con la mano mientras caminaban.

—Hola, señor musculitos —bromeó—. Tienes unos brazos muy lindos, ¿sabías? Los he estado mirando antes.

—¿Ah, sí? —Sonrió Kip torpe.

Era cierto; tenía brazos bonitos, joder, y le gustaba que alguien se hubiera dado cuenta.

—Mmm. Y una sonrisa preciosa. ¡Mira esos hoyuelos!

Kip sonrió aún más, mostrando un poco los hoyuelos. Le encantaban los cumplidos.

Kyle se paró.

—Me gustaría mucho besarte —dijo—. ¿Puedo?

Ah.

No.

—Mmm…

Kyle frunció el ceño.

—¿No es eso lo que quieres? Pensaba que estábamos…

«Mierda».

La cara de Kyle estaba tan cerca que los ojos de Kip se posaron sin querer en sus labios. Eso era malo, ¿verdad? Kip estaba con Scott. ¿Estaba con Scott?

Kyle debió de interpretar lo que estaba pasando por la cara de Kip como una invitación, porque se inclinó y juntó los labios con los de él. Y, por un segundo, Kip se sintió tan aturdido, confundido y borracho que no pudo hacer nada salvo devolverle el beso.

Kyle era bueno besando.

Pero, hostia puta, ¡que no!

Kip lo empujó y tropezó hacia delante.

—Oye, ¿qué cojones te pasa? —dijo Kyle mientras recuperaba el equilibrio antes de caerse de culo.

—Joder —murmuró Kip—. Eso era… No puedo hacer eso. No quería… Lo siento.

—¿Estás bien?

—¡Sí! Es solo que… tengo que irme. ¿Dónde está…? Joder. ¿Dónde está el metro?

—Por ahí. ¿Quieres que te…?

Pero Kip ya se había ido corriendo.


—¿Estás bien, tío?

Scott volvió la cabeza y se encontró con la mirada preocupada de Carter.

—Sí. Estoy bien. ¿Por?

—Se nota bastante que no lo estás, Scotty.

Scott miró hacia la parte delantera del autocar. Su equipo se dirigía desde el hotel al estadio de Detroit para comenzar la siguiente ronda de los *play-offs*, y no era el momento de pensar en sus problemas personales.

—Estoy bien.

—¿Seguro que no te estás poniendo enfermo o algo? Pareces cansado.

—Déjalo —soltó Scott.

En realidad, estaba agotado. Llevaba días sin dormir bien.

Y ahora encima estaba pensando en sus problemas personales. «Puto Carter».

Aún no estaba seguro de qué narices había salido mal, si estaba enfadado con Kip, consigo mismo o con nadie. Se sentía abatido. Sentía como si tuviera un dolor físico real, pero no como un moratón o una lesión; eso podía aguantarlo. Esto le quemaba por dentro de golpe. Tenía ganas de gritar, llorar o golpear algo. O de esconderse donde nadie pudiera verlo.

Por desgracia, tenía un equipo al que llevar a la victoria.

«Maldita sea, Kip».

¿Había sido Kip injusto? ¿Se había equivocado?

Sin duda, en algunas cosas. Tipo, ¿cómo iba Scott a pensar que Kip no merecía la pena? Si alguien le preguntara a Scott qué estaría dispuesto a sacrificar por Kip, su respuesta intuitiva sería «Todo».

Pero, cuando lo pensaba con detenimiento, se daba cuenta de que eso no era verdad. Y, cuando lo pensaba aún más, se daba cuenta de que nadie le estaba pidiendo que sacrificara todo.

Además, Kip ya había sacrificado un montón. Se había distanciado de sus amigos, de su familia. Había adaptado su vida para acomodarse a Scott. ¿Qué había adaptado Scott?

Nada. Solo había intentado encajar a Kip donde fuera que cupiera en su ridícula vida de élite.

No creía haber sido poco racional al pedirle a Kip que tuviera paciencia con él mientras pensaba en un plan. Kip no podía esperar que hablara sobre su orientación sexual al mundo sin más. Solo llevaban saliendo unos meses.

Pero, fueran pocos meses o no, Scott estaba enamorado. Antes de ese primer glorioso beso, se había resignado a no tener una vida romántica. Nunca había imaginado que nada de eso pudiera sucederle. Había puesto su mundo patas arriba. Y ahora quería tanto a Kip que apenas podía recordar los años de soledad que había vivido antes. En solo unas semanas, había sabido que quería compartir el resto de su vida con Kip. Era increíble.

Lo había querido, pero ahora Kip se había ido. Y Scott no tenía ni idea de cómo recuperarlo porque no tenía experiencia en ese tipo de cosas. Y quizá no era justo para Kip irle detrás. ¿Qué podía prometerle Scott que fuera diferente? Estaba en medio de los putos *play-offs*; no podía salir del armario ni de coña antes de que terminaran. Y después de eso…

Es que no tenía ni idea. Cuando intentaba imaginar su salida del armario, se sentía invadido por el pánico. Por un lado, si lo hacía, siempre sería «el jugador de hockey gay». Aunque sus compañeros de equipo, la afición, la prensa y los patrocinadores lo aceptaran, sus logros sobre la pista siempre quedarían relegados a un segundo plano frente a su orientación sexual.

Scott era una persona tan reservada como podía serlo, dadas las circunstancias. No tenía cuentas en redes sociales. No salía a discotecas, ni siquiera a restaurantes, con mucha frecuencia. No intentaba hacerse ver por ahí (para gran desgracia de su agente). No concedía entrevistas personales indiscretas y, en general, no hablaba mucho de sí mismo.

Había logrado mantener cierta privacidad porque había convencido al mundo de que no había nada interesante en él. Era bueno en hockey, intentaba ser una buena persona, y eso era todo.

Ser gay sería, sin duda, algo que al mundo le interesaría.

Ahora no podía permitirse pensar en nada de eso. Tenía que centrarse. Su equipo, su ciudad, dependían de él.

—¡Basta, Hunter! ¡Basta!

El árbitro apartó bruscamente a Scott del hombre que estaba tirado en la pista. Scott se resistió, pero un juez de línea lo agarró por el otro brazo y lo ayudó a alejarse del jugador de Detroit, cubierto de sangre.

Scott miró el rostro magullado del tío y sus propios nudillos destrozados. La adrenalina comenzó a desaparecer, y se dio cuenta de lo que acababa de hacer.

—Mierda —dijo.

Una pelea en los *play-offs* era algo malo. Era una idiotez, una imprudencia, y podía salirle caro. Scott no solía ser el tipo de jugador que se metía en peleas reales en la pista. Era demasiado valioso como para eso.

Su oponente se levantó poco a poco. Scott se sintió aliviado cuando lo vio de pie. Estaría bien.

A Scott le dolía la cara. Escupió sangre sobre el hielo y le invadió otra oleada de arrepentimiento.

Dejó que los árbitros lo llevaran a la caja de castigo. Huff se acercó patinando con los guantes, el casco y el *stick* de Scott, que había recogido en la pista. No le dijo nada. Scott le hizo un gesto con la cabeza y apartó la mirada.

«Joder».

Iban perdiendo 4-1 en la tercera parte. Scott no había dormido más que unas pocas horas en días. Era un polvorín y el número catorce de Detroit había estado jugando con cerillas durante toda la noche.

Lo que al final encendió a Scott fue la palabra que había sabido bloquear tan bien desde que era adolescente. Y Scott perdió la cabeza por completo. La palabra que se repetía tan a menudo, tanto en la pista como en el vestuario, que en realidad no significaba nada, de pronto lo significó todo. Y, cuando los puños de Scott dieron contra la cara de ese imbécil, quiso decírselo. Quería que supiera exactamente quién era el que le estaba rompiendo la cara. Un chupapollas. Un maricón. «Sí, un puto maricón está a punto de romperte la puta mandíbula».

Pero ahora que todo había terminado, ahora que Scott había intercambiado golpes delante del público y las cámaras de televisión hasta que le había propinado al tipo un puñetazo que lo había derribado sobre la pista y luego había seguido dándole golpes y golpes…

«Joder. Me cago en dios».

Menudo puto ejemplo que seguir.

Scott cogió una botella de agua y se roció la cara, limpiándose la sangre y el sudor. Se echó un poco en la boca y la escupió. Se miró las manos. Tenía algunos cortes, pero nada grave, aunque seguro que se le hincharían un poco los nudillos. Flexionó los dedos. No tenía nada roto.

Se sentía mal. Se sentía humillado, sentado en la caja de castigo durante los siguientes cinco minutos, con todo el público como testigo de cómo había perdido por completo los nervios.

Estaba perdiendo la cabeza. Estaba desorientado. Necesitaba encontrar un punto de apoyo.

Por ahora, solo podía sentarse en la puta caja de castigo y ver cómo su equipo perdía. Otra vez.


En un intento por sentirse un poco menos desgraciado, después del trabajo, Kip se arrastró hasta la librería Barnes & Noble de Union Square. Las librerías solían resultarle relajantes.

Pero esta vez no estaba funcionando.

Había pasado una semana desde que se había ido del apartamento de Scott. Una semana sin tener contacto con él. Había visto que los Admirals habían perdido los dos primeros partidos de la serie contra Detroit y no podía evitar sentirse en parte responsable, aunque eso no tuviera sentido.

Scott volvía a la ciudad ese mismo día, si es que no lo había hecho ya.

Kip tenía tantas ganas de verlo que le dolía. El tren que había cogido esa mañana estaba lleno de los últimos anuncios de Gillette con Scott. Kip había mantenido la mirada fija en el suelo para no tener que mirar la mandíbula angulosa y marcada de Scott. Ni sus labios suaves. Ni sus ojos azules.

¿Había terminado de verdad lo que había entre ellos? ¿Era eso posible? ¿Debería hablar con Scott?

Un niño pequeño gritó por algún lugar de la tienda y Kip se dio cuenta de que llevaba unos cinco minutos mirando fijamente, con la vista desenfocada, una estantería de la sección de historia de Europa. Parpadeó, dio un paso atrás y chocó con alguien.

—Dios mío. Lo siento.

Kip se volvió hacia la persona con la que había chocado. Era un joven rubio con gafas y una bufanda fina alrededor del cuello.

Era Kyle. Kip había pisado a Kyle.

—Ay. Eeeh, hola —tartamudeó Kip.

«Dios. ¿Qué probabilidades había?».

—¡Kip! —dijo Kyle, que era obvio que estaba sorprendido de que ni siquiera pudiera ir a una puta librería sin tener que lidiar con el desastre de Kip.

Kip respiró hondo. «Más vale que terminemos con esto de una vez».

—Oye, respecto al otro día…

—Olvídalo —dijo Kyle haciendo un gesto con la mano para restarle importancia—. Es evidente que estás pasando por algo y no quiero empeorarlo. Y siento si lo he hecho. No debí lanzarme así. Fui bastante irresponsable.

—No pasa nada —dijo Kip—. O sea, me halaga y todo eso, pero sí. Como has dicho. Estoy pasando por algo.

De golpe, a Kip empezaron a picarle los ojos, lo cual era fantástico, porque todavía no había quedado lo suficiente en ridículo delante de este chaval.

—¿Te gusta la historia? —preguntó Kyle.

Era un intento muy evidente para cambiar de tema. Kip lo agradeció. Kyle era majo.

—Sí. Me gradué en eso. Y, eh, espero poder hacer un máster de especialización en otoño.

—¿En serio? Yo estoy haciendo el mío ahora. Aunque a media jornada.

—¿En Historia?

—No. En eso me gradué; ahora estoy haciendo un máster en Arte antiguo y Arqueología. En Columbia.

Kip quedó impresionado.

—¡Qué pasada! No tenía ni idea.

Kyle sonrió.

—Bueno, nunca hemos hablado mucho más allá de pedir bebidas y flirtear.

Kip bajó la mirada, avergonzado.

—Siento mucho haberte dado falsas esperanzas la otra noche —murmuró mirando las botas (muy bonitas) de Kyle.

—Olvídalo. Me alegro de que llegaras bien a casa. O al menos a algún lugar seguro. Estaba preocupado.

—¿Ah, sí?

—Pareces sorprendido.

Kip se puso un poco rojo. Sintió como que a lo mejor estaba actuando como un idiota. Quizá no debería hablar con nadie.

—Lo siento. Ahora mismo soy un desastre.

Kyle pareció pensar qué iba a decir durante un momento.

—¿Quieres echar un café?

—Eh, mmm. No estoy… O sea, te diría que sí, pero…

—Tranquilo. Es solo que parece que necesitas un amigo. Quizá podamos hablar de lo que te preocupa. O de la universidad.

Kip no estaba seguro de poder hablar de sus problemas con ese casi desconocido, pero tampoco tenía nada mejor que hacer.

—Vale. Claro. Gracias.

Fueron al Starbucks que había en la tienda y se llevaron sus cafés con leche a una mesa junto a la pared.

—No sabía que llevaras gafas —dijo Kip.

—Es solo una de las muchas cosas fascinantes sobre mí.

—¡Y que te especializaste en Historia!

Kyle retiró con cuidado la tapa de su vaso y sopló sobre la espuma.

—Historia y Latín, en realidad. Era doble titulación. Pero basta ya de hablar de mí. ¿Qué te tiene tan triste, Kip?

—Es que… —No perdía nada por intentarlo. Quizá un desconocido que fuera imparcial era justo lo que necesitaba—. Estoy saliendo con alguien. Desde hace unos meses. Y… le quiero. Estamos enamorados. O lo estábamos. Ahora ya no lo sé.

—Háblame de él.

—Es… —Kip sonrió un poco—. Es guapísimo. O sea, mucho. Es superatractivo. Y es inteligente, cariñoso, generoso y… maravilloso.

—Y está, déjame adivinar…, ¿casado?

Kip negó con la cabeza.

—No. Pero no ha salido del armario.

Kyle lo miró con complicidad.

—Un consejo, basado en mi propia experiencia personal: no te líes con los que no han salido del armario.

—¿Sabes qué pasa? Antes habría estado completamente de acuerdo contigo. Pero él merece la pena. Creo.

—¿Por qué sigue metido en el armario?

—Su trabajo es… —Kip suspiró—. Cree que perjudicaría su carrera. No lo sé. Lo más seguro es que sí, supongo.

—¿Así que antepone su carrera?

—Bueno, es… Ya sabes.

—¿Complicado?

—Mucho. —Kip se pasó la mano por el pelo, agitado—. Es que… Hay una gran diferencia entre nosotros. Es como si yo no fuera lo bastante bueno para él. Para nada.

—¿Él te ha dicho eso?

—¡No! No. Nunca. Pero es la verdad. Él tiene éxito. Es rico. Impresionante.

—Y no ha salido del armario.

—Sí.

—¿Es mayor?

—No mucho. Un par de años.

—Dios. ¿Y es rico y tiene éxito?

Kip se retorció. ¿Estaría dando demasiada información? Kyle no estaría tratando de adivinar quién era su hombre misterioso, ¿no?

—Su dinero y esas cosas… no me importan. Y él dice que no le importa que yo no tenga nada. Pero eso hace que la relación sea como desequilibrada, ¿sabes? Siempre me siento incómodo cuando él paga cualquier cosa. Y además de eso, desde que estamos juntos, siento que me han vuelto a meter en el armario en lugar de yo sacarlo a él.

—E imagino que esto lo has hablado con él.

Kip se mordió el labio.

—Más o menos. Tuvimos una discusión. La semana pasada. Y… me fui.

—Uuuf.

—Ha sido nuestra primera discusión fuerte.

—¿Fue vuestra primera discusión y te fuiste?

—Sí.

Kip cada vez se sentía más estúpido.

—¿Y has intentado hablar con él de nuevo?

—No.

Kyle negó con la cabeza y sonrió con pena.

—Ay, Kip.

—¿Crees que debería hacerlo?

—¿De verdad estás enamorado de él?

—Sí.

—Pues entonces deberías intentarlo.

Kip jugueteó con su vaso.

—Pero ¿y si nunca está listo para salir del armario? Acabas de decir que sabes por experiencia propia que debería mantenerme alejado de los chicos que no han salido del armario.

—Sí, bueno. Mi experiencia fue una absoluta mierda, pero yo no estaba enamorado de ese chico.

Kip asintió.

—Hablare con él. Tienes razón. Tengo que intentarlo.

—Muy bien. Y, por cierto, ¿a qué universidad vas a ir?

—Ah, aún no lo sé. He enviado solicitud a un par, pero espero que me cojan en la NYU. Allí estudié la carrera.

—Qué mal. Creía que nos llevábamos bien —bromeó Kyle.

Kip sonrió.

—La verdad es que no tengo ni idea de cómo lo voy a pagar, pero me las apañaré. Está claro que necesito un trabajo mejor.

Kyle lo miró con curiosidad.

—¿Tienes experiencia en el sector de la hostelería?

Kip se rio.

—Sí. Esa es la única que tengo.

—En el Kingfisher están buscando camarero.

—¿En serio? —Kip lo pensó. Seguiría siendo hostelería, pero podría estar bien trabajar en su pub favorito.

—Ajá. Y pronto habrá aún más horas porque me voy a un programa de verano a Italia.

—¡Guau!

—Las propinas, te lo seguro, son fantásticas. Sobre todo cuando eres guapo y encantador. —Se pasó la mano juguetona por la cara—. ¿Por qué no te pasas mañana, a última hora de la tarde, con tu currículum? El jefe estará allí. Te lo puedo presentar y hablar bien de ti.

—Ni siquiera sabes si soy buen trabajador —señaló Kip.

—¿Eres mal trabajador?

—No.

—Bueno, no creo que seas un mentiroso, así que me fío.

—Vale. Gracias. Estaré ahí mañana. Te lo agradezco de verdad.

—Bien. Ahora ve y llama a tu novio guapo y con éxito.

Kip no llamó a Scott. Había sacado el móvil varias veces con la intención de hacerlo, o de mandarle un mensaje, pero tenía miedo. ¿Y si le mandaba un mensaje y lo ignoraba? ¿Y si Scott le había bloqueado el número? ¿Y si Kip llamaba y Scott contestaba y le decía que no volviera a llamarlo?

Por lo menos ahora, aunque se sintiera deprimido, tenía esperanza.

Estaba sentado en la cama de su casa y las palabras que Kyle le había dicho ese mismo día le rondaban por la cabeza.

«Tienes que intentarlo».

Debería escribir a Scott. Solo un mensaje.

Escribió:

Kip: ¿Podemos hablar?

Se lo quedó mirando.

¿Y si Scott le respondía «no»?

Quizá debería dejar que él diera el primer paso. Scott era el que tenía todo el estrés y la responsabilidad sobre sus hombros en ese momento. Kip no quería añadir aún más. Pero los Admirals jugaban la noche siguiente. Sería su primer partido en casa desde la discusión entre Kip y Scott y no ir le parecía muy mal.

No podía seguir dándole vueltas. Tenía que darle espacio a Scott. En lugar de eso, Kip iría a trabajar por la mañana y luego se pasaría por el Kingfisher con su currículum. Aprovecharía ese rato siendo productivo.

Llamaron a la puerta de su habitación.

—¿Kip?

—Sí, papá. Pasa.

Se abrió la puerta y su padre entró con un sobre en la mano.

—Esto viene de la Universidad de Nueva York —dijo con una pequeña sonrisa—. No sabrás nada al respecto, ¿no?

—Pues seguro que me escriben para pedirme dinero —mintió Kip.

«Lo más seguro es que estén rechazando mi solicitud».

—Es del Departamento de Admisiones.

«Dios mío. Dios mío. Ahora mismo no puedo gestionar más malas noticias».

—Ay, dámelo.

La mano de Kip temblaba mientras cogía el sobre. Su padre cruzó los brazos y se recostó contra el marco de la puerta.

Kip se lo quedó mirando, pero, cuando vio que su padre no tenía intención de salir de la habitación, suspiró y abrió el sobre.

—Hostia puta —dijo en voz baja.

—¿Kip?

Kip se puso de pie de golpe.

—¡Me han admitido! ¡Voy a estudiar un máster!

Y, de golpe, el mundo le pareció menos horrible. Sonrió y le dio un abrazo a su padre.

—Estoy orgulloso de ti. Me das mucha envidia —dijo su padre.

Kip negó con la cabeza, desconcertado.

—No pensaba que fueran a admitirme.

—¿Por qué no? Tus notas eran excelentes. Escribes de maravilla y le has dedicado mucho trabajo. Cualquier universidad estaría encantada de tenerte.

—Es que… —A Kip se le llenaron los ojos de lágrimas—. Las cosas no están yendo muy bien, papá.

—Lo sé. —Su padre lo volvió a abrazar—. No quería entrometerme, pero… ¿os habéis enfadado, chicos?

—¿Chicos? ¿De quién…?

Su padre sonrió con complicidad y luego se puso serio.

—Imagino que debe de estar muy ocupado con los *play-offs*, pero parece que ha pasado algo más que solo eso.

«¿Qué cojones?».

—¿Qué quieres…?

—Scott Hunter —dijo su padre con calma—. Has estado saliendo con él.

—Papá, por favor. Es imposible que haya estado… O sea, Scott Hunter no es…

—No sé nada sobre Scott Hunter, pero sí sobre ti. Y me gusta pensar que soy capaz de darme cuenta cuando mi hijo está enamorado.

—No estoy… —«Dios. A la mierda. ¿Es que acaso importa ya?»—. ¿Cómo lo has sabido?

—¿Recuerdas cuando me rompí la muñeca al resbalar en el hielo de nuestra entrada?

—Claro. Sí… —Kip no tenía ni idea de adónde quería llegar con eso.

—La cara que puso tu madre era la misma que la tuya cuando Hunter se lesionó en aquel partido al que fuimos.

Kip se puso rojo.

—¿Quizá solo soy un gran fan?

—Puede. Pero no lo creo. Esa noche también saliste corriendo de casa después de hacer una llamada en la que mencionaste las palabras «rayos X» y «bolsa de hielo». Soy bueno captando pistas sutiles como esas.

Así que Kip quizá no había sido tan cuidadoso como creía.

—Él no es… Nadie lo sabe. Y puede que se quede en nada, así que, por favor…

—Claro.

Las propias palabras de Kip lo llenaron de una nueva oleada de desesperación.

«Puede que se quede en nada. Ay, dios. No puede haber terminado, ¿no?».

Se presionó la frente con la palma de la mano y apretó los ojos, tratando de evitar un colapso total.

—¿Mamá lo sabe?

—No, me lo he guardado para mí.

—Gracias. Quería contároslo. A los dos. Pero ahora las cosas están… No lo sé.

Sorbió por la nariz y levantó la vista hacia el techo. «Contrólate, Kip».

—¿Estáis distanciados?

—Sí. Ahora es un absoluto desastre. Tengo muchas ganas de arreglarlo.

Su padre sonrió y le dio una palmada en el brazo.

—Y lo harás.

Había que reconocer que Kip fue capaz de contenerse hasta que su padre salió de la habitación. En cuanto se cerró la puerta, se echó a llorar sobre la almohada como un adolescente. Dios, había entrado en la universidad y ni siquiera eso era suficiente para animarlo.

Tenía que arreglar las cosas con Scott. Al menos tenía que intentarlo.

# Capítulo 25

—Hostia puta —murmuró Maria—. Ha vuelto.

Kip se volvió desde donde estaba reponiendo los plátanos y vio…

—¡Scott!

Ahí estaba, con su ropa de salir a correr, la cara empapada en sudor, igual que la primera vez que había entrado en el local. Excepto que ahora tenía más barba.

Kip no había querido decir su nombre así. Sorprendido. «Familiar». Es solo que se había quedado confundido. Esperaba que Maria lo achacara a su supuesto fanatismo por Scott Hunter.

—Hola —dijo Scott con voz suave e insegura.

—Eeeh, ¿en qué te puedo ayudar?

—Sí —dijo Scott sonriendo con timidez—. Estaba pensando en que quizá podría… volver a los orígenes.

—Ah. —¿Qué quería decir con eso?—. Pues… ¿un *smoothie* azul, entonces?

—Por favor.

Kip le preparó el *smoothie* y Maria le soltó una sonrisilla. Él la ignoró.

Le dio la bebida a Scott, quien miró un momento a Maria y luego volvió la vista a Kip. Casi podía ver el «a tomar por culo» pasarle por la mente a Scott.

—Yo, es que… Quería verte.

—Uy.

Kip se atrevió a mirar a Maria. Que estaba ahí, con cara de pilla.

—El partido es esta noche, y me gustaría…

—Ah. —Kip se desanimó—. ¿Necesitas tu amuleto de la suerte o algo así?

—¡No! No, no es eso… —Los ojos de Scott se posaron de nuevo en Maria. Bajó la voz, aunque no le importara. Era evidente que Maria estaba pendiente de cada palabra—. Quiero hablar contigo. A solas. Por favor, Kip.

Kip vio la angustia en los ojos de Scott y una chispa de esperanza se encendió en su interior. ¿Quizá Scott quisiera arreglar las cosas tanto como Kip?

—De acuerdo —dijo Kip.

—¿Podemos vernos en algún sitio? ¿Cuando salgas de aquí?

—La verdad es que tengo que ir a un sitio esta tarde.

Scott parecía devastado.

—No, es en serio —dijo Kip rápido—. No te estoy diciendo que no quiera verte. Quiero hablar contigo. De verdad. Mucho. Tipo… muchísimo.

—Vale. Tengo el partido esta noche y eso, así que… quizá… ¿Podrías venir al partido? ¿Qué te parece?

—Vale —dijo Kip—. Claro. Iré al partido de esta noche.

Scott asintió.

—Bien. Vale. Y quizá luego podamos… ir juntos. ¿A algún sitio?

—Claro. Me encantaría.

La cara de Scott se iluminó.

—¿Sí? Vale… —Se inclinó, solo un poco, y a Kip se le cortó la respiración. Pero entonces dio un paso atrás rápido y dijo—: Pues nos vemos entonces.

—Vale.

Scott se marchó y Kip esperó todo lo que pudo antes de volverse hacia Maria.

—¿Qué. Cojones. Me. Estás. Contando? —dijo Maria.

—Vale, es posible que eso haya parecido…

—O sea ¿que vosotros dos estáis…?

—Más o menos. No lo sé. Solo, por favor, no se lo cuentes a nadie.

—¡Hostia puta!

—¡En serio! Ni se te ocurra decir nada. Prométemelo, ¿vale?

—¡Lo prometo! ¡Claro! Pero por lo menos me tienes que contar algo. ¡Necesito algún detalle!

—Uno.

—¿Uno?

—Solo uno.

Puso cara de estar pensando muy bien qué quería preguntar, luego sacó un pepino de la nevera y lo dejó sobre la encimera. Cogió un cuchillo y lo colocó cerca del centro del pepino.

—Vale, avísame cuando haya alcanzado el largo aproximado.

—No.

Movió un poco el cuchillo.

—Venga ya. No voy a hacer esto.

Lo movió otro poco y levantó una ceja.

Kip la miró con rabia, luego puso los ojos en blanco y dijo:

—Un poco más.

Maria gritó:

—¡Ay, dios mío! ¡Lo sabía! ¡Zorra con suerte!

—Vale. Ya está. En serio. No se lo digas a nadie, ¿vale?

—Sí. Sí. Te lo prometo —dijo ella mientras se reía.

Kip se rio un poco; se sintió aliviado de que alguien más supiera lo de su relación.

Una relación que iba a asegurarse de arreglar esa noche.

Scott se sentía bien.

Tenía las manos vendadas dentro de los guantes por la pelea de la otra noche, pero se encontraba bien. Centrado. Concentrado. Iban a ganar esa noche. No tenía la menor duda.

Había hecho oídos sordos a los titulares y los comentarios de los programas deportivos. Aunque él supiera que estaban ahí. «¿Qué le pasa exactamente a Scott Hunter?».

Pasaba de todo. Nada de eso le importaba. Cada partido era un nuevo comienzo. Habían perdido dos partidos, pero iban a ganar los cuatro siguientes. No pasaba nada.

Sus compañeros de equipo también parecían percibir el cambio en él. No lo miraban con preocupación, sino que buscaban fortaleza en él. Le devolvían el gesto con la cabeza, comunicándole en silencio: «Tú puedes. Estamos contigo. Hasta el final». Kip estaba ahí, en el partido. Verlo en su asiento llenó a Scott de fuerza y confianza. No era superstición, era amor.

Esta noche arreglaría las cosas con Kip. Iba a asegurarse de ello.

—Hostia, no veas —dijo Elena—. ¡Parece que Scott ha recuperado el ritmo!

Estaban de pie y aplaudiendo con entusiasmo junto con el resto del público. Scott había marcado su segundo gol del partido, poniendo el marcador a 5-2 a favor de los Admirals para el final del segundo tiempo.

Quizá fuera la ventaja de jugar en casa, o quizá Scott había conseguido concentrarse. O quizá al final los *smoothies* sí eran mágicos. En cualquier caso, Kip estaba aliviado y feliz.

Y superorgulloso de él, joder.

Kip recibió un mensaje de Scott al poco tiempo de terminar el partido.

Scott: ¿Te parece bien si quedamos en mi casa?

Kip esperaba que se lo sugiriera.

Kip: Claro. ¿Quieres que vaya ya?

Scott: Sí. Iré en cuanto pueda.

Elena lo abrazó y le deseó suerte. Habían tenido una larga conversación antes del partido. Elena le dijo que creía que los dos eran idiotas.

Era raro cómo el lujoso edificio de apartamentos en el que estaba el ático de Scott ahora le hacía sentir como en casa. Tuvo que recordarse a sí mismo, mientras entraba en el enorme salón, que esa no era su casa. Pero era reconfortante estar de nuevo en su espacio familiar.

Sin embargo, la espera se le hacía agónica. Sabía que Scott tardaría un rato, pero le parecía una eternidad. Kip se sentó en el sofá, en la encimera de la cocina y luego empezó a dar vueltas por el salón. Cuando la puerta se abrió por fin, él estaba de pie junto a las ventanas.

Por un instante, Scott se lo quedó mirando como si no acabase de creerse que estaba ahí. Entonces dijo con voz suave:

—Kip.

—Hola.

Vestía uno de los trajes a medida que se le exigía ponerse para salir de la pista de hielo. Llevaba la barba poblada y el pelo más largo de lo habitual. Estaba guapísimo, joder.

Scott cruzó el salón hasta ponerse a un brazo de distancia.

—Enhorabuena por la victoria —dijo Kip con torpeza.

—Gracias. —Las manos de Scott, con los dedos vendados, se flexionaron a los lados. Miró a Kip como si hubiera vuelto de entre los muertos—. Te he echado de menos.

La voz de Scott se quebró al pronunciar la última palabra. Kip hizo lo único que se le ocurrió, lo único que quería hacer: abrió los brazos. Y Scott se dejó caer en ellos.

—Lo siento mucho —susurró Scott a la oreja de Kip—. No quería que te fueras. Por favor, dame una oportunidad para arreglarlo.

—Sssssssh. —Kip besó la coronilla de Scott.

Estuvieron así un rato, abrazados e inspirando el olor del otro.

—Sentémonos —dijo Kip mientras le cogía la mano a Scott.

La aguantó con delicadeza, acariciando el pulgar con los vendajes mientras lo llevaba al sofá.

—He estado pensando mucho —dijo Scott.

—Yo también.

—He estado muy triste.

—Y yo.

—Te mentiría si te dijera que la idea de salir del armario no me sigue aterrorizando.

—Lo sé —dijo Kip—. Sé que te estoy presionando mucho, sobre todo ahora. Así que quizá pueda dar un paso atrás y ser más paciente.

—Tenías razón, Kip. En todo. No deberías tener que esconderte. No deberías ser mi secreto. Mereces mucho más que eso.

—Tú también mereces mucho más, Scott.

—Lo sé. Lo que pasa es que… tengo miedo.

—¿Puedo preguntarte —dijo Kip con cuidado— a qué le tienes miedo exactamente? No paras de decir que a perder tu carrera o tu privacidad, pero sé que la NHL tiene las «Noches del Orgullo» y cosas así.

Scott se frotó la cara con la mano. Parecía estar agotado.

—Lo siento —dijo Kip al momento—. Es solo que... creo que hay algo que no entiendo.

—Tienes razón —dijo Scott—, con respecto a la liga. Lo están intentando. Y se supone que los equipos tienen una política de tolerancia cero con la homofobia, pero... —Suspiró—. Cuando era pequeño, el hockey lo significaba todo para mí. Y, en ese mundo, ser gay era el peor insulto. Lo peor que podías llegar a ser. Ni siquiera te puedo decir cuántas veces tuve que oír..., bueno, todos los comentarios homófobos que te puedas imaginar. Era con bastante frecuencia.

—¿Te lo decían a ti?

—A mí, a todos. Era lo que decías si querías molestar a alguien. O si estabas enfadado. Y todo el mundo lo aceptaba. Pero cuando empecé a darme cuenta de que yo podía ser esa cosa que todos mis compañeros de equipo consideraban tan repulsiva...

Kip le cogió la mano. Scott tragó saliva y continuó:

—Debes tener en cuenta que fui a un internado, uno especializado en hockey, así que no tenía escapatoria. Y me escondí. Escondí mi secreto lo más profundo que pude porque no podía ocultar el resto de mí. Yo era el mejor jugador que había en la escuela, y los cazatalentos de la NHL venían a ver mis partidos incluso entonces. Y sabía, bueno, sospechaba, pero seguro que estaba en lo cierto, que, si me pillaban con otro chico, si alguien pensaba siquiera que me gustaba otro chico, todo se irá al garete.

—¿Había algún chico? —le preguntó Kip en voz baja.

Scott sonrió con tristeza.

—Hubo un chico. Más tarde. Cuando estaba en la liga júnior. Mi compañero de equipo, Jacob.

—¿Y os...?

—No. No sé si él era… Pero creo, quizá, puede. Puede que él también estuviera al tanto. Pero ninguno de los dos habría hecho nada al respecto. El riesgo era demasiado alto.

—Pero tú querías estar con él.

—Sin duda. —Scott se rio con amargura—. Creía que estaba enamorado de él.

—Dios. Debiste de pasarlo muy mal.

Scott se encogió de hombros.

—Me obligué a no hacer caso. A centrarme en lo importante. A llegar a la NHL.

—¿Y en la NHL no fue mejor?

—No sé muy bien cómo explicarlo. Una cosa es que la NHL ondee la bandera del orgullo y hable de inclusión, y eso está genial, de verdad, no digo que no, pero en los vestuarios, en la pista y en los viajes con los chicos… No lo sé. Nunca me he sentido cómodo siendo sincero sobre esa parte de mi vida. No creo que me vieran con los mismos ojos.

Scott negó con la cabeza y continuó:

—Y la cosa es que… No quiero parecer dramático, pero, durante toda mi vida adulta, mis compañeros de equipo han sido la única familia que he tenido. Así que la idea de perder su respeto y su apoyo me aterra.

Y ahora Kip se sentía muy mal por haberlo presionado. Pero aun así quería que Scott diera el salto.

—Quizá todo esto suene como una razón que no acaba de justificar que no haya salido del armario —dijo Scott—. No creo que vayan a darme una paliza en el vestuario ni nada por el estilo. Es solo que… Es un puto paso enorme que dar. Y luego ya no hay vuelta atrás.

—No —asintió Kip—. No hay vuelta atrás. Pero déjame decirte que hay cosas increíbles una vez has dado el paso.

Scott sonrió.

—Lo sé. Y quiero verlas. Y quiero disfrutarlas. Contigo.

—Y yo. Y pase lo que pase, Scott, sabes que voy a estar a tu lado, ¿verdad? Puedo soportarlo. Sea lo que sea lo que te da miedo, lo combatiremos juntos. Estoy muy orgulloso de ser tu novio. Si crees que me da miedo que el mundo se entere de lo mucho que te quiero, estás muy equivocado.

La cara de Scott se descompuso un poco. Tenía lágrimas en los ojos.

—Te quiero. Kip, no sé lo que hago, pero te quiero tanto que no puedo perderte. Es que… no puedo.

El corazón de Kip se sintió como un gran mar cálido.

—Yo también te quiero, Scott.

—¿Puedes esperar a que acaben los *play-offs*? ¿Sería pedirte mucho? —Su tono era sincero, no enfadado.

—Puedo esperar —dijo Kip—. Pero, cuando acaben los *play-offs*, tenemos que decidir cómo haremos luego.

Scott asintió.

—Me parece justo. Sí. Vale.

—Vale.

—¿Y me prometes que dejarás de pensar que voy a creer que no vales la pena? ¿O lo que sea? Porque no sé cómo explicarte que eso no es para nada verdad.

Kip esbozó una sonrisa aliviada y húmeda.

—Trato hecho.

Scott cerró los ojos y apoyó la cara contra la palma de Kip. Cogió la otra mano de Kip y él entrelazó los dedos con los de Scott, apretándolos con firmeza para tranquilizarlo.

—Por cierto, ¿qué les ha pasado a tus manos? —preguntó Kip.

Levantó una hasta los labios y besó con suavidad los nudillos magullados.

—¿No viste el partido? —Scott parecía un poco decepcionado por eso.

—No. Intenté verlo, pero… no pude. Lo siento.

—No te preocupes. Fue una pelea. Una tontería.

—¿Una pelea? Tú no te peleas. Jamás te he visto metido en una.

—Es que no suelo pelearme. Hacía mucho tiempo que no lo hacía. Y no debería haberlo hecho la otra noche, pero…

—¿Qué pasó? —preguntó Kip mientas le pasaba los dedos por los vendajes.

—Me llamó… Bueno. Creo que puedes imaginártelo. Pero —dijo Scott rápido— en realidad no es para tanto. Como ya he dicho, ese tipo de palabras son tan típicas en el hockey que no significan nada.

—Hasta que significan algo —dijo Kip en voz baja.

—Hasta que significan algo.

Kip acunó las manazas de Scott entre las suyas.

—Quise decírselo —dijo Scott—. Quise hacerle saber quién era el que le estaba rompiendo la cara.

Kip lo miró, sorprendido.

—Bueno, esa es una forma de salir del armario. Aunque no sé si la recomendaría.

Scott se rio.

—No debería haberlo hecho. Me refiero a pelear con él. Ojalá no lo hubiera hecho. Pero estaba… Ya sabes.

—¿Cansado?

—Sí. Y no había dormido nada.

—Lo siento. No debería haberme ido después de discutir.

—No te disculpes. Voy a arreglar todo esto —prometió Scott.

—Lo sé. Vas a ganar la Copa Stanley y yo voy a tener mi máster y vamos a ser invencibles juntos.

—Imparables —coincidió Scott, y volvió a besarlo—. Espera…, ¿te han admitido en la universidad?

Kip sonrió.

—¡Sí! ¡En la de Nueva York!

Scott lo abrazó y lo apretó con bastante fuerza.

—Estoy muy orgulloso de ti.

—¿Lo ves? —dijo Kip apoyando la cabeza sobre su hombro—. Imparable. Pero… quizá, por ahora, lo mejor sería que nos diéramos un poco de espacio, ¿no crees?

Scott lo soltó, lo que hizo reír a Kip.

—No, me refería a las próximas semanas. Hasta que acaben los *play-offs*, para que puedas concentrarte. De todas formas, estás viajando mucho, así que quizá lo mejor es que… te olvides de mí un poco.

Notó que Scott se ponía tenso.

—No voy a olvidarme de ti —dijo Scott.

Kip sonrió.

—Un poco sí. Además, tengo que arreglar algunas cosas en mi vida. Tengo…, eh, tengo un nuevo trabajo.

—¿Qué? ¿En serio? ¿Tipo… de historia?

—No —dijo Kip—. No es tan bueno. Pero sí es mejor que el del local de *smoothies*. Es en el Kingfisher. Ya sabes, es el pub al que voy…

—Ah. El… eeeh…

—Bar gay, sí.

—Vale. Bueno… O sea, eso es bueno. Estás contento, ¿no?

—Sí. Creo que será divertido. Los turnos serán hasta tarde, claro, pero prefiero eso a los horarios de por la mañana de ahora. Y cobraré algo mejor. Dan buenas propinas.

—Bueno, pues entonces enhorabuena. ¿Has dimitido en el trabajo?

—Sí. Les envié un correo ayer. En cuanto me dieron el otro trabajo.

—Ah.

—¿Estás bien?

—Sí —dijo Scott—. Es que… Le tengo cariño a ese local de *smoothies*.

—Ay… Tendrás que ir a verme a mi nuevo trabajo.

Temió que Scott se incomodara por haber dicho eso.

En lugar de eso, Scott dijo:

—Sí. Te lo prometo. En cuanto… pueda.

—Algo por lo que luchar.

—Sí.

Kip se inclinó hacia él y lo besó.

—¿Te vas a quedar a dormir? —preguntó Scott—. ¿Hoy?

Kip deslizó los dedos por la corbata de Scott.

—Sí. Claro.

A Scott le dio un escalofrío y soltó un suspiro, y Kip acercó los labios a su oreja.

—¿Qué te apetece hacer? —susurró.

—No lo sé.

—¿Qué te parece esto? —dijo Kip—. ¿Qué tal si te quitas el traje la hostia de sexy, te tumbas en la cama y me paso un par de horas besando cada centímetro de ti?

Podía notar a Scott sonreír pegado a su hombro.


Scott estaba temblando en la cama. Sentía frío y calor a la vez, al tener la piel al descubierto y la boca y las manos de Kip calentándolo y haciendo que su sangre corriera como la lava.

Lo que Kip le estaba haciendo, besar y lamer cada parte de su cuerpo con esa lentitud y cuidado, como si lo analizara, era casi una experiencia extracorporal. Kip le besaba el interior de un muslo, cerca de su polla para tentar, y luego cambiaba y le mordisqueaba el interior de la muñeca. Le pasaba la lengua por un pezón hasta que Scott pensaba en que se iba a morir, y luego le acariciaba con amor su nueva barba con los dedos.

Era el cielo y la agonía y la experiencia más sensual de la vida de Scott. Tendría que devolverle ese favor algún día.

Al final, Kip dobló la lengua sobre los huevos de Scott. Tarareó mientras se los metía en la boca. Scott jadeó y se arqueó.

—Te quiero —dijo—. Te quiero muchísimo y voy a arreglarlo todo. Te lo prometo. Voy a…

—Chiiist —dijo Kip mientras sustituía su boca por la mano.

Lo acarició y besó un poco la punta de la polla hinchada de Scott.

—No te preocupes por nada. Solo relájate. Déjame que te cuide.

Scott suspiró y cerró los ojos. Kip envolvió la polla de Scott con sus labios carnosos y entumecidos y se puso a trabajar para acabar de desmontarlo.

La manera en que lo había excitado había sido exquisita y eterna. Scott se dejó llevar por todo lo que Kip estaba haciendo con la boca y los dedos. Sintió cómo se tensaba su cuerpo y se le aceleraba el corazón. Quería correrse y quería que aquello durase para siempre.

Quería tantas cosas.

Pero notaba cómo estaba llegando al límite.

—Kip —dijo con voz ronca.

Kip se apartó y sustituyó su boca por la mano.

—Quiero verlo —dijo—. Enséñamelo. Venga, cariño.

Scott se corrió, en silencio y sobrecogido, mientras su precioso y perfecto novio lo observaba. Los espesos chorros blancos de su corrida le salpicaron el abdomen y llegaron hasta el pecho.

—Es precioso, mi amor —dijo Kip.

Se deslizó y besó a Scott, que también lo besó con gratitud.

—Eres tan bueno conmigo —dijo Scott—. Te quiero. No lo olvides, ¿vale? Te quiero.

—No lo voy a olvidar.

Más tarde, esa misma noche, descansaban en la oscuridad. Kip dormía con la cabeza apoyada en el pecho de Scott. Le había dado tanto esa noche… Se había entregado por completo a Scott. Y ahora estaba acurrucado contra él, con el cuerpo pesado y cansado.

Scott lo abrazó y se prometió en silencio que sería el hombre que Kip necesitaba que fuera. Luego se sumió feliz en sueños.

# Capítulo 26

Scott durmió bien por primera vez en una semana.

Mientras se desperezaba, oyó un suspiro satisfecho junto a él. Aún tumbado, se dio la vuelta y se encontró con el hombre a quien amaba durmiendo plácidamente. La única sábana blanca que los tapaba se había resbalado hasta la curva de la parte inferior de la espalda desnuda de Kip. El pelo castaño y suave le caía revuelto sobre los ojos y un par de ondas sueltas le rozaban la mejilla con barba de tres días. Tenía la cara relajada y hermosa, los labios entreabiertos. Scott se apoyó en un codo y se dedicó a contemplarlo un rato.

Lo observó dormir hasta que ya no pudo contenerse más sin pasar el dorso de los dedos por la mandíbula de Kip. Dormido, se estremeció e hizo un ruido irritado y perezoso. Scott sonrió y le besó el hombro que tenía más cerca. Al ver que Kip no se removía ni protestaba, Scott siguió dándole besitos suaves por toda la espalda.

Le habría encantado quedarse en ese instante para siempre.

Pero también se sentía solo, así que movió la boca para darle un mordisquito en el costado a Kip, justo por encima de la cadera, donde Scott sabía que tenía cosquillas.

Dos arañazos con los dientes de Scott y Kip se apartó de él. Scott sonrió.

—Buenos días.

—Déjame en paz —murmuró Kip con la cara enterrada en la almohada.

—Lo siento —dijo Scott—. No he podido resistirme.

Volvió a la posición inicial y se tumbó junto a él.

Al final, Kip giró la cabeza y lo miró.

—Hola —dijo con voz cariñosa y feliz.

—Me gusta despertarme a tu lado.

—Mmm.

Kip rodó sobre la espalda y se desperezó. Scott se deleitó en cómo se tensaban los músculos de sus brazos y su pecho, y la fina sábana bajó todavía más por sus caderas.

—¿Qué hora es? —preguntó Kip.

—¿Eh? —preguntó a su vez Scott mientras seguía con la mirada el rastro de pelo oscuro que iba desde el ombligo de Kip hasta por debajo de la sábana—. No lo sé. ¿Las ocho, tal vez?

Kip cerró los ojos y soltó un gruñido.

—Mierda. Tengo que levantarme. Dije que entraría a trabajar a las nueve para ayudar a formar al nuevo empleado.

—¿Estás seguro? —preguntó Scott y se movió para poder besar el lateral del cuello de Kip.

—Cuanto antes empiece, antes acabaré —respondió Kip con voz algo tensa.

Scott movió la boca para besarlo en el punto donde se notaba el pulso y sintió cómo se le aceleraba el corazón a su novio.

—Vale —dijo Scott y se desplazó con la boca hasta la clavícula de Kip.

Besó el hueco que se formaba justo allí y Kip se estremeció.

—Eres una mala influencia —se quejó.

Como respuesta, Scott le puso la mano en la rodilla y la fue subiendo, dejando que sus dedos se arrastraran por la piel sensible de la cara interna del muslo.

—Tienes quince minutos —dijo Kip con una risa cortada.

Scott cubrió el cuerpo de Kip con el suyo y lo miró a los ojos.

—¿Es un reto?

—Sé que te encantan.

—Desde luego.

Scott lo besó en la boca y de inmediato quedó claro que Kip no tenía nada que objetar a los avances de Scott. Fue un beso intenso, caliente y apasionado, y notar la lengua de Kip enroscándose con la suya bastó para que Scott se muriera de deseo. Siempre le ocurría.

Kip desplazó las caderas para que las dos erecciones se frotaran. Scott gimió en la boca de Kip. Se pasaron un rato moviéndose así, hasta que Kip se apartó y dijo con una sonrisita juguetona:

—Diez minutos.

Scott aceptó el reto y se hundió en el cuerpo de Kip, llevándose la sábana por el camino. Se metió la polla en la boca y Kip subió las caderas mientras su jadeo se oía por toda la habitación.

Scott se esmeró. Puso en marcha todo el conocimiento que había adquirido sobre lo que hacía que Kip perdiera la cabeza por completo en la cama. Atacó el punto sensible por debajo de la punta de la polla de Kip con unos lametazos rápidos a la par que tiraba de los huevos con la mano. Luego relajó la garganta y se metió la polla de Kip hasta el fondo.

A Scott le apasionaba hacerle mamadas a Kip. Le volvía loco lo rápido que lograba reducirlo a gemidos y a un balbuceo sexy y fabuloso.

—Mmm, joder, amor. Me encanta. Dios, tu boca. Me encanta tu boca, Scott…

Al cabo de unos minutos, cuando Kip estaba a cien y temblando debajo de él, Scott se apartó y preguntó:

—¿Cuánto tiempo me queda?

—Por dios. No me jodas, Scott. ¡Sigue!

—¡Solo quería asegurarme!

—Eres un capullo. Vuelve al trabajo...

Scott se rio e hizo lo que le mandaba. Consiguió que Kip se corriera enseguida y se desplomó a su lado.

Kip respiraba con dificultad y sonreía mirando hacia el techo.

—Bien hecho, campeón.

—Gracias, entrenador.

—Vamos —dijo Kip. Se sentó y sacó las piernas por el lateral de la cama—. Te lo recompensaré en la ducha.

—¿La ducha?

—¡Tengo que aprovechar el tiempo! ¡Ya llego tarde!

—Soy una distracción.

—Sí, pero de las mejores. Vamos.


En cuanto el avión despegó de Nueva York, la confianza de Scott se desplomó.

Acababan de ganar dos partidos en Nueva York, y la serie iba empatada a dos, pero no podía olvidarse de lo mal que había jugado en los dos primeros encuentros en Detroit.

Pero ahora Kip y él habían vuelto e iba a asegurarse de que siguiera siendo así. Y eso implicaba ser valiente y cumplir las promesas que había hecho al chico que amaba.

Esa noche, Scott se tumbó en la cama del hotel, preocupado por lo que podría pasar cuando saliera del armario. Era su secreto mejor guardado desde hacía tanto tiempo que le costaba imaginar la vida sin tener que cargar con ese peso.

Necesitaba aclararse las ideas, así que salió de la habitación y deambuló un poco por el hotel hasta acabar en la piscina. Como no había nadie, se tumbó de lado en una de las tumbonas y disfrutó del silencio.

Mientras contemplaba el agua tranquila de la piscina, se obligó a concentrarse en algo que no fuera el miedo. Pensó en Kip. Kip, que tanta paciencia estaba teniendo con él. Y Scott recordó que le había pedido a Kip que esperase hasta que acabaran los *play-offs*, pero de repente le pareció que faltaba mucho. Scott no quería tener que dejar a un lado su relación durante los *play-offs*; quería que su relación lo hiciera más fuerte. Lo ayudase a jugar mejor.

Pensó en formar un hogar con Kip, formar una vida con él. Pensó en los adorables hoyuelos de Kip y en cómo se tapaba la boca con la mano cuando leía. Pensó en despertarse junto a Kip todas las mañanas, cuando se hubiera retirado del deporte, y en recorrer el mundo juntos. Ir a restaurantes y museos y dar paseos por el parque sin preocuparse de si la gente sabía que estaban juntos. Es más, quizá deseando que la gente supiera que estaban juntos.

El deseo de todo eso ardía con tanta fuerza en su interior que le sobrecogió la necesidad de empezar a trabajar en esa dirección. Sabía qué tenía que hacer.

Ya era hora.


—Joder, Scott —se quejó su agente por teléfono—. ¡Pero si aquí es casi medianoche!

—Ya lo sé. Aquí también. Solo estoy en Detroit, ¿sabes?

—¿Pasa algo malo?

—No. No exactamente. Pensaba esperar hasta volver a la ciudad, pero no quiero retrasarlo más.

—¿Esperar para qué? Un momento… ¿Qué coño? ¿Después de todos estos años juntos vas a decirme que…?

—No —se apresuró a contestar Scott—. No voy a despedirte, Todd. Ni nada parecido. Por supuesto que no.

—Ah. ¿Y entonces?

Scott se sentó en el banco del vestuario vacío de la zona de fitness del hotel. No tenía la menor idea de cómo iba a expresarlo. Como de costumbre, su mente había tomado una decisión repentina y ahora tenía que apechugar.

—Estoy pensando en hacer un comunicado —dijo.

—¿Un comunicado? ¿Qué pasa? ¿Vas a retirarte? Scott, todavía te quedan años por delante…

—No, no es eso. Un… comunicado personal.

Todd suspiró.

—Mira, Scott. Es tarde. ¿Puedes ir al grano, por favor?

Scott repasó el vestuario con la mirada una vez más, por si acaso. Sí, estaba solo.

—Soy gay —dijo por primera vez en su vida.

Hubo un silencio.

—¿Todd?

—Te he oído. Pero dame un momento…

—Claro.

Más silencio. Después Todd soltó una exhalación.

—De acuerdo. Eres gay. Lo pillo. Ahora dime que no era eso lo que querías anunciar.

—Sí es eso.

—Scott —dijo con voz cansada Todd—. No. No puedes hacer eso.

—¿Por qué no?

Todd se rio con ganas.

—¡Ya sabes por qué no! Joder, ¿en serio te lo tengo que explicar? ¿Sabes cuántos jugadores están deseando quedarse con tus contratos de patrocinio? ¿Crees que no me estoy peleando con el agente del puto Matti Jalo por ese tema? Últimamente solo eres el segundo ídolo del equipo, y la cosa no va a mejorar conforme envejezcas. Ahora mismo, tienes que agarrar todo lo que puedas.

Estás en la cresta, pero eso no va a durar. Una lesión, otro pati-
nazo...

—Ya lo sé. Te he entendido —dijo Scott con sequedad.

—Lo único que digo es que no hay por qué ahuyentar a los
patrocinadores y a los fans. No cuando ya hay tantas otras formas de que ocurra que escapan a tu control.

—Que ya lo pillo —dijo Scott—, pero creo que algunas cosas importan más que eso.

—¿Importan más que aquello por lo que has estado luchan-
do toda la vida?

—No lo sé. Quizá. —Scott ya no estaba tan seguro.

—Muy bien, deja que pruebe desde otro ángulo: ¿has pensado en lo que implicaría esto para tus compañeros de equipo?

—¿Qué va a implicar?

—¿No crees que sería raro para ellos? El saber que eres, o
sea...

—¿Qué? ¿Crees que van a pensar que los miro en el vestuario? No lo hago.

—Es solo que, para algunos de esos tíos, es como el mayor
miedo que tienen, ¿no? Sé que no es racional. Yo soy abierto de
mente, Scott. Y lo sabes. Solo trato de ser realista. Al menos algunos de tus compañeros van a sentirse incómodos. Y eso va a
afectar a la dinámica del equipo y el rendimiento. Joder, ¡eres el
puto capitán! ¡Tienes que pensar en esas cosas!

—Vale —murmuró Scott—. Sí, ya lo sé.

—¿Puedo preguntarte por qué demonios te lo planteas
ahora?

—No quiero seguir mintiendo.

—¿Por qué no? Todo el mundo miente. ¿O es que crees que
eres el único tío gay de la NHL? Ni de coña. Solo eres el único
que se está planteando anunciarlo al puto mundo entero. No lo
hagas, Scott. Lo perderás todo.

—Anda ya —dijo Scott—. No lo perdería todo. Y ¿acaso tu trabajo no es asegurarte de que no pase?

—¡No soy un puto mago! No todo está en mi mano. A ver, te garantizo que anunciar algo así (ser el primer jugador de la NHL abiertamente gay) podría darte algunas oportunidades nuevas de marketing, pero no te veo en la portada de videojuegos ni representando a las grandes empresas de ropa deportiva…

—Creo que te equivocas en eso. Creo que el mundo podría estar preparado.

—Bueno, pues eres mucho más optimista que yo.

—Eso ya lo sabía.

Los dos se echaron a reír.

—Oye —dijo Todd con voz un poco más relajada—. Procura tener cuidado, ¿eh? Si te pillan… Ya sabes. Con un hombre…

—Ya tengo cuidado. ¡Pues claro que tengo cuidado! Si no lo tuviera, ¿cómo crees que habría podido mantenerlo en secreto tanto tiempo? ¿Ocultárselo a mis compañeros de equipo? ¿A los medios? ¿A ti?

—Supongo que tienes razón.

—Estoy harto de tener cuidado —dijo Scott suspirando.

Ambos se quedaron callados un momento, hasta que Todd dijo:

—¿Y cómo has pensado hacerlo? Me refiero a cómo vas a hacer el comunicado. ¿Tienes algún plan?

—No lo sé. Pensaba en preguntar si el *Sports Illustrated* quería publicar la historia. ¿Y si lo hago así?

—Por supuesto que querrán la historia. Podríamos sacar una buena tajada de esto, estoy seguro, pero tendremos que ser listos y ver bien a quién se lo vendemos.

—No —dijo Scott—. No busco sacar dinero con esto. No lo hago por eso.

—Ya lo sé, pero de paso…

—Todd, para ya. —Sonrió—. Aunque me gusta que hayas pasado a plantearte una estrategia.

—Sigo pensando que no deberías hacerlo.

—Tomo nota.

—Mierda. Vas a hacerlo de todos modos, ¿verdad?

—Es probable.

—Ay, dios mío. Será mejor que vuelva a tomar las pastillas antiácido. Solo… no hagas nada sin contármelo, ¿de acuerdo? A ser posible, no hagas nada de nada. Jamás.

—Que no salga del armario nunca. Lo pillo.

—¿Qué tiene de malo el armario? Es un lugar maravilloso abarrotado de atletas profesionales.

—Buenas noches, Todd.


Cuando Scott se despertó a la mañana siguiente, se quedó en la cama hasta más tarde de lo habitual, repasando la conversación con su agente. Había algo de lo que Todd había dicho que no se quitaba de la cabeza: «¿O es que crees que eres el único tío gay de la NHL?».

No. Scott estaba seguro de que no lo era. Pero se sentía así. Todo el tiempo. Era una sensación de soledad terrible. Y esos otros jugadores gais que lo ocultaban debían de sentirse igual.

Quizá pudiera cambiarlo todo. Quizá pudiera facilitarles el camino, además de allanar el suyo propio.

Frunció el ceño. ¿De verdad iba a poder cambiar algo? ¿Solo por confesarle al mundo quién era? ¿Tendría alguna repercusión? ¿O Todd llevaba razón? ¿Lo rechazarían los patrocinadores? ¿Se distanciarían de él sus compañeros de equipo? ¿Le darían la espalda los aficionados? ¿Se resentiría su forma de jugar?

Y, entonces, ¿qué ocurriría con esos otros jugadores gais? Desde luego eso no haría que se sintieran mejor.

Joder.

—¿Qué te carcome, Scotty? —preguntó Carter mientras se comía un plato de huevos revueltos con una tostada del bufet del hotel.

—Bah —dijo Scott, que volvió al presente—. Nada.

—Mientes de pena, Hunter. Siempre te lo digo.

Scott sonrió y pinchó los huevos con el tenedor.

—¿Te resulta más fácil desde que la relación… se dio a conocer?

—Ah —dijo Carter y dejó el tenedor en la mesa—. ¿Te has hartado de mantener en secreto a tu chica?

—Más o menos —dijo Scott con una mueca.

—Claro, nos estábamos cansando un poco de vernos a escondidas. Al principio tiene su atractivo, pero el amor no puede ocultarse.

—¿El amor, eh?

Carter se encogió de hombros.

—No me avergüenzo.

—Me alegro de oírlo. Supongo que… Sí, el amor. Es una cosa, ¿verdad?

—No se puede meter en una jaula, Scott. Hay que liberarlo para que el mundo lo vea.

—Exacto.

—Oye —dijo Carter—. ¿Por qué no hacemos una cita doble o algo la próxima vez que Gloria esté en la ciudad? Así te vas acostumbrando poco a poco, ¿sabes? Si quieres, podemos ir a un sitio discreto.

—Tal vez —dijo Scott, aunque sabía que era imposible. ¿O sí era posible?

—¿Qué es lo que te preocupa? En realidad, no es para tanto. ¿Crees que se asustará de unas cuantas cámaras?

—Soy una persona muy reservada. O, al menos, tan reservada como puedo.

—Bueno, no iría mal si te vieran con alguien. ¡De lo contrario, la gente empezará a pensar que eres marica!

Carter se rio. Scott no.

—Joder, Scott. Alegra esa cara. Nadie dice eso. Relájate.

Scott se puso de pie.

—Voy a… —dijo con un gesto indefinido hacia los ascensores.

Se retiró a la privacidad de la habitación de hotel.


De vuelta allí, Scott hizo una lista en la libreta del hotel de lo que podía perder si daba la noticia.

Dinero, respeto, patrocinios, el apoyo de los fans, amistades, privacidad y, en el peor de los casos, su carrera deportiva.

Hizo otra lista de lo que perdería si no daba la noticia.

Su cordura, su autoestima, a Kip.

«Kip».

Cuando puso las dos listas la una junto a la otra, no había elección posible. Sobre todo, cuando reconocía que los elementos de la primera lista eran cosas que no tenía por qué perder necesariamente. Las tres cosas de la segunda lista las perdería seguro.

Pues muy bien.

¿Por dónde empezar? Se había dicho a sí mismo que no haría nada hasta que hubiesen terminado los *play-offs*, pero, ahora que se había decidido, le parecía que faltaba una eternidad.

Necesitaba hacer algo ya. Aunque solo fuera avanzar la mitad del camino. No podía soportar seguir fingiendo que Kip no existía, y tampoco podía permitir que sus amigos creyeran que estaba saliendo con una mujer ficticia. Ya bastaba.

Aunó valor y mandó unos cuantos mensajes.

Veinte minutos después, sus tres mejores amigos se reunieron con Scott en la habitación del hotel. Bennett fue el último en llegar.

—Muy bien —dijo Carter con la ceja levantada—, ya estamos todos aquí. ¿Qué pasa, Scott?

—Eh —dijo Scott—, ¿por qué no os sentáis?

Señaló las camas, donde Huff ya se había sentado. Bennett y Carter se unieron a su compañero. Todos observaban a Scott, a la expectativa.

—Bueno —dijo Scott, casi para sí mismo.

—Joder, ¿qué pasa, Hunter? —preguntó Huff.

—Nada —se apresuró a responder Scott—. Nada… malo. No es…

Debía de tener un aspecto horrible. Notaba el sudor que se le formaba en la frente y estaba seguro de que tendría las mejillas sonrojadas. Tenía la garganta seca y notaba un nudo en el estómago. Bajó la mirada hacia los calcetines azules, que le dieron un poco de valor.

Respiró hondo.

—Tíos, hay algo que me gustaría contaros. En realidad, quiero contárselo a todo el mundo. Pero quiero que seáis los primeros en saberlo.

Y sí, definitivamente parecía nervioso, porque Carter ni siquiera le interrumpió con una broma.

—Sé que es un momento un poco raro, pero es que tengo que… Está afectando a mi forma de jugar. Necesito…

—Venga, Scott —dijo Bennett con calma—, dilo y ya está.

Scott contuvo los nervios y dijo, por segunda vez en su vida:

—Soy gay.

Sus compañeros de equipo lo miraron y luego se miraron entre ellos. Los escasos segundos de silencio que siguieron fueron de las cosas más agónicas que Scott había soportado jamás.

—¿Lo dices en serio? —preguntó al fin Carter.

«¡No! Ja, ja, ja. ¡Era broma!».

—Sí.

—Guau —dijo Huff.

Bennett no dijo nada, pero su cara parecía… normal. Por lo menos, nada escandalizado.

Una vez que se había quitado el peso más grande de encima, Scott continuó:

—Sé que lo más probable es que prefirierais… no saberlo. Pero necesitaba contárselo a alguien. Así que os lo cuento a vosotros. Sois mis mejores amigos. Conque sí. Ya está.

—¿Va en serio? —insistió Carter.

—Que sí —dijo Scott.

—¿Eres…? —empezó a preguntar Huff, y entonces pareció quedarse sin palabras—. Perdona. No quiero parece un capullo. Es solo que, ya sabes. Joder, ¿no?

—Ya lo sé —respondió Scott.

—Si te soy sincero —reconoció Bennett despacio—, me medio imaginaba que pudieras serlo. Quizá.

—¿Ah, sí?

—Sí. No me malinterpretes. Sigo alucinando.

—¿Y tienes previsto contárselo a alguien que no esté en esta habitación?

—Con el tiempo, sí. Ya me he cansado de mentir.

—Mierda —dijo Huff—. Pues eso va a… ¿Seguro que quieres ese follón?

—No es que quiera ese follón —dijo Scott—, pero podré aguantarlo. No puedo seguir viviendo así. Y a lo mejor… a lo mejor así las cosas son más fáciles para los demás. Si salgo del armario el primero.

—A lo mejor —asintió Bennett pensativo—. Aunque el precio es alto. Tu vida ya es bastante caótica, ¿no?

—¿Gay? —preguntó Carter, quien saltaba a la vista que todavía no lo había asimilado—. Pero pensaba que estabas con esa chica morena tan atractiva… ¿Elena?

—No —dijo Scott—. En realidad, estoy con… su amigo.

—Pero ¿qué dices?

—Salgo con alguien. Desde hace unos meses.

—Espera. ¿¿Qué??

—Pues que estoy saliendo con alguien. Bueno, y estoy… enamorado de alguien.

—Alguien, tipo…, ¿un hombre? —preguntó Carter.

—Sí. Alguien, tipo, un hombre.

Carter soltó el aliento.

—Mirad, no espero que os parezca bien desde el minuto cero ni nada por el estilo. Sé que es un shock y puede que no haya sido justo por mi parte que…

—Scott —dijo Carter levantando una mano—. Cállate la puta boca un segundo. Voy a procesar esta mierda y luego voy a darte un abrazo de amigo. Pero cállate cinco segundos.

Scott contuvo una sonrisa.

—Muy bien.

Huff se dio una palmada en las rodillas y se levantó de la cama.

—Muy bien, por mí ya está. Y me alegro por ti, Scott. Me alegro de saber que has conocido a alguien. Si algún capullo se mete contigo por ser como eres, tendrá que vérselas conmigo.

A Scott le escocían un poco los ojos.

—Gracias, Huff.

—Lo mismo digo —se sumó Bennett, quien también se incorporó.

—Sí —dijo Carter, que por fin se levantó para unirse a sus amigos—. Lo mismo digo. Venga, dame un abrazo, Hunter.

Se abrazaron y los otros dos se les añadieron.

—Oye —dijo Bennett cuando se separaron—, ¿cómo se llama él?

Scott sonrió.

—Kip.

De pronto, a Carter se le alegró la cara.

—¡Kip! ¡Es el nombre más puto tierno que he oído en mi vida! ¿Me tomas el pelo?

—Gracias a dios —dijo Huff—. Pensaba que ibas a decir que estabas saliendo en secreto con Rozanov.

—Ya le gustaría a Rozanov —dijo Scott.

—¿Tienes una foto de Kip? —preguntó Huff.

—¡Kip! —exclamó Carter otra vez.

—Sí —dijo con timidez Scott—. Sí que tengo. Un segundo…

Sacó el móvil y les enseñó su foto favorita de Kip. Era la primera que le había mandado su novio, cuando estaba medio dormido en la cama.

—Es guapo —comentó Huff—. ¿Es atleta?

—No. Es inteligente.

—Ah. ¿No es un capullo cabeza hueca como nosotros? —preguntó Carter fingiendo estar ofendido.

—Va a… estudiar un máster. En Historia. Es…

—Espera un momento —dijo Carter, y agarró el móvil de Scott—. ¡Es el tío del museo! ¡Esas fotos de internet! Tío, no se me pasó por la cabeza…

—Bueno, mejor. Intentaba ser discreto.

—O sea que este tío es tan genial que ha hecho que nada menos que Scott Hunter se plantee salir del armario públicamente.

—Sip —confirmó Scott.

—Mierda. Creo que tengo que conocer a ese portento.

—Como salgas del armario va a ser la hostia —dijo Bennett.

—Ya lo sé. Y prometo que no lo haré hasta que terminen los *play-offs*. No en público. Ahora mismo es lo último que necesitamos. Y tampoco tenemos que contárselo al equipo.

—¿Sabes qué? —dijo Huff—. Mi cuñado es gay. Un tipo de puta madre. Genial con los críos.

—Ah —contestó Scott—. No lo sabía.

Huff se encogió de hombros.

—No todos los jugadores de hockey somos cabrones homófobos.

—Solo por saber —dijo Carter—, si tuvieras que elegir entre nosotros tres…

—No —dijo Scott.

—Venga, va —insistió Carter—. Supongo que soy yo, pero…

—Bennett —dijo Scott, solo para picar a Carter.

—Tiene sentido —corroboró Huff—. Bennett parece muy achuchable.

Todos se rieron, y le pareció muy buena señal. Scott los quería mucho.

—Estamos de tu parte, Scott —dijo Huff cuando salían—. Decidas lo que decidas, estamos contigo.

Scott asintió y se tragó el nudo que tenía en la garganta. Cerró la puerta tras ellos antes de que pudieran verlo llorar.


—¡Van tres! —exclamó Kip señalando la televisión—. ¡Eso es un *hat trick*! ¡Sí!

Scott había marcado su tercer gol del encuentro, de modo que el tercer tiempo había terminado 6-2 a favor de los Admirals. Había jugado de fábula toda la noche. Kip estaba emocionado.

Los Admirals iban a ganar el partido. Y luego solo les faltaría ganar uno más para pasar a las finales.

—Es tan guapo —dijo su madre a nadie en concreto.

—Sí —suspiró Kip.

Su padre chasqueó la lengua.

—Me alegro mucho por él —dijo su madre—. Parece muy simpático.

Kip sonrió para sus adentros.

—Supongo que regresarán mañana —dijo su padre para dar conversación—. Y así se prepararán para el sexto partido.

—Sí, eso creo —dijo Kip, como si no lo supiera con toda seguridad.

Scott le había mandado un mensaje por la mañana. Nada largo, solo un rápido «Pienso en ti».

Kip había contestado:

Kip: Espero que no mucho. :)

A lo que Scott había respondido:

Scott: Esta noche ganamos.

Kip había sonreído al leerlo. Le gustaba ver a Scott tan seguro de sí mismo. Era sexy.

Kip: Lo veré. Te quiero.

Scott: Te quiero.

Scott cumplió su promesa.

La noche siguiente, alguien llamó a la puerta durante la cena.

—¿Quién puede ser? —preguntó la madre de Kip, ya levantada y de camino hacia la puerta.

—Bah, supongo que será Annette —dijo a Kip su padre, refiriéndose a la vecina de al lado—. Creo que hoy volvían de vacaciones.

Kip se metió una cucharada de puré en la boca. Luego oyó que su madre exclamaba:

—¡Santo cielo!

Se incorporó.

—¿Mamá?

—Es… ¡es Scott Hunter!

# Capítulo 27

Kip corrió como el rayo. Y sí, en efecto, allí estaba Scott, llenando el umbral de su modesta casita de Bay Ridge.

—¿Scott? —dijo Kip.

—Hola —respondió Scott con timidez.

Su madre miró a uno y a otro.

—Bueno. Supongo que será mejor que entres, ¿no?

—Gracias —dijo Scott.

Se metió en el vestíbulo y la madre de Kip cerró la puerta.

—¿Scott? —repitió Kip.

—Sí, perdona que me presente así —dijo Scott—. Elena me ha dado tu dirección. He pensado que… que podríamos ir a dar un paseo o algo así.

—¿Un paseo?

—Sí.

Se quedaron mirándose el uno al otro como unos pánfilos hasta que la madre de Kip dijo:

—¡Venga, ponte los zapatos! ¡De verdad, Kip!

Scott sonrió de oreja a oreja, lo cual hizo que Kip también sonriera.

Su padre apareció en escena.

—Hola. —Le tendió la mano—. George Grady. Me alegro de conocerte.

—Scott —dijo el jugador mientras le daba un apretón de manos.

—Sí —dijo el padre.

—Scott, esta es mi madre, Margaret.

—Hola —dijo su madre, maravillada.

—Scott es mi… amigo —dijo Kip—, por si os preguntabais qué hace aquí.

—En realidad —rectificó Scott—, soy su novio.

Kip estaba alucinando, pero sonrió a Scott.

—Sí —confirmó—. Estamos, eh…, juntos.

—¡Ay, dios mío! —exclamó su madre, y se tapó la boca con las manos—. ¡Ay, Scott, qué bien has elegido!

Todos se rieron y Scott sonrió con afecto a Kip.

—Ya lo sé, señora.

—¡Señora! —exclamó la madre de Kip—. ¡Ay, me encanta este chico!

—Lo siento —dijo Scott—, ¿estabais cenando? Debería haber llamado antes. Aunque huele riquísimo.

—No pasa nada —dijo Kip, todavía estupefacto.

—¿Has comido ya, Scott? —preguntó la madre—. No es más que un pastel de carne, pero puedes unirte a nosotros si quieres.

Scott miró a Kip.

—Si no es molestia…

—¡Qué va a ser molestia! Pasa, pasa —dijo la madre de Kip.

Le apretó el brazo a Kip muy emocionada cuando pasó por delante de él.

—Eh —dijo Kip—, quizá deberíamos… hablar. Antes. Un momento. ¿Subimos?

—Sí —dijo Scott—, claro.

—Enseguida bajamos, mamá —le dijo Kip—. Scott y yo tenemos que hablar un minuto.

Se sentía mareado y extrañamente nervioso. Le indicó a Scott con un gesto que le acompañara y subieron la estrecha escalera que llevaba al piso superior.

Cuando entraron en la habitación de Kip, este cerró la puerta y se dio la vuelta, listo para oír la razón que fuera que había llevado a Scott allí.

—¿Qué…?

Eso fue todo lo que pudo pronunciar Kip antes de que Scott se abalanzara sobre él, lo apretujara contra la puerta y lo besara con ansia. Kip se agarró de donde pudo —la camiseta de Scott, el cuello, los brazos, el pelo— y le correspondió con otro beso. Le encantaba notar la barba suave de Scott contra la cara.

Scott lo levantó en volandas, de modo que las piernas de Kip quedaron a horcajadas sobre su cintura. Lo llevó hasta el escritorio de madera que llevaba en el cuarto de Kip desde que tenía seis años y lo sentó encima. Separó las piernas y lo besó con más pasión aún, con lo que aplastó la espalda de Kip contra la estantería de libros.

Kip notó calor por todo el cuerpo. No se cansaba de la boca ni de las manos de Scott. Y sí, puede que se estuviera poniendo demasiado cachondo, teniendo en cuenta que estaban en la habitación de su infancia, pero era excitante de la hostia estar así.

—Joder, Scott —consiguió decir cuando por fin se separaron—. ¿Qué está pasando?

—No puedo perderte —dijo Scott y volvió a besarlo—. No puedo.

—Vale.

Se besaron un rato más y Scott deslizó los pulgares por la parte interna de los muslos de Kip. Este decidió hacerse el responsable.

—No podemos —dijo jadeando—. Tenemos que parar. Hostia puta. Mis padres nos esperan. Joder.

—Ya lo sé.

Scott soltó el aire y dio un paso atrás. Ambos tenían erecciones bastante evidentes, y sería raro bajar así a la mesa del comedor.

—Vamos a sentarnos un momento —dijo Kip—. Solo… habla conmigo y ya.

Se sentaron juntos en la cama de Kip y Scott dijo:

—Me gusta tu habitación.

Kip echó un vistazo a la decoración de su dormitorio, tan familiar (y bochornosamente juvenil). Aún tenía los diplomas de competiciones escolare s y títulos académicos en una estantería por encima del escritorio. Y le daba tanta vergüenza que no quería que su novio, la superestrella de la NHL, viera esas cosas.

—Es muy glamuroso, sí —bromeó.

—Es muy… tú. Me gusta. —Scott cogió de la mano a Kip. Apoyaron las manos entrelazadas en la cama, entre uno y otro—. Se lo he contado a algunos compañeros de equipo.

—¿En serio?

—Sí. Se lo he contado a mis tres amigos más cercanos del equipo.

—¿Y qué les has contado precisamente?

—Que soy gay. Que estoy saliendo con alguien. Que ese alguien se llama Kip. Que es maravilloso.

Kip se ruborizó y sonrió.

—¿De verdad?

—Sí.

—¿Y qué te han dicho?

—Se han portado genial. Puede que se sorprendieran un poco. Pero fue genial. Me animaron mucho.

—¡Bien! ¡Es fabuloso, Scott!

—Sí, sí. Y voy a hacerlo público después de los *play-offs*. En cuanto me sea posible.

—Guau. Es… alucinante.

—Ya no quiero esperar más —dijo Scott y se volvió ligeramente hacia Kip para rozarle la mejilla con los dedos—. Haría el comunicado ahora mismo si no fuera a distraer al equipo. Quiero estar contigo del modo en que te mereces. Del modo en que ambos nos merecemos.

Y entonces Kip se emocionó mucho.

—Yo también.

Se besaron, con más ternura y delicadeza que antes.

—¿Vendrás a mi casa esta noche? —preguntó Scott.

—Sí —jadeó Kip.

No había nada en el mundo que deseara más.

Se reunieron con los padres de Kip unos minutos después; si habían oído a los dos chicos dándose el lote arriba, no dieron muestra. Habían puesto cubierto para Scott, con un plato rebosante de comida. Daba la sensación de que también habían rellenado un poco el plato de Kip.

—Gracias por acogerme —dijo Scott—. Me alegro de conocerlos por fin.

—Es un honor tenerte en casa. —Saltaba a la vista que la madre de Kip estaba pletórica y llena de orgullo—. Somos muy aficionados, ¿sabes?

—Ah, gracias.

—Soy fan de los Scouts —dijo el padre de Kip—, pero puedo hacer una excepción.

Scott sonrió.

—De niño yo era fan de Buffalo. Aunque ahora mismo me considero fan de los Admirals.

Todos se rieron y Kip sonrió ilusionado. Era emocionante y surrealista tener a Scott sentado ahí en la mesa con su familia. Ver cómo sus padres se reían de su humor irónico. El mismo humor irónico que tanto le gustaba a Kip.

—Está delicioso —dijo Scott—. Ya veo de dónde ha sacado Kip las dotes para la cocina.

—¿Te ha preparado algún plato? —preguntó la madre de

Kip, encantada—. Me alegro de saberlo. Entonces ¿cuánto hace que salís, eh?

—Desde, eh… —Kip no estaba seguro de cómo responder a eso.

—Nos conocimos en enero —dijo Scott—. De hecho, lo conocí en su trabajo. Quería un *smoothie* y bueno…

—¡Enero! ¡Pero Christopher Grady! ¿Esto empezó en enero y no nos lo habías contado?

—Había que mantenerlo en secreto —protestó Kip—. Scott no… Ya sabéis.

—Yo, eh… —empezó a decir Scott—, he decidido salir del armario. En público. Pronto.

—Ah —dijo la madre de Kip—. Madre mía.

—Se armará un buen revuelo —dijo el padre.

Scott asintió.

—Lo sé, lo sé, créanme. Y no quería… No quiero que Kip se vea arrastrado a nada para lo que no esté preparado, pero…

—Estoy preparado —dijo Kip—. Pase lo que pase, estoy preparado.

Scott le dedicó una sonrisilla agradecida.

—Estoy enamorado de su hijo, señora. Ya no me importa quién lo sepa.

Kip se ruborizó, porque uuuf.

Su madre se puso a llorar.

—Ay, cariño. ¡Me alegro tanto por vosotros! Por los dos.

Kip sonrió a Scott.

—Yo también.


Scott ni siquiera esperó a que entraran en su apartamento. En cuanto se metieron en el ascensor, empezó a comerle la boca a Kip. Todas las células de su cuerpo gritaban con un ansia cruda y violenta. Deseaba a ese hombre en todo momento, y ya no le apetecía ocultarlo más.

En el instante en que pisaron el apartamento, se arrancaron las cazadoras y las camisas y las arrojaron al suelo de cualquier manera. Scott intentó caminar hasta el dormitorio, pero Kip tiró de él para abrazarlo y comenzaron a besarse apasionadamente contra la pared. Cuando Scott dio un paso atrás para proponer que salieran del recibidor, Kip empezó a desabrocharle el cinturón.

—Por dios, Kip.

A Scott le encantaba que Kip estuviera tan cachondo como él. Le ayudó a que se desnudara y se quedara en ropa interior.

—Vamos al dormitorio —logró decir al final—. Por favor. Quiero hacerlo bien. Llevo días pensando en esto.

Kip asintió, con la boca húmeda, magullada y algo dormida, y, joder, Scott quería notar esos labios alrededor de la polla. Lo quería todo.

Kip se quitó las zapatillas de deporte empujando con los dedos y siguió a Scott a su habitación. Si de Scott dependía, pronto sería la habitación de los dos.

Una vez en el dormitorio, Kip le metió una mano en el calzoncillo a Scott y le agarró el culo. Con la otra mano jugueteó con uno de los pezones de Scott mientras le besaba el cuello.

Scott cerró los ojos e inclinó la cabeza hacia atrás. Alargó el brazo y se agarró al culo de Kip, para juntar más los dos cuerpos y que Kip notara la polla dura que se le clavaba.

Kip murmuró y movió la mano para coger a Scott por los huevos por debajo de los calzoncillos. La mano de Kip entró en contacto con la polla de Scott y este gimió de un modo que denotaba un deseo tan evidente que le dio vergüenza.

Kip le metió mano un rato aún a través de la tela, hasta que pasó los pulgares por la goma de la cinturilla y le bajó la ropa interior. Sentó a Scott a los pies de la cama y se puso de rodillas en el suelo.

—Joder —susurró Scott—. Sí.

Kip se mojó los labios y no dejó de mirar a los ojos a Scott mientras le pasaba la lengua por la punta de la polla hinchada. Lamió la raja y chupó el líquido preseminal que ya empezaba a gotear. Lo hizo de una forma tan lenta y deliberada que destrozó a Scott en el mejor sentido.

—Joder, te quiero muchísimo, Kip —farfulló—. No podía… No podía dejar de pensar en ti. Tenía tanto miedo de perderte… Te necesito. Te necesito. ¡Joder!

Kip se había tragado casi toda la polla y movía la cabeza, todavía despacio, pero con eso fue suficiente. Fue más que de sobra. Scott estaba al rojo vivo, por todas partes. Se aferró al colchón y observó la maravillosa boca de Kip, que cogía su polla, admirado de cuánto se esforzaba su novio por hacer que sintiera cosas increíbles.

Había tantas cosas que Scott deseara… Quería correrse y quería que Kip se abriera, listo para cuando Scott fuera capaz de volver a la carga. Quería follar a Kip y que se corriera y luego quería abrazarlo con todas sus fuerzas.

Pero antes…

—Me encanta, Kip. Qué pasada, lo juro. Mierda…, voy a…

Scott sintió el orgasmo por todo el cuerpo y se corrió en la garganta de Kip. Este se lo tragó todo y después murmuró para dar su aprobación. Scott lo miró, estupefacto, mientras Kip deslizaba los labios para soltarle la polla. «No puedo perderlo. Jamás».

—No vas a perderme —dijo Kip.

Mierda, seguro que Scott lo había dicho en voz alta.

Kip, que aún estaba de rodillas, se levantó y se subió en su regazo, cosa que hizo que Scott se tumbara hacia atrás. Kip fue trepando por su cuerpo mientras lo besaba.

—No puedo creer que se lo hayas contado a los del equipo. ¿Y les has hablado de mí?

—Sip. Hasta les he enseñado una foto.

—Mierda. ¿En serio?

—Ajá. Quería ponerlos celosos.

Kip se rio y se le arrugó la nariz, era tan mono… Scott le dio un beso.

Rodó por la cama y dio la vuelta a los dos, de modo que Kip quedó bocarriba. Fue besándolo por todo el cuerpo y se recreó en sus lugares favoritos.

Kip lo observaba sonriendo, con las manos detrás de la cabeza.

—Bueno, ¿y ahora qué? —preguntó juguetón.

—Voy a follarte —dijo Scott, como si tal cosa.

—¿Tan pronto?

—Mmm… Dame un segundo.

Besó la barriga de Kip y este soltó una risita.

—La barba me hace cosquillas —comentó—. Aunque me gusta. Es sexy.

—¿Parezco un leñador buenorro?

—¿Aún te acuerdas de eso? —Kip se echó a reír—. Tío, intentaba ser sutil. No pensaba que tuviera posibilidades de liarme contigo, la verdad, pero por lo menos tenía que dejarte caer que podías interesarme.

—Funcionó —dijo Scott, que volvió a subir por la cama para llegar a los labios de Kip—. En cuanto dijiste eso, ya no pude dejar de pensar en ti.

—Pues me alegro de haberlo dicho.

Se dieron un beso tierno y dulce.

—Creo que te toca a ti —murmuró Scott.

—Mmm. Sí, por favor.

Scott cogió el lubricante que guardaba en la mesilla y se deslizó por la cama. Con la mano resbaladiza agarró la polla de Kip y se la meneó mientras miraba cómo le iba cambiando poco a poco la cara. Su sonrisilla pícara se fundió en una expresión fabulosa y Kip abrió la boca.

—Te deseé desde el momento en que te vi, ¿lo sabías? —dijo Scott con melancolía.

—¿De verdad? ¿No estaba dormido o algo así?

—Pensaba que habías dicho que no dormías, ¿eh? Que solo estabas descansando la vista.

—No dormía. Solo, eh, cerré los ojos un segundo. Pero, cuando los abrí, no reconocí quién eras. Lo único que pensé fue que estabas buenísimo.

—Y, cuando averiguaste quién era, ¿qué pensaste?

—Que iba a ser imposible liarme contigo.

Scott se puso lubricante en los dedos y empezó a abrir con cuidado a Kip. Este jadeó en cuanto notó el contacto de los dedos de Scott en el agujero.

—Cuando volví la segunda vez —dijo Scott—, pensé que quizá… Me pareció que te había pillado mirándome.

—Sí que me pillaste, de lleno…

—Y la tercera vez —continuó Scott metiéndole un dedo despacio—, cuando estabas solo… Se me ocurrió una excusa boba para quedarme en el Straw+Berry. Ni me acuerdo por qué. Solo quería mirarte.

—Dios —dijo Kip retorciendo el cuerpo en el colchón—. En ese momento debería haberme sentado encima de ti y haberte besado.

A Scott le dio un vuelco el estómago al imaginárselo.

—¿Qué habrías hecho si me hubiera lanzado? —le preguntó Kip.

—No lo sé. Me habría quedado… de piedra. Dudo que me hubiera sentido muy cómodo. Pero…

—¿Pero…?

—Apuesto a que también te habría besado. Por lo menos un segundo. No habría podido evitarlo.

—¿Y luego?

—Luego probablemente me habría largado pitando.

Kip cerró los ojos y suspiró mientras Scott añadía otro dedo.

—Pero habrías vuelto.

—Sí —dijo Scott en voz baja—. Habría vuelto.

—Me invitaste a ese partido. Aun entonces me resistía a reconocer que tenía posibilidades contigo.

—Me encantó verte entre la gente.

—Me pasé un par de semanas puto obsesionado contigo —le confesó Kip—. Y, eh…, me hice unas cuantas pajas. Pensando en ti.

«Mierda». La polla de Scott empezó a hincharse otra vez.

—¿En qué pensabas?

—Imaginaba cómo sería el… —Dejó la frase a medias cuando Scott dobló los dedos para acariciarle la próstata—. Ah, joder. Qué pasada, Scott.

—¿Era esto lo que te imaginabas? —preguntó Scott, más descarado cuanto más se excitaba—. ¿O pensabas en lo que voy a hacer ahora? ¿En enterrarme dentro de ti, penetrarte hasta el fondo porque puedes aguantarlo?

—Sí —dijo Kip con voz aguda y desenfrenada—. Me imaginaba que me follabas contra una pared. O en el puto trabajo, por ejemplo. No sé. Solo quería notar lo fuerte que eres.

Scott ahogó un suspiro.

—Yo también pensaba en ti. De viaje, cuando ni siquiera te conocía casi. Quería meterme tu polla en la boca. Me imaginaba qué ruidos harías al correrte. Me imaginaba besándote esa preciosa boca. Lo deseaba tanto… Joder. Vale.

Abrió un condón y se preparó, luego agarró una pierna de Kip y se pasó el tobillo por el hombro y entró en él tan rápido como se atrevió a hacerlo.

Kip chilló, arqueó la espalda y levantó el cuerpo para acercarse más. Scott se inclinó hacia delante lo suficiente para que Kip pudiera tocarle la cara y los hombros. Luego se apartó y volvió a embestirlo.

—¡Sí! Ah, dios… —gimió Kip—. Sigue así, mi amor. Dale… Me encanta.

Scott lo folló rápido y fuerte, y Kip lo miró con un amor inmenso.

—Me encanta, Scott —repitió Kip—. Es una puta pasada. Te quiero muchísimo.

Las lágrimas asomaron a los ojos de Scott, lo cual era ridículo. Se sentía tan bien y Kip era tan maravilloso y él era tan feliz…

—Tócate —dijo bajando un poco el ritmo—. Demuéstrame lo que hacías entonces cuando pensabas en mí.

Kip sonrió y empezó a acariciarse.

—Aún lo hago, amor mío —dijo—. Ni te imaginas cuántas veces lo he hecho esta semana.

—Sí —jadeó Scott.

—Quiero correrme —dijo Kip, y apoyó la cabeza hacia atrás en la almohada—. Estoy a punto.

—Quiero verlo. Quiero follarte mientras te corres.

—Sí, ah, joder. Sí, Scott. Joder, voy a…

—Córrete para mí, baby. Vamos. Muéstramelo.

—¡Ah! Ah, joder… —gimió Kip, temblando y tensándose alrededor de la polla de Scott.

Frenó la mano al correrse. Los chorros blancos le cayeron en el estómago. Entonces Scott aceleró las embestidas, desesperado de pronto por correrse.

Kip continuaba apretándole y Scott estaba a punto, joder, a un paso. Bastaba con una arremetida más…

—Vamos, Hunter. Venga. Báñame entero.

Scott gruñó, quitó la polla y sacó el condón de un tirón, justo a tiempo de dejar que toda su corrida cayera sobre el cuerpo de Kip.

—Ay, dios —jadeó al ver lo pringoso que habían dejado el estómago de Kip entre los dos—. Me pones tantísimo, Kip. Te quiero.

—Te quiero. Eres alucinante. Ven aquí.

Kip tiró de él y lo besó.

Se limpiaron y Scott cumplió su promesa de abrazar a Kip con todas sus fuerzas.

Kip se acomodó en sus brazos y apoyó la cabeza en su pecho.

—Qué cómodo eres —murmuró Kip.

—Vente a vivir conmigo —soltó de repente Scott.

«Ay, dios». No tenía intención de decir eso, qué va. No tan pronto.

—¿Qué?

—Que te vengas a vivir conmigo —repitió—. Quiero que vivas aquí, no solo que te quedes a dormir. Quiero que sea nuestro hogar.

Kip levantó la cabeza.

—¿Hablas en serio?

—Sí.

Transcurrió un minuto en el que no dijo nada.

—Por favor —insistió Scott, preparándose por si Kip lo rechazaba.

—Vale —dijo Kip en voz baja.

Scott sonrió de oreja a oreja.

—¿Sí?

—Por mí sí. Aunque… ¿estás seguro?

—Estoy más que seguro. Quiero compartirlo todo contigo, Kip. Quiero que vayamos a por todas.

—Entonces, de acuerdo.

Scott estaba pletórico.

—¡Me muero de ganas! Adaptaré una de las habitaciones libres para que sea un despacho y así podrás estudiar y hacer tus trabajos allí. Montaré unas estanterías para libros. ¿Cuándo podrías mudarte?

Kip se echó a reír.

—No lo sé. Supongo que en cualquier momento. No es que tenga muchas cosas que recoger.

—Podemos decorar el piso. Juntos. Siempre ha estado un poco soso.

—Me encantaría.

Cuanto más lo pensaba Scott, más se emocionaba con la idea.

—Y podríamos invitar a gente —dijo en voz baja—. A amigos. Nunca… La verdad es que nunca lo hago.

—Sí, podríamos —coincidió Kip—. Sería chulo. —Cambió de postura para apoyarse en un codo y miró a Scott a los ojos—. ¿Seguro que te ves preparado para lo que vendrá a continuación?

—Sí —dijo Scott—. ¿Y tú?

—Por descontado —dijo Kip.

# Capítulo 28

Los Admirals ganaron al equipo de Detroit en el sexto partido, con lo que los eliminaron de los *play-offs*. Nueva York había pasado a la final de la Copa Stanley contra los campeones de la Conferencia Oeste, el equipo de Los Ángeles. La serie empezaría en Nueva York al cabo de tres días.

Hoy Scott pensaba hablar con el entrenador Murdock. Antes de la reunión del equipo para repasar los vídeos, le había pedido al entrenador si podía hablar con él a solas después.

—Si son malas noticias, la verdad es que prefiero no oírlas —dijo Murdoch en cuanto Scott entró en su despacho. Lo dijo en tono totalmente serio, pero era mucho más amable de lo que parecía. Siempre escucharía todo lo que Scott tuviera que decirle.

—No es nada malo —le aseguró Scott, y se sentó en una de las dos sillas que había al otro lado del escritorio de Murdock—. O, al menos, no debería serlo.

—Tienes veinte minutos. Dispara.

Scott suspiró y empezó el discurso que se había preparado.

—Hay algo que quiero contarte. Es personal, pero lo más probable es que pronto pase a ser de dominio público. Sé que el momento no es el ideal, pero de verdad creo que es lo mejor para el equipo y para mí mismo y…

—Santo dios, Hunter —dijo Murdock—. ¿Puedes ir al grano, por favor?

—Soy gay.

Murdock se quedó helado y miró a Scott como si acabara de decirle que era un mago.

«Por favor, no me grites. No me eches la bronca por esto».

—Eres gay.

—Sí.

Murdock se puso las manos delante de la cara y se reclinó en la silla. Cuando bajó las manos, estaba sonriendo.

—¿Cuántas veces has dicho esas palabras en voz alta?

Scott sonrió también con timidez, aliviado. Todo iría bien.

—¿Hasta ahora? Dos. La primera vez se lo conté a mi agente. La segunda, a Carter, Huff y Bennett.

Murdock asintió con la cabeza.

—Buena jugada, lo de contárselo antes.

—Eso pensé.

—Y me lo estás contando porque…

—No quería que te enterases por otra persona. Quiero hacerlo público. Pronto.

Murdock volvió a poner cara seria.

—¿Cuándo exactamente?

—Después de los *play-offs* —se apresuró a decir Scott—. Te lo prometo. No tengo por qué contárselo ya al resto del equipo. No busco distraer a nadie.

Murdock sopesó lo que le había dicho.

—¿Por qué ahora?

—Porque no quiero seguir viviendo una mentira. Y… estoy con alguien. No es justo para él.

—Ah. Te has enamorado. Eso tiene sentido. El amor hace que los hombres hagan toda clase de tonterías.

Scott esbozó una sonrisa.

—En realidad, creo que quizá sea la cosa más inteligente que he hecho.

—Sabes lo que pasará, ¿verdad? Me refiero a cuando esto se sepa. ¿Tienes algún plan para eso?

—Más o menos.

Murdock soltó un taco en voz baja. Scott se preguntó si la conversación había terminado. Entonces Murdock le dijo:

—En mis tiempos, yo era uno de los dos jugadores no blancos que había en la liga.

Scott no dijo nada.

—Mi camino hasta la NHL fue… un reto, por decirlo de alguna manera. Dudo que hubiera un solo partido en el que no oyera a algún jugador, o a un fan o a un padre o, joder, incluso a un árbitro, opinar sobre que un hombre negro jugara al hockey.

—Fuiste pionero —dijo Scott.

—Claro. Visto en retrospectiva, puede. Pero entonces no me sentía así. Solo quería jugar al hockey. No pensaba mucho en el legado que dejaría, más allá de ser el mejor centro que hubiera visto el mundo del hockey.

Scott se echó a reír.

—Lo gracioso es que de lo único que quería hablar la prensa era del color de mi piel. De lo revolucionario que era yo. De cómo estaba transformando el deporte. De cuántos obstáculos había superado. Para mí entonces era todo ruido.

—¿Y ahora?

—Ahora echo la vista atrás y puedo entender por qué todo ese ruido era importante. Y sé que era importante porque jugadores como Vaughan me dicen que yo les inspiré. Les hice sentir un poco más seguros de que este deporte que tanto amamos todos también es para ellos.

Scott asintió.

—Sé que va a haber un montón de… ruido. Estoy preparado para aguantarlo. Me concentraré en mi juego. En mi equipo. En ganar. Pero si con esto puedo lograr que por lo menos un chaval se sienta más a gusto con cómo es o darle un poco más de valentía para vivir su vida sin vergüenza… No voy a huir de eso. Lo acepto y lo deseo.

—Entonces ¿cuál es el plan?

—No lo sé. Pensaba en ofrecer la historia al *Sports Illustrated* en lugar de dar una rueda de prensa. Ser discreto, ¿sabes?

Murdock soltó un suspiro.

—No te envidio (algo que nunca pensé que diría, la verdad), pero, joder, te prometo que te respeto una barbaridad, Hunter. Te defenderé si alguien se mete contigo.

—Gracias, entrenador.

Se dieron la mano y Murdock dijo:

—No es Rozanov, ¿verdad?

—¡No, por dios! ¿Por qué todo el mundo…?

—Mejor. No necesito semejante circo.

Scott se rio y salió del despacho. Se topó con Carter en el pasillo.

—¿Cómo ha ido esa mierda? —le preguntó Carter.

—La verdad es que bien. Ojalá todo el mundo se tomara la noticia tan bien como vosotros.

—Sí, bueno…

Carter se metió las manos en el bolsillo delantero de la sudadera y miró hacia el suelo. Scott sabía que le había costado un poco aceptar la sexualidad de Scott. Había estado… más callado que de costumbre.

—Oye —dijo Carter—, quiero que sepas que si me he comportado un poco raro o lo que sea no es porque seas… Ya sabes. Gay y eso.

—No pasa nada.

—No, lo digo en serio. No tengo problemas con eso. Pero creo que sí me preocupa que pensaras que no me lo podías contar antes.

Scott bajó la cabeza.

—Ya… Debería habértelo contado. Quería hacerlo. Pero me daba miedo.

—Es solo que me da rabia pensar que igual te has sentido, tipo, solo. Todo el tiempo.

Scott alzó la mirada hacia su amigo.

«Dios, qué imbécil he sido».

Le puso la mano en el hombro a Carter y este dio un paso adelante y lo abrazó.

—Gracias, Carter.

Entonces Carter le dio unas palmaditas en la espalda y se separaron.

—Oye —dijo su amigo—. Esto…, tenía una reserva para esta noche. Es un restaurante muy discreto. Oscuro, con reservados, caro que te cagas. Bueno, total, que Gloria tiene que trabajar hasta tarde, y estaba pensando… ¿Te apetecería llevar a tu chico?

Scott se quedó boquiabierto.

—Eh…, no lo sé. O sea, no hemos…

—Invita a salir de una vez a tu novio, Scott. Además, ¿no ibas a contárselo a todo el mundo? Pues ve allanando un poco el terreno. Como te decía, es un sitio superdiscreto y a la vez la hostia de romántico. Y delicioso. Mierda, oye, ¿puedo ir contigo?

Scott se echó a reír.

—Le preguntaré si le apetece ir.

No le cabía duda de que Kip querría salir a algún sitio con él. De lo que ya no estaba tan seguro era de si Kip querría ir a un restaurante «caro que te cagas». Pero agradeció el gesto de Carter por lo que implicaba.

—Gracias, tío. Significa mucho para mí. De verdad.

Carter le dio un puñetazo en el brazo.

—Anda, disfruta, capullo.

—¿Ese sitio es muy pijo? —le preguntó Kip a Scott por teléfono—. Creo que no tengo nada lo bastante arreglado para...

—No te preocupes por eso —le tranquilizó Scott—. No quiero sonar arrogante, pero vas conmigo. Puedes llevar la ropa que quieras.

—Quiero ponerme guapo para ti.

Kip añadió una camisa azul marino a la pila de «quizá» que había encima de la cama.

—Siempre estás guapo. ¿Has apuntado la dirección que te mandé?

—Sí. Entré en la web del restaurante. Parece muy sofisticado...

—Es solo un restaurante. Lo eligió Carter, así que seguro que es bueno. Sabe de comida.

—Vale, sí.

Puso una mueca al ver un agujerito en la manga de un jersey negro que se había planteado llevar.

Habían acordado que se verían ya en el restaurante, porque si quedaban en casa de Scott había muchas probabilidades de que no llegaran a la cena.

—El coche te recogerá a las siete —dijo Scott—. ¿Te va bien?

—Claro. Pero no hace falta que me mandes un coche. Puedo ir en tren.

Echó un jersey gris a la pila.

—Sí voy a hacerlo. ¡Es una noche especial!

Kip sonrió.

—De acuerdo.

—Pues nos vemos dentro de unas horas.

—Sí. Me muero de ganas.

—Yo también.

Colgaron y Kip suspiró. Volvió a fruncir el ceño al ver su triste ropero. Le había costado mucho creérselo cuando Scott le había preguntado si quería salir a cenar aquella noche. Scott había dicho que pensaba relajarse con su relación y que al final saldría del armario a lo bestia, pero Kip no esperaba que fueran a tener citas de verdad tan pronto. Estaba emocionado, aunque a la vez increíblemente inseguro por ir a un sitio tan pijo. La única ropa elegante de verdad que había tenido en su vida era el traje que le había dado Scott, pero supuso que estaba otra vez en el piso de su novio. Digamos que Kip había perdido la pista del traje después de que Scott se lo hubiera arrancado del cuerpo.

Además, tanto si el restaurante era muy puesto como si no, seguramente ir de traje sería un poco excesivo.

Al final se decidió por un look compuesto por sus vaqueros más oscuros, una camisa de vestir, una corbata oscura y un jersey de cuello en V en un color ciruela intenso. Se hizo una foto rápida una vez arreglado y se la mandó a Elena.

Kip: ¿Qué te parece el look?

Elena: ¿Para qué?

Kip: ¡Salir a cenar con Scott!

Elena: ¿Adónde vais?

Le dijo el nombre del restaurante.

Elena: Ah, sí. Vas bien.

Kip asintió mirando el móvil, aliviado. Elena le mandó otro mensaje:



Sonrió.

Iba a ser la mejor primera cita de su vida.


Scott se sentó a solas en la cómoda mesa para dos que había en un rincón oscuro del restaurante e intentó que no le importara si la gente lo miraba.

Estar solo en público solía dar pie a que los desconocidos se le acercasen. La mayor parte del tiempo lo llevaba bien, pero esta noche era para Kip y para él, no para los demás. Aunque el restaurante era muy exclusivo, y Carter no bromeaba con lo de lo oscuras y discretas que eran las mesas. Era el sitio ideal para tantear un poco el terreno. ¿Se habría inventado Carter la historia de no poder aprovechar la reserva? Tal vez hubiera reservado esa mesa con Scott y Kip en mente desde el principio. Fuera como fuese, Scott valoraba mucho el gesto.

Bebió un sorbo de agua y volvió a mirar hacia la puerta del restaurante. Kip estaría a punto de llegar.

Scott había tardado una eternidad en prepararse, como si fuese una cita a ciegas en lugar de una cena con el hombre de quien estaba perdidamente enamorado. El hombre con quien llevaba compartiendo la vida desde hacía meses. El hombre con quien confiaba compartir la vida para siempre.

Por fin, en cuanto dieron las siete y media, el *maître* acompañó a Kip hasta la mesa.

Scott notó que el corazón le daba brincos en el pecho. Kip estaba guapísimo y superfeliz de verlo.

—Hola —dijo Scott, que se levantó para darle un abrazo rápido.

—Hola. ¡Te has puesto traje! Sabía que me había arreglado poco…

—Estás bien —dijo Scott y recorrió su cuerpo con la mirada—. Perfecto.

—Si tú lo dices —refunfuñó Kip y se coló en el cubículo semicircular.

Los muslos de los dos se rozaron, pero Scott se contuvo para no apartarse.

—Qué sitio tan bonito —comentó Kip.

—Sí, bueno. Carter me dijo que era… romántico.

Kip le sonrió y Scott se sonrojó.

—Soy feliz de poder ir a algún sitio contigo —dijo Kip—. Me daría igual dónde. Pero es bonito. Gracias.

—Me preocupaba un poco que a Carter se le ocurriera presentarse aquí —comentó Scott—. Me parece que tiene muchas ganas de conocerte.

—Pero es tierno, ¿no?

—Sí, claro. Quiero presentarte a todo el mundo, pero esta noche no.

Kip dio un golpecito con el pie en el de Scott.

—Esta noche no.

—Eh, ¿quieres vino? ¿O una copa de algo? A partir de mañana voy a abstenerme del alcohol hasta que terminen los *play-offs*, así que…

—¿Esa norma es tuya o del entrenador?

—Del entrenador. Pero, de todos modos, yo habría puesto la misma norma.

—Estricto pero justo.

—Oye, algunos entrenadores hacen que sus jugadores se abstengan del sexo.

—Mierda. ¿Alguna vez has tenido un entrenador así?

—Sí. Una vez. —Scott se inclinó hacia delante—. Lo que más me costó fue fingir que era difícil cumplirlo.

Kip se echó a reír, aunque el comentario sonó un poco triste. Scott tocó las rodillas juntas de los dos por debajo de la mesa y vio un ardor en la mirada de Kip que lo excitó automáticamente. Quería besarlo.

—¿Alguna pregunta sobre la carta de vinos? —dijo el *sommelier* interrumpiendo el momento.

Scott se apartó hacia atrás y al instante se sintió mal por su reacción.

Con torpeza pidió el vino con la ayuda del *sommelier*, que estaba encantado de ayudarle. La gente esperaba que Scott supiera de cosas como el vino, o por lo menos que mostrara interés, porque tenía dinero. En realidad, le resbalaba.

Pidió una botella de «El primero que ha dicho. Ese. Suena bien», y el hombre se marchó.

—Perdón —dijo Scott en cuanto se hubo ido—. Sé que acabo de… apartarme.

—No pasa nada.

—No…, es que…, no era mi intención. Supongo que no estoy acostumbrado a la idea de…

—No esperaba que de pronto te sintieras cómodo con todo esto —dijo Kip—. Iremos paso a paso.

Scott le sonrió agradecido. De forma impulsiva, puso la mano sobre la de Kip, encima de la mesa, a la vista de todo el mundo. Kip sonrió y giró la mano para ponerla bocarriba y entrelazar los dedos de los dos. Se sintió bien. Era emocionante, pero no le daba miedo.

Kip le apretó la mano y luego apartó la suya para coger la carta.

—Bueno, entonces ¿qué me recomiendas?

—No tengo ni idea —contestó Scott—. Antes de que llegaras he echado un vistazo a la carta. Apenas entiendo la mitad de lo que pone.

—Solo lo diré una vez, porque sé que suena como si fuera un rata, pero este sitio es caro de cojones.

—¿Sabes qué? Todavía me alucina cuando veo precios así —dijo Scott—. Aunque me los puedo permitir sin problemas, sin querer voy siempre a mirar lo más barato de la carta.

—En esta carta no hay nada barato.

—Pide lo que quieras —le animó Scott—, por supuesto. Creo que yo me pediré el lenguado, porque por lo menos sé lo que es.

—Dios mío. ¿Está relleno de billetes de cien dólares?

En estas llegó el vino, y se notó que Kip estaba intentando no reírse al ver a Scott hacer toda la pantomima de probarlo y fingir que sabía si era bueno. Asintió ante el encantado *sommelier* y este llenó las copas. En cuanto se marchó, se acercó el camarero que tenían asignado y pidieron, y luego por fin los dejaron a solas de nuevo.

—Venga —dijo Kip en voz baja levantando la copa—. Por lo que venga.

—Por lo que venga.

Cenaron a gusto. Bebieron vino y comieron platos sofisticados con comida rara que sabía fantástica. Hablaron e hicieron planes para el futuro. El vino creó una placentera nebulosa e hizo que Kip pareciera resplandecer con la romántica luz del restaurante.

Entre el plato principal y el postre, Scott se inclinó hacia delante y dijo:

—Me encanta estar aquí contigo.

Esa sonrisa lenta y sexy que volvía loco a Scott se desplegó en el rostro de Kip.

—A mí también, mi amor.

—Quiero llevarte a todas partes. Lo que dijiste sobre salir a bailar. A una discoteca…

—Lo haremos. Siempre que quieras.

—Seguro que estás muy atractivo cuando bailas.

Kip se acercó aún más a él. A Scott le llegaba el olor de la loción de afeitado. Quería enterrar la cara en el cuello de Kip.

—Montaría un buen espectáculo —dijo zalamero Kip—. Todos nos mirarían. Pero lo haría solo para ti. Para nadie más.

Scott se removió en la silla. Notó cómo le subía el calor.

—Maldita sea, sí —gruñó.

Kip abrió mucho los ojos. Scott pensó por un momento que cualquiera que los viera en el restaurante sabría a ciencia cierta que eran dos hombres que se atraían sexualmente.

Es más, que estaban obsesionados sexualmente el uno con el otro.

¿Todavía le importaba? Dios, cuánto deseaba besar a Kip.

—¿En qué estás pensando? —preguntó Kip.

Scott entró en el juego.

—Digamos que te haría una mamada por debajo de la mesa.

Kip sonrió y se mordió el labio. Era lo más sexy que Scott había visto en su vida.

—Bueno, eso llamaría la atención de todo el mundo —dijo Kip con un brillo travieso en la mirada.

«¿Dónde coño estaba ese puñetero postre que habían pedido?».

—Eres una mala influencia, Grady.

—Ajá. Corrompo al chico perfecto de Nueva York.

—Yo era muy dulce e inocente hasta que te conocí —dijo Scott sonriendo.

—Si la gente supiera las guarradas que salen de esos preciosos labios cuando estás…

El camarero se acercó con el postre. Scott se sonrojó y se sentó con la espalda erguida. Le dio las gracias de un modo un tanto forzado cuando dejó el plato en la mesa.

Después de que se fuera el camarero, Kip sonrió y Scott negó con la cabeza y soltó una risa temblorosa.

—Ese es el problema de llevarte a sitios —dijo Scott.

—No sé de qué me hablas.

—Hablo de que tienes tres minutos justos para comerte ese postre, porque voy a llevarte de vuelta a mi casa en cuanto pueda, te lo juro.

—Vaya, ¿y el café?

—Ya te haré el puto café por la mañana.

# Capítulo 29

Kip regresó dando brincos al apartamento de Scott (¿o ahora de ambos?) después de su último turno en el Straw+Berry. De camino, tiró su gorra con la fresa bordada a un cubo de basura.

Iba a hacer una parada rápida en casa para cambiarse, porque iba a salir a tomar algo con Maria y Elena para celebrarlo. Pero primero quería ver a Scott, porque esa noche era el sexto partido de la final y había muchas posibilidades de que los *play-offs* terminaran con la victoria de los Admirals y obteniendo la copa. Kip iría al partido más tarde, claro, pero esperaba poder pasar un rato tranquilo con Scott antes de lo que, sin duda, sería una noche agitada y emocionante.

Scott había tenido una reunión con el equipo esa mañana, pero dijo que estaría en casa por la tarde para echar una siesta y tratar de relajarse antes del gran partido. La jaqueca de los vuelos largos y las diferencias horarias entre Nueva York y Los Ángeles se habían sumado al estrés de la serie.

En el apartamento, Kip se topó con Scott en la cama.

—Hola —dijo Scott incorporándose con el codo. Tenía el pelo revuelto, la barba espesa y los músculos a la vista. Kip aún no acababa de creerse que fuera su novio—. ¿Cómo ha ido el último turno?

—Sin incidentes —dijo Kip—. Pero te he traído algo. Para que te dé suerte.

Le ofreció un *smoothie* azul. El último que tendría que preparar en su vida.

—Oooh —dijo Scott mientras cogía el vaso—. Espero que el nuevo personal sepa prepararlos tan bien como tú.

Kip fingió horrorizarse.

—¿Dejarías que otro tío te preparase un *smoothie*?

Scott sonrió con la pajita en la boca.

—Pero pensaría en ti todo el rato. Te lo prometo.

Kip lo besó en el pelo.

—Tengo que irme en breve. He quedado con Maria y Elena en media hora.

Se quitó la camiseta sucia.

—Imagino que yo también tendré que irme pronto a la pista —suspiró Scott—. ¿Vais a hablar de mí?

—Obvio —dijo Kip mientras sacaba unos vaqueros limpios del armario—. Maria lo ha bautizado como «La sociedad que sabe lo de Scott y Kip». Espero que me haga por lo menos cien preguntas.

Scott se rio y negó con la cabeza.

—Supongo que pronto dejará de ser un secreto.

Kip se puso una camiseta limpia y se acercó a la cama. Levantó la cara de Scott y le dio un beso lento y adorable que le supo a arándanos.

—Cuando estés preparado —dijo con suavidad—. El hecho de que mis padres y algunos de mis amigos lo sepan ya me hace sentir mucho mejor. No hay prisa por contárselo al resto del mundo.

Se dio la vuelta para ir al baño, pero Scott lo agarró de la muñeca. Kip se volvió.

—Gracias —dijo Scott. Su rostro y su tono eran muy serios. Los ojos parecían querer decir algo más y Kip deseaba que lo hiciera, porque no tenía ni idea de por qué Scott le estaba dando las gracias.

—¿Por qué?

—Por todo. No sé qué pasará esta noche, si ganaremos o si cogeré un avión justo después del partido, pero quiero que sepas que, si no fuera por ti, ni siquiera estaría jugando hoy.

Kip frunció el ceño.

—Claro que lo estarías. ¿Qué tengo que ver yo con…?

Scott negó con la cabeza.

—Era infeliz, Kip. Sé que mi vida parece estupenda, y lo es en muchos sentidos, pero me sentía muy solo. Y cada año era más difícil. Esta temporada, antes de conocerte, era como…

Parecía buscar las palabras adecuadas. Kip le cogió la mano y se la apretó.

—Era como —continuó Scott— si hubiera perdido mi amor por el hockey. Como si… se hubiera apagado la llama, ¿sabes?

Kip se sentó en la cama a su lado.

—¿Y crees que se ha vuelto a encender… gracias a mí?

—Sí. Es que es así. Me odiaba por sentirme tan deprimido, porque había logrado mis sueños y tenía éxito y dinero, y vivo en la gran ciudad, pero… O sea, han sido nueve temporadas de volver a casa de viaje para estar solo. Veranos sin novio con el que viajar o sin familia a la que ir a visitar. Nueve temporadas sin tener a nadie que me acompañara a los eventos del equipo o para los premios de la NHL. Sin tener a nadie a quien querer entre el público en los partidos. Me pesaba mucho.

A Kip se le rompió el corazón. Odiaba pensar en cómo había estado Scott durante esos años.

—Ojalá nos hubiéramos conocido hace nueve años —dijo con una sonrisa triste.

Scott se rio en voz baja.

—Sí, bueno… Es probable que entonces no hubiera estado preparado.

—Si quieres jugar veinte temporadas más —dijo Kip—, te recibiré en casa después de cada viaje. Estaré entre el público en todos los partidos a los que pueda ir. Y seré tu acompañante en cualquier evento al que quieras llevarme.

Scott sonrió.

—¿Y los viajes en verano?

—Siempre y cuando pueda ayudar a pagarlos.

Scott puso los ojos en blanco.

—¿Sabes? Podrías trabajar tu tozudez a la hora de dejarme pagar las cosas.

Kip lo besó.

—Lo sé. Intentaré relajarme con eso. Lo prometo. He aceptado vivir contigo, ¿no? ¡Eso es un progreso!

Scott lo besó en la nariz.

—Lo es. Ahora ve a ver a tus amigas.

—Vale. Y tú ve a ganar la Copa Stanley.

—Trato hecho.


—Pues —dijo Maria en cuanto el camarero les sirvió las micheladas— ¿de qué deberíamos hablar? ¡Ah, ya sé! ¡Podemos hablar  de cómo va a jugar tu novio esta noche en la final de la Copa Stanley!

Kip negó con la cabeza, pero no pudo evitar sonreír.

—Supongo que eso resulta interesante —dijo con modestia.

—Te va bien con él, ¿verdad? ¿Seguís todavía los dos enamorados? ¡No puedes joderlo, Kip!

—¡Nos va bien! Estamos enamorados, sí. Y no voy a joder nada. De nuevo.

Maria entrecerró los ojos y le apuntó amenazándole con una tortilla.

—Más te vale que no. Estoy viviendo la fantasía de mi vida a través de ti.

—Ay, dios. No digas eso.

Kip miró el móvil. Elena le había mandado un mensaje veinte minutos antes para decirle que llegaría un poco tarde. No tenía más remedio que quedarse allí sentado y enfrentarse al bombardeo de preguntas de Maria.

—¿Cómo es su casa? ¿Es enorme? ¿Tiene, tipo, doce baños?

—Es un ático y tiene tres.

Ella gimió.

—Qué suerte tienes. ¿Cuándo te mudas?

—Bueno, pues ahora, imagino. O sea, todavía tengo un par de cajas con cosas sueltas en casa de mis padres que tengo que llevar, pero ahora estoy viviendo con Scott.

Ella sacudió la cabeza, apabullada.

—Dices «Scott» y no me puedo creer que te refieras a… —Miró a su alrededor y susurró—: Scott Hunter. ¡Le llamas Scott, como si fuera una persona normal!

—Es que es una persona normal. Lo único es que se le da muy bien jugar al hockey.

—Y resulta que también es guapísimo.

—Sí. Eso también.

—¿Es bueno besando? Ay, dime que es bueno besando.

Kip puso los ojos en blanco.

—Ay, dios mío. ¿Dónde está Elena?

—¿Alguien más lo sabe? —preguntó Maria—. ¿Se lo has contado a Shawn?

—No. —Removió distraído la salsa con una tortilla. Se sentía mal por mentirle a Shawn, pero…—. Shawn es un cotilla y si tuviera que guardar este secreto se moriría. Es mejor no contárselo.

Al menos, ese era el argumento que se daba Kip a sí mismo. Esperaba que Shawn no lo odiara cuando se enterara.

—Vale, entonces, en una escala del uno al diez...

—No.

—Uno es el peor besando del mundo, también conocido como mi acompañante para el baile de graduación...

—No.

—Y luego diez es, tipo, el beso de *Brokeback Mountain* en el que Heath Ledger casi le rompió la nariz a Jack Gyllenhaal de besarlo tan fuerte.

—¿¡Qué!? ¿Eso es un buen beso?

—Sí. Entonces ¿dónde queda tu chico en esa escala?

—Eeeh, ¿en mejor posición que un beso en el que me rompen la nariz?

—¿Entonces un once? Joder, lo sabía.

Kip se rio.

—Es bueno besando, ¿vale? Deja de ser una rarita.

—¿Quién es bueno besando?

Elena apareció por fin.

—El novio perfecto de Kip —refunfuñó Maria.

—Ah, no es perfecto —le respondió Elena tan alegre mientras ocupaba el asiento vacío—. Tiene la mandíbula demasiado marcada.

—Mmm —dijo Kip—. Y es demasiado alto.

—Y robusto —añadió Elena.

—Y sus muslos son demasiado gruesos —señaló Kip.

—Horrible —coincidió Elena.

—Qué gilipollas sois —dijo Maria—. Avísame si alguno de sus compañeros busca a una latina adorable a la que cuidar.

Kip resopló.

—¿Adorable?

—Tú diles adorable. Para cuando se den cuenta de que soy una gruñona, ya se habrán enamorado de mí y será demasiado tarde.

Los tres se rieron.

Pasaron unas horas comiendo comida mexicana y bebiendo (pero no demasiado, porque Kip no quería estar borracho para el partido). Hablaron de la mudanza de Elena a California, del nuevo trabajo de Maria, del nuevo trabajo de Kip y de que Kip volviera a estudiar. Estuvo bien. Por primera vez en años, se sentía seguro de su futuro. Su vida iba más o menos por buen camino, incluso sin el novio perfecto de sus sueños.

Pero es que él sí tenía el novio perfecto de sus sueños. Y más que eso: estaba enamorado y, sin importar cómo imaginara su futuro ahora, siempre incluía a Scott.

—Deberíamos irnos —dijo Elena dándole un golpecito en el brazo—. Tenemos que ir a ver jugar al hockey al hombre con el que obviamente estás soñando despierto.

—No estaba… Vale. Sí, lo estaba. —Se volvió hacia Maria—. Siento no haber podido conseguir una tercera entrada, pero es que para este partido estaba todo agotado.

—Sí, menos broma. Las entradas se están vendiendo, tipo, por cinco mil dólares en internet —dijo Maria.

—Te enviaré un selfi desde el partido, ¿vale?

—Ay, que te den.

Cuando salieron a la calle, Maria lo abrazó.

—Me alegro por ti, Kip. Actúo un poco como una zorra, pero eres una de las mejores personas que conozco y te mereces a ese hombre de ensueño.

Él le besó la mejilla.

—Gracias. Quizá la próxima vez que salgamos, Scott se anime a venir.

—Dile que deje la camiseta en casa. ¡Y que se traiga a algún compañero de equipo!

Kip se rio.

—Se lo diré.

Maria se dirigió al metro y Kip y Elena se fueron en dirección contraria.

—Pasada esta noche, puede que salgas con un campeón de la Copa Stanley —dijo Elena.

—¡Por fin una razón para que me impresione!

Ella lo cogió del brazo e inclinó la cabeza sobre su hombro.

—Me alegro de que vayas a estar en buenas manos cuando me vaya.

—Yo también. Pero te voy a echar muchísimo de menos, joder.

—Lo sé.

—Y…

No podía verle los ojos, pero estaba seguro de que los había puesto en blanco.

—Y yo también te echaré de menos —dijo ella—. No quiero ponerme sentimental, pero que conste que me caes bien.

Kip se rio y le dio un codazo.

—Gracias, colega.


La tercera parte fue un sufrimiento total.

Scott podía sentir toda la tensión que irradiaba la multitud. Sin duda, la sentía tanto en el banquillo como en su propio estómago.

El tiempo había comenzado con un gol rápido de Los Ángeles que había puesto el 2-1 en el marcador. A diez minutos del final, Huff había marcado tras una asistencia de Scott para empatar a dos. La multitud había rugido mientras los Admirals respiraban aliviados.

Entonces llegó lo que era emocionante de verdad.

Primero, penalizaron a Nueva York, por lo que se quedaron con un jugador menos durante dos minutos. Pareció que en vez de dos fueran veinte, pero consiguieron aguantar sin que les marcaran ningún gol. Quedaban cinco minutos en el reloj.

Pasó otro minuto y Los Ángeles estuvo a punto de marcar, pero Bennett realizó un paradón que mantuvo a Nueva York en el partido.

Entonces, cuando quedaban dos minutos, Scott había conseguido el *puck* y nunca recordaría cómo sucedió exactamente, pero de golpe se encontró él solo contra el portero. Corrió hacia la portería completamente centrado en su objetivo y envió el *puck* justo por encima de la pierna derecha del portero de Los Ángeles.

Scott estaba detrás del banquillo con el resto de sus compañeros de equipo y veía cómo el reloj marcaba los últimos segundos del partido.

Ocho… Siete… Seis…

«Hostia puta».

«Lo hemos conseguido. Vamos a ganar la Copa Stanley».

Cinco… Cuatro…

El rugido de la multitud era ensordecedor, dieciocho mil personas en pie, animando a su equipo local. Era todo lo que Scott había soñado que sería ese momento.

Dos… Uno…

Y se acabó. Scott saltó encima de las vallas, casi chocando con dos de sus compañeros de equipo, mientras todo el equipo se tiraba sobre el hielo.

*Sticks*, guantes y cascos volaban en todas las direcciones mientras los jugadores se dirigían en línea recta hacia donde Bennett estaba de pie frente a su portería con los brazos levantados en señal de victoria. En cuestión de segundos, todos los Admirals se habían amontonado sobre el portero en un alegre y caótico revoltijo de jugadores de hockey extasiados.

Los jugadores se abrazaban y se daban palmadas en la espalda por turnos. Scott podía oír a Carter gritar: «¡Tooomaaaaaa!»

detrás de él, y, cuando se volvió para abrazar a su amigo, casi lo tiró de la fuerza con la que Carter saltó a sus brazos. Envolvió sus piernas alrededor de la cintura de Scott, obligándolo a aguantarlo por un segundo.

—¡Lo hemos puto conseguido, Scotty!

—Joder, sí, lo hemos conseguido.

Carter lo soltó y volvió a caer sobre el hielo.

—Mierda, quizá deberíamos ir a ponernos en fila, ¿no?

Scott miró hacia el centro de la pista, donde el desolado equipo de Los Ángeles esperaba haciendo piña para el tradicional apretón de manos.

—Cierto. Sí. Vamos.

Llamó a sus compañeros para que se alinearan y ellos, de forma rápida y respetuosa, estrecharon la mano a los jugadores de Los Ángeles. Muchos de los jugadores del otro equipo tenían lágrimas en los ojos. Scott lo entendía. Él había estado antes en su lugar.

Pero no esa noche. Esa noche había conseguido el sueño que había tenido desde que era niño.

Esperó con impaciencia mientras sacaban la Copa Stanley y el comisionado de la liga daba un aburrido discurso. Anunciaron que Scott era el MVP de los *play-offs*, lo cual era un honor, pero no era el trofeo que quería tener entre sus manos. Además, le parecía ridículo que lo destacaran cuando todo su equipo había trabajado tanto para llegar hasta ahí. Scott no era un gran fan de los premios individuales.

Y por fin, después de todo, Scott, como capitán del equipo, recibió la Copa Stanley. Cogió el gigantesco trofeo de plata y, en realidad, le resultó incómodo sujetarlo. Pesaba mucho, pero es que además era difícil de agarrar. Pero Scott no iba a permitir que se le escapara de las manos. Besó la copa y luego la levantó victorioso por encima de su cabeza y empezó a girar para que todo el público pudiera verla. Ahora pertenecía a Nueva York: al equipo y a los fans.

Y ahí fue cuando empezó a llorar. Scott dejó que ocurriera. Dejó que todo fluyera: todo lo relacionado con ese momento surrealista y abrumador y todos los demás pensamientos que se le pasaban por la cabeza.

Pero, sobre todo: «Ojalá mamá estuviera aquí para verlo».

Habría estado muy orgullosa de él. Y había sido ella, más que nadie, quien había hecho que Scott llegara hasta ahí. Todas las escuelas de hockey, entrenadores y agentes del mundo no lo habrían llevado a la NHL si ella no hubiera sentado las bases con su apoyo y sus largas jornadas trabajando en el supermercado para poder permitirse comprar una equipación de hockey de segunda mano.

Scott no era creyente, pero levantó la vista hacia las vigas y dijo en voz baja:

—Esto va por ti, mamá.

Le entregó la copa a Carter, quien la besó, tipo, unas cinco veces antes de levantarla en alto. Scott encontró a Kip entre la multitud, al otro lado de la pista, de pie y animando con todos los demás. Scott le hizo un pequeño gesto con la mano. No estaba seguro de si Kip lo había visto.

Más tarde, cuando la pista empezó a llenarse de las esposas, novias e hijos de sus compañeros de equipo, Scott lo vio claro. Dentro de toda la felicidad que estaba sintiendo, había una inquietante sensación que le decía que algo no estaba bien. Vio a sus compañeros besar a sus parejas y levantar a sus hijos, y Scott también quería poder compartir ese momento con su novio. Con el chico que él amaba.

¿Y qué tenía de malo que Kip bajara a la pista? Si todo eso ya parecía un zoo: repleto de jugadores de hockey y el personal, los periodistas, los fotógrafos y las familias. ¿Quién iba a darse cuenta de que su novio estaba entre ellos?

Una vez que se había decidido, patinó hasta el cristal que había cerca de Kip. Le hizo un gesto con las manos, de lo que mucha gente se dio cuenta, pero que Kip no. Entonces vio que Elena le daba un codazo, le decía algo y entonces lo señalaba a él. Kip miró y sonrió. El corazón de Scott se aceleró. Dios, lo quería mucho.

Scott señaló hacia la caja de castigo. Kip puso una cara rara tipo «¿qué?» y Scott volvió a señalarlo. Vio a Elena, de nuevo, decirle algo a Kip y entonces Kip asintió y señaló hacia la caja. Scott asintió también y se dirigió hacia allí para ir con él.

Desde la caja, Scott vio a Kip abrirse paso entre la multitud. La gente parecía estar observando con gran interés ese pequeño espectáculo que estaban montando.

«Todo muy discreto».

Cuando Kip llegó al cristal que separaba las gradas de la caja, estaba sonriendo rojo como un tomate y se veía adorable.

Y Scott supo que no iba a poder evitar hacer algo muy estúpido en ese momento.

Pero…

—¡Salta por encima del cristal! —gritó Scott—. Yo te cojo.

—¡Vale!

Kip se subió a la repisa y pasó una pierna por encima del cristal. Scott le ayudó a pasar y Kip cayó en sus brazos.

—¡Lo has conseguido! —dijo Kip.

—Lo he conseguido —asintió Scott.

Se quedaron ahí un momento, abrazados y sonriendo, y quizá fue por la adrenalina que le recorría el cuerpo, o quizá fue que toda la noche había parecido un sueño maravilloso y solo le faltaba una cosa que pudiera hacerla perfecta, y esa cosa era…

Pudo ver la sorpresa en los ojos de Kip cuando Scott se inclinó y lo besó. Scott pensó que solo sería un beso rápido, pero, en cuanto sus labios tocaron los de Kip, se lanzó. Lo besó como si estuvieran solos y no se hubieran visto en meses. Lo besó con las ganas de alguien que había conseguido todo lo que siempre había soñado.

Cuando se separaron, Kip lo miró boquiabierto:

—¡Hostia puta!

—Me da igual —dijo Scott—. Te quiero.

Y era cierto. Le daba igual. Bueno, le importaba que podía haber desviado un poco la atención de sus compañeros y de su logro. Sabía que iba a sentirse mal por eso, sobre todo cuando miró las pantallas gigantes del marcador y vio una imagen en directo de Kip y él, abrazados.

—Bueno —dijo Kip, feliz—. Pues ya se ha descubierto el pastel.

—Mmm. Pues, entonces, comámoslo a gusto.

Scott lo besó de nuevo y todo lo que les rodeaba desapareció. Solo estaban el hombre que él amaba y él besándose en la caja de castigo.

Y, de pronto, la realidad se impuso. Que también estaba muy bien en ese momento.

—Creo que la prensa querrá hablar conmigo —dijo Scott mirando hacia la pista. Había un montón de caras atónitas mirándolos.

—Ve —dijo Kip—. Estoy muy orgulloso de ti.

—Vale, pero presta atención: dentro de unos minutos iré al vestuario con mi equipo y podremos llevar a familiares y amigos. Ve a hablar con Laura, la mujer de Huff. Ella te dirá dónde ir. Ya lo ha hecho varias veces.

—Scott. ¡Vete! No me jodas, no te preocupes por mí. ¡Que has ganado la puta Copa Stanley!

Scott sonrió.

—¡Acabo de ganar la Copa Stanley!

—Sí. ¡Sal ahí y sé un héroe, Hunter!

Pero Scott se negó a dejarlo atrás. Aún no. Aquello era un caos y tenía que asegurarse de que alguien cuidara de Kip. Lo agarró de la mano y lo llevó consigo a la pista. Kip resbaló un poco cuando las zapatillas tocaron el suelo y Scott lo sujetó con un brazo alrededor de la cintura.

Casi de inmediato, a Scott ya le habían puesto un micrófono delante de la cara. Soltó a Kip y señaló a Huff, que se acercó patinando.

—Tú debes de ser Kip —dijo Huff.

—Sí, soy yo.

—Algo sospechaba. El beso me ha dado una pista.

Kip se sonrojó y Scott sonrió; lo más probable era que sonriese a todas horas durante días. Quizá meses.

—Bienvenido a la gran familia de los Admirals, colega —dijo Huff—. Ven, que te presento a los Huff.

Scott observó a Huff mientras se llevaba a Kip lejos de la multitud de periodistas que se había formado. La verdad era que Huff era el mejor.

Scott se volvió hacia los periodistas y las cámaras.

—Bueno —dijo—, ¿tenéis alguna pregunta?


Si Kip pensaba que el partido había sido una locura, no era nada comparado con la fiesta que se montó después en el vestuario.

La sala estaba repleta de hombres emocionados y sudados, esposas y novias orgullosas, niños adormilados y periodistas. Había cerveza y champán por todas partes; Scott y sus compañeros estaban bebiendo champán de la Copa Stanley. Los jugadores cantaban, gritaban y lloraban.

Scott y Kip se habían separado varias veces, lo que le había dado a Kip la oportunidad de darse cuenta de las miradas que le lanzaba… básicamente todo el mundo.

Pero se negó a achantarse. Scott quería que estuviera allí, así que ahí iba a estar.

Carter Vaughan lo pilló por banda cuando Kip llevaba un rato solo.

—¡Aquí está el tío al que quería conocer! ¡Ven aquí, hombre!

Antes de que Kip supiera qué estaba ocurriendo, Carter lo envolvió en un abrazo sudoroso.

—Kip, Kip, Kip. Me encanta este puto nombre, ¿sabías? Entonces ¿qué honda? ¿Scott Hunter y tú os habéis enrollado delante de todo el puto mundo?

—Sí, eso hemos hecho.

Kip todavía estaba emocionado.

—Eso dará para unos cuantos tuits.

Kip sonrió.

—Eso espero.

—Scott Hunter tiene novio. —Carter sacudió la cabeza mientras sonreía—. Tío, no me puedo imaginar cómo tiene que ser salir con un tío tan perfecto.

—Está muy bien.

Alguien le pasó una cerveza a Carter, quien dijo:

—Oye, tráele una a mi amigo Kip, ¿vale?

Cuando quienquiera que fuera volvió con una cerveza para Kip, Carter le preguntó:

—¿Y qué es de ti, Kip? ¿Scott mencionó que estabas estudiando?

—Voy a volver a estudiar, sí. Empiezo el máster en septiembre.

—¿Practicas algún deporte? —preguntó el chico que había traído las cervezas, pero que estaba bebiendo una Coca-Cola.

—No.

—Lo siento —dijo Carter—. Ese puto maleducado es Eric Bennett. No lo reconoces porque suele llevar una máscara en la cara.

—Hola —dijo Bennett.

Kip asintió.

—Encantado. Y enhorabuena.

—¿Te gusta el hockey? —preguntó Carter.

—Ahora sí, desde luego. Siempre me ha gustado verlo. Pero no lo seguía tanto, hasta que…

—¿Hasta que empezaste a salir con la mayor estrella del deporte?

—Eso es. Sí.

Carter lo miró con cierta curiosidad.

—¿Entonces no eres un fanático de Scott Hunter? ¿Solo lo conociste de casualidad?

—Sí. ¿No te lo ha contado?

—No. ¿Es una historia bonita?

Kip se encogió de hombros.

—La verdad es que quizá es un poco aburrida. Un día entró en el local donde trabajaba. En, eh…, un local de *smoothies*. En fin. Se pidió un *smoothie* y al día siguiente volvió… y al otro…

—Eso —dijo Carter con una amplia sonrisa— es una historia muy bonita, joder. ¿Flirteó contigo en el trabajo? ¡No pensaba que Hunter fuera de esos!

—En realidad, no. No flirteó, me refiero. Tan solo siguió viniendo. Y yo le di, tipo…, alguna pista…

Carter intercambió una mirada cómplice con Bennett.

—Sí, eso tiene mucho más sentido. Lo más seguro es que confiara en que, si seguía yendo, algún día tropezaras y cayeras sobre él o algo así.

—Quizá. Pero bueno, al final salió bien.

—¿Estás preparado para estar en medio de una tormenta mediática cuando esto se sepa? —preguntó Bennett.

—No —dijo Kip poniéndose recto—. Pero estaré ahí. Siempre al lado de Scott.

Carter se rio.

—Muy bien, descansa, soldado. Te cubrimos las espaldas. Me caes bien, Kip. Casi tanto como me gusta decir tu nombre.

—Gracias.

Scott se unió a su pequeño círculo y pasó un brazo pesado por los hombros de Kip.

—¿Te están molestando estos tipos? —preguntó con una sonrisa medio atontada. Era posible que ya hubiera bebido un poco de champán de más.

—Solo estamos tratando de entender cómo un tío tan guay ha acabado con un desastre como tú, Hunter —bromeó Carter.

—Yo tampoco me lo explico, pero me alegro mucho de que sea así —dijo Scott y besó a Kip en la mejilla.

Kip se sonrojó. Miró a Carter y Bennett, esperando que estuvieran mirando hacia otro lado, pero ambos se limitaban a sonreírles.

Scott inclinó la cabeza para hablarle directamente al oído a Kip.

—Están echando a todos los que no son del equipo, pero nos vemos en casa, ¿verdad?

—Claro. Pero no cuento con que vengas pronto. Es tu noche. Diviértete, ¿vale?

—Lo haré. Te quiero.

—Y yo a ti.

Y entonces Scott le dio un rápido beso en la boca. Solo fue un beso, pero no fue un gesto insignificante si tenían en cuenta dónde estaban.

Kip fue flotando todo el camino a casa, reproduciendo en bucle las últimas horas en su cabeza y soñando con el futuro.

Kip se pasó unas horas en casa mirando el móvil.

Maria: ¡¡¡Aaaaaah!!! ¡¡¡¿¿¿Qué COJONES???!!! ¿¿¿Eso ha sido lo más entrañable que he visto en mi vida???

Shawn: Hija. De. Perra. ¡Perra mentirosa! Tenemos que quedar para comer y que me cuentes. YA.

Kyle: En primer lugar, enhorabuena, me alegro muchísimo por ti. En segundo lugar, ¡hostia puta!

Megan: Eeeh… ¡¿HOLA?!

También había recibido mensajes de gente con la que no había hablado en meses. Había un par de llamadas perdidas de sus padres. Les devolvería la llamada al día siguiente.

Elena se había ido del estadio en algún momento, pero le había enviado un mensaje.

Elena: Enhorabuena. Acabáis de hacer historia, chicos.

Y un segundo mensaje que decía:

Elena: De verdad, casi lloro, ¿eh?

Kip seguía viendo el mismo vídeo una y otra vez. Era la entrevista que Scott había concedido en la pista, justo después de que se besaran. Esta, junto con muchas fotos y capturas de pantalla de ellos besándose, se habían vuelto virales.

—Claro, sin problema —le había respondido Scott a la periodista, que le había preguntado si quería comentar lo acontecido—. Estaba celebrándolo un poco con mi novio.

—No creo que el mundo supiera que eres…

—¿Gay? Sí, soy gay. Tenía pensado anunciarlo de forma oficial, pero, qué narices, ¿no? Ya está todo el mundo aquí.

La periodista se quedó en silencio un momento, parecía atónita, antes de parpadear y decir:

—Y… ¿estás…? ¿Hay algo que nos quieras contar sobre él?

—Por supuesto. Que lo es todo para mí y que lo amo.

Kip sonreía como un idiota cada vez que lo veía. La voz de Scott era tan firme. Tan segura, como si no tuviera ningún tipo de duda. Sin mirar atrás.

Intentó no prestar demasiada atención a lo que se decía en las redes sociales al respecto, pero le bastó echar un vistazo para darse cuenta de que parecía haber más gente emocionada que disgustada. Aun así, desde luego, había mucha conmoción en ambos bandos.

—Esto va a ser una puta locura —murmuró Kip al móvil. A partir de la mañana siguiente, su vida iba a ser muy distinta.

Pero esa noche estaba en casa, enamoradísimo y feliz, joder. Estaba orgulloso de Scott por muchas razones.

Volvió a ver la entrevista.


Scott se sorprendió, aunque no tanto, al encontrar a Kip sentado en uno de los taburetes de la encimera de la cocina y no en la cama cuando llegó a casa. Eran casi las tres y media de la madrugada.

Llevaba los pantalones de pijama y una camiseta de tirantes y eso era todo lo que Scott quería ver en ese momento.

—Estás despierto —dijo Scott comentando lo obvio.

—Claro. Parece que vas menos borracho de lo que esperaba.

Kip se deslizó del taburete y cruzó la cocina para encontrarse con Scott.

—Hace un rato que he parado de beber.

Scott puso las manos en la cintura de Kip.

—Estoy orgullosísimo de ti, joder —dijo Kip—. Por todo lo de esta noche.

Scott lo besó y era justo lo que había estado deseando durante toda la noche. Incluso cuando estaba celebrando la puta Copa Stanley con sus compañeros, se había sentido consumido por la necesidad de besar a su novio.

—Me he precipitado un pelín —dijo después de separarse—. Lo siento. Quizá debería haber hablado contigo primero.

—No pasa nada —dijo Kip—. No pasa nada, Scott. No me lo esperaba, pero… ¡Ha sido muy romántico!

Scott se rio y sumergió la cara en el cuello de Kip, besándole justo debajo de la barbilla.

—Te quiero mucho —dijo. Se le había puesto la voz más ronca a lo largo de la noche. Había gritado mucho.

—Yo también te quiero, mi amor. Ahora ven. Siempre he querido llevarme a la cama a un campeón de la Copa Stanley.

# Epílogo

Scott notó que la mano de Kip le apretaba la suya. Le devolvió el gesto para tranquilizarlo.

«Estoy bien. Lo tengo controlado».

Estaban sentados juntos entre el público de los Premios NHL en Las Vegas. Desde el escenario acababan de anunciar los nombres de los nominados para el último premio de la noche, el MVP de la liga, el nombre de Scott entre ellos. Ganar sería genial, pero eso no le importaba tanto como la esperanza de tener una oportunidad de hablar.

—¡Y el Trofeo Hart es para… —dijo el presentador— Scott Hunter!

Scott soltó el aire y se levantó. «Allá vamos». Kip le liberó la mano y le sonrió, y Scott encontró fuerza en esa sonrisa. Hizo oídos sordos al revoloteo que sintió en el estómago cuando se dio la vuelta y se dirigió al escenario. Recogió el trofeo de manos del presentador y lo mostró en alto un momento antes de dejarlo con cuidado en el suelo, junto al podio.

—Hola —dijo una vez que cesaron los aplausos.

Se oyeron algunas risas desperdigadas.

—En primer lugar, gracias por este premio. Todos los demás nominados se lo merecen tanto como yo. Incluso Rozanov.

Hubo más risas.

Bajó la mirada un momento para ordenar sus pensamientos. Habría sido mejor llevar algo por escrito, pero esa clase de planificación nunca había sido su estilo.

—Hace unas semanas —empezó—, conseguí el sueño de mi vida: ganar la Copa Stanley. Quienes ya lo habéis experimentado sabéis lo que se siente. No tengo palabras para describirlo, de verdad. Pero… esa noche ocurrió otra cosa. Algo que, supongo que os habréis enterado, llamó mucho más la atención que el hecho de que los Admirals ganáramos la Copa.

En ese momento el público se quedó muy callado. Se notaba la tensión en la sala. «¿En serio iba a hablar de eso? ¿Allí?».

—Ha sido un mes interesante —continuó—. Por si os lo habéis perdido, salí del armario ante el mundo como gay de una forma de lo más atrevida. No me arrepiento, y nunca lo haré. Sé que fue un shock para la mayoría de la gente. Y, por desgracia, ha sido una decepción para algunos. Sé de gente que ha quemado sus jerséis con el nombre de Scott Hunter, algo que, por cierto, no es muy buena idea. Son de poliéster y están llenos de productos químicos.

La multitud se rio. Parecían aliviados.

—Eh, hace un par de semanas me abrí una cuenta en Twitter —dijo Scott—. Siempre he sido una persona muy reservada. O, por lo menos, tan reservada como se puede en este mundillo. Me encanta reunirme con la afición, pero nunca compartía mi vida de forma pública. Lo que he visto estas últimas semanas es que quizá es importante que lo haga, por lo menos un poco. He recibido un montón de mensajes, muchos aficionados jóvenes me dicen cuánto ha significado para ellos que saliera del armario.

Scott no mencionó que también había recibido emails y llamadas telefónicas de unos cuantos jugadores de la NHL para decirle cosas similares. No estaba ahí para difundir rumores ni especulaciones.

—Me apasiona el hockey. Me apasiona poder vivir haciendo esto. Pero sé lo que se siente cuando no encajas.

»De adolescente, cuando empezó a existir la posibilidad real de dedicarme al hockey, sucedieron dos cosas. Una fue que mi madre murió. La otra fue que me di cuenta de que tal vez fuera esa "cosa" que les encantaba gritar a todos los jugadores de hockey a modo de insulto. El tipo de expresiones que oía en la pista y en el vestuario a diario eran un recordatorio constante de que yo era distinto. Tal vez eso me convirtiese en mejor jugador. Tal vez me diera otro motivo para demostrar mi valía. Pero también hizo que temiera con toda mi alma que alguien averiguase mi secreto.

La sala permaneció en silencio.

—Cuando tienes un secreto que te esfuerzas tanto en proteger como yo con este —añadió Scott—, es agotador. Intentar ocultarlo es un esfuerzo continuo, y el miedo a que la gente se entere te consume. También provoca que te sientas solo.

Hizo una pausa. Probablemente se estuviera excediendo del tiempo reservado para los discursos, pero todavía no había acabado.

—He tenido una suerte inmensa. Tengo muchas cosas y doy gracias por ello. Pero siempre me faltaba algo que era muy importante para mi vida. Y, este año, lo encontré.

La mirada de Scott aterrizó en Kip y advirtió que tenía los labios apretados y los ojos humedecidos.

—He asistido a muchas bodas de compañeros de equipo a lo largo de los años y he escuchado muchos discursos dedicados al amor o a celebrar el haber encontrado a esa persona que ha cambiado su vida por completo. Sin embargo, nunca acababa de entenderlo. Daba por hecho que nunca lo entendería. Que eso no era para mí. Pero este año… conocí a alguien. Conocí a esa persona especial. La persona que lo cambia todo. Y me dio la confianza y la fuerza y la necesidad de ser sincero sobre quién soy. El miedo es algo poderoso, pero este año encontré la única cosa que es más fuerte.

Entonces la gente empezó a mirar a Kip. Lo más probable era que también lo enfocara una cámara, para la transmisión en directo.

—Así pues, comparto este honor con mis compañeros de equipo y mis entrenadores —dijo Scott, que necesitaba recapitular—, pero también lo comparto contigo, Kip. Me has hecho mejor, en todos los sentidos. Te amo.

Kip lo miró y dijo con los labios «Yo también te amo».

—Y, por cierto, uno de los locales gais de Las Vegas va a dar una fiesta con temática de Scott Hunter esta noche, conque ahí estaré más tarde, por si alguien quiere ir a bailar.

Se oyeron algunas risas sueltas y un «Oeee» inconfundible que Scott estaba seguro de que había pronunciado Carter. Sonrió.

—Gracias.

Entonces cogió el trofeo y se bajó del escenario arropado por un aplauso ensordecedor.


Scott daba golpecitos con los dedos encima de la rodilla, en teoría para seguir el ritmo marcado de la música de la discoteca. Pero, en la práctica, probablemente para seguir el ritmo interno de su corazón acelerado.

Estaba en una discoteca. ¡Una discoteca gay! Que estaba abarrotada de gente que celebraba de forma exagerada que él estuviera allí.

Pero lo llevaba bastante bien. Por supuesto.

Le ayudaba el estar rodeado de sus amigos. Más que eso. No tenía palabras para describir cuánto significaba para él que la gente que más quería estuviera allí con él esa noche.

Carter y Gloria estaban sentados en el sofá frente a él, en la cómoda zona vip. Junto a ellos estaba Huff, mientras que Bennett se relajaba solo en una silla. Matti Jalo se quedó de pie junto a la barandilla, observando la pista de baile que había bajo ellos.

La invitación de Scott había sido sincera; le hubiera encantado ver a cualquiera del público de los Premios NHL en la discoteca esa noche. La verdad era que no esperaba que apareciera nadie excepto Carter, Huff y Bennett. Incluso Jalo había sido una sorpresa.

—Elena ha dicho que le ha encantado el discurso y que le hubiera gustado estar aquí —dijo Kip mientras dejaba el móvil sobre la mesa frente a ellos.

Se acercó un poco más a Scott, juntando sus cuerpos en el sofá y dándole una palmada tranquilizadora en la rodilla.

—¿Cómo estás?

—Bien —respondió Scott—. De verdad. Estoy feliz.

Y era cierto. Era extraño ser famoso por un motivo diferente. Tan solo por ser quien era. Ahora tenía fans que ni siquiera veían el hockey.

Iba a ser un verano interesante.

Scott iba a dar muchas entrevistas ese verano, incluida una para la revista *Sports Illustrated*. Esta vez, la atención se centraría casi en exclusiva en su orientación sexual y su vida privada. Era estresante, pero entendía por qué era importante.

Kip se había opuesto a las vacaciones por Europa; estaba decidido a trabajar todos los turnos que pudiera en el Kingfisher antes de empezar las clases. Scott sabía que era mejor no llevarle la contraria con eso, pero Kip había mejorado en cuanto a dejar que Scott pagara las cosas. Cosas como ese viaje a Las Vegas, que había sido la primera vez que Kip se subía a un avión. Scott estaba feliz de haber estado ahí para eso, y esperaba vivir muchas más primeras veces con Kip.

También disfrutaba mucho yendo a ver a Kip al trabajo. El Kingfisher ahora tenía una bebida que llevaba el nombre de Scott. Y solo Kip y Scott sabían por qué llevaba zumo de arándanos.

—Estás espectacular esta noche —dijo Scott en voz baja rozando con los labios la oreja de Kip—. ¿Te lo había dicho ya?

La verdad era que estaba espectacular. Para Scott siempre había sido perfecto, pero era la primera vez que lo veía arreglado para salir. Tenía un aire sexy y sensual, algo que Scott sabía seguro que él jamás podría conseguir. Llevaba una camiseta negra con cuello en V y unos vaqueros de color gris oscuro tan ajustados que Scott se preguntó cómo se los había puesto y, con cierta preocupación, cómo se los quitaría después. Llevaba el pelo despeinado de tal modo que parecía meticuloso y descuidado a la vez.

Pero lo que le estaba haciendo perder la cabeza de verdad a Scott esa noche era el detalle de delineador que se había puesto en los ojos Kip. Había algo en eso que lo excitaba, como si estuviera subiendo de nivel. Estaba desafiando de forma oficial y provocadora los estereotipos homófobos que se difundían en los vestuarios y diciendo: «Sí, Scott Hunter, capitán de los New York Admirals y modelo de ruda masculinidad, iba a ir a una discoteca gay con su guapísimo novio maquillado».

Scott entrelazó los dedos con los de Kip y lo apretó con fuerza. Que el mundo no se equivocara: Kip Grady era suyo.

—Esto es divertido, ¿no? —La voz de Jalo resonó, incluso por encima de la música atronadora—. ¡Noche temática en honor de Scott Hunter!

—Esperaba más —se quejó Carter—. ¿Dónde está lo temático?

Kip se rio.

—¿Qué esperabas?

Carter se encogió de hombros.

—No sé, ¿gogós en suspensorio, quizá? ¿Con *sticks*? ¿O tal vez una escultura de hielo con la forma de Hunter?

Era cierto que la fiesta en honor de Scott Hunter parecía consistir en que Scott estuviera allí esa noche, pero, aun así, era agradable.

—Voy al baño —le dijo Scott a Kip—. Enseguida vuelvo.

Unos minutos más tarde, mientras se abría paso entre la multitud para volver con sus amigos, miró a su izquierda y vio a un hombre alto y en forma apoyado de forma elegante contra una columna, justo fuera de la zona vip. Scott tardó un momento en reconocerlo y, cuando lo hizo, no podía creer lo que veían sus ojos.

—¿Rozanov? —preguntó.

Ilya Rozanov sonrió sin mucho esmero mientras Scott se dirigía hacia él.

—¿Qué haces aquí? —gritó Scott por encima de la música.

Rozanov se encogió de hombros.

—Quería ver cómo era la fiesta temática en honor de Scott Hunter. No es tan mala como esperaba.

Scott resopló y negó con la cabeza.

—¿De verdad has venido a un bar gay en Las Vegas para reírte de mí?

Rozanov ignoró su pregunta y, en su lugar, hizo un gesto con la mano en el aire y dijo:

—Entonces ¿este eres tú ahora?

Scott no estaba muy seguro de lo que quería decir, pero asintió con la cabeza.

—Este soy yo. O sea, este siempre he sido yo. Pero ahora sé... mostrar mejor quién soy.

Rozanov pareció meditarlo.

—Es bueno. Lo que has hecho. Será bueno para... otros.

Había algo en los ojos de Rozanov que llamó la atención de Scott. Nunca había visto esa mirada en su rostro. ¿Era eso gratitud, quizá?

—Eso espero —dijo Scott.

Rozanov mantuvo la mirada fija durante un segundo más y luego apartó la vista.

—Estoy aquí con algunos de los chicos —dijo Scott—. De mi equipo, quiero decir. ¿Quieres, eeeh, unirte a nosotros?

Scott sabía que Rozanov se esforzaba por aparentar que le daba igual, pero, tal y como Scott imaginaba, aceptó la invitación.

—¡Eh! ¡Ha vuelto la estrella de la fiesta en honor a Scott Hunter! —exclamó Carter—. ¿Y qué coño hace este tío aquí?

Rozanov sonrió con ironía y saludó.

—Lo he invitado a que se viniera con nosotros —dijo Scott. Le lanzó una mirada cargada de significado a Carter con la que esperaba que lo dejara estar.

Carter lo dejó estar, salvo por algunas miradas desconfiadas que le lanzó. Todos se sentaron y hablaron lo mejor que pudieron por encima de la música. Carter pidió varias botellas de bebidas pijas y, al poco rato, Scott se sintió muy relajado y tranquilo. En menos de una hora, Kip estaba acurrucado contra Scott en el sofá y hablando con Bennett, Gloria estaba sentada en el regazo de Carter y hablando con Huff, y Matti charlaba animado con Rozanov.

—Bajemos —le susurró Kip al oído a Scott—. Quiero bailar contigo.

Scott asintió y se levantó.

—Vamos a… —dijo al grupo, pero a nadie pareció importarle que se marcharan.

En la pista, se quedaron a un lado y el ritmo de la música retumbaba en el cuerpo de Scott. Kip se apoyó contra una columna, con las manos detrás de la espalda arqueada y la cabeza inclinada hacia arriba, invitándole. Estaba tan puto sexy, mirando a Scott con esos ojos oscurecidos mientras las luces de colores de la discoteca jugaban sobre su cara.

Scott apoyó una mano contra la columna y se inclinó, empujando a Kip contra él y comiéndoselo. A sabiendas de que estaban en público. A sabiendas de que la polla se le estaba hinchando en los pantalones, marcando un bulto que cualquiera podría ver. A sabiendas de que Kip también se estaba excitando.

—No puedo controlarme cuando te veo así —le susurró Scott al oído a Kip.

—Ven a bailar conmigo —le respondió Kip en voz baja. Scott lo besó debajo de su suave mandíbula y a Kip le dio un escalofrío. Kip se había afeitado esa noche y la piel suave contribuía a que tuviera un aspecto más inocente. Rozaba lo femenino, excepto por la voz grave y el acento de Brooklyn y por la dureza con la que presionaba la cadera de Scott.

La música estaba alta, retumbaba con firmeza. La enorme pista de baile estaba llena de hombres y muchos de ellos eran atractivos. Pero Scott no miraba a ningún otro que no fuera al que lo llevaba de la mano.

Estaba aterrorizado y emocionado, mentalizándose como si fuera a jugar un partido, aislándose de todo lo que lo rodeaba. Centrándose en el objetivo.

Kip encontró un lugar entre la multitud y se volvió hacia él. Había tanta gente que estaban apretujados, así que Kip rodeó con los brazos el cuello de Scott y le sonrió. Scott le devolvió la sonrisa, le puso las manos en la cintura e intentó seguir los lentos movimientos de Kip con torpeza.

No tardó mucho. Al cabo de un minuto, Scott se perdió en la forma en que Kip movía el cuerpo, en la forma en que los dedos se abrían paso entre el pelo de Scott y el intenso calor de sus ojos. Scott se movió con él y fue fácil. Dejó de lado los nervios y se permitió sentir el ritmo.

Scott nunca se había drogado en su vida, pero imaginaba que debía de ser algo parecido a eso. El torbellino de luces y los bajos atronadores, el calor sofocante de la discoteca y el fuerte olor a sudor y hielo seco que se le quedaban metidos en la cabeza. El efecto embotador del alcohol, que le nublaba el pensamiento y le provocaba una euforia relajada. La oleada de excitación que le recorría cada parte del cuerpo. La emoción de lo que le esperaba.

Kip debió de ver todo eso en la cara de Scott, porque dejó de moverse y se inclinó para rozarle la oreja con los labios.

—¿Dónde estás?

Scott tragó saliva y giró la cabeza para responder.

—Justo aquí.

Kip echó la cabeza hacia atrás y Scott le dio unos besos ardientes y apasionados debajo de la mandíbula. Le agarró el culo con pasión y juntó su cuerpo contra el de él. Podía sentir el corazón de Kip latiendo con fuerza contra el pecho y en el pulso bajo la lengua.

Notó las manos de Kip deslizarse bajo la camiseta. Sabía que tenía la piel húmeda por el sudor. Kip se inclinó y lo besó. ¿Seguían bailando o tan solo se estaban besando en medio de un montón de gente? A Scott le daba igual.

Era una locura. Estaban en público, fuese o no un lugar seguro, y Scott se sentía fuera de control total. Necesitaba salir de allí o aceptar el hecho de que iba a follarse a Kip contra una pared delante de dios y de Ilya Rozanov.

Kip dio un paso atrás y se rio.

—Tranquilo, mi amor. Tendremos tiempo de sobra para eso más tarde.

Al menos eso fue lo que Scott creyó oír. Era difícil entender algo con la música y la necesidad ardiente que le invadía.

Levantó la vista hacia la mesa vip y vio a Carter, Bennett y Huff inclinados sobre la barandilla, sonriéndole. Eso lo calmó. Kip se volvió y les hizo un gesto para que se unieran a ellos. Minutos más tarde, la mesa estaba vacía y todos estaban juntos en la pista de baile.

Carter bailaba muy pegado a Gloria, y Scott sonrió para sus adentros al ver lo obvio que era que quería que todo el mundo tuviera claro que él estaba ahí con una mujer. No pasaba nada. Carter estaba allí, y Scott lo agradecía. Eric bailaba solo, ajeno a los chicos que intentaban entablar conversación con él, y parecía estar disfrutando mucho. Huff se movía con cierta torpeza y parecía que se estaba alejando poco a poco de la pista de baile. Matti, en cambio, bailaba tan pancho con cualquiera que se le acercara. Scott estaba bastante seguro de que era heterosexual, pero sin duda era un buen compañero.

Y Scott no tenía mucha experiencia en discotecas, pero la forma en que Rozanov se movía con los hombres con los que bailaba parecía mucho más deliberada y ensayada que la de alguien que solo intentaba entrar en el ambiente de la fiesta.

Ajá.

Quizá no fuera muy impresionante en cuanto a tamaño, pero ese pequeño grupo de resistencia formado por jugadores de hockey que habían decidido unirse a Scott aquella noche parecía una revolución. Hacía un año —y un mes, qué cojones—, Scott nunca habría imaginado que esa situación pudiera suceder. En un club gay con sus mejores amigos, sus compañeros de equipo, su novio y, eh, Ilya Rozanov. Bailando. Riendo. Celebrando su orientación sexual en lugar de ocultarla. Era surrealista y maravilloso.

Kip le levantó la barbilla y Scott lo besó porque lo amaba y le encantaba estar allí con él y ya no tenía nada por lo que temer.

—Estás feliz —dijo Kip.

Scott apoyó la frente contra la de él.

—Me siento invencible en este momento.

—Yo también. Cambiemos el puto mundo.

Scott lo besó con fuerza, porque Kip había descrito justo cómo se sentía.

—Sí —dijo.

—Hagámoslo.

# Agradecimientos

En primer lugar, quiero darle las gracias a mi increíble editora en Carina, Mackenzie Walton, por los comentarios y consejos tan útiles y entusiastas durante el proceso de edición de mi primer libro. También quiero reconocer el arduo trabajo de la editora original de este libro, Carole Ann Galloway. Sus correcciones y consejos mejoraron mucho *Cambiar el juego*.

También le quiero dar las gracias a mi amiga Melissa Buote por idear el nombre Straw+Berry para el local de *smoothies*. Todavía me hace reír cada vez que lo veo.